U0143917

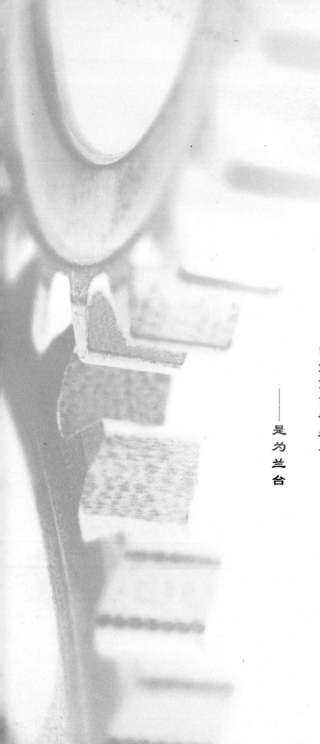

二人同心　其利断金
同心之言　其臭如兰
四方而高谓之台

——是为兰台

民商事再审律师实务

MIN SHANG SHI ZAI SHEN

LÜ SHI SHI WU

兰台律师事务所 著

中国法制出版社
CHINA LEGAL PUBLISHING HOUSE

写好每一个字,做好每一件事

（序）

我自1993年执业,迄今为止已有16个年头,从事民商事诉讼及再审律师业务就一直没有间断过,代理了涉及民商事领域的各种类型的案件,经历了中国民商事再审程序的发展、变革。执业过程中,针对每一个案件的不同诉讼环节,无不殚精竭虑地斟酌遣词造句,竭尽所能地筹划代理方案,如履薄冰地体会诉讼进程,而对法理精髓的体会始终贯彻其中。我们一滴一滴的积累,一点一点的钻研,一步一步走来,慢慢的汲取着、感悟着、成熟着。今天我们又将这点精神,浸透在了这本关于再审的书稿中,她字里行间体现着我们的工作精神,同时又是我们工作精神的结果。

每一个民商事再审案件的代理,无不既倾注着我们的心血,又孕育着我们的希望。我们从法律的角度思索客户的商业行为,复原交易的客观真实,诠释案件争议的焦点。我们体会着客户的处境与心态,感同身受。

司法是正义救济的最后途径,再审裁判则是司法中最后的裁判。民商事再审申请,尤其是在民诉法修改以前的民商事再审申请,因为诉讼程序的原因,走得很艰难。一个完整的再审程序走下来,体现的是再审申请人的毅力和决心,体现的是代理律师对案件事实的深刻把握、对法律适用的精准理解。在1995年前后,我曾代理过一件期货交易经纪纠纷案件。案件走得很曲折,一审、二审都败诉了。败诉的原因是一审、二审法官对期货交易流程、行业惯例不了解、不理解，不能通过交易凭证再现当时交易的客观真实，对客户的交易损失与期货经纪公司代理的过错之间的因果关系没有正确认定。我确信，再审申请人即期货公司是不应该赔偿客户因为市场行情判断失误而造成的损失的。虽然缺少关于期货交易纠纷的法律规定和司法解释，但始终坚信公平、效率与责任这一朴素的法律原理，经过再审申请，终于获胜。至今，当时辗转反侧的苦思、夜不能寐的冥想，仍历历在目。

再审案件，利害攸关，对各方当事人的影响有时是根本性的。尤其是具有连锁效应的案件。一个案件的审判结果，可以引起系列反应，大规模引发后续性的案件。比如供应商与零售商之间关于货款结算方式的纠纷。一个供应商对零售商的诉讼结果，对其他供应商会产生极强的示范效应，导致批量诉讼。证券交易纠纷中虚假陈述所导致的索赔诉讼，也是多米诺骨牌效应的诉讼。所以，对此类再审案件的代理，律师除了要认真研习法律以外，还要认真研究商业习惯、行业惯例，对案件可能产生的社会影响，也要作出评价。

再审案件，合议庭会根据原审的争议焦点、再审申请书及答辩意见，归纳庭审焦点。因此，各方当事人在庭审之前，设想再审庭审的争议焦点，并就原审判决认定的主要事实正确与否进行判定性陈述，是必做的功课。

再审案件，当事人的诉求是不一样的。有的再审案件涉及到诉讼保全问题，有的再审案件涉及到暂缓执行问题，有的再审案件则与执行程序无关。不同的再审案件，当事人关注点也是不一样的。有经验累积的律师应该精准把握每一个再审案件的特点，深刻理解当事人的诉求，提出针对性的代理目标和分阶段的工作方案。

2

本书是北京市兰台律师事务所集体的智力成果。我和我的同事，律师姚晓敏、杨强、周吉川、黄沙、廖鸿程等合作著述了本书，律师王伟、邢冬梅、张微、孙雷雷、王卉等也对本书做出了重要贡献。书中所体现的判例或者引自公开出版物，或者是兰台所代理过的案例。兰台所自设立以来，秉承同则不继，倡导专业差异；提倡和实生物，强调合作共赢。同时，我们信奉并视为最终执业目标的是：写好每一个字，做好每一件事，为客户创造价值。我们竭尽所能地做到，从接触当事人那一刻起，无论是否接受委托，对于从兰台律师出去的每一个字，我们都负有诚信的责任；每一个字，都蕴含着兰台律师独有的专业精神；每一个字，都应该闪烁兰台律师理性的光芒。是否代理再审案件，我们唯一考量的是案件事实本身，案件事实能否经得起证据的推敲、对方当事人的抗辩。本书仅对再审程序问题进行研究，更多的是实务经验，在律师实务领域，民商事再审程序的研究，尚不多见。希望能够对从事民商事再审实务的律师有一点启发，能够对一些将要申请再审的当事人有一点帮助，最终希望能够为中国的民商事再审制度贡献一点力量。

最后，再借此机会表达一下"虚心有节，言伦行虑"的心境，欢迎读者并同行们批评指正，并阐述一下兰台所的一些理念，以自勉并供同行鞭策。致广大而尽精微，极高明而道中庸，是兰台所孜孜以求的境地；同心之言，其臭如兰，是兰台所弥漫的企业文化；四方而高谓之台，是兰台所发展的目标。

2009 年 2 月 19 日于兰台所

3

目　录
Contents

第三章　再审事由的审查和律师代理

第四章　再审案件的审理

第五章　再审裁判文书及其效力

附录：民商事再审法律法规汇编及条文简释

第一章 律师视野下的民商事再审制度

第一节 律师业务中的民商事再审

一、律师实务中民商事再审的涵义

我国民事诉讼法理论和实践中，通称的再审程序是指审判监督程序，即是指人民法院对已经发生法律效力的判决、裁定发现确有错误的前提下，对原案件重新审理的程序，因此，审判监督程序又称为再审程序。①

此种表述直接源于我国民事诉讼法的规定，《中华人民共和国民事诉讼法》（以下简称《民事诉讼法》）第十六章"审判监督程序"规定了我国的再审制度。依据传统民事诉讼理论的观点，审判监督程序是民事诉讼法中的一种独立的审判程序，它既不是人民法院审理民事案件必经的审判程序，又不同于民事诉讼

---

① 参见姚红主编：《中华人民共和国民事诉讼法释义》，法律出版社2007年12月第1版，第275页。

法中的一审程序、二审程序。就其性质而言，审判监督程序是纠正人民法院已发生法律效力的错误裁判的一种补救程序，是不增加审级的具有特殊性质的审判程序；我国通行的民事诉讼法教科书，对审判监督程序的定义是"人民法院对已经发生法律效力的判决、裁定，依据法律规定由法定机关提起，对案件进行再审的程序。一般情况下，将审判监督程序称为再审程序。"可见，对于民商事再审的认识，我国民事诉讼法理论和实践中通行的观点是基于审判监督程序展开的，不同之处是一种观点直接将审判监督程序等同于再审程序，而另一种观点则将审判监督程序视为一种独立于两审终审程序的特别程序，而不能称为再审程序，是区别于再审程序的。

鉴于本书关注点为律师实务，因此关于再审制度与我国审判监督制度的诸多理论探讨不作为本书关注重点。故此，本书所指民事再审均是指民事诉讼法中审判监督制度，关于民事再审程序的阐述均是围绕现行民事诉讼法的审判监督程序展开。本书认为我国民事再审是指民事诉讼法规定的对生效裁判的错误进行纠正的救济程序。从律师事务的角度观察，再审程序则更多的是被视为一个审级来对待，针对较为复杂、争议较大的案件，大多经过一审、二审后还会启动再审，有的案件甚至会经过数次再审。因此，对于再审的掌握在一定程度上成为诉讼律师的一门必修课，当事人往往将再审的诉讼业务能力作为考察律师诉讼技能的一个重要指标。

二、民商事再审对律师工作的积极影响

再审程序是作为法院错案纠错机制设立的，因此纠正法院确

有错误的判决和裁定是再审程序最主要的功能。人民法院依法作出的判决、裁定，一旦发生法律效力，就具有约束力和执行力，对相关当事人的民事权利产生重大影响。由于民事案件的复杂性和其他原因，如我国目前法官队伍素质还不整齐，司法人员的工作失误或有意偏袒一方当事人的情况还时有发生，这些都在客观上决定了生效裁判即使经过了第一审、第二审，仍有可能出错。如果确实有错误并达到了必须纠正的程度，就应当改变它，而没有理由去维护这种错误裁判的稳定性。因此，设立纠错程序成为纠正法院错误裁判的有效手段和长效机制，是维护司法公信力的最后一道屏障，对于保护公民的合法权益，维护社会的稳定，都有重要意义。对于律师代理案件也具有重大法律意义，主要体现在以下几个方面：

1. 有利于建立律师案件代理的合理预期。再审制度是纠正法院错误生效裁判文书的特别程序，它的有效实施是增强司法公信力的有效保障。对于少数案件发生误判，一经发现就要实事求是地予以纠正，这是对错误裁判的最好补救办法，对于当事人和代理律师来讲，同时也是司法最后救济手段的有效落实。通过再审的纠错机制，能够使民事案件的当事人或代理律师对于法律的调整结果产生合理的预期，即能够根据对于法律的正确理解，预测自己行为的后果，这对于市场交易行为形成良好的互信非常必要。

2. 有利于形成律师与法院共同维护司法正义的良性互动。通过当事人或代理律师启动再审程序，对于已生效裁判，由上级法院重新审理，从而推翻生效裁判，是对法院裁判行为的裁判，对于法院审判是一种隐性的监督，目的是保证国家法律的统一正确实施。人民检察院是具有法律监督职能的机关，根据当事人或者代理律师的申诉，人民检察院可依法行使抗诉权，向人民法院提起抗诉，启动再审程序，对错误生效裁判进行再审。通过当事人的再审申请，启动再审，实现上级人民检察院和上级人民法院的监督，有利于改进审判工作，提高办案质量，保证法律的正确实施。

3. 有利于当事人和代理律师诉讼目的的最终实现。由于我国市场经济法律体系尚在不断的发展和完善之中，因此在法律实践中出现错误在所难免。根据《民事诉讼法》的有关规定，对于已发生法律效力的判决、裁定，当事人在符合法律规定的情形下提起再审，人民法院应当再审，这样在民事案件确实存在错误的情况下，当事人和代理律师完全可以根据法律规定，判断本案件是否属于可以再审的案件，并依法提起再审申请，这一方面避免再审申请的盲目性，节省当事人不必要的诉讼成本，另一方面法院根据当事人的申请，只要符合再审的条件，法院就应当再审，为当事人和代理律师通过再审重新审理案件并纠正错案提供了法律保障，帮助当事人实现其纠正错误裁判的目的。这样通过正常的纠错程序，从一个侧面尽可能达到律师通过案件代理，实现法律公平正义的价值观，实现律师参与诉讼的目的。

4. 有利于增加律师参与诉讼的渠道。再审程序的设立也是对我国两审终审制的一种必要补充。世界上多数国家和地区，民事案件审理实行三审终审制，三审终审制的优点在于错误裁判能得到纠正的机会多于两审终审制。然而，审级增多，势必会增加法院和当事人的负担，不利于及时确定当事人的民事权利和义务。以再审程序作为两审终审制的补充，既可收到提高审判效率的效果，又增加了必要的纠错机制。这为律师参与诉讼增添了渠道和手段。

5. 有利于确立律师与代理人的互信。对民商事案件来说，公正、合理的判决有利于社会的和谐稳定，判决、裁定一旦有错误，处理不当，公民的合法权益得不到有效保护，另一方面反过来还会加剧矛盾。错误裁判会破坏当事人对于法律的崇尚，也会减弱当事人对律师的信任。因为在案件开始时，当事人一般都会跟律师就相关的法律问题进行充分的沟通，在取得基本的意见后才会启动司法诉讼程序，错误裁判会使律师对于法律的正确理解变成对当事人的一种误导，使当事人对律师的信任荡然无存。再审程序通过依法纠正错误的裁判、维持正确的裁判，就可以恢复法律的本来面目，这同样是对律师对法律的正确解读的肯定，使当事人重新回归对法律的信任，增进当事人和代理律师基于法律认识上的互信。

第二节　再审制度的发展与律师实务

一、现行再审制度的演进对律师业务的影响

1991 年《民事诉讼法》第 178 条规定了当事人申请再审的权利，使当事人得以通过行使申请再审权利启动再审程序，纠正错误判决。但是从当时的立法背景及制度逻辑分析，《民事诉讼法》当事人的这种权利并没有被立法设计为独立的再审之诉，而是将

其与人民法院、人民检察院共同作为再审发动之主体，规定在审判监督程序中。在赋予当事人申请再审权利的同时，对申请再审管辖、审理程序、期限等制度设立不完备或没有作出规定，没有建立一套公开、系统的程序规则，从程序上保障当事人申请再审权利的落实，使当事人的申请再审权利处于空置状态。[①] 伴随司法实践的不断发展，上述制度的不足之处日益显现，形成了许多难以解决的社会积弊，亟待变革。

（一）当前再审制度的状况与不足

我国民事诉讼长期实行的是两审终审制加审判监督程序的诉讼制度。在司法实践中，一个案件经过两级法院审理后即为终结，所作出的裁判是发生法律效力的裁判，当事人不再享有上诉权。对已经发生法律效力的裁判存在法定程序或实体错误情形时，当事人只能通过审判监督程序予以救济。

审判监督程序是一种特殊的救济程序。审判监督程序的最初设立，是以公权力对存在缺陷的生效裁判进行干预为目的，并没有作为当事人诉讼程序设立，当事人仅享有宪法意义上的申诉权。1991 年《民事诉讼法》在制度上拓宽了启动案件再审的渠道，但由于立法上相关程序规则的缺失，从根本上对当事人申请再审权利的诉权主体地位没有确立，造成再审诉权特征不明显，而在司法实践领域，当事人申请再审权利根本没有被作为诉权对待，实际操作中基本与申诉处于同等地位，导致司法实践中出现诸多问题。突出表现是申请再审启动主体、期限、审级、次数、申请再审事由等方面的无限性，导致当事人多次申诉，造成当事

[①] 黄松有主编：《〈中华人民共和国民事诉讼法〉修改的理解与适用》，人民法院出版社 2007 年 11 月版，第 13 页。

人和社会公众感觉"申诉难"、"申请再审难"，抱怨司法不公。申诉的无限性反过来又影响了法院裁判的稳定性和权威性，浪费了大量司法资源，动摇了司法机关的司法公信力。

在律师实践中，上述制度给律师代理案件带来诸多不利影响。

首先，由于操作程序混乱，给律师代理申诉案件带来不便。从法院内部的部门分工看，再审审查权各地法院设置做法不同，以最高院为例，民一庭，民二庭对于再审实行审立分离，即再审程序分成立案审查程序与审理程序两个阶段，而涉及民三庭和民四庭的案件仍然是审立合一，即审查立案又同时进行审理，决定再审申请的立案同时对案件进行审理，并确定是否提审或者指定下级法院再审。律师在代理再审案件时需要对每个再审案件的程序进行考察，确定再审如何提起，严重影响律师代理效率，甚至影响律师个人的信誉，因为连基本程序都不了解的律师很难获得当事人的信任。

其次，职权主义色彩突出，再审功能无法实现。由于存在申诉和再审的混同问题，对待再审申请，一般法院在审查和做出决定的程序上，基本上采取复查程序进行，结果造成方法简单、随意，审查模式职权主义色彩浓重，限制了申请再审制度功能的发挥。这种局面造成当事人再审申请的效果大打折扣，再审结论随意性增多，给律师代理再审增加很多不确定性，令再审代理律师无所适从，使再审申请程序性行为缺乏应有的严肃性。

因此，对现行审判监督程序进行改革，从制度上解决现行审判监督程序的瑕疵，成为司法部门、律师实务领域及理论界和社会公众的共识。

（二）再审制度变革实践

1. 探索私权自治

随着法制的完善和民事诉讼制度的发展，尊重诉讼主体的意志、弱化公权力对民事私权领域的干预已成为民事诉讼的重要理念。[①] 在现代法治国家的民事诉讼理论中，当事人的诉权、处分权对法院审判权的制约是一项普遍原则。关于私法自治原则，台湾学者杨崇森认为，它是指"私人之生活关系原则上应由个人依其自由意志予以规律，国家只要消极地加以确认，而界以拘束力，不宜妄加干涉。"[②] 因此在具体程序制度的构筑中，作为对受法院行使审判权已作出、但欠缺合法性的生效裁判损害的当事人私权利益予以"特殊救济"的再审程序，其程序的启动与进行，毫无疑问需受到当事人诉权与处分权的制约。实践中，由于现行再审制度对于当事人申请再审的非诉权化处理，给当事人申请再审救济，法院依法审理再审案件，及时息诉止争造成巨大障碍。出于司法实践的现实需求，构建再审之诉，对现行当事人申请再审权利进行诉权化改造已经成为理论界和司法领域多数人的共识。对此2005年最高人民法院《人民法院第二个五年改革纲要》（2004－2008）明确指出："改革民事、行政案件审判监督制度，保护当事人合法权利，维护司法既判力。探索建立再审之诉制度，明确申请再审的条件和期限、案件管辖、再审程序等事项，从制度上保证当事人能够平等行使诉讼权利。"这是多年来最高

① 黄松有主编：《〈中华人民共和国民事诉讼法〉修改的理解与适用》，人民法院出版社2007年11月版，第14页。

② 杨崇森："私法自治制度之流弊及修正"，载郑玉波：《民法总则论文选辑》（上），台湾五南图书出版公司1984版，第101页。

人民法院从审判实践出发，致力于研究对现行当事人申请再审权利进行诉权化改造实践的总结，为探索建立符合我国国情的再审制度提供了基本制度模式。再审之诉的探索，对于扩大当事人及代理律师在再审程序中的决定权具有较为深远的意义，使得律师代理再审案件逐渐成为程序安排。

2. 推动立审分离

人民法院直接推动了再审制度在法院审判实践中的改革。面对现行人民法院审判监督制度弊端越来越突出的现实，在目前对现行审判监督制度进行全面改革和突破的条件尚不成熟，但是改革又异常紧迫，势在必行的形势下，最高院决定先制定关于再审立案的司法解释，借以规范人民法院的再审立案工作，并以此为突破口，推动审判监督制度改革的进程。在这一背景下，经过充分论证，并向全国人大法工委、最高检、全国各省市法院广泛征求意见，最高院制定了《关于规范人民法院再审立案的若干意见（试行）》（以下简称《若干意见》），2002 年 9 月 10 日由最高院审委会讨论通过，于 2002 年 11 月 1 日起施行。

在当时法院审判实践中，再审立案作为一个全新的概念出现在法律文件中。在法院的审判实践中，自上个世纪八十年代末成立告申庭以来，申诉案件的处理统一归口到告申庭一个部门负责，告申庭既是立案部门，又是审判监督部门，申诉的受理、审查、再审，都在告申庭一个部门进行。对此，最高院按照"统一监督、审监分离"的改革思路，将告申庭分设为立案庭和审监庭。《若干意见》规定："各级人民法院、专门人民法院对本院或者上级人民法院对下级人民法院作出的终审裁判，经复查认为符合再审立案条件的，应当决定或裁定再审。人民检察院依照法律规定对人民法院作出的终审裁判提出抗诉的，应当再审立案"。这一规定突出了申诉、申请再审是当事人的权利的理念，只要符合再审立案条件，人民法院就应当决定再审，为"再审之诉"的改革思路打下了基础。立身分离明确了再审案件的立案机制，对于推动再审的规范化进行打下了制度基础，使得律师代理再审案件模式发生了正大变化，程序性更强，诉权更加有保证。

3. 严格再审管辖

再审立案的管辖是解决对于申请人提出的再审申请、申诉人提出的申诉，由哪一级法院进行审查并决定是否再审的问题，关乎当事人再审权利能否得到有效实现。按照《民事诉讼法》的规定，申请人或申诉人对已经发生法律效力的判决、裁定，认为有错误的，可以向原审人民法院或者上一级人民法院申请再审或提出申诉，符合法定再审情形的，人民法院应当再审；人民法院对本院已经发生法律效力的判决、裁定，认为确有错误的，由院长提交审判委员会讨论后决定再审；最高人民法院对地方各级人民法院，上级人民法院对下级人民法院已经发生法律效力的判决、裁定认为确有错误的可以提审或指令再审。通过上述规定可见，民事诉讼法规定的是选择性管辖。即，申请人、申诉人既可以向原审法院申请再审或提出申诉，也可以向上一级法院申请再审或提出申诉，法律对此没有限制性规定，申请人、申诉人可以按照自己的意志自由决定；相应地，对已经发生法律效力的判决、裁定，原审法院和上级法院都可以决定再审。司法实践中，对申请再审和申诉的受理又往往和处理来信来访的"分级负责"的原则联系起来，即对申诉的处理由原作出处理行为的法院负责。无论是法定的"选择管辖"，还是实践的"分级负责"，都给再审申请和申诉的受理、审查和再审带来了不确定因素。

为了明确再审案件的管辖，保障当事人再审诉讼权利的实现，《若干意见》第2、3、4条对再审的管辖作了较为详尽的规定。第2条规定："地方各级人民法院、专门人民法院负责下列案件的再审立案：（一）本院作出的终审裁判，符合再审立案条件的；（二）下一级人民法院复查驳回或再审改判，符合再审立案条件的；（三）上级人民法院指令再审的；（四）人民检察院依法提出抗诉的。"第3条规定："最高人民法院负责下列案件的再审立案：（一）对本院作出的终审裁判，符合再审立案条件的；（二）高级人民法院复查驳回或再审改判，符合再审立案条件的；（三）最高人民检察院依法提出抗诉的；（四）最高人民法院认为应由自己再审的。"《若干意见》的上述规定立足于目前的申诉实际情况，从规范申诉、再审的秩序出发，一方面坚持"分级负责"的原则，规定由原审法院负责再审的立案，克服了再审管辖不确定的问题；另一方面又规定，对下一级人民法院已经复查驳回或者再审改判，符合再审立案条件的由上一级法院负责再审的立案，防止上下级法院互相推诿现象的发生。同时，为了在规范申诉、再审秩序的基础上，又能够兼顾上级法院对下级法院监督的及时、有效性，防止下级法院对应当再审的案件抵制不办的现象，第4条作了例外规定："上级人民法院对下级人民法院作出的终审裁判，认为确有必要的，可以直接立案复查，经复查认为符合再审立案条件的，可以决定或裁定再审。"

为了将再审的管辖和申诉审查的受理、管辖结合起来，《若干意见》第6条还对申请再审和申诉的审查管辖作了规定："申请再审或申诉一般由终审人民法院审查处理。上一级人民法院对未经终审人民法院审查处理的申请再审或申诉，一般交终审人民法院审查；对经终审人民法院审查处理后仍坚持申请再审或申诉的，应当受理。对未经终审人民法院及其上一级人民法院审查处理，直接向上级人民法院申请再审或申诉的，上级人民法院应当交下一级人民法院处理。"

对于再审管辖的明确规定，为实现当事人再审诉权提供了制度保障，使律师代理再审案件更加有章可循，对于当事人通过再审保障民事权利提供了路径支持。

4. 修订现行法律

经过大量的司法改革实践，民事再审的改革为修订现有《民事诉讼法》做好了铺垫。为了巩固再审改革成果，民事诉讼法修正案对于《民事诉讼法》规定的审判监督程序进行了较多的修订。此次修订共计 19 项，其中与审判监督程序有关的修订就包括 7 项。尽管这次修订内容涉及民事再审较多，但仍属于小范围的修订，对于现行《民事诉讼法》基本框架未做改动。

本次修改延续了对《民事诉讼法》规定的当事人申请再审权利进行诉权化改造的方向。从当事人进行诉讼的模式出发，完善当事人申请再审权利的行使、法院的受理及审查、审理等各项制度，使申请再审诉权化、程序化。① 对此《关于修改〈中华人民共和民事诉讼法〉的决定》第 4 项第 1 款以列举的方式规定了 13 种再审事由，当事人以此提出再审申请，人民法院应当再审；第 2 款规定"对违反法定程序可能影响案件正确判决、裁定的情形，或者审判人员在审理该案件时有贪污受贿，徇私舞弊，枉法裁判

---

① 参见黄松有主编：《〈中华人民共和国民事诉讼法〉修改的理解与适用》，人民法院出版社 2007 年 11 月版，第 14 页。

行为的，人民法院应当再审"；第 5 项规定："当事人申请再审的，应当提交再审申请书等材料。人民法院应当自受到再审申请书之日起五日内将再审申请书副本发送对方当事人。对方当事人应当自收到再审申请书副本之日起十五日内提交书面意见；不提交书面意见的，不影响人民法院审查。人民法院可以要求申请人和对方当事人补充有关材料，询问有关事项。"；第 6 项规定："人民法院应当自受到再审申请书之日起三个月内审查，符合本法第一百七十九条规定情形之一的，裁定再审；不符合本法第一百七十九条规定的，裁定驳回申请。有特殊情况需要延长的，由本院院长批准。因当事人申请裁定再审的案件由中级人民法院以上的人民法院审理。最高人民法院、高级人民法院裁定再审的案件，由本院再审或者交其他人民法院再审，也可以交原人民法院再审。"该规定明确了人民法院对再审申请审查的期限、处理方式、审理的管辖法院，通过这些规定，对于当事人提出的再审申请提供了系统的程序保证，完善了再审申请保障机制。

本次民事诉讼法的修改，对于审判监督程序进行了较多的改动，这种改革是为了更好地解决社会公众对"申诉难"、"申请再审难"的迫切要求，切实维护公民、法人和其他组织的合法权益，维护司法公正为目的做出的。本次修改对《民事诉讼法》中有关当事人申请再审权利的行使等相关程序进行修订，以充分保障当事人申请再审权利的实现。因此，通过本次立法修订，当事人申请再审权利作为诉权的地位得以完善和落实，当事人的诉讼地位得到确立，当事人申请再审渠道畅通了，从制度上保障了当事人申请再审权利的落实。通过再审之诉使法律问题通过程序化的司法活动，得到具有法律约束力的救济，切实解决了当事人

"申诉难"的问题，同时也为今后逐步将启动再审的权利真正赋予当事人，弱化公权力在再审程序中的地位，建立独立的完全由当事人为启动主体的再审之诉打下基础。这既是法制的完善和民事诉讼制度发展的需要，也符合现实社会的要求，为寻求司法公正增加了又一路径选择。

二、再审在律师实务中的法律困惑

如上所述，2008 年民事诉讼法修正案对于再审制度的修订，只是局部的改动，目的是解决社会公众对于破解"申请再审难"的急切需求，并未对再审制度做大的调整，因此，过去长期形成的深层次的问题不能从制度层面给予彻底解决，如审判监督程序对于两审终审的冲击，造成案件久拖不决、诉讼效益低下等问题，这些问题从一个侧面成为律师民事案件代理的困惑。

下面以陆丰市陆丰典当行（以下简称典当行）与陈卫平、陈淑铭、陆丰市康乐奶品有限公司清算小组（以下简称清算小组）、第三人张其心土地抵债合同纠纷案（最高院［2006］）民二提字第 10 号）为例加以说明。①

陆丰市陆丰典当行（以下简称典当行）因为与陈卫平、陈淑铭、陆丰县康乐奶品有限公司清算小组（以下简称清算小组）、第三人张其心土地抵债合同纠纷一案，不服广东省高级人民法院［2004］粤高法审监民再字第 11 号民事判决，向最高院申请再审。最高院于 2006 年 5 月 10 日作出 ［2005］ 民一监字第 10 - 1 号民事裁定，决定提审该案。

---

① 最高人民法院审判监督庭编，江必新主编：《审判监督指导》，人民法院出版社 2008 年 7 月第 1 版，第 232 ~ 242 页。

案件的主要情况是：1995 年 3 月 24 日，陆丰县康乐奶品有限公司（以下简称康奶公司）时任董事长陈卫平与典当行签订典当协议书，向典当行借款 50 万元，并以位于陆丰市东海镇望洋广汕公路北侧土地使用权作抵押。双方约定，典当手续费、保管费 1.2%，典当利息、保险费按月利率 1.5% 计收，借款期限 2 个月。协议签订后，康奶公司将土地使用人为陆丰县第一装卸运输公司的陆府国用总字第 0002556 号［1992］第 15220100908 号《国有土地使用证》、陆丰县国土局陆国土函［1995］001 号批准转让文件、陆发批 NO.0001288 号土地转让款发票交典当行质押，典当行付给陈卫平借款 50 万元。典当行签约代表人在协议书上签名并加盖典当行印章，陈卫平在协议书上签名，担保人张其心签名担保，负责到期一次还清借款。借款期满后，借款人陈卫平、担保人张其心未偿还借款本息。

1993 年 5 月 31 日、6 月 11 日、6 月 22 日，陈淑铭与典当行签订三份典当协议书，先后向典当行借款 100 万元、300 万元、100 万元，同年约定典当手续费、保管费按 1.2% 计收，典当利息、保险费为 1.5%。陈卫平三次借款均分别立有借款借据交给典当行存执。借款期满后，陈淑铭分别于同年 6 月 15 日、8 月 16 日偿还典当行借款本金 50 万元和 22 万元，合计还款 72 万元。1996 年 1 月 18 日，陈卫平以康奶公司地皮回收款抵还 370 万元，抵除后尚欠本金 58 万元及利息已作另案审结。

1996 年 1 月 11 日，康奶公司、陈卫平、陈淑铭与典当行签订《地皮回收转让契据》，该契据载明："立转让地皮契据人是康奶公司，经手人陈卫平、陈淑铭原承买于陆丰市东海城镇建设开发公司转让的地皮一块，国有土地使用证陆府国用总字第

0002556 号 [1992] 第 15220100908 号一本和陆丰县国土局陆国土函 [1995] 001 号文件一份，坐落于陆城广汕公路北侧原县搬运站旧址，使用权面积 3196 平方米，建筑面积 794 平方米。现因原市康奶公司陈卫平、陈淑铭借典当行抵押贷款长期未还，经商议决定将该地皮按时价转让估价款 520 万元整，给典当行作回收抵还欠款。由陈卫平、陈淑铭亲手理妥，同时将该地皮划明界址，并连同契据、证件及收款收据手续交典当行掌管，业权永为买主所有。该地皮来历清楚，无上手重叠交易，如有其他干涉，由卖主一力抵挡，负责理妥。此系双方甘愿公正转让回收，决无反悔，一让千休，藤根永断，日后转让主及其单位不得有借口生非和言贴言赎之理，空口无凭，特立此契为据。"康奶公司作为转让人在契据上签章，典当行作为承让人在契据上盖章，陈卫平、陈淑铭，中间人张其心均在契据上签名。《地皮回收转让契据》签订后，陈卫平将该协议，陆丰县国土局陆国土函 [1995] 001 号批准文件和陆府国用总字第 0002556 号 [1992] 第 15220100908 号《国有土地使用证》及陆发批 NO.0001288 号土地转让款发票仍交典当行收押。1996 年 1 月 18 日，根据《地皮回收转让契据》，由陈永富代陈卫平、陈淑铭书写了一份收款《收据》，内容为："收到陆丰典当行承买康奶公司原承买于东海城镇建设开发公司地皮一块，总款人民币 520 万元，该款为陈卫平分得 150 万元，陈淑铭分得 370 万元。"陈卫平、陈淑铭和中间人张其心均在《收据》上签名，《收据》交典当行收存。当日陈卫平分得的 150 万元经与典当行结算，扣除其借款 50 万元和利息 12.87 万元及代陈润基、陈润钱还借款 18 万元，以及典当行于当天给付陈卫平 10 万元后，尚欠陈卫平 59.13 万元。典当行为此写了一份欠条交给陈卫平。尔后，陈卫平约同张其心凭欠条先后于 1996 年 1 月 19 日向典当行取款 20 万元，1 月 25 日取款 20 万元，1 月 30 日取款 4 万元，2 月 8 日取款 4 万元，2 月 12 日取款 4 万元，2 月 14 日取款 4.13 万元，2 月 15 日取款 3 万元，合计取走款项 59.13 万元，款被取完后，典当行收回欠条。自此，典当行与康奶公司、陈卫平、陈淑铭理清了地皮回收款项。上述事实有收款收据、陈淑铭、中间人张其心、代书人陈永富证言，典当行出纳及工作人员证言，典当行流水账记录相互佐证。

根据陆丰县国土局陆国土函 [1995] 001 号批准文件，陆丰县第一装卸运输公司转让给陆丰市东海城镇建设开发公司（以下简称东海开发公司）的土地仅为 2500 平方米，并不是陆丰县第一装卸运输公司国有土地使用证上记载的 3196 平方米。东海开发公司按 2500 平方米土地转让给康奶公司，康奶公司也是按 2500 平方米向东海开发公司交纳了土地转让款，有陆发批 NO.0001288 号土地转让款发票为凭。

另查明，康奶公司于 1997 年 7 月 16 日取得了本案所涉土地面积 2500 平方米的陆府国用 [1997] 字第 0002556/15220100908 号《国有土地使用证》，并于 1998 年 9 月 29 日，用该证在陆丰市国土局办理了使用权抵押登记，领取了陆府抵押 [98] 字第 0019 号《土地使用权抵押证明书》，为陈卫平担任负责人的陆丰市通达精细化工厂向中国农业银行陆丰市支行（以下简称农行陆丰支行）贷款 195 万元作抵押。2002 年 12 月 19 日陆丰市国土局在《汕尾日报》登记公告作废了原陆丰县第一装卸运输公司陆府国用总字第 0002556 号 [1992] 第 15220100908 号《国有土地使用证》。2003 年 4 月，典当行以陆丰市国土局在没有收回原《国有土地使用证》的情况下又给康奶公司颁发《国有土地使用证》、给农行陆丰支行颁发《土地使用权抵押证明书》行政程序违法为由，向陆丰市人民法院提起行政诉讼，请求撤销陆丰市国土局颁发的上述证书，2003 年 10 月 28 日陆丰市人民法院作出 [2003] 陆行初字第 4 号行政判决认为，康奶公司获得该土地使用权是通过陆国土函 [1995] 001 号陆丰县国土局文件调整、交换的，康奶公司在申请办理坐落于陆丰市东海镇陆城广汕公路北侧的面积 2500 平方米的土地使用权变更登记时虽提供了协议、批准文件，但未提供该土地的原土地证书，尽管陆丰市国土局在 2002 年 12 月 19 日公告注销了原陆丰县第一装卸运输公司陆府国用总字第 0002556 号 [1992] 第 15220100908 号《国有土地使用证》，但此行为是在给康奶公司颁证后作出的，因此该颁证行为不符合法律规定且违反了法定程序，应予撤销。农行陆丰支行取得 [98] 字第 0019 号《土地使用权抵押证明书》是以康奶公司取得的陆府国用 [1997] 字第 0002556/15220100908 号《国有土地使用证》为前提的，因该证的颁发不合法，因此《土地使用权抵押证明书》亦应予撤销。陆丰市国土局、清算小组、农行陆丰支行不服该判决，向汕尾市中级人民法院提起上诉。2004 年 1 月 17 日汕尾市中级人民法院作出 [2003] 汕中法行终字第 20 号行政判决书，维持了一审法院判决。

还查明，康奶公司系 1991 年成立的中外合作经营企业，董事长、总经理均为陈卫平。因 1997 年度未按规定年检，1998 年被汕尾市工商行政管理局吊销营业执照。2000 年 3 月 30 日，成立清算小组负责清理康奶公司经营期间的债权债务。典当行系 1991 年成立的集体所有制企业法人，其持有中国人民银行颁发的金融机构法人许可证，其企业法人营业执照载明的经营范围为：以自有资金为非国有中、小企业和个人办理质押贷款业务。因2000年至2002年未按规定年检，2003年12月31日被陆丰市工商行政管理局吊销营业执照。

因抵债的土地使用权实际面积与抵债协议所载面积不符，典当行向广东省陆丰市人民法院提起诉讼，要求陈卫平、陈淑铭等返还转让款。

广东省陆丰市人民法院经审理认为，典当行与陈卫平1995年3月24日签订的典当协议书和与陈淑铭1993年5月31日、6月11日、6月22日签订的典当协议书及借款借据，双方意思表示真实，协议内容符合中国人民银行广东分行〔91〕粤银管字第186号文的有关规定，应有效。陈卫平、陈淑铭分别向典当行借款后未按期还款，陈卫平以借款抵押物3196平方米地皮折价款520万元为陈卫平、陈淑铭抵还借款后，由于康奶公司、陈卫平、陈淑铭未按该契据约定理妥696平方米地皮回收转让手续，致使3196平方米无法办理过户。故违反国家有关法律规定导致契据无效，主要责任在陈卫平、陈淑铭，典当行在未取得696平方米地皮转让手续情况下草率签订契据及理妥付清款项也有过错。由于《地皮回收转让契据》无效，陈卫平、陈淑铭以此取得520万元应分别由陈卫平返还典当行150万元及利息，陈淑铭返还370万元及利息，按典当协议约定计息。康奶公司提供地皮给陈卫平作借款抵押物，此后又自愿将该地皮给典当行回收抵除陈卫平、陈淑铭二人借款，且将有关文件、《国有土地使用证》、协议、发票交典当行持有，促使典当协议和《地皮回收转让契据》成立，后又未能理妥土地转让及过户手续造成《地皮回收转让契据》无效，其应负造成损失的过错赔偿责任。……遂判决：一、典当行与康奶公司、陈卫平、陈淑铭签订的《地皮回收转让契据》无效，不受法律保护；二、陈卫平于本判决生效之日起10日内返还典当行给付的地款150万元及利息（自1996年1月18日起至还清之日止按月利率2.7%计算）；……陈卫平、康奶公司不服，向广东汕尾市中级人民法院提起上诉。

广东省汕尾市中级人民法院于2000年11月2日作出[2000]汕中法经终字第7号民事判决认为，《地皮回收转让契据》系各方当事人真实意思表示，内容未违反法律规定，该抵债关系成立。但转让契据中写明土地使用权面积3196平方米，而康奶公司仅买有2500平方米，且未取得土地使用权证。该契据中所写的《国有土地使用证》的土地使用者是陆丰县第一装卸运输公司，有关文件在签约时已交付典当行存执，后对差额696平方米由谁理妥发生纠纷，致使合同无法履行，未办理过户手续，因此合同无效。……康奶公司对合同无效也有过错，原审判决其承担赔偿责任并无不妥。原审判决认定事实部分不清，处理结果部分错误，应予纠正。据此判决：一、维持一审判决一、三、五项及诉讼费承担；二、变更一审判决第二项为：陈卫平于本判决生效之日起10日内返还典当行150万元及利息（利息从1996年1月18日起至还清之日止按中国人民银行规定的同期贷款利率计付）；三、变更一审判决第四项为：陈淑铭于本判决生效之日起10日内返还典当行370万元及利息（利息从1996年1月18日起至还清之日止按中国人民银行规定的同期贷款利率计付）；……判决后，广东省人民检察院以二审判决认定事实主要证据不足为由，向广东省高级人民法院提起抗诉，广东省高级人民法院以

[2002] 粤高法立申字第 12 号函，转广东省汕尾市中级人民法院再审。

广东省汕尾市中级人民法院于 2002 年 6 月 7 日作出 [2002] 汕中法经再终字第 3 号民事判决认为，本案的焦点在于当事人签订土地回收转让契据后，典当行是否付还陈卫平土地转让款 59.13 万元。……经审判委员会讨论，判决如下：驳回抗诉，维持原二审判决。陈卫平等不服，向广东省高级人民法院申请再审。广东省高级人民法院于 2004 年 2 月 4 日作出 [2004] 粤高法审监民再字第 11 号民事裁定，决定对本案进行提审。

广东省高级人民法院于 2004 年 7 月 6 日作出 [2004] 粤高法审监民再字第 11 号民事判决认为，康奶公司以其尚未取得的土地使用权为陈卫平、陈淑×向典当行的借款抵债，且面积不符，也未依法办理相关手续和经过有关部门批准，因此应确认该协议无效。……陈卫平与康奶公司申请再审的理由部分成立，予以支持。原审判决认定事实部分错误，适用法律不当，应予纠正。据此判决：一、撤销汕尾市中级人民法院 [2002] 汕中法经再终字第 3 号民事判决和 [2000] 汕中法经终字第 7 号民事判决；二、撤销陆丰市人民法院 [1998] 陆经初字第 205 号判决第二，三，四，五项；三、维持陆丰市人民法院 [1998] 陆经初字第 205 号判决第一项及一审诉讼费分担的判决；……七、典当行于该判决生效之日起 10 日内返还康奶公司《国有土地使用证》[证号为陆府国用总字第 0002556 号 [1992] 第 15220100908 号]，陆丰县国土局国府土函 [1995] 001 号文及陆发批 NO.0001288 号发票，1996 年 1 月 1 日康奶公司与东海开发公司签订的协议各一份。……典当行不服广东省高级法院再审判决向最高院申请再审，最高院经审理认为，典当行持有中国人民银行颁发的金融机构法人许可证，其经营范围有为非国有中、小企业和个人办理质押贷款的业务，是经批准合法成立的金融机构。……原审判决认定事实有误、适用法律不当，应予撤销。依照《中华人民共和国民事诉讼法》第一百五十三条第一款第（三）项之规定，判决：一、撤销广东省高级人民法院［2004］粤高法审监民再字第 11 号民事判决，广东省汕尾市中级人民法院［2002］汕中法经再终字第 3 号民事判决，广东省汕尾市中级人民法院［2000］汕中法经终字第 7 号民事判决，广东省陆丰市人民法院［1998］陆经初字第 205 号民事判决。二、陆丰市康乐奶品有限公司清算小组、陈卫平、陈淑铭继续履行《地皮回收转让契据》中关于 2500 平方米的土地抵债义务。三、驳回陆丰市陆丰典当行的其他诉讼请求。

通过上述案例，我们对于再审程序在司法实践中给诉讼参与各方引起的诸多困惑可见一斑，在此我们对该案例再审结论的公正与否不做评价，只就再审程序运行中的相关法律后果做简要剖析。

（一）终审不终对既判力的冲击

上述案例中，当事人自一审起诉至最高院再审，先后经过一审、二审、检察院二审抗诉至高院再审、当事人申请再审至高院二次提审再审、当事人申请再审至最高院再审的诉讼过程，一审判决先后经过二审维持；抗诉再审维持；提审再审撤销二审再审、二审终审判、部分维持、部分撤销一审判决、改判；最高院再审撤销高院再审、中院再审、中院二审、一审判决、改判，历时 7 年，获得最终判决结果。该案例反映出我国再审制度对于生效判决既判力在一定程度上形成的冲击。

我国目前实行的审判制度是两审终审加再审特别程序的模式。1954 年第一部《中华人民共和国人民法院组织法》确立了我国统一的四级两审终审的审级制度。1979 年、1983 年先后修改公布的《人民法院组织法》沿用了上述规定。1982 年和 1991 年通过的《民事诉讼法》将两审终审作为一项基本制度来规定，并根据组织法的规定对案件的管辖、上诉、再审等程序作了具体的规定，形成了具有中国特色的一整套审级制度。根据现行民事诉讼法的规定，基层法院管辖第一审民事案件，但本法另有规定的除外。中级法院管辖下列第一审民事案件：①重大涉外案件；②在本辖区有重大影响的案件；③最高法院确定由中级法院管辖的案件。高级法院管辖在本辖区有重大影响的第一审案件。最高法院管辖下列第一审民事案件：①在全国有重大影响的案件；②认为应当有本院审理的案件（《民事诉讼法》第 18－21 条）。这就是说，我国四级法院都可以作为初审法院审理第一审民事案件，但原则上第一审民事案件由基层法院管辖。同时应当说明的是，在程序的运行中，两审终审是与审判监督程序和再审制度相互作用的，结果是经二审终结的民事、经济纠纷案件，如果当事人或上级法院等认为案件裁决仍然有误，还可以提出再审请求或作出再审决定。因此，准确地讲，我国的审判制度是以二审终审制为基础，以再审为补充的审判制度。

实践证明，现行制度运行对裁判既判力构成威胁。民事诉讼法设计现存审判制度的本意是提高诉讼效率，同时为案件正确、合法审理提供保障，但是由于上述制度设置，实践中形成了不满二审判决的当事人寻求正常上诉的渠道被两审终审制堵塞的时候，当对二审判决的不满率甚至高于对一审判决的不满率时，大量复审案件便纷纷涌向再审程序这个特殊的复审程序，于是，再审程序不断地膨胀。有数据显示：1988 年至 1999 年期间，我国二审立案数与一审结案数的比值基本上恒定在 5.8% 至 6.5% 之间，再审案件立案数（不包括任何审级的法院以任何形式决定的不予立案再审的申诉案件数）则由 16% 逐年上升至 25%。① 近年民事案件提起再审的数量还在迅速上升。当再审这种特殊程序被大量使用时，再审程序实际上演化成民事审判的正常的一般程序了，这种演化的直接后果致使两审终审的名存实亡，造成的损害是对司法裁判既判力的冲击。终审不终，生效裁判时刻面临被推翻，司法裁判既判力受到一定程度的威胁，这必然给社会正常交易秩序和交易安全带来威胁。

通过上述案例看出，在这种局面下，律师代理民事案件面临着两难的选择。一方面是生效判决的效力可能随时丧失，对案件结果将很难把握，加大案件代理难度，随时要做"三审"的准备。再审能力是否强成为律师代理案件能力的一个参考指标。"不行再审给翻过来"成了一些律师的口头禅；另一方面是选择再审将面临更大的不可预见性。再审实际上不是实质的审级，对于能否实现再审，从程序上根本无法掌控。再审选择成为无法依靠的依靠。

（二）迟来的正义对诉讼效益的毁灭

西方有一句法谚：Justice delayed is justice denied，大意是：迟来的正义不是正义。如前所述，我国在审判程序中再审程序的

---

① 江伟主编：《中国民事审判改革研究》，中国政法大学出版社 2003 年 12 月第 1 版，第 319 页。

设置犹如悬在二审终审制头上的达摩克利斯之剑，使得二审终审的终结性大打折扣。

诚如上述案例情况显示，现实中由于民事诉讼法对再审的特殊化处理，对该程序缺乏必要的限制，导致一审、二审之后随意启动再审程序。有学者对最高法院审判监督庭编辑的再审案例进行过统计，在最高法院审判监督庭编辑的这 26 件再审案例中，经过 3 次审判的 4 件，4 次的 10 件，5 次的 5 件，6 次的 4 件，7 次的 1 件，8 次的 1 件，9 次的 1 件，亦即经过 4 次以上处理的案件数近占 70%；所选 28 件经济案件中，经过 4 次以上处理的约占 68%。① 通过上述数据，我们对于再审案件的翻来覆去、耗时耗力可见一斑。这种局面严重伤害了司法的终局性，而司法的终结性是程序正义的重要因素之一，它要求案件在经过一定的审级后即行终止，判决产生确定的效力。再审形成的上述结果，它一方面造成民事案件中诉争利益长期处于不稳定状态；另一方面会导致诉讼成本的上升，司法资源的浪费及诉讼效益的低下。民商事活动中效率是追求的准则和价值目标，由于久拖不决，使得民商事活动追求的效率优先丧失殆尽。在上述案例中，当事人几百万元的欠款经过了 7 年的时间才最终有了结论，而作为抵债物的土地，经过了数年的变迁，其经济价值伴随着时间的推移，也经过了数次的变迁，远非订立协议时双方当事人所期待的利益。

受上述情况的影响，律师在民商事案件代理中同样面临着案件本身的效益最大化与诉讼效益的困境。为了追求诉讼的胜诉效益，律师在制定诉讼方案中应当充分考虑多方面的法律因素，考

---

① 参见江伟主编：《中国民事审判改革研究》，中国政法大学出版社 2003 年 12 月第 1 版，第 325 页。

察证据体系的完整，但是当面临再审可能存在的旷日持久的诉讼时，对于当事人来讲，特别是当民商事活动对于实效性有较高要求时，诉讼效益对于减少诉讼成本的要求将成为必须考虑的重要因素之一。这种情况下，诉讼风险将不仅仅是败诉还是胜诉的问题，还包括诉讼成本，即诉讼成本的控制。

当事人委托律师代理案件的一个着眼点是力图缩减诉讼成本。案件诉讼成本往往会随着诉讼周期的延长而显著增大，这种增大至少会来自两个方面：一方面来自成本的直接加大，案件久拖不决，二审终审之后的案件被提起再审后又将经过新一轮的审判，诉讼周期延长，耗费的诉讼直接成本必然增加，而且时间愈拖延愈易加大证据灭失的可能性，从而也增加了错误成本产生的可能性；另一方面来自诉讼收益的减少，诉讼拖延也使当事人对法律与司法的效度产生消极印象，而且某些旷日持久的案件判决时诉讼标的对当事人也已不再具有当初的意义与价值，导致诉讼收益的下降，这方面的损失对于实效性要求非常高的交易显得更加突出。因此，从上述角度考察，那些经年历久的诉讼对于当事人来讲是效率低下的。

由此，律师诉讼过程中为了防止迟来的正义，对于诉讼活动的掌控，甚至诉讼方略的考虑，包括诉讼对方的诉讼目的的考量都成为思考案件实质胜诉的考虑因素。

三、律师践行再审制度的法律价值

律师在民事案件的个案中，通过诉讼活动实现当事人的诉讼目的是代理活动的一个主要目标，也是民事代理活动的个体价值追求，但是通过诉讼活动，不断发现制度瑕疵，并引导法律规则不断走向法律制度的价值目标，同样是律师代理活动的价值所在，即塑造社会稳定、公正、安全的交易秩序。

我国现行民事再审法律程序是一个以审级制度为主体，以再审程序为补充的结构体系。再审程序作为审级制度的一种特殊的例外，与审级制度一起，共同构成民事诉讼程序的内在价值逻辑体系。因此，再审程序在现行民事诉讼法律程序的内在价值构成中具有特殊重要的地位。对此民事诉讼法理论学者认为："审判监督程序不论是对于维护诉讼当事人的合法权益来讲，还是对于保证人民法院正确行使民事审判权来说，都具有极其重要的意义。"[1] "民事诉讼应当以当事人得到充分的程序保障和一定的实体保障为前提……当生效裁判存在重大瑕疵的时候，为了维护社会的公平与正义，以及根据国家保护私权的职责，民事诉讼法有必要建立再审制度。"[2] "再审程序的价值功能体现在：1. 再审程序可以改变传统申诉观念；2. 再审程序可以促进司法公正；3. 再审程序可以维护司法权威；4. 再审程序可以推动司法进步。"[3] 等等。因此，实现再审程序功能是推动再审制度改进和完善的动力。

实现再审程序功能，首先要认识再审程序的功能。如何认识我国目前再审程序的功能呢？对此我们从民事再审程序自身和我

---

① 参见江伟主编：《民事诉讼法学原理》，中国人民大学出版社1999年9月版，第670页。

② 参见蒋集跃、杨永华："论我国民事再审制度的完善"，载《政法论坛》2003年第4期。

③ 参见虞政平："关于完善我国再审程序的课题报告"，载于沈德咏主编：《最新再审司法解释适用与再审改革研究》，人民法院出版社2003年6月版，第281~283页。

国审判监督程序文化传统出发，对再审程序功能做以下归纳：

（一）催生司法公正理念的更新

诉讼法理论认为，司法公正包含程序公正和实体公正两个方面。我国传统的司法公正理念强调实体公正，而忽视程序公正。司法程序通过一系列的司法活动，形成解决纠纷的诉讼机制，保证司法体系依据法律处理纠纷，恢复纠纷主体的社会地位和角色，矫正社会结构的扭曲，使社会结构在国家法律的干预下进行有序，并保证整个社会的稳定发展。正是民事诉讼解决纠纷的活动，通过在个案中适用实体法，向社会传达了实体法的精神，引导社会走向实体法预设的司法正义。可见，程序公正既是实现实体公正的手段，又具有独立的价值，程序公正和实体公正同样重要。司法是实现社会公正的最后救济手段，而作为特殊救济程序的再审程序是维护司法公正的最后防线的最后一道屏障。基于此，建立重点着眼于纠正非正当程序形成的裁判的再审制度，可以使程序正义的观念深入人心，催生中国现代司法公正理念的更新，从侧重实体公正向程序与实体并重升华。

（二）改变中国传统申诉观念

再审制度的建立并有效运行，将逐渐改变中国传统申诉的司法观念。中国自古即因强调审判的实体公正而强调"申冤"，平民百姓一直有着强烈的申诉意识，并以官吏是否勤于受理冤案，并能否"拨乱反正"为判断官吏优劣的标准。这就形成了中国法律文化中强烈的申诉意识。我国现有的再审程序，正是迎合这一传统的伸冤法律文化，为百姓无限申诉以及无限申请再审打开了方便之门。① 无限申诉一方面造成了法院方面再审案件积压，另一方面对于当事人来说则表现为申诉无门，申诉难，严重的甚至形成社会公众对民事司法的不满，影响社会安定。通过再审之诉，转变"申诉无限"的情形，从司法程序上保证对于错误裁判的救济，化解中国封建传统的申诉观，消除封建诉讼观念与现代诉讼观念之间的冲突，维护社会和谐。

现代诉讼理念强调司法资源的有限性和程序本位。程序本位要求无论司法者还是受到司法救济的民事主体必须坚持以诉讼过程，而不是以诉讼结果为出发点和评价标准的理念。程序的是否被遵守成为判断正义与否的核心。这显然与中国封建传统思想中追求实体真实的司法观念相去甚远。通过建立兼顾实体和程序的再审制度，真正发挥维护当事人合法权益的效用，从而代替申诉制度，则可以解决当事人和法院的双重为难，并且进一步促进中国社会法律观念的现代化。

（三）树立民众司法公信

从民事诉讼程序本身来说，再审在程序上强化了诉讼公信力。我们必须承认，司法活动出现错误，裁判出现瑕疵是不可避免的。无论民事裁判是否存在瑕疵，其法律效果是，一旦裁判发生法律效力，围绕着该裁判，在一定范围内必然形成某种现实的私法秩序。区别只在于：无瑕疵的裁判所形成的私法秩序符合实体法的预设；有瑕疵的裁判所形成的私法秩序在一定程度上背离了实体法的预设。这样公众对于法律的预期将产生怀疑，势必影响民众对于法律的崇尚和敬仰，进而影响民众的守法意识，甚至

---

① 参见虞政平主编：《再审程序》，法律出版社 2007 年 5 月第 1 版，第 29 页。

会破坏法制在民众心中的形象，导致民事主体的自力救济，从而引致社会纠错机制的无序化。因此，法律对于无瑕疵的裁判当然需要烙上既判力的"封印"，使理想的私法秩序得以固定下来；对于瑕疵裁判则需要进行纠偏，通过重新审判的制度来"修正"判决，待修正错误后再对无瑕疵的判决烙上既判力的封印。

当然，我们不可能打破所有因为瑕疵裁判而导致的背离理想私法秩序的现实秩序，因为这种行为本身是要付出高昂的成本，既包括国家司法权威的代价（公众对司法权威的信任度降低），也包括社会成员民事权益的代价（承担重新判决的成本支出等）。因此，经过选择后，只能打破那些严重背离理想秩序的现实秩序，推翻造成这种现实秩序的裁判进行重新审判。通过再审程序恢复民众对于司法的信心，维护司法公信力。

（四）推动司法裁判进步

再审程序通过对司法权力制约和程序监督推动司法裁判进步。宪法赋予了人民法院审理和裁判民事纠纷的审判权，法官在行使审判权的同时，法律同样赋予了法官广泛的自由裁量权，这种自由裁量权一方面保证法官在裁判活动中保持对于法律和案件事实的内心确信，另一方面也不可避免的造成对于法官个人法律素养的严重依赖，法官个人对于法律的理解、法律意识、法律素质对裁判的公正性会产生直接影响。正因为此，法律程序对于裁判活动设置了一系列能够控制或减少法官随意性的必须严格遵守的程序机制，以实现诉讼过程中的权力制约。

再审程序更加突出了这种目的。我国审判监督程序设置了三种启动再审程序的主体，以期实现上下级审判权（不同级别审判权各自独立）、审判权与检察权、审判权与当事人诉讼权利，不同主体间权力（利）的相互制约关系，从而使法官的随意和偏私受到控制和约束。

诉讼法理论认为诉讼程序具有非回复性的特点，即诉讼参与人的言行一旦成为程序上的过去，即不能推翻撤回；经过程序认定的事实关系和法律关系即具有确定性；诉讼程序进行完毕后，法官对事实做出的判定就具有权威性，对当事人和法院产生约束力，非经法定程序，法院不得对该案件进行审理，这构成了法律对于法院裁判既判力的维护和尊重。然而，另一方面，法官犯错误是在所难免的，尤其是在我国市场经济法制建立过程中，法律上不完备的情况下，裁判瑕疵有时可能还会很多，这些都要求在尊重判决，注重程序安定性的同时必须设立对审判权的监督纠错机制。针对生效判决来说，再审制度是一种"特殊"的监督程序，它构成了对判决既判力的直接挑战。再审制度意味着对自我的否定，因此再审制度体现的冲突性更强。与上诉制度不同，它的着眼点往往不是单纯的个案实体正义，而是为了推行整个社会的法制观念，纠正法定程序被严重践踏、适用法律发生严重失误的情况，以维护社会公正的法益目标，是程序公正与实体公正、个案公正与法律安定的平衡。

再审程序通过纠错维护司法制度最合法、最公正、最彻底和最权威的地位，通过监督达到权力制衡、维护公正的法律价值，实现再审程序推动司法进步的功能。律师践行再审程序的价值体现在实现再审程序的功能。律师作为法律的践行者，应当在坚守法律，维护法律尊严的同时倡导法律良知、传播法律精神，实现法律制度规范社会、推动社会文明不断进步的制度功能。尽管在律师实践中，再审制度还存在困惑不解的问题，但是结合我国的现实和历史传统，完善的再审制度具有存在的价值。通过再审制度的进一步改进，通过法律系统的进一步优化，能够更好实现民事诉讼法保护民商事活动，促进市场交易快捷、安全、稳定的法益目标。

第二章 再审案件的受理

修订后的民事诉讼法基本确立了再审之诉的"三阶架构",即确立再审过程包括申请再审案件的受理、申请再审事由的审查和再审案件的审理三个相对独立的程序阶段。[①] 再审案件的受理,是指人民法院对再审申请书等材料进行形式审查,判断其是否具备再审程序启动的程序性理由或者受理条件,并决定是否予以登记受理的过程。

申请再审案件的受理阶段,主要对再审申请人是否适格、被申请的生效裁判是否属于可以申请再审的裁判、再审事由表述是否符合法律规定、再审申请是否属于受案法院管辖,以及再审申请书和其他材料是否符合受理条件做形式审查。

---

① 本次民事诉讼法修正,通过增加第 180 条和第 181 条内容,对申请再审案件受理和申请再审事由审查阶段分别予以明确,并沿袭了修改前的民事诉讼法第 184 条。同时,最高人民法院《关于适用〈中华人民共和国民事诉讼法〉审判监督程序若干问题的解释》(法释 [2008] 14 号,以下简称《审判监督程序解释》)第 7 条、第 27 条和 31 条等也对再审之诉的"三阶"架构做了明确规定。《审判监督程序解释》于 2008 年 12 月 1 日起施行。

第一节　申请再审的受理程序

一、申请再审的受理条件

对于决定或者裁定案件再审前的阶段，实践中通常使用再审立案①的概念，人民法院的相关行为称之为复查②。由于再审立案"标志是再审决定书和再审裁定书，和一审、二审是不一样的"③，因此，其包括了对再审申请的形式审查和实质审查，基本覆盖了申请再审案件的受理、申请再审事由的审查两个阶段。

对于再审申请书等材料应当符合什么样的条件，法院才予以

---

① 再审立案是在最高人民法院《关于规范人民法院再审立案的若干意见（试行）》（法发［2002］13 号）中出现的概念，该意见第一条规定"各级人民法院、专门人民法院对本院或者上级人民法院对下级人民法院作出的终审裁判，经复查认为符合再审立案条件的，应当决定或裁定再审。人民检察院依照法律规定对人民法院作出的终审裁判提出抗诉的，应当再审立案。"民事诉讼法修订后，再审立案的概念仍然得到沿用。见《最高人民法院关于统一再审立案阶段和再审审理阶段民事案件编号的通知》（法［2008］127 号）。

② 最高人民法院关于规范人民法院再审立案的若干意见（试行）（法发［2002］13 号）第 1 条规定，各级人民法院、专门人民法院对本院或者上级人民法院对下级人民法院作出的终审裁判，经复查认为符合再审立案条件的，应当决定或裁定再审。

③ 纪敏："当前中国的审判监督工作"，载沈德咏主编：《最新再审司法解释适用与再审改革研究》，人民法院出版社 2003 年 6 月第 1 版，第 182 页。

受理，法律和司法解释没有明确指出，本次民事诉讼法修订也未涉及该问题。实践中不少法院作出了规范性总结，如江苏省高院《关于民事、行政申请再审案件审理程序的实施意见（试行）》第9条规定申请再审案件的立案应符合如下条件"（一）申请再审人享有申请再审权；（二）申请再审事由属于本意见规定的范围；（三）再审申请在规定的期限内提出；（四）属于本院管辖；（五）属于依照本意见可以申请再审的裁判；（六）申请再审人提供了符合要求的申请再审书及相关材料。"

　　再审之诉，就是将宪法所规定的申诉权利，将当事人对生效裁判的申诉权利，提升为一种诉讼权利。由此，犹如一审起诉权和二审上诉权一样，只要申请再审符合法定条件，人民法院即应当受理。但是，申请再审之诉是变更已确定的法律状态之诉，性质上属于诉讼法上的形成之诉，因此，其与一审起诉是不同的；一审起诉时，即使没有实体上的理由，只要符合起诉的形式要求，一审程序就应当启动。再审程序的启动应符合再审受理的条件，即再审申请的受理和裁定再审还是两回事。

　　因此，申请再审案件的受理阶段，主要对再审申请人是否适格、被申请的生效裁判是否属于可以申请再审的裁判、再审事由表述是否符合法律规定、再审申请是否属于受案法院管辖，以及相关书面材料做形式审查。按照再审之诉的要求和法律、司法解释规定，再审申请人是生效裁判文书列明的当事人，或者符合法律和司法解释规定的案外人；接收再审申请书的人民法院是原审法院的上一级法院；申请再审的裁判属于法律和司法解释允许申请再审的生效裁判；申请再审的事由属于民事诉讼法第179条规定的情形，再审申请书及其他材料包含了司法解释的规定的必要信息，人民法院即应当受理。此外，对于需要补正的，应由当事人补正。补正主要是针对再审申请书及其他材料有欠缺事项或者再审申请书有谩骂、侮辱等内容的情形。

二、法院的审查程序

法院在申请再审受理阶段的审查程序，主要是指在该阶段应为何种规范性行为。

法院审查的执行机构，是指由法院内部的哪个庭室来审查当事人的再审申请书等材料。对此，各个法院做法不一样。修订前的民事诉讼法对于如何进行审查、当事人在审查阶段的权利义务、法院审查程序和期限等没有作出具体规定。各地法院对再审之诉的制度规范的探索中，依据立审分立原则，对于是否决定或者裁定再审，主要有三种做法：第一种是由立案庭对申诉案件进行形式上的审查，即登记立案后移送审监庭；第二种是由立案庭对申诉案件进行一定程度的实体审查，即立案庭审查认为可能有错误并下发再审裁定或者决定后，才将案件移送审监庭；第三种是立案庭与审监庭联合审查，共同协商决定是否进入再审。

民事诉讼法修订后，围绕再审之诉的"三阶架构"，目前来看主要有几种方式，一是立案庭受理并审查、审监庭审理模式；二是专设机构审查模式；三是立案庭登记、各民庭审查、审监庭审理模式；四是立案庭登记、各民庭审查并审理、审监庭职权再审模式；五是立案庭登记并审查、各民庭与审监庭共同审理模式；六是立案庭、各民庭、审监庭均参与审查的模式。① 目前，法院立案庭一般专门开立再审窗口受理再审申请。

法院在申请再审受理阶段的义务，即其应为的规范性行为，实际上就是在该阶段，法院应当依法给予当事人包括对方当事人哪些回应。《审判监督程序解释》第 7 条规定，人民法院应当自收到符合条件的再审申请书等材料后 5 日内完成向申请再审人发送受理通知书等受理登记手续，并向对方当事人发送受理通知书及再审申请书副本。对于"收到再审申请书之日"，民事诉讼法没有明确说明。《审判监督程序解释》第 7 条规定，法院发送受理通知书，应是收到"符合条件"的再审申请书后 5 日内。即，收到再审申请书之日，实际上是指当事人申请再审通过形式审查，并被法院立案受理之日。

向当事人发送受理通知书是保障当事人再审诉权的重要措施。修订前的民事诉讼法没有对当事人申请与受理等相关程序规则的规定，使得当事人申请再审没有公开、透明的程序保障。实践中对于当事人申请再审的立案带有很强的职权主义色彩，处于不公开的状态，当事人提交了材料之后，没有法定的渠道参与了解，只能被动的等待结果，不知道是否已经立案或者材料还有哪些欠缺。

作为民事诉讼的审判程序之一，因当事人申请再审启动的审判监督程序也应是在双方当事人参与下进行的。缺乏一方当事人参与的诉讼程序，不符合诉讼程序的基本特征。我国原民事诉讼

---

① "最为核心的改革理念是建立再审之诉——新民诉法审监程序司法解释出台本报独家专访最高人民法院副院长江必新"，《法制日报》，2008 年 12 月 8 日第 2 版。

法仅规定当事人可以申请再审，但是没有规定对方当事人参与诉讼的程序，使得对方当事人的诉讼权利得不到保障，很多情况都是裁定再审后对方当事人才知悉。法院应向申请人和对方当事人发送受理通知书，但并未规定必须送达对方当事人。通常的诉讼程序要求相关诉状、通知等必须通过法定方式送达对方当事人，而且法院通常会以电话等方式提示。由于当事人申请再审是对生效裁判错误的救济程序，相对于一、二审程序而言，在裁定再审之前，并不在双方形成直接的对抗。而且当事人申请再审的提起通常距离纠纷发生和原审裁判生效已经过一段时间，对方当事人可能发生法定住所地变更等难以掌握的变化，如果不能以通常的方式及时送达，而以公告送达则拖延了对再审事由的审查。法院对再审事由是否成立的审查，主要通过审查当事人提交的再审申请书等材料、调卷审查，询问等方式。对方当事人如提交书面意见，或以其他方式发表意见，利于法院的审查；但并不是说没有对方当事人的参与无法进行审查工作。当然，实践中也有很多当事人在裁定再审前，出于各种考虑如担心对方当事人转移财产等，不愿对方当事人过早了解案件的进展。

同时，对于当事人提交的材料不符合再审受理条件的，法院向当事人具体指出其材料不符点，指导当事人规范行使其再审诉权。

第二节　发起再审的主体

我国启动民事再审实行"当事人主义"和"职权主义"并行

的格局，法院、检察院，当事人和法律、司法解释规定的案外人都可以依法启动再审。提起审判监督程序的方式有四种：一是本院的院长提交审判委员会讨论决定再审；二是最高人民法院和上级人民法院提审或者指令再审；三是当事人申请再审；四是人民检察院按照审判监督程序提出抗诉再审。修订后的民事诉讼法以解决"申诉难"为目的，对当事人申请再审相关制度进行了改造。

对于因不同主体启动的再审程序，民事诉讼法修订后，最高院在案号管理上统一了标准。当事人不服生效一审或者二审判决、裁定、调解书，向上一级人民法院申请再审，且符合申请再审受理条件的案件，编立"民申字"案号；当事人不服生效再审判决、裁定、调解书，向上一级人民法院申请再审，且符合申请再审受理条件的案件，编立"民再申字"案号；人民法院依据民事诉讼法第一百七十七条依职权进行审查的案件，编立"民监字"案号；人民检察院依法提出抗诉的案件，编立"民抗字"案号。① 而之前，当事人申请再审也是用"监"字案号；案号编写的变化也体现了当事人作为启动再审程序的独立主体地位。

对于当事人申请再审的，人民法院审查再审申请人是否适格，依据其是否为生效裁判文书列明的当事人，或者符合法律和司法解释规定的案外人。检察院抗诉的，按照修订后的民事诉讼法规定，接收抗诉的人民法院应当自收到抗诉书之日起 30 日内作出再审的裁定，即检察院抗诉直接进入再审审理阶段（最高院有若干规范性文件明确了不能抗诉的裁判类型，对于这些类型的

---

① 见《最高人民法院关于统一再审立案阶段和再审审理阶段民事案件编号的通知》（法 [2008] 127 号）第 1 条。

裁判，法院在实践中不予受理抗诉书）。人民法院决定再审的，也不存在审查再审申请书等问题。但是，实践中无论是检察院抗诉还是法院决定再审，其主要原因都在于利害关系人的申诉。因此，考虑到再审发动主体的多样性和再审申请被申请人的角度，下文也将探讨法院决定再审和检察院抗诉启动再审的情形。

一、当事人和案外人申请再审

能够享有申请再审权的当事人，是因民事权利义务关系发生争议，或者民事权益受到侵犯，以自己的名义参加诉讼，并受人民法院生效裁判文书约束的利害关系人。在再审案件的受理阶段，对于是否为适格的申请人，即是看其是否被生效裁判文书列明。

修订后的民事诉讼法第 204 条规定"案外人、当事人对裁定不服，认为原判决、裁定错误的，依照审判监督程序办理。"最高院《审判监督程序解释》对案外人申请再审明确了两种情形。

（一）当事人申请再审

我国原有民事再审制度虽然规定当事人可以申请再审，但是对当事人申请再审事由规定不明确、不客观，最终仍然归入职权主义审查标准和审查方式。当事人申请再审得不到规范保障。实践中，再审可以通过当事人申请、检察抗诉、法院依职权再审、案外人申诉、有关机关交办、督办、检察建议等渠道启动。当事人申请再审通常是职权主义启动再审的线索。

在本次民事诉讼法的修订过程中，有不少观点主张取消或者弱化法院决定再审和检察院抗诉，也有观点主张将二审终审改为三审终审制。自 2000 年最高院布署审判监督改革以来，对现行当事人申请再审权利进行诉权化改造被普遍接受。修订后的民事诉讼法，人民法院依据职权启动再审的权力依然保留；检察机关对民事案件的抗诉事由由原来的四种扩展为十三种外加程序性兜底条款，与当事人申请再审的事由完全相同。"表面上看，民事再审制度中职权主义强化了，但实际上是强化了当事人申请再审的权力，消弱了职权启动再审的权力。因为民事诉讼法已把当事人申请再审的事由法定化，申请再审的管辖法院法定化，申请再审的审查期间法定化，当事人只要依据法定的事由申请再审，人民法院就应当进行再审，不需要任何公权力作为支撑"，"职权主义已经成为启动民事再审程序的补充手段。"[1]

（二）案外人申请再审

1. 案外人申请再审权的确立

修订前的民事诉讼法并未规定案外人可以提出再审申请。由于缺乏法定的救济渠道，案外人民事权益受到生效裁判侵害时，常通过申诉要求人民法院依职权启动再审程序，或者要求检察院对生效裁判提出抗诉。如"任彦才与吕新建等合伙建楼纠纷再审案[2]"，案外人山西省汾阳市城西农村信用合作社对山西高院作出〔1996〕晋民监字第93号民事判决提出异议，向最高院申诉。最高院于2002年3月2日作出〔2001〕民一监字第188号民事裁定，决定对该案提审。但是，由于案外人在再审程序及原诉中不

---

[1]　苏泽林："民事诉讼法修正后审判监督工作的方向与任务"，载苏泽林主编：《审判监督指导》2007年第2辑，人民法院出版社2008年2月第1版，第55页。

[2]　本书案例皆为最高院审理的再审案件（除第四章外），除特别注明外，来源于北京市兰台律师事务所代理的案件和北大法宝（http：//bmla. chinalawinfo. com）。

享有诉讼地位，即使通过公权力启动再审程序，也没有一定程序促使其合法权益得到充分保障。案外人知道权利受到损害很多是在执行程序中，对此一般通过执行异议来保障其权利。但是对于此种情况下是否通过设立第三人异议之诉制度来处理，我国原有民事诉讼制度并无规定。

在我国司法实践中，因为生效裁判损害案外人合法权益的情形时有发生，有的法院也对赋予案外人申请再审的权利进行了探索。如广东高院《广东省法院再审诉讼暂行规定》（粤高法发〔2004〕22 号）第 11 条规定，与案件的处理结果有直接利害关系的案外人有权申请再审。

修订后的民事诉讼法第 204 条规定"案外人、当事人对裁定不服，认为原判决、裁定错误的，依照审判监督程序办理。"最高院配套出台的《最高人民法院关于适用〈中华人民共和国民事诉讼法〉执行程序若干问题的解释》（法释〔2008〕13 号），明确案外人异议问题可以通过专门诉讼解决。《审判监督程序解释》对案外人申请再审做了具体规定。

2. 案外人申请再审的情形

案外人申请再审是《审判监督程序解释》起草过程中的难点之一。依据《审判监督程序解释》第 5 条规定，有两种案外人申请再审的情形。

一种是，案外人对原判决、裁定、调解书所确定的执行标的物主张权利，且无法提起新的诉讼解决争议的，可以向作出原判决、裁定、调解书的人民法院的上一级法院申请再审。这种方式并没有强调案件已经进入强制执行程序，但是案外人仅能对原判决、裁定、调解书所确定的执行标的物主张各种权利，且无法另诉解决的，才能申请再审。另一种是，在执行过程中，案外人对执行标的提出书面异议的，应当按照民诉法第二百零四条的规定处理。也就是说，案外人对执行标的提出了书面异议，法院在规定的期限内审查发现，案外人的异议理由成立，并据此作出裁定，中止对该涉案标的执行，然后，案外人向法院申请再审。

因案外人申请再审，法院审查认为与案件有不可分的利益存在的，应当裁定再审。裁定再审后，《审判监督程序解释》规定了分两种情形处理，一是人民法院经审理认为案外人应为必要的共同诉讼当事人的，在按第一审程序再审时，应追加其为当事人，作出新的判决；在按二审程序再审时，经调解不能达成协议的，应撤销原判，发回重审，重审时应追加案外人为当事人。另一种情形是，经审理认为案外人不是必要的共同诉讼当事人的，仅审理该案外人对原判决提出异议部分的合法性，并应根据审理情况作出撤销原判决相关判项或驳回再审请求的判决；撤销原判决相关判项的，应告知案外人以及原审当事人可以提起新的诉讼解决相关争议。这样规定，主要是总结了各地审判经验，对再审程序中可以解决的以及无法解决的问题，分别予以明确，为案外人寻求保护其合法权益清除法律上的障碍。①

二、法院决定再审

法院决定再审包括本院院长提交审判委员会讨论决定再审和最高人民法院和上级人民法院提审或者指令再审的情形。本次民事诉讼法修改保留了原有法院决定再审的内容。

---

① 见《最高法院审监庭负责人解读"关于适用民诉法审监程序若干问题的解释"》，人民法院报 2008 年 12 月 4 日。

实践中，法院决定再审主要有几个原因，一是当事人的申诉；二是法院在案件审理过程中，发现本案和前案有牵连，而且必须以前案裁判结果为依据，但前案裁判结果有错误；三是执行程序发现案件处理有问题或者主文不明确影响执行，需要提起再审，此外检察建议也会促成法院决定再审。

法院决定再审，原则上可针对任何生效裁判，也没有时间限制。而对于当事人申请再审来讲，可以申请再审的法律文书是有限制的，也有申请再审的期限限制。如果当事人申请再审不符合受理条件或者再审事由经审查不成立的，可以通过申诉要求法院依职权启动再审。以当事人申请再审为主依职权启动再审为辅，当事人主义和职权主义并存仍有意义，它照顾了长期以来"有错必纠"的思想影响和老百姓申冤情绪的历史和现实。

结合有关规定和司法实践，有如下几类案件需要通过法院依职权决定再审来解决。①

一是，对同一个法律事实存在两个相互矛盾的裁判，一方当事人又不能以案外人身份申请再审，导致裁判无法执行的。实践中出现双方当事人各自持有的生效裁判发生冲突，导致无法执行的情形，需要按规定层报上级法院处理。

二是，生效裁判损害国家或者公共利益，检察院又没有提起抗诉的。如《审判监督程序解释》第30条规定"当事人未申请再审、人民检察院未抗诉的案件，人民法院发现原判决、裁定、调解协议有损害国家利益、社会公共利益等确有错误情形的，应当依照民事诉讼法第一百七十七条的规定提起再审。"

---

① 苏泽林主编：《审判监督指导》2007年第2辑，人民法院出版社2008年2月第1版，第88页。

　　三是，生效裁判本身性质决定或法律、司法解释规定不能申请再审，但其确有错误的。当事人可以申请再审的裁判通常是指经过普通程序和简易程序审理，对当事人实体权利义务作出裁判的生效判决；对于当事人不能申请再审的裁判，下文将作探讨。如对于支付令确有错误的，最高院《关于适用〈中华人民共和国民事诉讼法〉若干问题的意见》第 207 条规定当事人不得申请再审。最高院《关于支付令生效后发现确有错误应当如何处理问题的复函》（法函［1992］98 号）指出"债务人未在法定期间提出书面异议，支付令即发生法律效力，债务人不得申请再审；超过法定期间债务人提出的异议，不影响支付令的效力。人民法院院长对本院已经发生法律效力的支付令，发现确有错误，认为需要撤销的，应当提交审判委员会讨论通过后，裁定撤销原支付令，驳回债权人的申请。"

　　当事人没有在裁判发生法律效力后两年内提起申请再审，又认为裁判确有错误的，可以向作出生效裁判的人民法院提出申诉，也可向其上级人民法院申诉。按照《人民法院组织法》第 14 条规定，各级人民法院对于当事人提出的对已经发生法律效力的裁判的申诉，应当认真负责处理，如发现确有错误，应当进行再审。

　　法院依职权决定再审能有效地解决司法实践中特殊的情形，避免"诉讼僵局"的出现。单纯从规定看，法院依职权决定再审的生效裁判的种类并无限制，但在实践中还是应该从严控制依职权提起的再审。应该将此制度作为申请再审的补充。一般有错误的案件应该通过当事人申请再审启动，只有申请再审程序无法解决生效裁判的明显不公时，才能依职权启动再审。

三、抗诉启动再审

（一）抗诉

修订后的民事诉讼法规定受案法院应当自接受抗诉书之日起30内裁定再审。检察院抗诉在民事诉讼法修订后的一段时期内数量激增，成为一个非常突出的再审启动因素，如上海高院再审案件中的80%便来源于检察机关的抗诉。①

当事人向检察院申诉促使其依抗诉启动再审的情形主要有几种，一是当事人过了两年提出申诉，转而向检察院寻求救济；二是当事人向人民法院申请再审被驳回，转而向检察院申诉。即对于明显将被法院驳回或者已经被法院驳回案件，当事人常选择向检察院申诉，如最高院抗诉的案件，不少是来自当事人不服高院的再审判决或者驳回通知（修订后的《民事诉讼法》驳回也用裁定）而向最高院提起的申诉。

（二）检察建议

检察院在办理民事案件的抗诉工作中，还实行检察建议的制度。检察院提出检察建议后，由法院决定是否再审。检察院强行发动再审程序的途径只能是抗诉，递交抗诉书。检察建议制度是"两高"对抗诉制度认识协调的一个产物。实践中，以检察建议方式由法院来决定再审的情形是比较常见的。如"泛华工程有限公司西南公司与重庆新型建筑材料开发公司等土地使用权纠纷再审案"。最高院二审作出〔1999〕民终字第28号判决书。当事人

---

① 见"最为核心的改革理念是建立再审之诉——新民诉法审监程序司法解释出台本报独家专访最高人民法院副院长江必新"，《法制日报》，2008年12月8日第2版。

不服该二审判决向最高院申请再审；最高检亦向最高院发出高检民行意字［1999］第 7 号《检查意见书》，认为该案一、二审判决在事实认定、法律适用和审判程序上均存在错误。最高院于 2002 年 1 月作出［2001］民一监字第 7 号民事裁定，决定再审该案。在审理过程中，经最高院主持调解，双方达成调解协议。

　　检察院认为在下述情形下可以提出检察建议：1. 原判决、裁定符合抗诉条件，人民检察院与人民法院协商一致，人民法院同意再审的；2. 原裁定确有错误，但依法不能启动再审程序予以救济的；3. 人民法院对抗诉案件再审的庭审活动违反法律规定的。[①] 有的地方，法院和检察院一起对有关检察建议作出规定，如《吉林省高级人民法院、吉林省人民检察院关于审理民事行政抗诉案件工作第三次联席会议纪要》。[②]

　　对于第一种情形，有的法院和检察院比较协调，一般是双方交换意见后，法院认为案件确实有问题，然后检察院出检察建议，法院自己启动再审程序。这种情况，检察院不必提请上级检察院抗诉，也无需出庭，既达到纠错目的也节省时间精力。

---

　　① 《人民检察院民事行政抗诉案件办案规则》（高检发［2001］7 号）第 47 条。

　　② 其第 13 条规定"人民检察院对个案提出启动再审程序的检察建议时，应当将案件当事人的通信地址、联络方式的记载一并移送人民法院。人民法院对人民检察院建议再审的案件应当立监字号案件进行认真复查，认为符合再审条件的应当启动再审程序，同时书面通知提出建议的人民检察院，认为不符合再审条件的，应当及时通知提出建议的人民检察院。人民法院无论对人民检察院建议再审的案件是否启动再审程序，都应当自收到检察建议书三个月内回复提出建议的人民检察院。人民法院决定对再审检察建议的案件不予启动再审程序的，人民检察院认为原裁判确有错误，可以正式提出抗诉。"

对于第二种情况，最高检曾指出，对于已经发生法律效力的中止诉讼的裁定不宜提出抗诉，但是如其确属不当的，可采用检查意见的方式向法院提出。① 对于其他司法解释规定抗诉不受理的情形，如裁判确实错误有损公正，可以用检察建议的方式提出，但是否进入再审程序，需要由法院根据案件的具体情况尤其是改判的效果等方面综合考虑来决定。

对于第三种情况，涉及庭审活动违法，一般不做抗诉，由法院自己处理。

第三节　不能申请再审的生效裁判

当事人申请再审，法院决定是否受理要审查其是否对属于可申请再审的生效裁判提出的。依照法律规定，当事人可以对生效的判决、裁定、调解书申请再审。但是对于可以申请再审的生效裁判的类型，实践中是有所限制的。

检察院抗诉的民事案件，法律虽然没有明确限制，但司法解释等规范性文件及实践操作中都对抗诉案件有所限制。而法院决定再审的案件，如前所述，主要来源是当事人申诉和检察建议、和交办督办案件。对于当事人没有申请再审检察院也未抗诉的，法院主要对损害国家利益、公共利益的案件依职权提起再审。

---

① 最高检《关于对已生效的中止诉讼的裁定能否提出抗诉的答复》（高检发研字［1999］13号）。

一、法定不能申请再审的裁判

判断是否属于可申请再审的生效裁判，通常要考虑两个方面。首先，为了维护生效裁判的稳定性，可以通过另案解决的不能申请再审；其次，除了法律对几类特殊的裁定有明确规定外，由于一般裁定不涉及当事人的实体权利一般不允许申请再审。

对不得申请再审的裁判类型，法律和司法解释作出了明确规定的，有如下几类：

依照民事诉讼法第183条规定，对于生效的解除婚姻关系的判决，不得申请再审。

最高院《关于适用〈中华人民共和国民事诉讼法〉若干问题的意见》第207条规定①，按照督促程序、公示催告程序、企业法人破产还债程序审理②的案件当事人不得申请再审。

---

① 该条还规定，按照审判监督程序审理后维持原判的案件，当事人不得申请再审。该问题涉及到再审次数问题，在下文将专门论及。实践中，如中国银行股份有限公司烟台分行诉烟台开发区物资再生综合利用公司、烟台开发区房地产有限公司借款担保合同纠纷案，2008年1月30日，山东高院开庭审理后，作出［2007］鲁民再终字第56号判决书维持［2006］鲁民再终字第9号民事判决，兰台所律师仍代理烟台分行向最高院递交了再审申请书，2008年4月14日，最高院作出［2003］民二监字第19-4号裁定决定提审本案。

② 最高院《关于在破产程序中当事人或人民检察院对人民法院作出的债权人优先受偿的裁定申请再审或抗诉应如何处理问题的批复》（法复［1996］14号）指出，如果债权人据以行使优先权的生效法律文书确有错误，应由作出判决或者调解的人民法院或其上级人民法院按照审判监督程序进行再审。如果审理破产案件的人民法院用裁定的方式变更了生效的法律文书的内容，人民法院应当依法予以纠正，但是当事人不能对此裁定申请再审，亦未涉及检察院抗诉的问题。

对于驳回申请撤销仲裁裁决的裁定不服申请再审的①、对法院撤销仲裁裁决的裁定不服申请再审的②，对不予执行仲裁裁决的裁定不服申请再审的③，法院不予受理。此外有的地方法院也对不予再审的裁判类型作出规定。④

二、有争议的申请再审的裁判

（一）当事人均未提出上诉的一审裁判

对于当事人可以申请再审的生效裁判的范围，争议较多的是一审未上诉而生效的裁判是否应当赋予当事人通过申请再审进行救济的权利。

本次民事诉讼法修订前，在实践中，有的法院不允许对未经

---

① 最高院《关于当事人对驳回其申请撤销仲裁裁决的裁定不服而申请再审，人民法院不予受理问题的批复》（法释［2004］9号）。

② 最高院《关于当事人对人民法院撤销仲裁裁决的裁定不服申请再审人民法院是否受理问题的批复》（法释［1999］6号）。

③ 最高院《关于当事人因对不予执行仲裁裁决的裁定不服而申请再审人民法院不予受理的批复》（法复［1996］8号。

④ 如《广东省法院再审诉讼暂行规定》（粤高法发［2004］22号）第25条规定"当事人申请再审，经审查属于下列情形之一的，不予再审：……（十一）人民法院依照督促程序、公示催告程序和破产还债程序审理的案件；（十二）人民法院依照特别程序审理的选民资格案件；（十三）人民法院判决、调解解除婚姻关系、确认婚姻关系无效的案件，但当事人就财产分割问题申请再审的除外；（十四）人民法院裁定撤销仲裁裁决或者驳回撤销仲裁裁决申请的；（十五）人民法院裁定不予执行仲裁裁决或者驳回不予执行仲裁裁决申请的；（十六）人民法院认定仲裁协议效力的案件；（十七）依照有关法律、司法解释的规定，应不予再审的其他情形。"该条规定中有些款涉及再审次数、申请再审的期限等问题。同时，该裁判类型应在决定是否受理时予以审查，而不是受理后以裁判类型不合法而驳回再审申请。

上诉的案件申请再审。如广东高院规定，民事、行政案件一审判决后，当事人无正当理由没有提起上诉的，不予再审。^① 也有法院予以受理。如"中国银行股份有限公司烟台分行诉烟台开发区物资再生综合利用公司、烟台开发区房地产有限公司借款担保合同纠纷再审案"，日照中院作出［1995］烟经初字第109号民事判决，各方没有上诉，案件已执行，之后，山东高院再审该案，该案件多次进入再审审理。又如"中国工商银行广西壮族自治区武鸣县支行与安徽省蚌埠城南油厂等购销进口毛豆油、担保合同纠纷再审案"，^② 蚌埠中院作出一审判决后，各方均未在法定上诉期内提出上诉。之后，安徽省蚌埠城南油厂申请再审，安徽省高院以［2000］皖经监字第81号民事裁定，决定提审该案。

我们认为综合各种因素，对一审未上诉案件是否可申请再审问题，原则应当允许当事人申请再审。因为，其一，民事诉讼法修订的目的在于解决"申诉难"；其二，对于当事人应及时申请再审的问题已有申请再审期限予以规范，因此法院不宜以当事人均未上诉而不受理当事人的再审申请。上述"中国工商银行广西壮族自治区武鸣县支行与安徽省蚌埠城南油厂等购销进口毛豆油、担保合同纠纷再审案"中，在安徽省高院作出［2000］皖经再终字第27号民事判决后，中国工商银行广西壮族自治区武鸣县支行向最高院申请再审，最高院提审该案后，作出［2003］民

① 《广东省法院再审诉讼暂行规定》（粤高法发［2004］22号）第25条，当然按照该规定此种情形不影响对再审申请的受理。

② 详细案情见最高人民法院审判监督庭编著、苏泽林主编：《最后的裁判——最高人民法院典型疑难百案再审实录（担保与金融案件卷）》，中国长安出版社，2007年1月第1版。

二提字第 3 号民事判决认为，"城南油厂在原审判决生效后二年内向人民法院提出申请再审，安徽省高级人民法院依法提审本案并未违反民事诉讼法的规定。武鸣工行关于原再审存在诉讼程序错误的理由不能成立"。当然，对于当事人不打二审打再审等行为，确实有损审级制度；但是和再审的次数等问题一样，要作出细致的规范，确实存在制度设计的繁琐和目前阶段公众的接受度问题。将来时机成熟，可以考虑对这种情况原则上不得申请再审，但对于因为据以作出原判决、裁定的法律文书被撤销或者变更的；或者审判人员在审理该案件时有贪污受贿、徇私舞弊、枉法裁判情形的，可以申请再审。

（二）最高院作出的裁判

对于当事人可否申请再审的裁判，除了一审未上诉的情形外，在本次民事诉讼法修订过程中，最高院作出的裁判能否申请再审也是一个有争议的问题。

有观点认为最高院的裁判不得申请再审。因为最高院是我国最高级别的人民法院，其作出的生效裁判应具有终局性的效力。有的观点认为"最高院的生效裁判还要改判等于没有终审权，即使错了也不要改，有必要牺牲个案来维护既判力，否则在我国没有终审可言。"[1] 有观点认为，确有错案就应当予以纠正。[2] 有观点认为，经过最高院审委会定的案件不能申请再审。由于"实践

---

[1] 纪敏："当前中国的审判监督工作"，载沈德咏主编：《最新再审司法解释适用与再审改革研究》，人民法院出版社 2003 年 6 月第 1 版，第 165 页。

[2] 时任最高院院长指出"由于种种原因，本院判决的案件发生人为的偏差，在社会上造成急坏的影响，能不改判吗？""对本院确有错误的案件必须改过来"。纪敏："当前中国的审判监督工作"，载上揭书第 165 页。

中最高院生效裁判出现错误并不少见，仅以最高院的标签排斥再审，社会尚难接受。但经过最高人民法院审判委员会讨论作出的生效裁判，或者最高人民法院依再审程序作出的生效裁判，原则上不得再审或再再审，这应当为社会所理解和接受"。①

2001年10月16日最高院审委会通过《关于办理不服本院生效裁判案件的若干规定》，明确对于最高院的裁判可以申请再审。其依据有三，一是人民法院履行法定职责的需要。二是，对最高院生效裁判进行监督是解决裁判不公、确保司法公正的需要，三是，对最高院生效裁判进行监督是促进和保证内部业务庭和合议庭正确审理案件的需要。"一般情况下，启动最高院生效裁判案件复查都需要领导批示或全国人大代表过问。当然偶尔也会出现一种情况是，院领导直接批示某个复查案件交于某个庭办理"。②依据前述规定，对最高院生效裁判案件经审查认为应当再审的，或者已经进入再审程序、经审理认为应当改判的，由院长提交审判委员会讨论决定。这是和对其他类生效裁判申请再审的不同之处。

对于最高院作出的裁判再审、改判的原因，主要是当事人提出了新的证据、一审对于程序问题审查的失当未在二审中被发现纠正，以及经济社会发展导致有关司法理念的变化等。以往的实践中，对于最高院终审的裁判提起再审申请的案例并不鲜见，最

---

① 虞政平主编：《再审程序》，法律出版社2007年5月第1版，第6页。

② 王朝辉："《最高人民法院关于办理不服本院生效裁判案件的若干规定》的理解和适用"，载沈德咏主编：《最新再审司法解释适用与再审改革研究》，人民法院出版社2003年6月第1版，第94页。

高院受理并裁定再审的也不乏其例。最高院曾裁定再审过由最高院审委会通过的二审案件，如"北戴河金山宾馆与秦皇岛市商业银行股份有限公司、秦皇岛海源实业有限公司借款合同担保纠纷再审案"。① 该案经过最高院审委会讨论决定作出 [1997] 经终字第 76 号判决，后当事人申请再审，最高院审理并经审委会讨论，作出 [2004] 民二再字第 1 号判决"撤销最高人民法院 [1997] 经终字第 76 号判决"。实践中甚至出现最高院经当事人申请裁定对最高院再审判决予以再审的案例，如"鞍钢集团国际经济贸易公司与巴拿马富春航业股份有限公司海上货物运输无单放货纠纷再审案"。② 巴拿马富春航业股份有限公司（下称富春公司）和巴拿马胜惟航业股份有限公司（下称胜惟公司）不服辽宁高院二审判决，向最高院申请再审，最高院于 2000 年 10 月 8 日以 [1997] 交监字第 76 号裁定，提审该案；经审理后，最高院作出 [2000] 交提字第 6 号民事判决。鞍钢集团国际经济贸易公司（下称鞍钢公司）不服最高院再审判决，再向最高院申请再审。经最高院审委会讨论决定作出 [2003] 民四监字第 27 号裁定，再审该案。最高院经审理并经审委会讨论决定，于 2005 年 10 月 7 日作出 [2005] 民四再字第 2 号判决，撤销 [2000] 交提字第 6 号民事判决，维持 [1997] 辽经终字第 39 号判决。

---

① 详细案情见最高人民法院审判监督庭编著、苏泽林主编：《最后的裁判－最高人民法院典型疑难百案再审实录（担保与金融案件卷）》，中国长安出版社，2007 年 1 月第 1 版。

② 详细案情见最高人民法院审判监督庭编著、苏泽林主编：《最后的裁判－最高人民法院典型疑难百案再审实录（房地产与公司企业案件卷）》，中国长安出版社，2007 年 1 月第 1 版。

三、不得抗诉的生效裁判

如前所述，当事人可以申请再审裁判的类型是受到限制的，对此，当事人主要可以向法院申诉由法院依职权决定启动再审程序；或者向检察院申诉，由检察院抗诉启动再审程序。因此，有必要对检察院可以抗诉的生效裁判予以讨论。

按照修订后的民事诉讼法检察院抗诉的，人民法院应自接到抗诉书之日起 30 日内下达再审的裁定；法律也未明确规定检察院不能抗诉的裁判类型。理论界和实务界不少观点认为，检察院对民事案件的抗诉应该限制在损害国家、社会公共利益的案件上。实践中，司法解释对可以抗诉的民事裁判类型有所限制。

（一）司法解释规定不予受理的抗诉

1995 年到 2000 年之间，最高院发布系列解释、意见等规范性文件，对检察院不能抗诉的裁判类型给予各级法院明确指示。

最高院《关于对执行程序中的裁定抗诉不予受理的批复》（法复〔1995〕5 号）规定，检察院对法院在执行程序中作出的查封财产裁定提出抗诉的，通知不予受理。

对于先予执行的裁定不得抗诉。最高院《关于检察机关对先予执行的民事裁定提出抗诉人民法院应当如何审理的批复》（法复〔1996〕13 号）中认为，检察院只能对人民法院已经发生法律效力的判决、裁定按照审判监督程序提出抗诉。这种监督是事后监督。因此，对于人民法院在案件审理过程中作出的先予执行的裁定，因案件尚未审结，不涉及再审，检察院提出抗诉，于法无据。如检察院坚持抗诉的人民法院应以书面通知形式将抗诉书退回。

对破产还债程序终结的裁定提出抗诉的不予受理。最高院《关于对企业法人破产还债程序终结的裁定的抗诉应否受理问题的批复》（法释［1997］2号）规定，检察机关对破产还债程序终结的裁定提出抗诉的，通知不予受理。

对于诉前保全裁定提出抗诉不予受理。最高院《关于人民法院发现本院作出的诉前保全裁定和在执行程序中作出的裁定确有错误以及人民检察院对人民法院作出的诉前保全裁定提出抗诉人民法院应当如何处理的批复》（法释［1998］17号）规定，对诉前保全裁定提出抗诉，人民法院通知不予受理。

单独对诉讼费负担裁定提出抗诉的不予受理。最高院《关于人民法院不予受理人民检察院单独就诉讼费负担裁定提出抗诉问题的批复》（法释［1998］22号）指出，检察院对人民法院就诉讼费负担的裁定提出抗诉，没有法律依据，不予受理。

对民事调解书提出抗诉不予受理。最高院《关于人民检察院对民事调解书提出抗诉人民法院应否受理问题的批复》（法释［1999］4号）指出，依据法律规定检察院只能对法院已经发生法律效力的判决、裁定提出抗诉，其对调解书提出抗诉不予受理。

对撤销仲裁裁决的裁定提出抗诉不予受理。最高院《关于人民检察院对撤销仲裁裁决的民事裁定提起抗诉人民法院应如何处理问题的批复》（法释［2000］17号）指出，检察机关对发生法律效力的撤销仲裁裁决的民事裁定提出抗诉，没有法律依据，人民法院不予受理。依据《仲裁法》第9条，仲裁裁决被人民法院依法撤销后，当事人可以重新达成仲裁协议或者向人民法院提起诉讼。

对不撤销仲裁裁决的裁定提出抗诉不予受理。最高院《关于人民检察院对不撤销仲裁裁决的民事裁定提出抗诉人民法院应否受理问题的批复》（法释〔2000〕46号）指出，人民检察院对不撤销仲裁裁决的民事裁定提出抗诉，没有法律依据，不予受理。

2001年全国审判监督工作座谈会《关于当前审判监督工作若干问题的纪要》对不予受理的抗诉类型进行了总结。其规定，人民法院依照民事诉讼法规定的特别程序、督促程序、公示催告程序、企业法人破产还债程序审理的案件；人民法院已经决定再审的案件；以调解方式审结的案件；涉及婚姻关系和收养的案件；当事人撤诉或者按撤诉处理的案件；执行和解的案件；原审案件当事人在原审裁判生效二年内无正当理由，未向人民法院或人民检察院提出申诉的案件；同一检察院提出过抗诉的案件和最高人民法院司法解释中明确不适用抗诉程序处理的案件，人民检察院提出抗诉的，人民法院不予受理。对不予受理的案件，人民法院应先同人民检察院协商，请人民检察院收回抗诉书销案；检察院坚持抗诉的，裁定不予受理。

（二）检察院不予受理和提起抗诉的裁判类型

2001年前，法院和检察院对于抗诉问题认识不一致，在具体程序、方式上分歧较大；2001年后，"两高"在抗诉问题上更加协调。最高检2001年的《人民检察院民事行政抗诉案件办案规则》（高检发〔2001〕7号）第6条规定，有下列情形之一的申诉，人民检察院不予受理：（一）判决、裁定尚未发生法律效力的；（二）判决解除婚姻关系或者收养关系的；（三）人民法院已经裁定再审的；（四）当事人对人民检察院所作的终止审查或者不抗诉决定不服，再次提出申诉的；（五）不属于人民检察院主管的其他情形。第 26 条规定，有下列情形之一的，人民检察院应当作出不抗诉决定：（一）申诉人在原审过程中未尽举证责任的；（二）现有证据不足以证明原判决、裁定存在错误或者违法的；（三）足以推翻原判决、裁定的证据属于当事人在诉讼中未提供的新证据的；（四）原判决、裁定认定事实或者适用法律确有错误，但处理结果对国家利益、社会公共利益和当事人权利义务影响不大的；（五）原审违反法定程序，但未影响案件正确判决、裁定的；（六）不符合法律规定的抗诉条件的其他情形。

最高检还对省级检察院办理民事抗诉案件，不予受理和不予抗诉的情形作出规定。①

除了上述不得、不宜抗诉的裁判类型外，对于最高院的生效裁判，目前的实践中特别是 2001 年以后，最高检一般不提出民

---

① 最高人民检察院民事行政检察厅关于规范省级人民检察院办理民事行政提请抗诉案件的意见（［2001］高检民发第 4 号 2001 年 8 月 14 日）规定："一、对下列民事行政申诉案件，省级人民检察院应予受理：1. 已经发生法律效力的民事调解案件；2. 人民法院作出的裁决尚未发生法律效力的案件；3. 人民法院已经裁定再审的申诉案件；4. 人民法院判决解除婚姻关系和收养关系的案件；5. 申诉人在人民法院判决、裁定生效二年之内无正当理由，未向人民检察院提出申诉的案件；6. 申诉人对人民检察院所作的终止审查和不抗诉决定不服，再次提出申诉的案件。二、对下列民事行政申诉案件，省级人民检察院不宜提请抗诉：1. 申诉人在诉讼中未尽举证责任导致败诉的案件；2. 现有证据不足以证明原判决、裁定存在错误的案件；3. 足以推翻原判决、裁定的证据属于当事人在原审诉讼中未提供的新证据的案件；4. 人民检察院自行收集或申诉人提供的证人证言与原审人民法院裁判所采信的证据相矛盾的案件；5. 原审人民法院虽违反法定程序，但未影响正确裁判的案件；6. 对原裁判中属于人民法院自由裁量的内容提出申诉的案件；7. 涉案标的额及社会影响不大的案件；8. 最高人民法院作出裁判的案件。"

事抗诉。在此之前，最高检对最高院的生效裁判作出抗诉，也不乏其例。如"中国工商银行迁西县支行与河北金厂峪金矿、河北省京东板栗系列食品开发公司借款担保合同纠纷再审案"，最高院二审作出［1996］经终字第140号民事判决，撤销原一审判决，判令"金厂峪金矿承担食品公司借款400万元本金和利息不能偿付时的代为偿付的保证责任"。金厂峪金矿不服二审判决，向最高检申诉。2000年5月23日，最高检作出高检民行抗字［2000］24号民事抗诉书，向最高院提出抗诉。最高院经审理作出［2002］民二抗字第3号民事判决维持了二审判决。实践中甚至出现最高检对最高院再审判决提起抗诉的案例，如"赖怡蓬与汕头经济特区启华厂房开发有限公司购房合同纠纷案"。最高院于1998年7月21日作出的［1998］民提字第4号民事判决，已经发生法律效力。汕头经济特区启华厂房开发有限公司（下称启华公司）不服该判决，向最高检提出申诉。最高检于2000年1月11日以高检民行抗字［2000］第7号民事抗诉书，向最高院提出抗诉。最高院于2001年11月1日作出［2000］民抗字第3号民事裁定书，裁定对该案进行再审。经审理，最高院于2002年3月20日作出［2000］民抗字第3号民事判决，维持［1998］民提字第4号民事判决。

第四节　申请再审管辖和期限

当事人申请再审的，收到申请的法院决定是否予以受理，要对申请再审的期限和本院是否为适格管辖法院作审查。

依照修订后民事诉讼法规定,当事人申请再审的,应向作出生效裁判的上一级法院提出再审申请;如无特定的情形外,应在裁判发生法律效力后二年内提出申请再审。

对于检察院抗诉而言,修订后的民事诉讼法保留原有规定,即最高检对各级法院的生效裁判、上级检察院对下级法院的生效裁判提起抗诉。至于抗诉的期限法律并无明确规定。

本节主要讨论当事人申请再审的管辖问题和期限问题。

一、申请再审管辖

申请再审管辖是人民法院对当事人申请再审案件的受理和审查上的职权划分。申请再审管辖解决的是由哪一个人民法院受理当事人再审申请并裁定是否再审的问题。

修订后的《民事诉讼法》,规定当事人对已经发生法律效力的判决、裁定,认为有错误的,可以向上一级人民法院申请再审。同时考虑到实际情况,对于决定再审之后由哪一个法院审理的问题,做了有弹性的灵活安排。

我们认为,将申请再审管辖法院上提一级对于解决"申诉难"具有重要意义。将申请再审管辖法院上提一级符合当事人和社会大众的意愿,利于消除当事人对原审法院管辖申请再审案件公正性的顾虑,利于增强再审程序的权威性和公正性,避免了原审法院管辖申请再审案件的角色冲突和利益关系,符合我国国情。虽然有观点主张原则为原审法院管辖,例外以上一级法院管辖,并且实践中不少法院采取这种做法,但是例外情形不好把握,不利于解决法院间推诿问题。申请再审管辖法院上提一级后，对于由此带来的高级法院受理申诉案件倍增的情形，一方面，可以通过对法院增加人力物力，另一方面可以适当疏导申请再审和上访，此外，对于裁定再审之后的案件审理可以做适当的弹性安排。

从修订后的民事诉讼法施行情况看，最高院、高级法院受理的再审申请激增的担忧变成现实。以部分高级法院受理的申请再审案件数量为例，2008 年 1 至 8 月，福建高院同比增长近 10 倍，北京高院同比增长 4.4 倍，广东高院同比增长 4.12 倍，江苏高院同比增长 4.44 倍；还有一些省市检察机关抗诉案件的数量也呈增长态势，上海高院再审案件中的 80% 便来源于检察机关的抗诉。①

对于这种为解决"申诉难"而带来的申诉案件倍增的现象，各级法院做了相应准备。在民事诉讼法修正案颁布后尚未施行前，最高院于 2008 年 2 月下发《关于调整高级人民法院和中级人民法院管辖第一审民商事案件标准的通知》（法发［2008］10号），大幅度提高高级法院和中级法院一审民事案件的受理标准。各高院按照该通知规定将辖区内级别管辖标准调整后上报。以北京为例，根据《北京市高级人民法院关于调整本市法院管辖第一审民商事案件标准的通知》（京高法发［2008］64 号）第 2 条规定中级人民法院、铁路运输中级法院管辖诉讼标的额在 5000 万元以上的第一审民商事案件，以及诉讼标的额在 2000 万元以上且当事人一方住所地不在本辖区或者涉外、涉港澳台的第一审民商事案件；第 3 条规定高级人民法院管辖诉讼标的额在 2 亿元以上的第一审民商事案件，以及诉讼标的额在 1 亿元以上且当事人

---

① "再审案件上提一级管辖各省高院案件成倍激增"，《法制日报》，2008 年 12 月 8 日第 1 版。

一方住所地不在本辖区或者涉外、涉港澳台的第一审民商事案件。级别管辖标准的调整，使得最高院、高级法院一、二审的压力减小，可以对申诉案件投入相对较多力量。民诉法修正案实施后，各高级法院除向各地省编办申请增加必要编制外，多数法院还分别从本院其他相关审判部门抽调部分人员、从各中级法院借调部分人员等来扩充原有立案庭或审监庭的人员规模，增加再审办案力量。部分高级法院则积极向省组织部、省编委申请增设立案、审监机构。①

根据申请再审管辖的规定，如当事人向作出生效裁判的法院申请再审或者越级申请再审的，收到再审申请的法院，应告知当事人向作出生效裁判的上一级法院提出再审申请。

二、申请再审的期限

本次民事诉讼法修订保留了原两年期限的规定，并增加了两种例外情形。修订后的民事诉讼法第 184 条规定"当事人申请再审，应当在判决、裁定发生法律效力后二年内提出；二年后据以作出原判决、裁定的法律文书被撤销或者变更，以及发现审判人员在审理该案件时有贪污受贿，徇私舞弊，枉法裁判行为的，自

---

① 最高院副院长江必新介绍，北京与上海高院分别增设申诉复查庭、黑龙江与安徽高院分别增设立案二庭、辽宁高院增设立案三庭、湖北高院增设立案二庭和审监三庭、吉林高院则增设了立案二庭、再审立案一庭、再审立案二庭以及审监二庭等。与此同时，各地高院根据申请再审案件立案受理、事由审查、再审审理三阶段的法律特征，结合本地实际情况，还积极调整申请再审案件查及再审案件审理的职能分工模式，以进一步合理配置司法资源，加大申请再审等类案件的审结力度。"最为核心的改革理念是建立再审之诉——新民诉法审监程序司法解释出台本报独家专访最高人民法院副院长江必新"，《法制日报》，2008 年 12 月 8 日第 2 版。

知道或者应当知道之日起三个月内提出。"《审判监督程序解释》第 2 条规定"民事诉讼法第一百八十四条规定的申请再审期间不适用中止、中断和延长的规定。"

本次民事诉讼法修订过程中，立法部门曾探讨重新设立我国的申请再审期限制度，借鉴国外方式，规定一个相对较短的相对期间和一个较长的绝对期间。但考虑到本次修订的目的在于解决"申诉难"问题，如果缩短 2 年的期限可能造成和修法目的相悖的现象。① 修订后的民事诉讼法最终沿用原 2 年的期限规定，但对两种特殊情形给予 3 个月的宽限。这两类情形是，据以作出原判决、裁定的法律文书被撤销或者变更，以及发现审判人员在审理该案件时有贪污受贿，徇私舞弊，枉法裁判行为。据以作出原判决、裁定的法律文书被撤销或者变更，非当事人所能决定，因此应给予宽限。至于发现审判人员在审理该案件时有贪污受贿，徇私舞弊，枉法裁判行为，根据《审判监督程序解释》第 18 条规定是指该行为已经相关刑事法律文书或者纪律处分决定确认，亦非当事人主观能决定，不存在怠于行使权利的情况。

此外，对于申请再审期限还有一个值得讨论的问题，即其是否为影响法院立案受理的因素？我们认为原则上，法院接收到当事人的申请材料后，应对申请再审期限予以审查，但是法院不应当因为申请再审超期而拒绝受理当事人再审申请。即，接收到再审申请的法院，应审查当事人有无超过期限提出再审申请；如超出期限的，应审查当事人是否提出相应事由的证据；如果当事人无法定事由而超出期限申请再审的，应当告知当事人相应法律后

---

① 苏泽林主编：《审判监督指导》2007 年第 2 辑，人民法院出版社 2008 年 2 月第 1 版，第 152 页。

果；如果当事人坚持申请的，从诉讼法修订以解决"申诉难"为目的的角度，法院应当受理。即在受理阶段，我们认为申请再审期限不应当是影响当事人再审申请是否得以受理的因素。法院受理后，经审查认为当事人超过期限申请而又不属于法定的两类特殊情形的，应当裁定驳回再审申请；如果法院发现裁判有损国家、公共利益的，应当再审。当然，当事人申请再审因为超过期限被驳回的，可以向法院或者检察院申诉。

但是在实践中，特别是在目前再审案件倍增的客观条件下，代理当事人申请再审的，对于生效裁判时间距离提出再审申请超过2年的（包括法律规定可以不受2年期限限制的情形以及在期限内提出过再审申请的情形），要注意向法院说明有关期限的情况（在登记来访情况或在申请再审案件的受理阶段），否则，可能被视为为一般信访或者申诉，从而耽误进程。

第五节　再审申请书

修订后的民事诉讼法第180条规定"当事人申请再审的，应当提交再审申请书等材料。"由此，再审申请书正式成为法定的诉讼文书。当事人以向法院递交再审申请书来启动再审程序。法院对于当事人提交的再审申请书等材料进行审查进而决定是否受理。提交再审申请书等材料是当事人在申请再审受理阶段的义务。

一、再审申请书的内容

虽然直至修订后的民事诉讼法才将再审申请书作为法定的诉讼文书，但是再审申请书在实践中早已运用，并非新东西，司法实践已对其格式、内容进行了很好的探索总结。

在我国实践中，法院也对再审申请书的内容提出了要求。如广东法院规定再审申请书应包含以下内容：1. 再审申请人以及被申请人的基本情况（企业法人营业执照〈复印件〉、法定代表人身份证明书、居民身份证〈复印件〉、住所地或住址、电话和其他联系方式）；2. 申请再审的具体请求；3. 申请再审所依据的生效法律文书的名称和案号，写明法律文书生效的时间，证明申请再审是在规定期间内提出的；4. 符合本规定条件的申请再审的理由和依据；5. 以新证据申请再审的，应当说明新证据的来源和获得新证据的时间和方法。① 当事人向最高院申请再审的，再审申请书一般要载明：再审申请人、再审被申请人的姓名、性别、年龄、民族、职业、工作单位、住所及联系方式，法人或者其他组织的名称、住所和法定代表人或者主要负责人的姓名、职务及联系方式；原审法院名称、申请再审的生效裁判文书名称及案号；申请再审事由、再审诉讼请求和所依据的事实、理由及证据；受理再审申请书的法院名称。再审申请人应当在再审申请书上签名或者盖章，并记明提交法院的日期。

民事诉讼法修订后，最高院《审判监督程序解释》明确了再审申请书的内容，其第 3 条规定"当事人申请再审，应当向人民

---

① 《广东省法院再审诉讼暂行规定》（粤高法发［2004］22 号）第 14 条。

法院提交再审申请书，并按照对方当事人人数提出副本。人民法院应当审查再审申请书是否载明下列事项：（一）申请再审人与对方当事人的姓名、住所及有效联系方式等基本情况；法人或其他组织的名称、住所和法定代表人或主要负责人的姓名、职务及有效联系方式等基本情况；（二）原审人民法院的名称，原判决、裁定、调解文书案号；（三）申请再审的法定情形及具体事实、理由；（四）具体的再审请求。"

二、再审申请书的作用

再审申请书包含规范的内容和信息，使得其与一般的信访区分开来；质量好的再审申请书，有助于法院及时审查，对于裁定再审具有重要意义。

信访就是来信来访。2005年5月1日实行的《信访条例》规定，信访是指公民、法人、或者其他组织采用书信、电子邮件、传真、电话走访等形式，向各级人民政府、县级以上政府工作部门反映情况，提出建议、意见或者投诉请求，依法由有关行政机关处理的活动。该条例同时明确法院也是受理信访的主体，只是将其受理信访的范围限定在其职权范围内的事项。传统的与法院有关的信访被称之为"涉法信访"，其范围包括当事人的告诉、申诉申请再审、对法官行为的投诉，甚至向司法机关陈述意见并要求解决法律问题的行为均被称之为涉法信访。鉴于大多数向法院提出的信访事项，主要是不服生效裁判，2005年召开的全国法院"涉法信访"工作会议，最高院专门提出"涉诉信访"概念，对涉诉信访和其他一些带有一定行政性质的信访进行区分。"涉诉信访"主要包括有关当事人以来信、来访的形式向法院提出的申诉、申请再审等事项。此外，当事人就上述有关事项向党委、人大、检察院或者上级法院等以信或访的形式投诉，也属于"涉诉信访"的范畴。

本次民事诉讼法修订前，实践中，法院往往将信访和申请再审统一处理，也有的法院专设信访接待把申请再审和信访区分。民事诉讼法修订后，由于基本确立了再审之诉，以往情形下对生效裁判的正当申诉案件，现均统一纳入到申请再审诉讼案件中加以解决，并有着立案、审查及其期限等严格的程序要求。这样一来，法院的再审之诉的审查工作与一般信访的应对工作必然要进行分离，法院不能再将正当的再审申请与一般来信、来访工作混合对待。两者处理的程序不相同，处理的方向不相同，工作措施也大不相同。

由于再审申请书上载有当事人信息、原生效裁判的案号、具体的再审事由、再审请求和理由等，就容易和一般的"来信来访"相区别。特别是中高级以上的法院，每日接受接待大量的来信来访，如没有合乎要求的再审申请书，当事人申请再审的请求往往会被淹没。

由于对于再审事由的审查司法解释规定了径行裁定、调卷审查和询问当事人的方式，采取不同的方式直接影响了法院作出裁定再审的时间。再审申请书清晰、规范，可以减少法院的审查时间，也会影响法院对于再审事由的采信。这在实践中是非常重要的。

当事人的再审申请不符合受理条件的主要原因是在申请书的撰写上，此外附件材料也会出现不符合要求的情形。《审判监督程序解释》第4条规定"当事人申请再审，应当向人民法院提交已经发生法律效力的判决书、裁定书、调解书，身份证明及相关证据材料。"实践中对于此附件材料一般是，申请人或其委托人的身份证明、授权委托书；申请再审的生效裁判文书原件，或者经核对无误的复印件；生效裁判系二审、再审裁判的，应同时提交一审、二审裁判文书原件，或者经核对无误的复印件；在原审诉讼过程中提交的主要证据复印件和支持申请再审事由和再审诉讼请求的证据材料。

三、代理当事人提交再审申请书注意的问题

代理当事人申请再审的，准备再审申请书和有关材料是最基本的工作。再审申请书和代理意见是主要的律师工作文件。从某种意义上说，本书通篇都在讲如何做好一份再审申请书。但在此处提及提交再审申请书的注意事项，主要是考虑到，再审案件的受理阶段，法院形式审查的事项主要通过再审申请书及附件材料表现出来，而对于再审申请书中的再审事由部分，需要结合再审事由审查的有关内容才能更好理解。因此，我们把再审申请书作为再审案件的受理阶段和再审事由的审查阶段的纽带，并认为提交再审申请书及有关材料，可以考虑如下方面。

首先，必须明确提出依据哪项再审事由。再审申请书经本次民事诉讼法修订成为正式的法律文书，其和一般的起诉状、上诉状有共通之处。再审申请书特别之处在于，要开宗明义地指出，是依据民事诉讼法规定的某款某项再审事由提出的，进而围绕该事由展开论述。

其次，有多项事由的要一并提出。如果每项事由都不成立，法院会逐一辩驳；如多项事由中有一条成立，法院即裁定再审。

对于存在程序事由和实体理由（事实认定或者适用法律错误）的情形，如果程序性事由非常明显，要清晰地指出并附充分的证据材料，如此有助于快速审查。如果实体上的事由比较充分，不要过多着墨或者纠缠一般的程序瑕疵。

此外，对于再审请求，除了写明撤销原裁判外，还应对具体的权益进行表述。即，法院在实践中一般采纳再审诉讼标的的二元论理论。

同时，还应注意的是，再审申请书要列明其他当事人；提交再审申请书和其他材料（尤其是原审的判决书），可以做好电子文档一并提交法院，避免一些重复劳动节约审查时间；要注意再审申请书不应出现过分的情绪性语言，注意专业性。

第三章 再审事由的审查和律师代理

当事人再审申请通过形式审查被法院立案受理后，法院将对再审事由进行审查，如再审事由成立的，裁定再审，不成立的裁定驳回。民事再审事由也被称为是打开再审程序之门的钥匙。本次民事诉讼法修订将原来的 5 项事由变为 13 项加一程序性兜底条款，对于修改前过于笼统、操作性不强的事由进一步细化，增强了客观性，其中最为显著的是增加了若干程序性事由。本次民事诉讼法修订对调解书申请再审的沿用原规定。此外，修订后的民事诉讼法对再审事由的审查程序进了规范完善。

第一节 再审事由的审查标准

当事人申请再审的，须经法院审查其再审事由是否成立。再审事由的审查，具有实质审查的特点，这是和一审起诉、二审上诉重要的区别，也和法院决定再审和检察院抗诉启动再审不同。

修订后的民事诉讼法规定，"最高人民检察院对各级人民法院已经发生法律效力的判决、裁定，上级人民检察院对下级人民法院已经发生法律效力的判决、裁定，发现有本法第一百七十九条规定情形之一的，应当提出抗诉。地方各级人民检察院对同级人民法院已经发生法律效力的判决、裁定，发现有本法第一百七十九条规定情形之一的，应当提请上级人民检察院向同级人民法院提出抗诉。"受案法院应当自接受抗诉书之日起30内裁定再审。检察院以民事诉讼法第179条之外的事由提起抗诉的技术性错误基本不可能出现，因此对于抗诉而言不存在再审事由的审查问题。但对于可以抗诉的裁判类型司法实践中有所限制。法院决定再审的，如前所述其范围最广，标准是裁判"确有错误"。本章讨论的是当事人申请再审的再审事由审查及律师代理相关问题。

一、再审事由审查标准的实践探索

在审判监督制度改革试点过程中，对于申请再审案件是否应当裁定进入再审的标准问题，曾有过"有诉必理"、"宽进严出"、"严进严出"等多种标准的尝试，或者说"可能错误"或"确有错误"的不同再审启动标准。

（一）确有错误

"实事求是，有错必纠"是我国司法工作中长期的方针，具体到再审程序就是以确有错误为标准决定是否裁定再审。这一提法在逻辑和法理上有其合理之处，但一直为人诟病。

首先，确有错误不能涵盖所有的法定事由。对此，关于新证据的事由常被引用。当事人在原审程序中没有提出该证据，法院在原审程序中依据双方当事人提出的证据作出的判决、裁定就不能认为是错误的。《最高人民法院关于民事经济审判方式改革问题的若干规定》第38条也规定，"第二审人民法院根据当事人提出的新证据对案件改判或者发回重审的，应当在判决书或者裁定书中写明对新证据的确认，不应当认为是第一审裁判错误。"依据同理，因有新的证据而提起的再审，也就不应当认为是原审裁判的错误。① 其次，确有错误的表述也比较抽象。实际上，将一些次要的、可以通过其他途径解决的错误也纳入再审没有必要。再次，确有错误的标准也容易导致当事人和法院的认识冲突。确有错误的标准也带来先定后审的问题，有的法院再审裁定和判决书几乎一同签发。同时不少当事人认为既然裁定再审是因为确有错误，而审理后没有改判是难以接受的。

（二）可能有错

对于确有错误标准反思的结果是开始以可能有错作为立案标准，其对应的是依法纠错的观念。

2001 年 10 月 16 日最高院审委会通过的《关于办理不服本院生效裁判案件的若干规定》第一条规定，"立案庭对不服本院生效裁判案件经审查认为可能有错误，决定再审立案或者登记立案并移送审判监督庭后，审判监督庭应及时审理。"其明确立案审查到可能有错就可以再审立案了。"再审立案标准界定为可能有错，是最高人民法院审判委员会权衡利弊后确立的原则，是对审判监督程序启动再审必须确有错误的一项重大改革。"② 最高院强调，"今后，在处理申诉、再审案件时，一般不再提有错必纠，

---

① 张卫平："民事再审事由研究"，载《法学研究》2000 年第 5 期，第 121 页。

② 纪敏："当前中国的审判监督工作"，载沈德咏主编：《最新再审司法解释适用与再审改革研究》，人民法院出版社 2003 年 6 月第 1 版，第 185 页。

以避免产生歧义和误解，但再审工作必须贯彻依法纠错的原则，这是有错必纠方针在司法程序中的具体体现"。①

当然，也有观点对可能有错的标准提出意见，认为，如果连审查者自己都不能确认原审是否有错误就启动再审，是极不严肃的，对裁判的权威性、稳定性是一种侵害。

需要指出的是，如同我们在上一章讨论再审启动主体等问题一样，我们虽然从律师实务角度研究或者总结再审程序上的问题，但是，追究有关问题的来龙去脉或做比较法上的考察，都是有重要意义的。比如，确有错误或者可能有错的观念，毫无疑问在今后一段时间内仍将影响有些法官，这是律师需要注意的。实际上，在以下再审事由的有关讨论中，我们也做了一些适当的回顾并结合个案考虑了法院对再审事由的实体处理（或者说再审审理对于再审事由的支持与否的问题）。

二、再审事由成立

如前所述，可能有错和确有错误实际上都是主观状态，难以辨析清楚。最高院制定《关于规范人民法院再审立案的若干意见（试行）》时候，曾在征求意见稿中提出"再审立案是指各级人民法院、专门法院或者上级法院的立案部门审查，认为本院或者下级人民法院已经发生法律效力的判决、裁定可能有错误，决定立案或裁定立案的程序。"正式的司法解释，即 2002 年 11 月 1 日起施行的《关于规范人民法院再审立案的若干意见（试行）》第 1

---

① 沈德咏："加强审监工作推进审监改革建立和完善有中国特色的审判监督新机制"，载沈德咏主编：《最新再审司法解释适用与再审改革研究》，人民法院出版社 2003 年 6 月第 1 版，第 142 页。

条规定，"各级人民法院、专门人民法院对本院或者上级人民法院对下级人民法院作出的终审裁判，经复查认为符合再审立案条件的，应当决定或裁定再审。人民检察院依照法律规定对人民法院作出的终审裁判提出抗诉的，应当再审立案。"这一修改回避了确有错误和可能有错的字眼，规定只要符合再审立案条件，法院应当决定再审，这为再审之诉的改革思路做了铺垫。

本次民事诉讼法修订后，按照再审之诉的"三阶架构"，对再审事由的审查标准应当是再审事由是否成立。"新民诉法再审程序实施后，除非以提供'新的证据'为由启动再审而必须达到或审查到足以推翻原判标准外，凡申请再审事由成立的，皆应当裁定再审，至于申请再审事由成立是否必然导致最终的改判，原则上不应再与是否启动再审相挂钩。"[①] 由于细化了再审事由，审查其是否成立变得相对容易操作。后文将结合具体的事由逐一分析。

理解再审事由的审查标准，最重要的是要区别裁定再审和再审改判的关系。民事诉讼法修订后，再审事由得到细化尤其是明确了程序性事由，并且审查程序得到规范，把"案件提起来"看起来比原来容易了（以最高院为例，2003 年至 2007 年裁定再审的案件占申请再审案件的 6.5%；2008 年 1 月至 8 月，提高到 20% 左右）。通过下文对于再审事由以及对再审改判的分析可知，有错的也不一定裁定再审，裁定再审的不一定会改判，再审事由审查和再审案件的审理是相对独立的阶段。再审事由的审查标准

---

① 见"最为核心的改革理念是建立再审之诉——新民诉法审监程序司法解释出台本报独家专访最高人民法院副院长江必新"，《法制日报》，2008年 12 月 8 日第 2 版。

是再审事由是否成立（包括程序违法），再审改判的基本标准是原裁判实体处理上有根本性错误。

第二节　再审事由审查的程序问题

修订后的民事诉讼法不仅细化了再审事由，而且明确了再审事由审查的期限、终结方式，司法解释进一步明确了审查的方式，这对于再审之诉是重要的程序保障。

一、再审事由的审查方式

原民事诉讼法和修订后的民事诉讼法对再审事由的审查方式都没有明确，各法院根据具体情况把握。《审判监督程序解释》对于再审事由的审查方式明确了径行裁定、调卷审查以及询问当事人等三种审查方式。

（一）径行裁定

径行裁定，主要是针对再审事由明显成立或不成立情形下，采取的审查方式，即只审查当事人提交的再审申请书、书面意见等材料。

是否适用径行裁定的方式，由合议庭根据具体情况决定。对于程序问题一般可以采用本方式，如原审判决遗漏或者超出诉讼请求，当事人以第一百七十九条第一款第（十二）项的事由申请再审的，可径行裁定再审。当事人申请再审超过二年期间，以第一百七十九条第一款第（一）至（十二）项的事由申请再审的，可径行裁定驳回再审申请。当事人依据申请材料中有关刑事法律文书或者纪律处分决定，可以证明审判人员犯有与案件相关的职务犯罪的情形，也可以采用径行裁定的方式；当事人提供了刑事判决证明原裁判认定事实的主要证据是伪造的，也可以采用径行裁定方式。此外，有些明显的法律适用错误，也可以径行裁定。

此外，对于当事人曾就案件向法院申请再审，受理法院裁定指令下级或者原审法院再审后，当事人不服该再审判决，又申请再审的，此时法院可能径行裁定再审，因为其已经审查过该案。如"中国银行股份有限公司烟台分行诉烟台开发区物资再生综合利用公司、烟台开发区房地产有限公司借款担保合同纠纷再审案"。中国银行股份有限公司烟台分行（下称烟台中行）不服原审判决，向最高院申请再审。2007年7月4日，最高院经过听证等程序后作出［2003］民二监字第19－3号裁定指令山东高院再审本案，山东高院作出［2007］鲁民再终字第56号判决。2008年3月6日，烟台中行向最高院申请再审。2008年4月14日，最高院作出［2003］民二监字第19－4号裁定决定提审本案。

但是，依据《审判监督程序解释》第19条规定，采用径行裁定方式驳回再审申请的，主要适用于超出申请再审期限、超出法律规定再审事由范围的情形。

径行裁定是最迅捷的方式，代理当事人申请再审，应审查案件有无前述可以适用径行裁定的情形，注意提供充分的附件材料。在目前再审事由及其审查标准重新构造、再审案件倍增的情形下，径行裁定可能被经常采用。

（二）调卷审查

调卷审查，主要是指合议庭或审判人员认为仅审查当事人提交的再审申请书等材料难以作出提起再审裁定或驳回再审申请裁定的情形下应采用的审查方式。

涉及证据上事由或者事实认定的，及有些法律适用错误问题，一般需要调卷。审查过程中，法院可根据审查申请再审事由所需材料范围决定调取原审卷宗范围。必要时，可要求原审法院以传真件等方式及时报送相关卷宗材料。通常情况下，调卷审查和询问当事人两种方式会并用。

调卷审查是一种常用的审查方式，调卷时间比较长而且不计入审查期限。承办法官要撰写调卷审查报告，内容包括原审法院查明的事实、一、二审法院判决理由、结果（以及原再审情况）、申请再审理由、承办人分析意见、处理建议和合议庭评议意见。

（三）询问当事人

询问当事人，主要是指当事人申请再审的事由很可能存在或者进一步了解案情、做好息讼稳控工作等案情需要，召集一方或双方当事人了解情况。询问当事人是民事诉讼法第180条规定的内容，主要目的是在办理申请再审案件中引入"直接言词原则"。

询问当事人主要适用于当事人以证据上事由申请再审的情形。《审判监督程序解释》第21条规定，"以有新的证据足以推翻原判决、裁定为由申请再审的，人民法院应当询问当事人。"对于其他情形，则由法院根据具体情况考虑是否询问。

对于询问的方式、程序，以及是否要求双方当事人都参与等问题，司法解释没有明确规定。实践中，法院可根据具体案情比照一、二审有关询问的规则执行。值得注意的是，《审判监督程序解释》第23条规定"申请再审人经传票传唤，无正当理由拒不接受询问，可以裁定按撤回再审申请处理"。

《审判监督程序解释》施行前，实践中还常使用听证程序。听证程序最先由海南省高院运用，然后经最高院大力推广。听证一般分成信访听证和复查听证。前者用于审查决定是否对信访案件调卷复查，后者用于审查决定申诉和申请再审案件是否进入再审。复查听证是指通知各方当事人到庭，通过举证、发表意见等，来决定是否再审。应该说其在原民事诉讼法制度下，使当事人申请再审具有一定再审之诉特质的重要举措，也对查明事由正确决定是否再审起到重要作用。而且听证中，法院都会征询双方的和解意愿，促使达成和解。最高院在对再审申请的审查阶段也使用听证程序。如"中国房地产开发集团公司与深圳发展银行上海徐汇支行、上海唯亚实业投资有限公司等借款担保合同纠纷再审案"，中国房地产开发集团公司不服上海高院终审判决向最高院申请再审，最高院于 2008 年 3 月 18 日召开听证会后，于 2008 年 4 月 11 日作出［2007］民一监字第 563 号民事裁定书，提审本案。

但是，实践中，有的被申请人不出席听证或者出席听证也不发表意见，则实现不了召开听证的初衷。依据修订后的民事诉讼法，听证程序在再审事由审查阶段也无必要。因为，如果通过询问当事人还不能确定原审裁判事实认定是否存在法律规定的符合再审事由的情形，这本身就表明原审裁判可能存在事实上的再审事由。特别是修订后的民事诉讼法规定了向被申请人发送再审申请书副本及明确规定被申请人可以提交书面意见后，被申请人在再审事由审查的程序权利上已经得到保障，在此情况下，听证实质就是询问当事人。而在另一方面，听证一般比照开庭程序，需要组成合议庭，在目前当事人申请再审案件激增的情况下，要求组织三名法官来听证，在人力上也很紧张。因此，《审判监督程序解释》没有规定听证方式。但对一些特殊案件，如果法院认为有必要也可能采用听证的方式。

二、再审事由的审查期限

原民事诉讼法未对申请再审审查期限作出规定，意味着法院对当事人申请再审的案件，法律上没有明确的时间限制。这不仅使程序的设立不科学，也是造成一些再审案件久拖不决，是导致当事人不满的重要原因。本次民事诉讼法修订，于第181条规定法院对于当事人申请再审一般应当在3个月内审查完毕。这对于完善再审之诉，切实保障当事人的合法权益，提高司法效率具有重要意义。

关于再审事由的审查期限，需要注意的是：

一是，期限的起算点。民事诉讼法规定，人民法院应当自收到再审申请书之日起3个月内审查。此处的"收到再审申请书"，应当是指法院收到当事人的申请材料并予以受理。因此，三个月的起算点应从法院发出受理通知书或者登记受理之日起算。

二是，审查期限不包括调卷期间及鉴定期间。受理之后多长时间出具裁定，与法院采取何种审查方式密切相关。比如调卷时间一般长达一月。

三是，特殊情形本院院长可批准延长。但是司法解释没有明确何种情形下需要延长。本条规定，对实践中可能遇到的诸多影响审查终结情形留有余地。

三、再审事由审查的终结

（一）终结的方式

修订后的民事诉讼法第181条规定，"人民法院应当自收到再审申请书之日起三个月内审查,符合本法第一百七十九条规定情形之一的,裁定再审;不符合本法第一百七十九条规定的,裁定驳回申请。"即应以裁定的方式终结再审事由的审查。

原民事诉讼法第 179 条规定,人民法院对于不符合规定的申请,予以驳回。《关于适用〈中华人民共和国民事诉讼法〉若干问题的意见》第 206 条规定,"人民法院接到当事人的再审申请后,应当进行审查。认为符合民事诉讼法第一百七十九条规定的,应当在立案后裁定中止原判决的执行,并及时通知双方当事人;认为不符合第一百七十九条规定的,用通知书驳回申请。"因此,实践中对于当事人的再审申请,经审查认为符合规定的,裁定再审;对于不符合的,使用"驳回再审申请通知"的方式。如"最高法院驳回沈金钊诉上海远东出版社图书出版合同纠纷再审申请通知书":"综上,你申请再审的理由,不符合《中华人民共和国民事诉讼法》第一百七十九条规定的再审条件,予以驳回。特此通知。"落款不具合议庭人员名字。

在其他国家和地区的立法例中,对再审之诉的驳回通常是以判决或者裁定的方式。在我国民事诉讼法中通知书通常被用于通知某些事项。当事人所享有的申请再审权,属于程序权。当事人再审申请的提出是行使诉权的行为。对当事人申请再审进行审查虽然只是再审程序中的一个阶段,但其与再审审理相对独立。从诉权的角度,既然其成立用裁定,不成立的也应当用裁定。

对于当事人提出多个申请理由的,只要有一个成立,即应裁定再审。裁定再审的,不论述其如何地符合条件。对于当事人提出多个申请理由,都不成立的,裁定驳回需要逐条辨析,如"王志荣与湖南大学出版社出版合同纠纷再审案"最高院作出

[2008] 民申字第 823 号裁定书，逐条分析了申请人提出的 4 条理由后，驳回了再审申请人王志荣的再审申请。

（二）终结的情形

除了裁定再审或者驳回申请外，还有其他终结的情形。《审判监督程序解释》第 25 条规定"有下列情形之一的，人民法院可以裁定终结审查：（一）申请再审人死亡或者终止，无权利义务承受人或者权利义务承受人声明放弃再审申请的；（二）在给付之诉中，负有给付义务的被申请人死亡或者终止，无可供执行的财产，也没有应当承担义务的人的；（三）当事人达成执行和解协议且已履行完毕的，但当事人在执行和解协议中声明不放弃申请再审权利的除外；（四）当事人之间的争议可以另案解决的。"

再审事由的审查程序，如同其他阶段一样，当事人也具有相应的处分权。《审判监督程序解释》第 23 条规定，再审期间申请人可以撤回再审申请，是否准许由法院裁定。此外申请再审人经传票传唤，无正当理由拒不到庭的，或者未经法庭许可中途退庭的，可以裁定按自动撤回再审申请处理。①

---

① 《审判监督程序解释》第 34 条："申请再审人在再审期间撤回再审申请的，是否准许由人民法院裁定。裁定准许的，应终结再审程序。申请再审人经传票传唤，无正当理由拒不到庭的，或者未经法庭许可中途退庭的，可以裁定按自动撤回再审申请处理。人民检察院抗诉再审的案件，申请抗诉的当事人有前款规定的情形，且不损害国家利益、社会公共利益或第三人利益的，人民法院应当裁定终结再审程序；人民检察院撤回抗诉的，应当准予。终结再审程序的，恢复原判决的执行。"

第三节　再审事由的种类

修订前的民事诉讼法第 179 条规定，"当事人的申请符合下列情形之一的，人民法院应当再审：（一）有新的证据，足以推翻原判决、裁定的；（二）原判决、裁定认定事实的主要证据不足的；（三）原判决、裁定适用法律确有错误的；（四）人民法院违反法定程序，可能影响案件正确判决、裁定的；（五）审判人员在审理该案件时有贪污受贿，徇私舞弊，枉法裁判行为的。人民法院对不符合前款规定的申请，予以驳回。"该规定完全忽视程序事由，并且模糊不清操作性不强。重构再审事由成为理论界和实务界的共识。

修订后的民事诉讼法，考虑我国国情并借鉴其他国家和地区立法例，以列举的方式规定了再审事由，将原来的 5 项事由变为 13 项加一程序性兜底条款。修订后的民事诉讼法第 179 条规定："当事人的申请符合下列情形之一的，人民法院应当再审：（一）有新的证据，足以推翻原判决、裁定的；（二）原判决、裁定认定的基本事实缺乏证据证明的；（三）原判决、裁定认定事实的主要证据是伪造的；（四）原判决、裁定认定事实的主要证据未经质证的；（五）对审理案件需要的证据，当事人因客观原因不能自行收集，书面申请人民法院调查收集，人民法院未调查收集的；（六）原判决、裁定适用法律确有错误的；（七）违反法律规定，管辖错误的；（八）审判组织的组成不合法或者依法应当回避的审判人员没有回避的；（九）无诉讼行为能力人未经法定代理人代为诉讼或者应当参加诉讼的当事人，因不能归责于本人或者其诉讼代理人的事由，未参加诉讼的；（十）违反法律规定，剥夺当事人辩论权利的；（十一）未经传票传唤，缺席判决的；（十二）原判决、裁定遗漏或者超出诉讼请求的；（十三）据以作出原判决、裁定的法律文书被撤销或者变更的。对违反法定程序可能影响案件正确判决、裁定的情形，或者审判人员在审理该案件时有贪污受贿，徇私舞弊，枉法裁判行为的，人民法院应当再审。"

一、证据上事由

证据上的事由，也就是通常所说的认定事实错误。在民事诉讼法修订前，实践中无论是抗诉书还是再审申请书，一般都用"原审判决认定事实错误、适用法律不当，导致裁判错误、不公"等字句来统领文书的事实和理由部分。

按照修订后的民事诉讼法规定，证据上的再审事由包括：有新的证据，足以推翻原判决、裁定的；原判决、裁定认定的基本事实缺乏证据证明的；原判决、裁定认定事实的主要证据是伪造的；原判决、裁定认定事实的主要证据未经质证的；对审理案件需要的证据，当事人因客观原因不能自行收集，书面申请人民法院调查收集，人民法院未调查收集的等5项。

（一）新证据

修订后的民事诉讼法规定，"有新的证据，足以推翻原判决、裁定的"，应当再审。

●条文理解

新证据的把握和认定虽然是再审程序中的问题，但实际上涉及第一、二审程序中的举证时限和证据失权制度。

长期以来，我国诉讼法实行"证据随时提出主义"，当事人在法庭辩论终结前法庭审理的各个阶段均可以提出证据。民事诉讼法第 125 条规定，当事人在法庭上可以提出新的证据。审判实践中，对当事人提出证据的时间掌握得更为宽松，由于对哪些证据才能作为新的证据以及新的证据应当如何提出没有明确规定，甚至在辩论终结后判决作出之前，当事人提出新的证据的，法院一般也会接受。这种做法给我国的民事诉讼带来很多弊端。民事诉讼法虽然没有规定举证期限，但对法院的审理期限却有严格的规定。当事人随时提出证据的情形，导致法院一些案件难以在审理期限内审结，严重影响了法律实施的效果和法院的威信。一些当事人利用民事诉讼法的规定，庭前不提供证据，在庭审中搞突然袭击，或者一审不提供证据，在二审或再审时提供证据，以达到拖延诉讼的目的。这不仅严重违背诚实信用原则，增加了对方当事人的诉讼成本，也干扰了诉讼活动的正常进行，导致诉讼效率和审判效率低下。《最高人民法院关于民事诉讼证据的若干规定》在民事诉讼法的框架内，一方面通过对原民事诉讼法第 75 条关于人民法院指定期间的进一步解释，明确了指定期间的法律后果，另一方面通过对原民事诉讼法第 125 条和原第 179 条新的证据的解释，明确新的证据的含义，在一定程度上实现庭前固定争点、固定证据的目的，实现限时举证的效果，实行了相对化的举证时限和证据失权制度。举证时限制度，是指负有举证责任的当事人应当在法律规定和法院指定的期限内提出相应证据，逾期不举证则承担证据失权的后果。证据失权是逾期举证的法律后果，是举证时限的核心，其实质是逾期不举证即丧失证明权。因此，有观点认为我国民事证据制度已向"证据适时提出主义"转变。

在实践中对于新证据把握标准还有差别，多数法院不轻易适用证据失权制度。法院在二审时为了查清事实，也会要求并接受当事人新提交的证据。①《最高人民法院关于民事诉讼证据的若干规定》在规定举证时限同时，也在第 36 条、43 条规定，当事人可以申请延长举证期限；如果因客观原因过了期限，不审理该证据可能导致裁判明显不公的，当事人提供的证据视为新证据。司法解释的举证时限制度，其本意在于约束那些有条件有能力、而又不诚信举证的当事人。

《最高人民法院关于民事诉讼证据的若干规定》第 44 条将再审阶段的新的证据解释为，"原审庭审结束后新发现的证据"，并且规定"当事人在再审程序中提供新的证据的，应当在申请再审时提出。"这一解释并没有根本解决再审新证据的问题。实践中，

①　"北京嘉裕东方葡萄酒有限公司诉中国粮油食品（集团）有限公司、原审被告南昌开心糖酒副食品有限公司等商标权侵权纠纷上诉案"中最高院作出的［2005］民三终字第 5 号就阐释到"根据《中华人民共和国民事诉讼法》第一百五十三条第一款第（三）项的规定，"原判决认定事实错误，或者原判决认定事实不清，证据不足"的，第二审法院可以查清事实后改判。由于原审判决部分事实认定不清和证据不足，本院决定查清事实后改判。为改判而需要查清事实的，不应受一审举证期限及二审提交新证据的有关司法解释规定的拘束，否则，第二审法院即无法采取查清事实后改判的处理方式和履行相应的审判职责，有违民事诉讼法第一百五十三条第一款第（三）项规定的立法意图。就本案而言，由于原审认定事实部分不清，本院为查清事实，在涉及赔偿等方面接受了双方当事人在二审中提交的部分证据，经质证后依法作出相应的认定，符合《中华人民共和国民事诉讼法》第一百五十三条第一款第（三）项的规定。本案当事人关于本院不应接受二审中提出的证据的要求，于法不合，本院不予支持。"

审理再审案件时，为了还原客观事实，特别是对一些争议事实发生在多年前的再审案件，法院在再审审理阶段也会要求当事人补充证据。

《审判监督程序解释》第10条规定，"申请再审人提交下列证据之一的，人民法院可以认定为民事诉讼法第一百七十九条第一款第（一）项规定的'新的证据'：（一）原审庭审结束前已客观存在庭审结束后新发现的证据；（二）原审庭审结束前已经发现，但因客观原因无法取得或在规定的期限内不能提供的证据；（三）原审庭审结束后原作出鉴定结论、勘验笔录者重新鉴定、勘验，推翻原结论的证据。当事人在原审中提供的主要证据，原审未予质证、认证，但足以推翻原判决、裁定的，应当视为新的证据。"

● 实务问题

新证据是非常重要的再审事由，法院在受理申请材料时通常会询问当事人是否有新证据。修订后的民事诉讼法沿用了"足以推翻原判决、裁定"的提法。关于再审事由审查，如再审事由成立即可裁定再审。但对于新证据的再审事由审查，具有比较大的实质性。法院一般从该证据的形成时间、原审未提交的原因予以考察；此外还要考察其是否"足以推翻原判决、裁定"。关于新证据的认定是再审难点之一，"关于再审中新证据的认定及运用问题的调研"也是最高院选定的2009年12个重点调研课题之一。目前来看，法院通常会注意如下几个方面。

首先，该证据的出现时间。如果该证据的出现时间在原审庭审结束前，不会被视为新证据。在损害赔偿、要求增加子女生活费、受教育费等案件中，由于判决后的情况发生了变化，一方当事人据此要求增加费用的，司法解释都明确规定应当另行起诉。

其次，考虑当事人的主观原因。考虑当事人没有及时获得并提交该证据的原因，如是客观原因所致（即在通常情况下当事人无法知道该证据已经出现），则属于新证据。这个方面的内容，应当是再审事由审查阶段重点要审查的，而不应留到再审审理阶段来认定。

再次，该新证据是否足以推翻原判决、裁定。对此标准如何把握，并无规范性的规定，实际上涉及到了对案件实体处理的判断，也很难把握。能否推翻原审判决、裁定主要是在再审审理阶段审理的问题。

关于重新鉴定、勘验，要求其为作出原鉴定、勘验者再次作出的，并且推翻了原鉴定、勘验。关于当事人在原审中提供的主要证据，原审未予质证、认证，但足以推翻原判决、裁定的，司法解释规定应当视为新证据。实践中，存在对于当事人提供的证据不在判决书中体现的现象。司法解释的规定，将促使尤其是一审法院认真对待当事人提交的证据，对避免裁判错误、保障当事人诉讼权利具有重要意义。此外，实践中存在提出虚假证据，以提起再审的情况，对此，法院一般从证据规则角度来否认其证明力，但是否需要对当事人施以制裁，是值得考虑的问题。

律师代理当事人提交新证据申请再审的，要注意法院对于新证据的审查因素，以及和其他再审事由的区别联系。

首先，要对证据的出现时间作出明确的说明，要对非因自身原因未能取得或者在规定期限内没有提供予以明确的说明，如有必要可附证据。并且，要明确说明该证据对案件实体处理的影响，这点尤为重要。

其次，如果在原审庭审结束后获得了刑事判决书或者纪律处分决定等证据，可证明"审判人员在审理该案件时有贪污受贿，徇私舞弊，枉法裁判行为"，应以"审判人员在审理该案件时有贪污受贿，徇私舞弊，枉法裁判行为"为再审事由申请再审。如果获得相关刑事判决书可证明对方当事人伪造证据的，应以"原判决、裁定认定事实的主要证据是伪造的"为再审事由申请再审。

再次，实践中当事人申请再审的，往往会提交新的证据、材料，但这些证据材料往往达不到足以推翻原判决、裁定的要求，而只能辅助说明案件全貌或者起到补强作用。如果虽然提出了新证据，但尚不足以达到推翻原判决、裁定的程度，可以"原判决、裁定认定的基本事实缺乏证据证明的"等为再审事由申请再审。

●案例实证

案例一：以新证据提起再审，再审审理未认可新证据证明力（案例的提示一律用楷体，下同）

新证据是重要的再审事由，实践中以新的证据为由申请再审的案件很常见。如"蚌埠住房储蓄银行与蚌埠德亿房地产开发有限公司、河南德亿建筑装饰工程有限公司借款担保合同纠纷再审案"①，即是申请人以新的证据申请再审的典型案件。河南德亿建筑装饰工程有限公司（下称河南德亿公司）不服一、二审判决，以新的证据向最高院申请再审。2005年12月最高院作出〔2005〕

---

① 该判例选自最高人民法院审判监督庭编著、苏泽林主编：《最后的裁判——最高人民法院典型疑难百案再审实录（担保与金融案件卷）》，中国长安出版社，2007年1月第1版。

民二提字第 1 号民事判决，维持了安徽省高院［2001］皖民二终字 18 号民事判决。最高院再审审理，着重从申请人未在原审提交该证据的不合理性及其与其他证据之间的矛盾，对河南德亿公司提出的新证据作出评判，并最终未认可该证据的证明力①：

　　关于河南德亿公司申请再审提交的"1999 年 5 月 26 日贷款合同"。如果该"合同"所记载的全部内容在 1999 年 5 月 26 日即已客观存在的话，在随后进行的诉讼中，将对河南德亿公司抗辩债权人的请求提供强有力的支持，但河南德亿公司在一、二审诉讼中不仅未提供且根本未提及。河南德亿公司与蚌埠德亿房地产开发有限公司（下称蚌埠德亿公司）的董事长同为一人，参加诉讼的河南德亿公司应当知道该"合同"在 1999 年 5 月 26 日是否客观存在。其在再审申请时对在一、二审诉讼中未提供、未提及该"合同"的解释难以成立；河南德亿公司所述在 1999 年 5 月 6 日借款合同签订并履行后的当月，债权人又与原债务人蚌埠德亿公司签订"1999 年 5 月 26 日贷款合同"，而将 1999 年 5 月 6 日借款合同项下的债务转移给已经失去还债能力的蚌埠德亿公司，亦违反常理；"1999 年 5 月 26 日贷款合同"另一重要条款是蚌埠德亿公司向蚌埠住房储蓄银行（下称蚌埠银行）借款 600 万元，但河南德亿公司没有提供证据证明该合同项下的款项已经发

---

　　① 如前所述，再审事由审查阶段和再审审理阶段是互相独立而又有联系的阶段。再审事由审查阶段的审查标准和再审审理后改判的标准是不同的。但是，由于受以往实践的影响，在再审事由审查阶段很难完全摆脱对实体处理的考量；并且，当事人申请再审总是希望达到改判的目的，因此，法院再审审理对于有关事由的认定，对于当事人如何提出再审事由，要不要申请再审等具有很强的参考作用。因此，在本章中，我们将引用最高院判决书对于有关再审事由的论述。

生，该条款设定的债务人亦否认该债权的存在；对于"1999 年 5 月 26 日贷款合同"签订的时间、地点、人员等详细情况以及该合同为什么没有编号，河南德亿公司亦不能作出清楚解释；而且，2000 年 3 月 14 日河南德亿公司给蚌埠银行出具的《关于请求延期偿还贷款报告》和《关于申请见面贷款利息报告》中仍认可 1999 年 5 月 6 日借款合同项下的义务，以及对蚌埠德亿公司原欠蚌埠银行 600 万元项下的利息代偿义务；2000 年 8 月 15 日河南德亿公司在给蚌埠银行《询证函》的回函中继续对 1999 年 5 月 6 日借款合同项下 600 万元本金的义务予以确认；2001 年 7 月 3 日二审期间，双方当事人对 1999 年 5 月 6 日借款合同 600 万元项下的利息和蚌埠德亿公司原欠蚌埠银行 600 万元项下的利息进行结帐，对于经过确认的两项利息的计算数字，河南德亿公司亦予以认可签字；二审开庭时，河南德亿公司当庭承认已履行了与蚌埠银行签订的 1999 年 5 月 6 日借款合同。河南德亿公司现以"1999 年 5 月 26 日贷款合同"主张其与蚌埠银行签订的 1999 年 5 月 6 日的借款合同已经解除和废止，自己陷入举证上的逻辑矛盾。因此，"1999 年 5 月 26 日贷款合同"，不能证明河南德亿公司的前述主张，本院不予采信。

从上述案例可以看出，当事人提出再审申请时，举出了一份新的证据，如该证据属实则完全推翻原审裁判的事实基础，但在再审事由的审查阶段法院并没有对其真伪或者证明力予以确定，而是留到了再审审理阶段。在再审事由审查阶段对证据的真伪作出判断是不合适的。

案例二：以新证据提起再审，和解结案

如"上海联盟房地产有限公司与上海银行中南银行、上海海通建设公司抵押借款纠纷再审案",一审后上海联盟房地产有限公司(联盟公司)提出上诉,二审予以改判;上海银行中南银行(中南银行)向上海高院申请再审,上海高院再审维持了原一审判决。联盟公司向最高院申请再审,称经公安部门侦察发现了对本案有重大影响的新事实以及大量的新证据,完全推翻原判决赖以做出的基础。最高院提审后,各方考虑诉讼风险平衡利益,达成和解协议。最高院作出〔2005〕民二提字第11号民事裁定书准许联盟公司撤回再审申请。

(二) 原裁判认定的基本事实缺乏证据证明

修订后的民事诉讼法规定,原判决、裁定认定的基本事实缺乏证据证明的,应当再审。

●条文理解

本项是从修订前民事诉讼法"原判决、裁定认定事实的主要证据不足"改造过来的。其为原5项再审事由中最难把握的一项,往往涉及"认识"问题。民事诉讼法修订前,当事人主要以"认定事实错误、适用法律不当"申请再审。认定事实错误,主要就是指"原判决、裁定认定事实的主要证据不足"。

基本事实,依据《审判监督程序解释》第11条规定是指对原判决、裁定的结果有实质影响、用以确定当事人主体资格、案件性质、具体权利义务和民事责任等主要内容所依据的事实。基本事实对于权利发生、变更或消灭的法律效果有直接作用。与其对应的是次要事实,指对当事人之间民事法律关系性质、各自的权利义务和民事责任等主要内容不起决定作用的辅助性事实。次要事实认定有误,不会对案件的实体处理产生影响。修订后的民事诉讼法将事实认定错误,限制在基本事实的认定错误。

缺乏证据证明，是指缺乏能够证明案件基本事实所必不可少的证据，也就是认定事实达不到证据规则要求的证明标准。原民事诉讼法使用"证据不足"的概念，修订后使用"缺乏证据证明"。两者具有差别，足与不足主观性更强；是否缺乏，主要从是否缺乏必要的或者基本证据角度看，更具有客观性。不过，两者都需要主观判断。

● **实务问题**

法院在再审事由审查时，要审查当事人指出的认定错误的事实是否为基本事实，即是否为对原判决、裁定的结果有实质影响、用以确定当事人主体资格、案件性质、具体权利义务和民事责任等主要内容所依据的事实；该事实是否缺乏能够证明案件基本事实所必不可少的证据。关于原判决、裁定认定的基本事实是否缺乏证据证明，往往是对已有证据的不同判断问题。

律师代理当事人申请再审时，如认为原裁判认定事实错误，应当明确究竟哪一事实认定错误，并具体指出其对主体资格案件性质、具体权利义务和民事责任等产生的影响，要明确阐述原审裁判对证据规则的违背。通常情况下，需要结合新的证据，以及交代真实的交易背景，指出原审对基本事实的认定不符合证据规则亦有违客观真实。从以往再审实践看，对于证据的不同判断是再审改判的主要原因之一。在再审事由审查阶段，判断"缺乏证据证明"仍然具有一定主观性。

● **案例实证**

关于原判决、裁定认定的基本事实缺乏证据证明，常见的主要有如下几类情形。

1. 义务的履行状况

义务人依据法律规定或者合同约定的义务，是否履行或履行完毕，常常是争议的焦点，其对当事人的权利义务有直接影响。关于义务履行状况的事实认定，直接影响当事人责任承担。

案例：银行是否履行付款义务

如"交通银行南昌分行诉海南赛格国际信托投资公司江西证券交易营业部存款支付纠纷再审案"，即是关于义务是否已履行的事实认定各方各执一词的典型再审案件。江西高院〔2000〕赣高法民终字第 85 号民事判决认为，海南赛格国际信托投资公司江西证券交易营业部（下称海南赛格江西证交部）"在南昌交行下属分理处设立帐号，并存入资金，相互间已形成真实的存款关系，该存款关系应受法律保护。双方签订的存款支付协议是双方真实意思表示，内容不违反法律、法规的禁止性规定，应认定该协议有效。南昌交行未依约于 4 月 17 日支付海南赛格江西证交部1000 万元本金和利息，已构成违约，应承担支付存款本金和利息的违约责任。……南昌交行关于已将此款划入海南赛格江西证交部帐户内即已完成付款义务以及海南赛格江西证交部存款被冻结与己无关的理由不符合双方协议的约定难以成立，本院不予支持。"

交通银行南昌分行（下称南昌交行）向最高院申请再审称：申请人已经履行了双方协议中的付款义务，该款由于被申请人其它案件的关系被法院冻结直至划走，责任不在申请人。原判决没有认定本案 1000 万元被北京市第一中级人民法院扣划的重要事实，没有采纳申请人根据人民法院裁定冻结存款并划拨是履行法定协助义务的主张，判令申请人再支付 1000 万元给被申请人，没有法律依据。

最高院于 2001 年 8 月 6 日作出 [2001] 民二监字第 215 号民事裁定，提审该案。经审理后作出 [2001] 民二提字第 7 号民事判决支持了南昌交行的申请理由，撤销了原终审判决。关于申请人已经履行付款义务的主张，最高院予以支持，其认为：

"海南赛格江西证交部在南昌交行下属青化分理处开立一般存款帐户，并存入款项用于结算，双方已经形成真实的存款关系。存款纠纷引起原因系南昌交行青化分理处主任等人挪用部分存款，南昌交行拒付存款引起纠纷，双方在解决纠纷中于 2000 年 2 月 17 日自愿达成"存款支付协议"，该协议系双方真实意思表示，内容不违反法律，应认定有效。2000 年 5 月 31 日，南昌交行将 1000 万元本金及 102428.43 元利息划入海南赛格江西证交部在南昌交行青化分理处的存款帐户内，有进帐单、对帐单、计付存款利息清单、分户帐为凭，应当认定南昌交行已经履行了向海南赛格江西证交部 1000 万元本息的付款义务。该笔款项被冻结并最终被扣划 1000 万元到武汉交行的帐户，以抵偿海南赛格江西证交部的总公司海南赛格公司所欠的武汉交行的债务，是南昌交行根据人民法院的裁定和通知，履行法定协助的义务。南昌交行既已完成了向海南赛格江西证交部的付款义务，不应再向海南赛格江西证交部支付 1000 万元，南昌交行再审申请理由成立，本院应予支持。"

2. 当事人的主观认识状态

当事人的主观认识状态在侵权纠纷、合同无效或者不成立等适用过错责任的案件中对民事责任的承担产生直接影响，因其是判断当事人是否具有过错的事实前提，争议各方常常把是否知悉、有无隐瞒或者提供虚假情况等作为认定事实的焦点。

案例一：保证人不知以贷还贷

如"中国农业银行临安市支行与上海宏广达实业公司杭州分公司、杭州临安医药玻璃厂借款合同纠纷再审案"①。浙江高院作出［1998］浙法告申经再字第9号民事判决，认为杭州临安医药玻璃厂（下称玻璃厂）与中国农业银行临安市支行（下称临安农行）签订的借款合同，临安农行没有依此合同将贷款贷给玻璃厂，玻璃厂也没有实际得到和支配该合同项下的450万元贷款，该贷款实际用于"以贷还贷"，违反《民法通则》第58条第1款第（5）项规定应属无效。玻璃厂和临安农行隐瞒事实真相，"以贷还贷"骗取担保人在违背真实意思表示的情况下提供担保，依照最高院《关于审理经济合同纠纷案件有关保证的若干问题的规定》的规定，保证人上海宏广达实业公司杭州分公司（下称宏广达杭州分公司）不应当承担担保责任。

临安农行向最高院申请再审称，"以贷还贷"并未受到我国现行法律及法规的明文禁止和限制，属有效的民事法律行为。浙江高院对"以贷还贷"属无效行为的认定应予纠正；保证人宏广达杭州分公司对于本案"以贷还贷"的事实是知晓的，不存在临安农行与玻璃厂故意隐瞒以贷还贷真相、对宏广达杭州分公司进行骗保的事实。

最高院提审后，作出［2003］民二提字第28号民事判决维持了［1998］浙法告申经再字第9号判决。对于再审申请人提出的保证人知悉"以贷还贷"的事实，并应据此承担保证责任的主

---

① 案件引自何护、王朝辉："未实现追偿权的担保人可就担保合同申请再审——最高人民法院判决临安农行诉临安玻璃厂等借款担保案"，《人民法院报》，2006年1月17日。

张，最高院认为：

　　临安农行以玻璃厂法定代表人唐雪坤在公安机关的供述中称其告诉过宏广达杭州分公司的经理钟秀珠"以贷还贷"为由，主张宏广达杭州分公司明知临安农行与玻璃厂贷款真实用途。但担保合同的经办人宏广达杭州分公司经营部经理钟秀珠的历次证言及钟秀珠在本院庭审时出庭作证，明确否定其知道债权人和债务人是以贷还贷。唐雪坤在本案一、二审庭审时，均称玻璃厂的贷款是用来购买原材料的，根本未提到是以贷还贷。唐雪坤在人民法院开庭审理时的陈述与在公安机关的供述前后不一，且唐雪坤因金融诈骗已被人民法院判处无期徒刑，其中认定的犯罪事实，就包括本案这 500 万元。唐雪坤作为本案债务人的法定代表人，同时，又是犯罪行为人，其关于宏广达杭州分公司知道贷款的真实用途的说法，没有其他证据佐证，本院不予采信。临安农行称宏广达杭州分公司的上级主管部门浙江证券有限责任公司的文件记载表明宏广达杭州分公司知道玻璃厂"以贷还贷"。临安农行所指的是浙江证券有限责任公司给浙江省政府的报告，其内容是向省政府报告宏广达杭州分公司有关经营管理的问题，主要是宏广达杭州分公司经营部钟秀珠违反其公司规定违规给他人提供担保的问题，请求浙江省有关部门予以处理。该文件是在临安农行与玻璃厂以贷还贷之后形成，其中"钟秀珠以宏广达杭州分公司经营部名义为他人还贷担保"的表述，不能引申为杭州分公司或其经营部知道玻璃厂以贷还贷。临安农行据此主张宏广达杭州分公司知道其贷款真实用途，没有事实根据。

　　案例二：保证人应知悉以贷还贷

　　如"上海国际信托投资有限公司与上海市综合信息交易所、

上海三和房地产公司委托贷款合同纠纷再审案"。一审判决认为"上海三和房地产公司（下称三和公司）辩称其对系争合同项下贷款用于偿还旧贷并不明知，故不应承担该笔贷款保证责任。因本案系争合同以及与之相关联的另 4 份委托贷款合同的保证人均为三和公司，三和公司的保证责任并未因为不明知借新还旧事宜而扩大，故三和公司的保证责任不能免除。"

三和公司不服一审判决，向上海高院提起上诉。上海高院作出［2000］沪高经终字第 588 号民事判决，认为"然一审法院未能查明上海国际信托投资公司（下称上国投）和上海市综合信息交易所（下称交易所）之间债权债务关系的形成过程及三和公司在不知上国投和交易所早已存在债权债务关系的情况下提供保证的事实。从二审查明的整个案件事实来看，上国投和交易所早就存在因贷款而发生的债权债务关系，且当时的贷款合同担保人非三和公司。三和公司为上国投和交易所提供担保的五份贷款合同的履行过程，不是当天借，当天还，就是空贷，无放款记录。上国投因贷款而发生的收贷不能的风险在三和公司提供担保前即1996 年 1 月 10 日前就已产生，上国投和交易所共同隐瞒了借新还旧的真实情况，骗取三和公司提供保证，把本应由他人承担的保证责任转嫁给三和公司，依照《中华人民共和国担保法》第三十条和最高人民法院《关于适用〈中华人民共和国担保法〉若干问题的解释》第三十九条的规定，三和公司依法不应承担保证责任。"

上国投不服二审判决，向上海高院申请再审。上海高院作出［2001］沪高经再终字第 19 号民事判决，认为"三和公司主张系争贷款不能偿还的风险在其作为担保人前早已存在。其作为系争合同担保人是上国投与交易所恶意串通、骗保所致的依据不足，三和公司应当对系争贷款合同承担担保责任。"并撤销了二审判决，维持一审判决。

三和公司不服上海高院再审判决，向最高院申请再审，提出原审"推定申请人应当知道'以新还旧'无事实和法律依据"等理由。最高院于2005年6月23日以［2002］民二监字第110－1号民事裁定决定对本案提审。审理后，最高院作出［2005］民二提字第8号判决，维持了上海高院的再审判决。对于三和公司是否知道以贷还贷，最高院认为：

本案五份合同中确实存在无实际放款的情况，但此种情况的产生缘于借贷双方在合同第六条的约定。从该约定内容，以及新旧贷款金额相同、贷款期限基本衔接的情况可以看出，借贷双方在旧贷到期尚未清偿时，签订新借款合同的目的就是为了以该新贷偿还旧贷，消灭借款方在旧贷下的债务，该条内容可以视为借贷双方对以贷还贷的约定。而上国投当天贷款当天扣划或仅更换贷款凭证、没有实际放款的做法是基于合同中以贷还贷的约定而为的履行行为，亦是以贷还贷的基本履行方式。三和公司连续在几份借款合同上盖章同意为交易所担保，其应当知道此为签约各方以该种方式履行合同第六条的约定，即以贷还贷。本案合同的约定没有违反法律禁止性规定，三和公司已盖章确认，因此，本案应当适用最高人民法院《关于适用〈中华人民共和国担保法〉若干问题的解释》第三十九条关于以贷还贷的规定。如若按照三和公司所称本案不属以贷还贷，五个合同之间没有形式及内在联系的理由予以推论，三和公司承担的将不再是一个合同而是五份合同累计金额一亿元的担保责任。三和公司以贷款用途缺乏借新还旧的形式及内在联系，中间三份合同无实际放贷，进而否认以贷还贷的理由不能成立。况且，三和公司在本案合同签订前后，曾作为借款人向上国投多次贷款，而担保人则是交易所。三和公司与上国投所签的那些借款合同的基本格式与本案完全相同，而履行时短期扣划或更换凭证的方式亦与本案履行方式相同。因此，三和公司以不应知道本案此种约定属于以贷还贷予以抗辩的理由缺乏合理性。

案例三：债权人是否对保证人隐瞒重要情况

如"中国房地产开发集团公司与深圳发展银行上海徐汇支行、上海唯亚实业投资有限公司等借款担保合同纠纷再审案"，亦是涉及有关当事人是否有故意隐瞒重要事实或者告知虚假情况的典型再审案件。该案一审、二审中，深圳发展银行上海徐汇支行（下称深发展）是否存在欺诈都是争议焦点。上海高院作出［2007］沪高民二（商）终字第70号民事判决后，中国房地产开发集团公司（下称中房集团）以深发展存在故意隐瞒质权不能行使，应负相应过错责任为由，向最高院申请再审。2008年4月11日，最高院出具［2007］民一监字第563号民事裁定书，提审该案。目前该案尚未审结。

3. 期限是否经过

期限是否经过，也对当事人的民事责任产生直接影响。关于诉讼时效的认定，虽然最高院新近颁行了专门的司法解释，但仍然是一个容易引起争议的问题，因为对于消灭时效而言，一旦经过权利人丧失胜诉权，义务人可以此抗辩从而免予承担责任。保证期间是除斥期间，一旦经过即消灭实体权利。关于保证期间是否经过，也是担保类案件中经常争议的焦点。

案例：以诉讼时效已过为由提起再审，再审审理未予支持

"辽阳大型钢管厂与中国运输机械进出口公司购销合同纠纷再审案"①，即是以诉讼时效是否经过为焦点的再审案例。北京高院作出〔2000〕高经终字第 420 号民事判决认为，辽阳大型钢管厂（下称大型钢管厂）所提供的担保属对保证期间约定不明确，因此将保证期间推定为二年更为合理（即从 1996 年 7 月至 1998 年 7 月），中国运输机械进出口公司（下称中机公司）举证其在保证期间内，即在 1996 年 8 月 26 日和 1997 年 10 月 30 日分别以挂号信和特快专递形式向保证人大型钢管厂主张权利，应予认定，因此，中机公司的起诉与有关诉讼时效的法律规定不悖，故对大型钢管厂提出其保证责任已过诉讼时效，不应承担保证责任的主张，不予支持。

大型钢管厂不服终审判决，向最高院申请再审，以原审对证据认定错误，申请人并未收到原判决所称的 1997 年 10 月 30 日特快专递，中机公司提交的特快专递详情单是伪造的，不能证明该公司发出了特快专递，该公司起诉已超出诉讼时效等为由请求判决免除申请人的保证责任。

最高院于 2002 年 11 月 20 日作出〔2001〕民二监字第 101 号民事裁定书提审该案，经过审理后作出〔2002〕民二提字第 31 号民事判决，撤销了原审判决。关于申请人提出的中机公司起诉已经超出诉讼时效的主张，最高院予以支持，认为：

大型钢管厂的保证责任期间应当是 1996 年 8 月 1 日到 1998 年 8 月 1 日。由于中机公司于 1996 年 8 月 26 日向大型钢管厂发

---

① 该案件引自沈德咏主编：《审判监督指导（2004 年第 2 辑)》，人民法院出版社 2004 年 10 月版。

出了主张权利的挂号信，因此，应当认定中机公司在大型钢管厂的保证责任期间内向该厂主张了权利，诉讼时效期间应从 1996 年 8 月 27 日起开始计算，本案的诉讼时效期间为 1996 年 8 月 27 日至 1998 年 8 月 27 日。

1999 年 6 月 29 日，中机公司又以挂号信方式要求大型钢管厂履行保证义务，并于同年 8 月 31 日向人民法院起诉，但此时已经超过本案诉讼时效将近一年。中机公司在一、二审中主张，其于 1997 年 10 月 30 日向北京市百万庄邮局交寄了向大型钢管厂主张权利的特快专递，因此，该公司是否在诉讼时效届满前交寄特快专递主张权利，是认定本案是否具有诉讼时效中断事由的关键。

中机公司主张发出特快专递的惟一证据，是 1997 年 10 月 30 日的特快专递详情单，但大型钢管厂提供了辽阳市邮政局邮政速递服务公司查无此件的证明。本院复查期间，派员到北京市百万庄邮局调查，该邮局表示不能证明上述特快专递系从该局发出，并指出了该特快专递详情单存在的多处错误，该详情单上五处由邮局工作人员填写的内容中存在四处明显错误，如原寄局代码填写为"180"，重量填写为 30 克，邮费金额合计处未按规定使用大写数字等。再审中，中机公司委托代理人对此特快专递交寄情况的说法前后不一，先是称在北京市百万庄邮局交寄，后又提出可能是在北京市西区邮电局交寄，最后变为是在北京市阜成门邮局交寄，却始终不能提供相应的证据。

再审期间，中机公司始终不能说明"180"是哪个邮局的代码，而上述北京市百万庄邮局、阜成门邮局和西区速递局的代码或简称分别是"京37支"、"京47支"、"京西速"，均与详情单所载明的"180"不符。

至于中机公司主张大型钢管厂在一审、二审及申诉复查期间对特快专递的真实性予以确认的问题，经查本案一、二审卷宗，在历次开庭笔录中，均无大型钢管厂认可 1997 年 10 月 30 日特快专递真实性的记录，且该厂 2000 年 3 月 13 日在一审中向法院提交的书面材料和在二审庭审中均表示，未收到过上述特快专递。在北京市高级人民法院复查期间的驳回笔录上，大型钢管厂的法律顾问在回答法官提问时承认"特快专递"和"挂号信""是真实的"，因一、二审卷中不仅有 1997 年 10 月 30 日的特快专递详情单，还有中机公司于 1998 年 7 月 3 日寄给大连经销公司的特快专递详情单，故该"特快专递"指向不明。而且大型钢管厂的上述陈述是在北京市高级人民法院驳回其再审申请时作出的，并非发生在诉讼过程中，因此不构成民事诉讼过程中当事人的自认行为。

综上所述，中机公司不能证明其提供的 1997 年 10 月 30 日特快专递详情单的有效性，亦不能证明其在诉讼时效期间内向大型钢管厂主张过权利。其关于诉讼时效中断的理由不能成立，对其主张本院不予支持。因中机公司在诉讼时效期间内怠于行使诉讼权利，导致其丧失了对保证人大型钢管厂的胜诉权。大型钢管厂主张中机公司的起诉已经超过诉讼时效的理由成立，应予支持。

4. 法律关系是否成立

关于当事人之间的法律关系是否成立，也是一个经常起争议的问题，尤其是合同关系是否成立（包括民刑交叉案件中有关民事合同是否成立），此外，有关法律关系是否成立的争议中对于一行为常涉及其是个人行为还是职务行为的认定。法律关系是否成立是事实判断，而是否有效属于法律判断。法律关系是否成立的问题解决之后，才是权利义务的确立和民事责任的分担。当然，判断法律关系是否成立往往也涉及到对法律的理解。

案例：存款关系是否成立

如"中交第一公路勘察设计研究院与中国银行西安市咸宁路支行存款纠纷再审案"①，其焦点就是案情涉及刑事犯罪的（即交易涉及人员涉嫌刑事犯罪），民事合同关系是否成立。中国银行西安市咸宁路支行（下称咸宁路支行）不服一审提出上诉。陕西高院二审认为：廖善继、赵华等人以虚假公章向上诉人提出的开户申请，并非中交第一公路勘察设计研究院（下称设计院）真实意思表示，而系犯罪嫌疑人实施诈骗行为的重要步骤。廖善继利用职务之便，为获取高额息差，未经请示批准，擅自将设计院500 万元转入该帐户，并收取他人巨额现金，存入私人名下，亦非设计院法人行为。上诉人与被上诉人之间不存在存款关系，本案涉嫌经济诈骗犯罪而非一般存单纠纷，应移送公安机关处理。于 1999 年 11 月作出陕经二终［1998］第 161 号民事裁定：撤销原判，驳回起诉。设计院（一审原告）不服该裁定，以"廖善继和李建安开立存款帐户、转存款项是代表设计院所为的法人行为"、"设计院与咸宁路支行之间存款关系成立"等为由向最高院申请再审。最高院提审后，作出［2003］民二提字第 25 号判决，撤销了陕经二终［1998］第 161 号民事裁定，维持了原一审判决。对于存款关系是否成立，最高院认为，"廖善继和李建安开

---

① 该判例选自最高人民法院审判监督庭编著、苏泽林主编：《最后的裁判——最高人民法院典型疑难百案再审实录（担保与金融案件卷）》，中国长安出版社，2007 年 1 月第 1 版。

立存款帐户、转存款项是代表设计院所谓的法人行为。设计院持有营业执照、企业代码本、财务专用章等申请开立存款帐户，咸宁路支行经审查后同意并办理了相应的开户手续，提供了存款帐户，设计院向该账户内存入 500 万元，双方即成立存款关系。"

5. 主体资格是否合法

主体资格是否合法，主要是指企业的法人资格确认，其在许多案件中是确定当事人如何承担责任的首要步骤。尤其在公司法引入法人人格否定制度以后，为案件确定正确的当事人经常是比较复杂的问题。

案例：是否具有独立法人资格

如"长沙市食品公司与云南一心食品开发有限公司、长沙市食品公司肉食批发部购销农副产品合同纠纷再审案"，其争议的焦点就在于长沙市食品公司肉食批发部（下称批发部）是否具备独立法人资格问题。云南高院二审认为"批发部属于长沙公司投资开办的企业，该批发部虽然已领取"企业法人营业执照"但其注册资金始终没有达到《中华人民共和国企业法人登记管理条例施行细则》（以下简称施行细则）第十五条第（七）项所规定的基本数额要求，且其经营场所是由长沙公司提供，其名称前也冠以"长沙市食品公司"的名称，故该批发部不具备企业法人成立的基本条件，不具有独立法人资格，不能独立承担民事责任。长沙公司作为该批发部的投资者和开办单位，依法应当承担本案的民事责任。原审法院将本案案由确定为购销农副产品合同纠纷确有不当，应当变更为购销农副产品合同欠款纠纷。"

长沙市食品公司不服二审判决，向最高院申请再审称"长沙公司作为开办单位，其投入的开办资金已全部到位，一、二审判决其承担连带责任违反《民法通则》关于企业法人独立承担民事责任的规定；批发部不是按公司的模式成立的，故不能按公司的注册资金 50 万元进行要求，批发部已达到企业法人注册资金数额的最低标准要求。"最高院于 2001 年 1 月 8 日，作出［2000］民提字第 3 号民事裁定，决定对本案进行提审。经审理后，最高院作出［2000］民提字第 3 号民事判决，撤销了原一、二审判决。对于批发部的法人资格问题，最高院支持了申请人的主张，其认为：

批发部领取了企业法人营业执照，依法应由批发部独立承担偿还拖欠的货款及利息的责任。长沙公司作为批发部的开办单位，其投入的注册资金已足额到位，一、二审判决由长沙公司承担连带责任与《民法通则》规定的由企业法人承担民事责任之规定相悖。一、二审判决对长沙公司责任的认定不当，应予纠正。批发部的名称前冠以长沙公司的名称，只能说明批发部的名称尚不够规范，应加以完善，但以此否认批发部的法人资格没有法律依据；批发部的经营场所系长沙公司无偿给批发部使用，应认为批发部已有场所；批发部实行经理负责制，有自己独立核算的财务制度，云南一心食品开发有限公司（下称云南公司）称批发部没有相应的经营管理机构和财务核算组织没有事实依据，故云南公司认为批发部不具备法人条件的抗辩理由不能成立。《施行细则》第十五条第（七）项规定，申请企业法人登记应当有符合规定数额并与经营范围相适应的注册资金，生产性质的公司注册资金不得少于 30 万元，以批发业务为主的商业性公司的注册资金不得少于 50 万元，以零售业务为主的商业性公司的注册资金不得少于 30 万元，咨询服务性公司的注册资金不得少于 10 万元，其他企业法人的注册资金不得少于 3 万元。对于"其他企业法人"应如何理解其内容含义，经本院咨询，国家工商行政管理总局企业注册局于 1998 年 6 月 7 日以企指函字［1998］第 1 号函，指出《施行细则》第十五条第（七）项所称："其他企业法人"是除公司以外的企业法人。本院查明：在批发部成立的章程中，关于企业名称、企业性质、企业宗旨和企业实行经理负责制的表述说明批发部是按企业法人来设立的，并非按公司法人来设立。批发部是在《公司法》实施前成立，事后也未按公司法予以规范。批发部的注册资金已超过《施行细则》规定的"其他企业法人 3 万元"的最低数额要求，故应认定为具有独立法人资格。

6. 事实或行为是否发生

在有关案件中，某事实或行为是否发生，会给当事人权利义务和责任分担产生重要影响，其常涉及对证据本身的直接的理解，各判决之间往往得出不同的结论。在实践中，主要是两类情况：一是，对一份（或几份）证据（尤指书证、物证）的真实性没有争议，但是对其证明力大小，产生截然不同的认识；二是，对一（或一系列）事件或行为各方都认可其真实发生，但对其构成什么样的法律事实的认识截然不同。

案例一：是否存在并实际履行另一借款合同

如"中国银行股份有限公司烟台分行诉烟台开发区物资再生综合利用公司、烟台开发区房地产有限公司借款担保合同纠纷再审案"，在历次再审中"是否存在并实际履行 1994 年 4 月的借款合同"都是争议的焦点。在本案中，保证人烟台开发区房地产有限公司（下称房地产公司）主张债权人和债务人之间存在 4 月份的借款合同而且改合同已经实际履行，其是对该 4 月份的借款合同提供保证，而 9 月份的借款合同与其无关；债权人中国银行股份有限公司烟台分行（下称烟台中行）则主张，本案只有 9 月份一个借款合同和一次实际履行借款的事实，保证人应对 9 月份的借款合同承担保证责任。烟台中行以"本案不存在 1994 年 4 月的借款合同和实际履行该合同的事实"原审认定事实错误为由，向最高院申请再审，最高院指令山东高院再审后，烟台中行不服高院再审判决，又以相同事由向最高院申请再审。最高院作出〔2003〕民二监字第 19 - 4 号裁定决定提审本案。目前该案尚未审结。

案例二：资金是否已交银行

如"上海茶叶进出口公司诉中国工商银行金华市婺城支行、浙江超三超集团有限公司存单纠纷再审案"①。本案是一起对最高院二审判决申请再审的案件。就本案事实认定而言，最关键的是对于"上海茶叶进出口公司（下称茶叶公司）将 4 张总金额为 4000 万元的银行汇票交给中国工商银行金华市婺城支行（下称婺城支行），经营业柜台确认有效后，开出 3 张总金额为 4000 万元人民币定期存单交给茶叶公司"的事实，是否能证明茶叶公司将资金交付给婺城支行。最高院二审作出〔1999〕民终字第 3 号民事判决认为"茶叶公司提供的四张银行汇票，其收款人均为王剑凯，汇票票款在办理解付时已由王剑凯以汇票背书方式转让给超三超集团，茶叶公司并无在婺城工行存款的事实，且茶叶公司收取了高额利差。本案系以存单为表现形式的违法借贷，茶叶公司

---

① 该判例选自最高人民法院审判监督庭编著、苏泽林主编：《最后的裁判——最高人民法院典型疑难百案再审实录（担保与金融案件卷）》，中国长安出版社，2007 年 1 月第 1 版。

收取的高额利差应折抵本金。茶叶公司关于婺城工行收下汇票后故意不入账，径自交给超三超集团完成背书行为的上诉主张，因没有提供足够证据，本院不予认定。"茶叶公司不服该判决，以"4000 万元银行汇票是空白背书交给了婺城工行"等为由向最高院申请再审。最高院提审后，作出［2003］民二再字第 5 号民事判决，撤消了［1999］民终字第 3 号民事判决。再审判决认为原审认定"已由王剑凯以汇票背书方式转让给超三超集团，茶叶公司并无在婺城工行存款的事实"属于认定事实和适用法律错误。因为银行汇票交给婺城工行，经营业部确认后，开出 3 张总金额为 4000 万元人民币定期存单交于茶叶公司，存单上盖有婺城工行业务专用章及银行经办人员专用名章，表明茶叶公司的资金已交付婺城工行。这一过程表明茶叶公司已交付资金，至于金融机构此后是否入账，不影响存款关系的效力。

案例三：实际承运人是否参与无单放货

如"鞍钢集团国际经济贸易公司与巴拿马富春航业股份有限公司海上货物运输无单放货纠纷再审案"。最高院对本案前后作出两次再审判决，其主要分歧在于对于实际承运人巴拿马富春航业股份有限公司（下称富春公司）是否参与无单放货的认识完全不同。

最高院［2000］交提字第 6 号民事判决认为，"本案鞍钢公司据以起诉的提单是"盛扬"轮的期租船人莫帕提公司的代理人大连外代所签发，提单亦是莫帕提公司的提单，提单上明确显示承运人为莫帕提公司。因此依照海商法的规定，富春公司作为承运船舶"盛扬"轮的船东，其与承运人莫帕提公司之间订有期租合同，并实际履行运输，应为本航次海上货物运输的实际承运人。鞍钢公司凭此提单诉富春公司海上货物运输合同纠纷，其诉权存在。但本案所涉货物运输中，除前述提单外，承运人莫帕提公司还签发给航次租船合同的租船人香港千金一公司（下称千金一）一份提单。货物抵达目的港后，提货人向莫帕提公司出具银行担保，按照莫帕提公司的指令，凭银行担保和莫帕提公司签发给千金一的提单副本，船方将该货物交给了提货人，并在事后收回了莫帕提公司签发给千金一的提单正本。根据现有证据显示，装货港和卸货港的代理人均为承运人莫帕提公司委托，而根据期租船合同的约定，有关船舶营运的事宜，船方应听从租船人的指挥。故鞍钢公司主张富春公司参与无单放货的依据不充分。因此，原审认定船东富春公司对本案无单放货承担责任缺乏事实依据和法律依据。"

鞍钢公司不服最高院原再审判决，向最高院申请再审称，本案中一票货物出现两套提单，是富春公司实施无单放货的一种方式；富春公司在未收回正本大连提单的情况下进行了放货，故应承担无单放货的法律责任。最高院再审后，作出〔2005〕民四再字第2号判决，撤销〔2000〕交提字第6号民事判决，维持〔1997〕辽经终字第39号判决，关于富春公司是否参与无单放货，其认为：

依据《海商法》第71条、第72条规定，正本提单应当签发给交运货物的托运人，大连提单系鞍钢公司实际交运货物后凭"盛扬"轮大副签发的收货单而换取，符合《海商法》的规定，为合法有效的具有物权凭证的提单。且根据"盛扬"轮大副签署的收货单据及"盛扬"轮船长的授权书，"盛扬"轮应当知道由大连外代所特定签发的大连提单的存在。而香港提单系仅凭千金一出具的保函而换得，尤其是当香港提单项下载明的托运人仍为鞍钢公司时，莫帕提公司应无权签发香港提单给并非事实上以托运人身份出现的千金一，香港提单应认定为无效。本案诉讼以来，富春公司一直表示，"盛扬"轮放货之前对香港提单的签发确不知情。"盛扬"轮对大连提单的签发不能否认其知情的事实，对香港提单的签发又一再坚持不知情，却又凭收货人的银行保函和香港提单的副本放货，事后也仅让收货人凭香港提单换回收货保函，富春公司的行为显然构成无单放货。

案例四：工程是否通过验收

对于建设工程施工合同纠纷，工程是否通过验收、是否存在质量问题等常是争议焦点。如"沈阳市三武建筑有限公司与辽宁金鹏房屋开发有限公司建设工程施工合同纠纷再审案"，当事人对工程是否通过验收等问题一直存在争议。辽宁金鹏房屋开发有限公司（下称金鹏公司）不服辽宁高院二审判决，向辽宁高院申请再审，提出原审"认定2001年8月16日竣工没有依据"等事由。辽宁高院再审后作出［2003］辽审民终再字第48号民事判决认为，"在'单位工程交工验收证明'文件的开/竣工日期栏一项写明竣工日期为2001年8月16日，在"房屋建筑工程竣工验收报告"文件的验收时间栏一项写明验收时间为2001年8月16日。因此金鹏公司在此文件上签字盖章即是对文件上写明的竣工日期和验收时间的确认，且金鹏公司委托进行工程监理的沈阳市投资监理有限公司在报告上的签字日期为2001年8月16日，而金鹏公司主张其签字盖章时间为2001年8月31日，因此竣工日期为2001年8月31日的理由，没有事实依据，本院不予支持。"金鹏公司继续向最高院申请再审，提出涉案工程"至今未经国家建筑工程管理部门竣工验收，工程质量严重不合格，威胁师生生命安全，而且使申请再审人无法取得讼争工程的合法产权登记"等事由。最高院经审理后，认为本案建设工程没有通过竣工验收而且质量确实存在问题。因当事人还有一个建筑质量纠纷的诉讼在进行，为方便查清案情并与另一个质量纠纷协调一致，作出 [2004] 民一提字第 7 号判决，撤销辽宁高院的再审、二审判决和沈阳中院的一审判决，并将本案发回沈阳中院重审。

案例五：是否存在共同侵权

对于事实和行为是否发生的争议中，另一种常见而难以确定的情形是对有无串通或者共谋的认定。如"中国工商银行海南省分行营业部与海南正兴产业投资有限公司等联营开发房地产合同纠纷再审案"①。本案是一起对最高院二审判决申请再审的案件，其争议的焦点之一就是有关当事人是否构成共同侵权。

最高院 [2001] 民一终字第 61 号判决认为"正兴公司与华琼公司之间的《联营开发合同》、《联营开发补充合同》及《房屋出让合同》，因华琼公司隐瞒与正兴公司联营开发"爵士乐园"用地早已被海南省海南中级人民法院查封冻结的事实，骗取正兴公司支付土地转让款和投资开发建设，正兴公司至今未办土地使用权变更登记，合同内容并非双方当事人的真实意思表示，且违反国家法律有关被司法机关查封的财产不能转让等规定，故上述合同均为无效。造成合同无效的责任完全在华琼公司一方，因此，华琼公司应返还土地转让款 4898 万元和项目已完工程的造

---

① 详细案情见最高人民法院审判监督庭编著、苏泽林主编：《最后的裁判－最高人民法院典型疑难百案再审实录（房地产与公司企业案件卷）》，中国长安出版社，2007 年 1 月第 1 版。

价1775.530081万元及投入该项目的勘察费、设计费、平场费等1365.512939万元，并赔偿上述款的利息损失。华琼公司位于海南省琼山市府城镇大园村的36.2亩土地使用权系海南工行向海南省海南中级人民法院申请查封的，海南工行明知被法院查封的土地使用权不能转让、抵押或行使其他处分权，但其为了达到收贷的目的，与华琼公司恶意串通，共同隐瞒了上述土地被查封的事实，擅自同意华琼公司动用被查封的土地与正兴公司联营开发，变相转让土地使用权，用正兴公司支付的土地转让款来抵偿其向海南工行的借款，从而造成正兴公司损害结果的发生。海南工行与华琼公司对正兴公司的共同侵害行为是相互串通、相互联系，具有侵权行为的共同性，构成统一致害的原因，该共同侵害行为与正兴公司的损害结果之间，具有法律上的因果关系，故华琼公司与海南工行的行为已构成共同侵权，应依法承担共同侵权的民事责任。"最高院二审判决维持原审。

海南工行不服二审判决，以海南工行与华琼公司不构成共同侵权，不应承担连带责任为由向最高院申请再审。最高院再审后，于2006年7月8日作出〔2003〕民一再字第7号判决，关于海南工行与华琼公司是否构成共同侵权问题，其认为：

海南工行同意华琼公司以查封的土地联营的事实虽然存在，但同意联营并不等于同意华琼公司向正兴公司隐瞒土地被查封的事实。本案没有证据证明华琼公司实在海南工行的授意，或经与海南工行协商同意向正兴公司隐瞒用于联营的土地已经被查封的事宜，也没有证据证明海南工行明知华琼公司向正兴公司隐瞒了土地被查封的事实。且海南工行没有约定或法定的告知正兴公司土地被查封的义务。本案一、二审判决认定海南工行与华琼公司恶意串通、共同向正兴公司隐瞒土地被查封的事实，并因此构成共同侵权缺乏事实和法律依据，应予纠正。但是，海南工行为了收回贷款，同意华琼公司通过以查封土地联营的方式变相转让土地，并直接划转正兴公司给付的土地转让款还贷款，同时没有及时申请解除给予其申请而在该土地上设立的财产保全措施，在华琼公司偿还了部分款项后，对华琼公司要求其同意解封土地的申请仍置之不理，并对华琼公司是否向正兴公司隐瞒了土地被查封的事实以及正兴公司的合法权益可能因此受到的损害采取放任态度，因此，海南工行在本案中对正兴公司的财产权益的损失负有一定过错责任，应当在其过错范围内，对正兴公司的财产损失承担补充赔偿责任。

（三）原裁判认定事实的主要证据系伪造

修订后的民事诉讼法规定，原判决、裁定认定事实的主要证据是伪造的，应当再审。

●条文理解

主要证据是伪造的，国外立法例一般将其规定为再审事由。如《德意志联邦共和国民事诉讼法》第580条规定，作为判决基础的证书是伪造变造的，可提起回复原状之诉。[1]《日本民事诉讼法》第338条规定的再审事由包括，作为判决证据的文书或其他物件，是经过伪造或者变造的。我国台湾地区民事诉讼法也规定，为判决基础之证物系伪造或变造的，可以申请再审。[2]

---

[1]　谢怀栻译：《德意志联邦共和国民事诉讼法》，中国法制出版社2001年版。

[2]　苏泽林主编：《审判监督指导》2007年第2辑，人民法院出版社，2008年2月第1版，第199页。

对于本项所称之"事实"应为基本事实。因为，本项对于证据限定为主要证据，逻辑上即应将事实限定在基本事实。主要证据是认定基本事实必不可少的证据，缺少该证据则基本事实就达不到证明要求不能认定，或者有证明内容和该证据相反的证据，本案的基本事实就会截然不同。

对于"伪造"一般认为包括变造、虚假证据的情况。有观点认为，在民事诉讼中伪造证据的，一般采用民事强制制裁措施即可，故当事人申请再审时，不能要求他们提供"伪证罪"有罪判决作为证据。然而，伪造必须得到认定，才能确定申请再审事由是否成立。当事人不能提供直接的证明，则由法院审查判断，而在再审事由审查阶段由法院对证据作出是否伪造的判断是不合适的。

●**实务问题**

如前所述，在再审事由审查阶段由法院对证据作出是否伪造的判断是不合适的，法院也很难在此阶段作出判断。如当事人能举出裁判来证明所指证据为伪造的，法院审查其是否针对基本事实，若是则裁定再审。

律师代理当事人提出原审裁判认定事实的主要证据是伪造的，应当举出相应的裁判来证明。如不能举出直接的裁判文书来证明证据是伪造的，可以新的证据或者原裁判认定的基本事实缺乏证据证明等为由申请再审。这样有利于各项事由之间的协调和具体操作。

●**案例实证**

案例：**主要证据疑为虚假，以新证据等事由申请再审**

如"百善煤矿与深发公司、深圳建设集团借款合同纠纷再审案"，即为基本事实所涉之主要证据疑为虚假，当事人以新的证据等事由申请再审。本案一、二审有一焦点即《金湾合同》的效力。最高院二审判决认定《金湾合同》转让成立的依据之一，是一审法院向国土局西区分局征询意见时，国土局西区分局局长杨兆忠答复同意办理变更的调查笔录。百善煤矿申请再审时提交了国土局及杨兆忠出具的证明，证实杨兆忠从未担任过国土局西区局长及杨兆忠从未以西区局长的身份向任何人出具过最高院［1996］经终字第 253 号判决书中提到的证词和承诺。再审期间，最高院向珠海市委组织部调查，证实杨兆忠在 1995 年 3 月至2000 年 2 月期间的职务是西区建设指挥部办公室副主任、建设管理部部长。本案终审后，百善煤矿在办理执行过程中发现新的事实和证据，使判决内容无法执行，遂向最高院申请再审称，原判决以所谓西区国土局局长杨兆忠所做的证词，证明《金湾合同》的可转让性，但经珠海市国土局和杨兆忠本人证实，杨兆忠从未担任过该局局长，也未以局长身份向任何人出具过二审判决提到的证词和承诺，《金湾合同》根本不能履行，故请求撤销原判。最高院再审后撤销了二审判决。

（四）原裁判认定事实的主要证据未经质证

修订后的民事诉讼法规定"原判决、裁定认定事实的主要证据未经质证的"应当再审。

●条文理解

质证是诉讼法给当事人的一个重要的程序保障。实践中，法院以未经质证的主要证据作为定案依据的案例时有发生。实际上，质证不仅是当事人的权利，也可以保障法院对事实作出正确认定。严格说，本项属于程序上错误的再审事由。但是，和其他程序事由不同的是，对本项事由的审查涉及到对"主要证据"的判断，更容易出现认识偏差。因此，我们把本项放到证据上事由讨论。

对于什么是主要证据，目前认识还不统一。我们认为在再审事由审查阶段，只要法官确认该证据是认定本案基本事实（当事人主体资格、案件性质、具体权利义务和民事责任等主要内容）必不可少的证据，即可认定该证据是本项规定的主要证据。进一步说，只要法官产生这样的内心确信：缺少该证据，本案的基本事实就不能证明（或者达不到证据规则要求的要求），或者假设有证明内容和该证据相反的证据，本案的基本事实就会出现截然不同的结果（主要是指当事人责任分担将明显不同），则该证据是本项所指主要证据。

未经质证不等同于一方没有或者拒绝发表意见。如该证据在证据交换中记录在卷，或者对其真实性无异议只是不对其证明力发表意见或者否认其证明力，都将被视为已经质证。实践中常出现，一方当事人以对方逾期提交的证据不是新证据为由拒绝发表意见的情形，但该行为常常不能影响证据的效力。[①] 需要注意的

---

① 在"东方公司广州办事处诉中山市工业原材料公司等借款担保合同纠纷案"（[2004]民二终字第207号），最高院指出，"由于本案系二审，对于当事人在二审中提供的证据材料，本院可以根据个案情况决定主持质证。原材料公司和建设总公司以广州办事处直至二审期间才提供上述证据材料，已超过举证期限为由，不同意质证，并不影响本院根据个案情况对上述证据材料予以审查和采信。因原材料公司和建设总公司对其在《催收通知书》上加盖公章一事予以认可，故应当认定该《催收通知书》是真实的。广州办事处向主债务人原材料公司和保证人建设总公司主张权利没有超过二年诉讼时效和二年保证期间。建设总公司应当对上述325万美元的借款本息承担连带责任。"

是，最高院《关于民事诉讼证据若干规定》第 47 条规定"当事人在证据交换过程中认可并记录在卷的证据，经审判人员在庭审中说明后，可以作为认定案件事实的依据。"

● **实务问题**

法院审查本项事项，主要看是否属于主要证据；原审卷宗是否有相应的书面质证意见、或者关于质证的笔录。

律师代理当事人提出本项事由，首先，需要明确指出，是针对确认本案基本事实的主要证据提出的。即要说服法院对于该证据，如缺少，本案的基本事实就不能证明（或者达不到证据规则要求的要求），或者假设有证明内容和该证据相反的证据，本案的基本事实就会出现截然不同的结果（主要是指当事人责任分担将明显不同）。

其次，要明确在原审卷宗中没有相应的书面质证意见或者质证笔录。个别情况下，法院因出现特殊情况不能按照确定好的日期开庭，过期后，主办法官召集当事人询问相关问题，但没有严格的开庭程序（合议庭人员也未到齐），这类情况属于法律规定的程序性兜底事由，但可以本项事由即"原判决、裁定认定事实的主要证据未经质证"申请再审。

此外，如果是次要证据未经质证的，可结合具体案情，同时以其他事由申请再审。当事人在原审中提供的主要证据，原审未予以质证、认证，但足以推翻原裁判的，按照新证据来处理。如果原审剥夺当事人质证的权利，可同时以其他程序事由提起再审。

● **案例实证**

实践中，裁判认定事实的主要证据未经质证，通常是伴随不严格规范的开庭程序产生的。

案例：鉴定结论未经质证不得作为定案依据

如"王兴华、王振中、吕文富、梅明宇与黑龙江无线电一厂专利实施许可合同纠纷再审案"①。原二审期间，黑龙江高院曾就黑龙江无线电一厂（下称无线电一厂）生产的 S－400A 型产品技术方案和 S － 400B 型专利产品技术是否落入王兴华等88202076.5 单人便携式浴箱专利的保护范围，委托国家科委知识产权事务中心进行技术鉴定。其鉴定结论为："无线电一厂的北燕牌 S－400A 型单人便携式浴箱产品的技术特征和桑纳浴箱专利（专利号93211364.8）即 S－400B 型产品技术特征，没有全面覆盖单人便携式浴箱专利（专利号：88202076.5）的全部必要技术特征，没有落入该项专利的保护范围"。

上述鉴定结论即为认定事实的主要证据。黑龙江高院作出[2002] 黑高监商再字第 12 号民事判决认为"无线电一厂后改进的 S－400A 型浴箱和国家专利局授予专利的 S－400B 型浴箱，经国家科委知识产权事务中心技术鉴定，其技术特征没有全面覆盖单人便携式浴箱 88202076.5 专利的全部必要技术特征，没有落入该项专利的保护范围。故原二审判决认定无线电一厂生产的 S－400A 和 S－400B 型浴箱系王兴华等人专利产品，判令无线电一厂按已经解除的专利实施许可合同的约定，向王兴华、王振中、梅明宇、吕文富再支付专利使用费 324 万余元，在认定事实和适用法律方面均有错误。"

王兴华、王振中、吕文富、梅明宇等不服高院再审判决，以

① 详细案情见"最高法院公布 30 年来百件知识产权司法保护典型案例"，人民法院网，2008 年 11 月 18 日。

"本案原再审判决严重违反法定程序，不告知合议庭成员，不开庭，将没有鉴定人签字、未经鉴定人质询的鉴定材料当作定案的证据；认定'终止合同协议书'有效错误"等为由向最高院申请再审。最高院于2006年3月23日，以〔2003〕民三监字第8-1号民事裁定提审本案，经审理后作出〔2006〕民三提字第2号民事判决书撤销了〔2002〕黑高监商再字第12号民事判决。对于申请人提出的原审将未经质证的鉴定材料当作定案证据的理由，最高院认为：

原再审期间，黑龙江省高级人民法院采用了原二审法院委托国家科委知识产权事务中心就无线电一厂生产的S-400A型产品技术方案和S-400B型专利产品技术是否落入王兴华等人专利保护范围所作的鉴定，并依据该鉴定关于无线电一厂的两个类型的产品没有落入王兴华等人专利保护范围的结论，认定无线电一厂无需向王兴华等人支付专利使用费，原二审判决认定事实和适用法律错误。由于上述鉴定结论未在法庭上出示、未经双方当事人质证，原再审判决将其作为定案的依据，不符合《中华人民共和国民事诉讼法》第六十六条、《最高人民法院关于民事诉讼证据的若干规定》第四十七条的规定，违反法定程序。无线电一厂认为鉴定结论合法有效，其生产的S-400A和S-400B浴箱产品没有落入王兴华专利保护范围，与王兴华专利没有法律上的权利义务关系的辩解，本院不予支持。

（五）法院未按申请依法调查证据

修订后的民事诉讼法规定，对审理案件需要的证据，当事人因客观原因不能自行收集，书面申请人民法院调查收集，人民法院未调查收集的，应当再审。

●条文理解

本项事由是新增事由。在民事诉讼法修正案的最初稿中，并没有作出规定。2007 年 6 月修正案第一次提交常委会讨论前，立法机关根据最高检建议增加本项事由。

《关于民事诉讼证据的若干规定》第 17 条规定，"符合下列条件之一的，当事人及其诉讼代理人可以申请人民法院调查收集证据：（一）申请调查收集的证据属于国家有关部门保存并须人民法院依职权调取的档案材料；（二）涉及国家秘密、商业秘密、个人隐私的材料；（三）当事人及其诉讼代理人确因客观原因不能自行收集的其他材料。"第 18 条规定"当事人及其诉讼代理人申请人民法院调查收集证据，应当提交书面申请。申请书应当载明被调查人的姓名或者单位名称、住所地等基本情况、所要调查收集的证据的内容、需要由人民法院调查收集证据的原因及其要证明的事实。"第 19 条规定，"当事人及其诉讼代理人申请人民法院调查收集证据，不得迟于举证期限届满前七日。人民法院对当事人及其诉讼代理人的申请不予准许的，应当向当事人或其诉讼代理人送达通知书。当事人及其诉讼代理人可以在收到通知书的次日起三日内向受理申请的人民法院书面申请复议一次。人民法院应当在收到复议申请之日起五日内作出答复。"

关于案件需要的证据，依据《审判监督程序解释》第 12 条，民事诉讼法第一百七十九条第一款第（五）项规定的"对审理案件需要的证据"，是指人民法院认定案件基本事实所必须的证据。

●实务问题

律师代理当事人提出本项事由，需要明确当事人是否在举证期限届满前七日前提出过书面申请，以及该证据是否为认定案件基本事实所必须的证据。

如果当事人仅是口头提出申请，要明确其是否被庭审笔录等记录在案，如没有，可结合具体情况以原裁判认定的基本事实缺乏证据证明等事由提出申请。对于书面申请，还需要注意的是，一般情况下要求当事人提供证据的线索。

以本项事由申请再审需要在原审中申请复议过。《最高人民法院关于民事诉讼证据的若干规定》第19条规定"当事人及其诉讼代理人申请人民法院调查收集证据，不得迟于举证期限届满前七日。人民法院对当事人及其诉讼代理人的申请不予准许的，应当向当事人或其诉讼代理人送达通知书。当事人及其诉讼代理人可以在收到通知书的次日起三日内向受理申请的人民法院书面申请复议一次。人民法院应当在收到复议申请之日起五日内作出答复。"据此，当事人以本项事由申请再审的，应当在原审中就人民法院不予准许申请复议过。

二、法律适用错误

修订后的民事诉讼法保留了原民事诉讼法条文，即原判决、裁定适用法律确有错误的，应当再审。

●条文理解

适用法律错误是实践中当事人申请再审基本都要提及的理由。在实行三审终审制的国家，如德国、日本等，适用法律是否错误通过第三审得到解决。实行二审终审制的国家，如法国，当事人经过一审或者二审对生效裁判中适用法律问题不服的，可以在2年内向最高司法法院提出特别上诉。这些国家的民事诉讼法中，当事人申请再审事由中没有关于法律适用错误的规定。

我国实行二审终审，没有就审查适用法律是否正确专门设置第三审程序，二审既审事实又审法律，因此，在再审程序中有必要规定适用法律错误的再审事由。实际上，无论是事实上、程序上的错误，都常被当事人理解为适用法律错误，而其确实也难以辨明。

《审判监督程序解释》对适用法律错误作出进一步细化，其第13条规定："原判决、裁定适用法律、法规或司法解释有下列情形之一的，人民法院应当认定为民事诉讼法第一百七十九条第一款第（六）项规定的"适用法律确有错误"：（一）适用的法律与案件性质明显不符的；（二）确定民事责任明显违背当事人约定或者法律规定的；（三）适用已经失效或尚未施行的法律的；（四）违反法律溯及力规定的；（五）违反法律适用规则的；（六）明显违背立法本意的。"

●**实务问题**

法律适用是否错误，和自由裁量权密切联系，在再审事由审查阶段，很难和实体处理结果完全分开来判断。代理当事人提出本项事由，需要向法院明确原生效裁判援引的法律已经失效或者尚未施行，或者在行为发生后施行（特别规定除外）；或者，特别法有不同规定或者违反有关国际私法规则；或者，对于案件性质和民事责任划分相关的以及违反立法本意的适用法律错误，要说服法官得出本案属于另一性质、当事人责任分担严重失衡或者依照立法本意将得出明显不同的实体处理结果的内心确信。

●**案例实证**

下述案例实证中，列举了适用法律错误的几种典型类型。但无论案件出现以下何种情形，代理当事人申请再审时，应当明确冠以"原判决、裁定适用法律确有错误",亦即下述类型不是法定的再审事由,但可以起到利于阐述本项再审事由的作用。

(一)适用的法律与案件性质明显不符

适用的法律与案件性质明显不符,主要指对案件的定性错误,最直接的表现就是案由错误。对案件的准确定性是确定当事人权利义务、民事责任分担的前提。在实践中适用的法律与案件性质明显不符,主要有未正确区分侵权和合同关系、此合同还是彼合同关系的情形,此外还包括未正确区分民事合同和行政合同等情形。

1. 未正确区分侵权关系和合同关系

是构成合同关系还是侵权关系,即是侵权之诉还是违约之诉,或者是否构成侵权,是和案件性质相关的主要法律适用问题之一。侵权责任和违约责任在归责原则、举证责任、时效、责任范围等方面不尽相同。当事人常以原审将合同关系定为侵权关系、或者将侵权关系定为合同关系为由申请再审。

案例一:以应是违约之诉而非侵权之诉申请再审未被再审审理支持

如"广东大圣文化传播有限公司诉洪如丁、韩伟、原审被告广州音像出版社等侵犯著作权纠纷再审案"①。广东大圣文化传播有限公司(下称大圣公司)不服江西高院二审判决,以"本案是违约之诉,而非侵权之诉"等为由,向最高院申请再审。最高院于2008年8月20日以〔2007〕民三监字第22-1号民事裁定,提审本案。经审理后,最高院作出〔2008〕民提字第51号判决

---

① 详细案情见"最高法院公布30年来百件知识产权司法保护典型案例",人民法院网,2008年11月18日。

撤消了［2007］赣民三终字第8号民事判决。对于申请人提出的本案为违约之诉而非侵权之诉的主张，最高院没有支持，但认为申请人行为没有构成侵权，其认为：

根据我国著作权法有关规定，录音录像制品制作者对其制作的录音录像制品，依法享有许可他人复制、发行、出租、通过信息网络向公众传播并获得报酬的权利。录音录像制品的制作者使用他人作品制作录音录像制品，或者许可他人通过复制、发行、信息网络传播的方式使用该录音录像制品，均应依法取得著作权人及表演者许可，并支付报酬。但是，著作权法第三十九条第三款设定了限制音乐作品著作权人权利的法定许可制度，即"录音制作者使用他人已经合法录制为录音制品的音乐作品制作录音制品，可以不经著作权人许可，但应当按照规定支付报酬；著作权人声明不许使用的不得使用"。该规定虽然只是规定使用他人已合法录制为录音制品的音乐作品制作录音制品可以不经著作权人许可，但该规定的立法本意是为了便于和促进音乐作品的传播，对使用此类音乐作品制作的录音制品进行复制、发行，同样应适用著作权法第三十九条第三款法定许可的规定，而不应适用第四十一条第二款的规定。因此，经著作权人许可制作的音乐作品的录音制品一经公开，其他人再使用该音乐作品另行制作录音制品并复制、发行，不需要经过音乐作品的著作权人许可，但应依法向著作权人支付报酬。

涉案《喀什噶尔胡杨》专辑系录音制品，根据该录音制品外包装上版权管理信息，可以认定该制品的制作人为大圣公司与罗林，并由广州音像出版社出版，大圣公司在国内独家发行。广州音像出版社的出版行为属于著作权法意义上的复制行为。鉴于

《喀什噶尔胡杨》专辑录音制品中使用的音乐作品《打起手鼓唱起歌》，已经在该专辑发行前被他人多次制作成录音制品广泛传播，且著作权人没有声明不许使用，故大圣公司、广州音像出版社、三峡公司联盛公司使用该音乐作品制作并复制、发行《喀什噶尔胡杨》专辑录音制品，符合著作权法第三十九条第三款法定许可的规定，不构成侵权。洪如丁、韩伟认为法定许可只限于录音制作者制作录音制品，复制、发行录音制品应当取得著作权人许可不符合著作权法的有关规定，本院不予支持。

案例二：以应为合同纠纷而非侵权纠纷申请再审获再审审理支持

如"江西天绅化工有限责任公司与四川武陵卷烟厂破产清算组产品质量纠纷再审案"。重庆高院二审认为：虽然合同中约定了该产品质量按"国标"验收，而"国标"中又不含三醋酸甘油酯的指标，丙纶厂销售含三醋酸甘油酯过高的丙纶嘴棒的行为没有违反约定，但其行为与卷烟厂香烟污染受损之间有直接的因果关系，因此江西抚州丙纶厂（下称丙纶厂，后更名为"江西天绅化工有限责任公司"）的行为已构成侵权，卷烟厂的损失理应由丙纶厂赔偿。丙纶厂认为：自己没有违约就不承担任何责任，以及卷烟厂已超过质量异议期，提出质量问题应属无效的理由，缺乏法律依据，不能成立。丙纶厂不服一、二审判决，再次向最高院申请再审，提出"本案是购销合同纠纷，原判认定是质量侵权纠纷是错误的"等主张。最高院于2001年3月1日作出〔2001〕民二提字第1号民事裁定，决定对本案进行提审。审理后，最高院作出〔2001〕民二提字第1号民事判决，支持了丙纶厂的申请，对于案件性质，其认为："当事人双方产生纠纷的基础是因双方签订产品购销合同提供产品而引起。对产品质量的要求，应依据双方合同的约定，脱离合同约定，将无法判定质量标准，也不符合当事人的真实意思表示。故该案案由应认定为购销合同纠纷。"

2. 未正确区分此合同与彼合同

将此合同认定为彼合同，是常见的适用法律错误，如借款合同和房屋买卖合同、借款合同和土地使用权转让合同、委托贷款合同和信托贷款合同、义务人承担保证责任的合同和只是承担监督义务的合同等合同之间有时不易分辨。合同性质对当事人权利义务、责任承担有直接影响。代理当事人以本项内容申请再审的，应当清晰指出两合同的典型特点的构成要件，以及错误认定合同关系对当事人权利义务、责任分担的影响。

案例一：以应为监督义务而非保证责任申请再审，再审审理认定其尽到监督义务

对于保证和一般承诺义务之间的区别，常是有关案件的争议焦点。尤其是银行的监督付款、监督资金使用的义务是否构成保证责任，政府的有关承诺、出具的有关函件是否构成保证、或者产生合同上的约束，经常是有关借款纠纷争议的焦点。特别是在上世纪90年代，银行和政府出具了相当数量的类似监督函、保证函，引发了一批案件。最高院审理了诸多类似的再审案件和上诉案件。当然，随着市场经济发展，近年来新签订的有关协议或者出具的函件中，已经很少会产生这样的纠纷了。

如"中国农业银行佳木斯市市区支行与广西防城港区金海岸

贸易公司购销钢材合同纠纷再审案"①，即为当事人以本案监督支付义务不构成保证为由申请再审。广西高院作出［1998］桂经监字第 126 号民事判决认定：中国农业银行佳木斯市市区支行（下称佳木斯农行）向广西防城港区金海岸贸易公司（下称金海岸公司）出具的《监督支付函》，其内容是向金海岸公司保证监督支付，但其没有履行监督义务，因此佳木斯农行应对其未尽监督义务造成金海岸公司的货款流失承担连带责任。佳木斯农行不服该判决，继续向最高院申请再审，称：终审判决认定其出具的监督支付函是一种特别承诺具有保证作用，是毫无根据的，该函主要是按合同约定用途监督款项的支付，如款到后不能成交，按结算制度监督退款，不具有任何保证作用；并且佳木斯农行已尽到了监督义务。最高院于 2000 年 3 月 23 日作出［2000］经提字第 1 号裁定提审此案。经审理后，最高院作出［2000］经提字第 1 号判决，撤消了高院作出的原二审、再审判决。对于申请人提出的监督支付函不具有保证性质的主张，予以支持。

　　案例二：以应为监督义务而非保证责任申请再审，再审审理认定其未尽到监督义务

　　如"中国建设银行苍梧县支行为与中国银行广西壮族自治区分行营业部等信用证代垫款及担保纠纷再审案"，也是未正确区分保证和一般承诺义务。本案中，中国建设银行苍梧县支行（下称苍梧建行）于 1995 年 4 月 18 日为苍梧县糖厂委托广西桂泰进出口公司（下称桂泰公司）开立信用证而向中国银行广西分行

---

　　①　详细案情见最高人民法院审判监督庭编著、苏泽林主编：《最后的裁判——最高人民法院典型疑难百案再审实录（担保与金融案件卷）》，中国长安出版社，2007 年 1 月第 1 版。

（下称广西中行）出具保函。该保函的内容为"苍梧糖厂是在我行开设基本账户的工业企业，该厂近年经营较好，信誉高。今拟进口原糖19500吨，总货款6696.3万元，除该厂支付1000万元预购定金外，我行保证监督该厂在原糖单到后50天内付清剩余部分货款"。一审判决"一、桂泰公司和苍梧糖厂向广西中行支付人民币4334.68万元，偿付垫付款利息340.39万元；二、由苍梧建行对上述第一项债务承担连带清偿责任。"苍梧建行上诉后广西高院维持一审判决。苍梧建行向广西高院申请再审，广西高院作出〔1997〕桂经监字第114号判决认为"苍梧建行为苍梧糖厂出具保函，承诺保证监督苍梧糖厂在原糖单到后50天内付清剩余货款，故苍梧建行应按承诺对广西中行承担保证责任。苍梧糖厂不足以清偿本案债务的，由苍梧建行承担赔偿责任，原审判令苍梧建行承担连带责任有误，应予纠正。"苍梧建行不服该再审判决，以"广西中行违规开证，损失自负；原审判决免除桂泰公司还款责任于法无据。我行在保函中属于监督付款，不是保证责任"为由，继续向最高院申请再审。最高院再审后，对于保函的性质，其认为"该函虽有保证监督的字样，但意在表示愿监督苍梧糖厂及时付清剩余货款，因此该函是监督付款函。一、二审及原再审认定该函为担保函，苍梧建行应承担保证责任没有事实依据和法律依据，应予纠正。"但同时，最高院再审又认为"苍梧建行未全部履行监督义务，致使广西中行在信用证项下的垫款无法收回，根据最高院《关于审理经济合同纠纷案件有关保证的若干问题的规定》第9条、第23条规定，苍梧县建行应向广西中行承担未尽监督义务造成的资金流失的责任"。最高院作出〔2002〕民二提字第18号判决，撤销了原一审、二审和再审判决，判令桂泰公司向广西中行偿付人民币4334.68万元，偿付垫付款利息340.39万元，苍梧建行对桂泰公司的前述债务承担连带责任。

案例三：未正确区别国债回购和委托贷款合同

如"交通银行武汉分行前进支行、交通银行武汉分行与西南证券有限责任公司证券回购纠纷再审案"①，即为未正确区别国债回购和委托贷款合同，当事人以"本案的性质是委托贷款纠纷而不是回购纠纷"等为由申请再审的案件。重庆高院作出〔2002〕渝高法民再字第8号判决，认为"原重庆证券公司与原交通银行武汉分行前进办事处签订的西南证券回购交易成交合同无效"。交通银行武汉分行前进支行和交通银行武汉分行继续向最高院申请再审称，申请人提交的证据充分证明本案的性质是委托贷款纠纷而不是回购纠纷，原审将本案案由定为证券回购合同纠纷是错误的。最高院提审后，作出〔2003〕民二提字第11号判决，撤销了原重庆高院的再审判决。对于申请人提出的原审案由认定错误的理由，最高院予以支持，认为：本案《回购合同》、《委托贷款协议书》和《交通银行委托贷款单项协议书》共同构成统一委托法律关系，而且双方约定委托贷款的资金"以证券回购的方式履行"，故西南证券按《回购合同》约定的时间、方式划款，是履行委托贷款合同义务的行为。本案性质应认定为委托贷款合同纠纷。

---

① 详细案情见最高人民法院审判监督庭编著、苏泽林主编：《最后的裁判——最高人民法院典型疑难百案再审实录（担保与金融案件卷)》，中国长安出版社，2007年1月第1版。

（二）确定民事责任明显不当

确定民事责任明显违背当事人约定或者法律规定的，应当再审。当事人对裁判不公的感受，首先来自程序上的严重违法，其次就是责任分担不公。代理当事人以原审确定民事责任明显违背约定或者法律规定因而适用法律确有错误为由申请再审的，需要向法院明确该案有直接否定裁判所定之责任分担的协议；或者，责任分担明显违背有关法律、司法解释规定的比例（如担保法司法解释、存单纠纷的司法解释等有关责任承担有明确的比例规定）；或者，对于特殊侵权的责任分担明显违背法律规定；或者，斟酌案情，原审裁判的责任分担明显不公平颠倒主次的（违反法律关于过错责任的规定）。

1. 确定民事责任明显违背当事人约定

契约自由是一般行为自由的重要组成部分。按照意思自治的理念，人的意志可以依其自身的法则去创设自己的权利义务，当事人的意志不仅是权利义务的渊源，也是其发生的根据。合同实质为当事人之间私自创设的法律。各国民法或者合同法都体现了这一基本的原则。如我国《合同法》第60条规定，当事人应当按照约定全面履行自己的义务。因此，当事人之间常常在合同中约定民事责任的承担方式，只要其不违背法律禁止性规定的，应当按照约定处理。

案例一：非强制性规范和约定冲突时，以约定确定责任

如"北戴河金山宾馆与秦皇岛市商业银行股份有限公司、秦

皇岛海源实业有限公司借款合同担保纠纷再审案"①，即是一起典型的当事人以裁判确定民事责任明显违背当事人约定为由申请再审的案件。

该案基本案情是，1995 年 1 月，秦皇岛市商业银行股份有限公司（下称秦皇岛商业银行）和秦皇岛海源实业有限公司（下称海源公司）签订 95 – 6 号借款合同，约定海源公司向秦皇岛商业银行借款 600 万元，海源公司到期不能归还借款的，北戴河金山宾馆（下称金山宾馆）自愿无条件还清全部借款本息。金山宾馆在合同担保方栏内签章。秦皇岛商业银行发放了 600 万元贷款。1995 年 2 月，秦皇岛商业银行和海源公司签订 95 – 12 号借款合同，借款 500 万元，保证内容和第一个合同相同，金山宾馆以同样方式签章。秦皇岛商业银行发放了 500 万元贷款。之后，海源公司为了偿还 95 – 6 号及 95 – 12 号借款合同项下 1100 万元，于1995 年 6 月和秦皇岛商业银行签订了 95 – 26 号借款合同，借款用途是购煤。同日，金山宾馆和秦皇岛商业银行签订 95 年信字第 26 号保证合同，约定金山宾馆对 95 – 26 号借款合同的借款本息承担连带清偿责任。保证合同第 5 条约定"本合同生效后，甲方（海源公司）和乙方（秦皇岛商业银行）如需延长主合同项下借款期限或者变更主合同其他条款，应征得丙方（金山宾馆）同意，由甲乙丙方书面达成协议"，第 10 条约定"甲方和乙方违反本合同变更主合同其他条款，丙方可以自行解除担保义务"。当日，海源公司将该笔贷款偿还了 95 – 6 号和 95 – 12 号借款合同的

---

① 详细案情见最高人民法院审判监督庭编著、苏泽林主编：《最后的裁判——最高人民法院典型疑难百案再审实录（担保与金融案件卷）》，中国长安出版社，2007 年 1 月第 1 版。

贷款。95 – 26 号合同到期后，海源公司未能如其返还。

河北高院一审判令：海源公司偿付秦皇岛商业银行 95 – 26 号借款合同 1100 万元本息，金山宾馆对该笔款项不承担责任。秦皇岛商业银行提起上诉，最高院经审委会讨论决定作出〔1997〕经终字第 76 号判决，认为"本案当事人签订四份合同的行为发生在担保法公布施行前，因此，审理本案应适用《最高人民法院关于审理经济合同纠纷案件有关保证的若干问题的规定》，根据该规定第 12 条第 2 款'债权人与被保证人未经保证人同意，在主合同履行期限内变更合同其他内容而使被保证人债务增加的，保证人对增加的债务不承担保证责任'的规定，金山宾馆仍应对海源公司 1100 万元借款本息承担连带责任"，判令金山宾馆对 95 – 26 号借款合同 1100 万元本息承担连带责任。

金山宾馆不服最高院二审判决，向最高院申请再审，称本案不应适用若干规定第 12 条。金山宾馆主张免责的依据是 95 – 16 号保证合同。在不违反法律规定的情况下，合同当事人所达成的真实意思表示，应该受到尊重。最高院经再审作出〔2004〕民二再字第 1 号判决，撤销了〔1997〕经终字第 76 号判决。其认为：

在保证合同中如有特别约定，又被债权人、债务人认可，而且不违反公共利益时，就应当尊重当事人约定。二审判决仅以是否增加了其担保责任来确定保证人应否承担保证责任，得出保证人不承担 95 – 6 号、95 – 12 号借款合同的保证责任，就应当承担 95 – 26 号借款合同的保证责任的结论违背了金山宾馆在保证合同中的真实意思表示应予纠正。由于海源公司已经用 95 – 26 号借款合同项下的借款偿还了 95 – 6 号、95 – 12 号借款合同的借款，该两份合同确立的债权债务已归于消灭，主债务消灭，保证责任自然消灭。而造成这三个法律关系消灭的法律事实，是债权人与债务人双方改变 95－26 号借款合同的借款用途的行为引起的，实施该行为是由债权人和债务人双方协商认可的，因此，在实施改变合同借款用途的行为后，债权人和债务人理应对由此产生的法律后果承担责任。

案例二：加重当事人责任应以明确约定为依据

如"西安中国国际旅行社集团有限责任公司与西安纪元石化工业有限公司等借款纠纷再审案"。西安中国国际旅行社集团有限责任公司（下称西安国旅）不服重庆高院二审判决，以其系原三股东的签约代理人，仅负寻找受让人和按约定使用转让款的义务，未被授予转让款的追偿权及承担转让合同未履行的民事责任为由向最高院申请再审。最高院提审后，经审理，于 2005 年 7 月 1 日作出 [2004] 民二提字第 21 号民事判决，撤消了高院二审判决，对于当事人的前述主张，其认为：

根据《股权变更合同书》第 6 条关于纪元公司迟延履行支付转让款义务时，董事会及各股东有权要求其继续履行的约定，西安国旅应负有向纪元公司收取转让款的权利和义务。但该条款义务不等同于代为清偿义务。从《股东暨董事会纪要》第 6 条的语序文义，应当理解为委托人对受托人挪用转让款享有追偿权。且该纪要并未记载受托人西安国旅在受让人不履行付款义务时的代为清偿责任，以及由西安国旅承担三峡游船公司的债务。鉴于债务代为清偿的法律责任明显区别于委托合同的法律责任，应以明确约定作为认定依据，故原审法院以西安国旅负有追偿转让款义务为由，认定其承担清偿责任，超越了本案当事人约定的受托义务范畴，应予纠正。

2. 确定民事责任明显违背法律规定

确定民事责任明显违背法律规定的，属于适用法律确有错误的情形。实践中比较常见的是合同无效后，对责任分担，各方有争议，以及违约之后对合同法有关违约责任的规定认识不一致。在多因一果的案件中，要依据过错与责任对等的原则来确立各方之责任，对于有的类型案件司法解释有明确的比例划分，有的案件需要结合当事人对约定或者法定义务的履行状况来确定其责任。其中有的需要考虑有关立法和司法精神，比如是应偏重保护债权人还是偏重保护保证人等，或者立法与司法要起到的引导、警示效果。

衡量确定民事责任是否恰当，是一个很大程度上依赖法官自由裁量权的问题。一般在一方具有过错应当承担责任而未判令其承担责任；或者确定民事责任严重失衡，即应该分清而未分清主次的情形下，可裁定再审。

案例一：确定民事责任严重失衡

确定民事责任严重失衡是常见的确定民事责任明显违背法律规定的情形。如"聂晓斌与中国工商银行宾阳县支行存款合同纠纷再审案"，即是当事人以原审判决确定责任严重失当为由申请再审的案件。该案中，一审判决"中国工商银行宾阳县支行（下称宾阳工行）应对本案250000元存款被冒领承担70%的责任。由于聂晓斌对自己的牡丹灵通卡和密码保管不善，也有一定的过错，应对其250000元被他人冒领负30%的责任。"双方皆提出上诉。二审予以维持。之后，宾阳工行申请再审。广西高院提审后，作出［2003］桂民再字第3号民事判决认为，"聂晓斌丢失灵通卡和密码，该行为给他人冒领其存款提供了便利和前提条件，具有重大过错。……因此，聂晓斌丢失灵通卡和密码，又未向银行提出挂失，本应承担存款被他人冒领的全部责任。但是，宾阳工行在办理该笔 250000 元大额取款业务时，疏忽大意，……，未尽应有的职责。故宾阳工行的行为亦有过错，应承担相应的责任。原判未分清双方当事人各自应负的责任，适用法律不当，应予纠正。"聂晓斌不服高院判决，以宾阳工行未尽审核义务导致其存款流失，应承担全部赔偿责任为由，向最高院申请再审。最高院提审后，作出［2004］民一提字第 3 号判决，维持原判。

案例二：银行承担与其形式审查义务相应的责任

在票据纠纷中，银行只负形式审查的义务，即只需审查持票人所持票据是否真实，如果银行在审查票据背书及兑付票款的行为上没有过错，就不应对票款的流失承担法律责任。如"中国工商银行东莞市虎门支行与河北省汽车工业贸易总公司汇明公司等汇票解付侵权纠纷再审案"①，该案对于事实认定而言最关键的是，收款人的印章盖在发证机关处，是否符合背书的要求。河北高院［1995］冀经终字第 26 号民事判决认为，中国工商银行东莞市虎门支行（下称虎门支行）未认真审查，在汇票收款人未背书转让该两张汇票的情况下，误以为已构成背书，让虎港公司作为被背书人将票款支付，造成错付，给河北省汽车工业贸易总公司汇明公司（下称汇明公司）造成经济损失，虎门支行有过错，应承担侵权责任。虎门支行不服二审判决，向最高院申请再审

---

① 该两公司间有两起类似纠纷，最高院分别作出［2002］民二提字第 1 号和［2002］民二提字第 2 号判决，分别以法公布［2003］第 38 号、法公布［2003］第 39 号公布。

称，票据填写的不规范，不妨碍票据背书转让的效力，本案汇票的填写虽然不很规范，但表示了汇票转让的意思，符合转让所需的形式要件，其无过错，不应承担责任。最高院提审后，作出〔2002〕民二提字第1号民事判决，撤消了原审判决。其认为：

确定虎门支行应否承担责任，主要看虎门支行在办理汇票兑付的过程中有无过错，是否履行了审查义务，根据《中国人民银行支付结算会计核算手续》第二项之规定，兑付行兑付汇票时应认真审查：1. 汇票和解讫通知是否同时提交；2. 汇票上的收款人或被背书人名称是否为该收款人，与进账单上的户名是否相符；3. 汇票上盖的印章是否真实，并符合规定；4. 压数机压印的金额是否有统一制作的压数机压印，与大写的汇款金额是否一致；5. 汇票是否真实，填写是否符合要求，内容有无涂改，付款期是否超过，收款人或被背书人是否在汇票背面盖章；6. 汇票实际结算金额是否在汇款金额以内，与进账单所填金额是否一致，多余金额结算是否准确。虎门支行对汇明公司所持汇票进行了审查，认为所持汇票符合上述各项规定，具备兑付条件，予以兑付。虎门支行兑付票款的行为符合《中国人民银行支付结算会计核算手续》的规定，并无过错。虎门支行在审查汇明公司提交的汇票时只负有形式审查义务。即只需审查持票人所持汇票是否真实，汇票背面是否有背书人和被背书人签章等，手续完备即应付款，邢森林将汇票及解讫通知一并交于虎港公司，证明邢森林是将票据权利转让于虎港公司，邢森林未在虎门支行预留印章、本人签名或身份证件。虎门支行无法对邢森林的身份证件的真伪进行判断。邢森林的印章盖在发证机关处，属于填写不规范的问题，不能因此否定背书转让的效力，汇明公司将汇票及解讫通知一并交给虎港公司造成失票，同时又未采取通知虎门支行对汇票挂失止付或公示催告等失票救济手段，造成票款流失，其后果应自负。虎门支行在审查汇票背书及兑付票款的行为上没有过错，不应对票款流失承担法律责任。

案例三：原审认定当事人具有过错而未判令其承担相应责任

一方具有过错应当承担责任而未判令其承担责任，也是确定民事责任明显违背法律规定的情形。有过错就应当承担民事责任，是民法中过错责任原则的基本内涵。有的判决在认定当事人具有过错的同时，未判令其承担相应的责任，往往引起不服。

如"上海一百（集团）有限公司与国元证券有限责任公司、第三人上海星恒实业有限公司等证券交易代理合同纠纷再审案"。上海高院作出〔2006〕沪高民二（商）终字第168号民事判决认为"国元证券有限责任公司营业部（当时名为安徽省国际信托投资公司上海中山路证券交易营业部）在代理证券交易过程中，存在擅自变更资金帐户名称，未经帐户所有人授权进行国债回购交易，并且未经严格审核将一百集团公司资金帐户内的回购资金交与星恒公司谈雅婷使用等违规行为"，但没有判令国元证券有限责任公司承担相应的责任。上海一百（集团）有限公司不服该二审判决，以原审"原审判决认定国元营业部在证券交易过程中存在重大过错而未追究其责任"等为由，向最高院申请再审。最高院已将本案发回重审。

又如"中国农业银行烟台市雅安市芝罘区支行与烟台地王房

地产开发有限公司、邢同波等房屋买卖纠纷再审案"①。中国农业银行烟台市雅安市芝罘区支行（下称芝罘农行）不服山东高院二审判决，向最高院申诉。最高院于2001年2月7日作出〔2001〕民一监字第141号民事裁定，指令山东高院再审。山东高院再审后作出〔2001〕鲁民监字第139号判决，认为"烟台地王房地产开发有限公司（下称地王公司）在三木物资公司未付房款的情况下，出具虚假房款收据的行为，本身是有过错的，对收不回房款，亦应当承担相应的法律后果。"芝罘农行不服该再审判决，提出"再审判决认定地王公司有过错，但未让其承担民事责任显失公平"等主张，向最高院申请再审。最高院再审后作出〔2003〕民一提字第7号民事判决，认为，"地王公司在三木物资公司未付房款的情况下，出具房款收据的行为，本身亦具有过错，应承担相应的后果。其对收不回房款的利息损失，应当自行承担"。

案例四：责任形式和案件性质不符

确定民事责任明显违背法律规定的，还包括适用的责任形式和案件性质不符。如"大连新益建材有限公司与大连仁达新型墙体建材厂侵犯专利权纠纷再审案"，大连新益建材有限公司（下称新益公司）不服〔2004〕辽民四知终字第67号民事判决，认为"专利权主要是一种财产权利，不涉及人身权利。所以，专利法并未规定在处理专利侵权纠纷中适用赔礼道歉这种针对人身权利的民事责任承担方式。原审法院判决新益公司赔礼道歉，于法

---

① 详细案情见最高人民法院审判监督庭编著、苏泽林主编：《最后的裁判－最高人民法院典型疑难百案再审实录（房地产与公司企业案件卷）》，中国长安出版社，2007年1月第1版。

无据。"其以"原审法院判决赔礼道歉缺乏法律依据"等事由向最高院申请再审。最高院于 2004 年 12 月 27 日以〔2004〕民三监字第 27 号民事裁定提审本案。经审理后，最高院撤销了高院终审判决，对于申请人的前项理由，其认为"赔礼道歉，主要是针对人身利益和商业信誉受到损害的一种责任承担方式。而专利权主要是一种财产利益，故专利侵权纠纷案件一般不适用赔礼道歉。而原审法院在未有证据证明新益公司的行为造成仁达厂重大商誉损失的情况下，判令新益公司赔礼道歉，有所不妥。"

（三）适用已经失效或者尚未施行的法律

适用已经失效或者尚未施行的法律，属于适用法律确有错误的情形。对于适用已经失效或者尚未施行的法律的情形，律师应在再审申请书中指出原审裁判判决理由部分（即本院认为部分）援引的法律，在援引之时尚未施行，或者在事件或行为发生时已经失效的。

对于援引该项事由，需要注意的是，对于依据尚未施行的法律确立的理念、原则的，不应视为适用法律错误。我国市场经济发展比较迅速，不少法律迟滞较为明显。不少案件在发生之时，其所依据的法律已经暴露出相当弊病，新的理念被社会认知、讨论，甚至形成共识。如在物权法领域，体现的比较明显。比如对区分原则，在物权法草案公布之前，最高院已经有案例采纳该原则作为说理依据，但一般不影响实体处理结果。物权法颁布后未施行前，相当多的判决都采用了区分原则（一般没有援引具体法条），在合同效力认定和责任分担处理上都有体现。对于此种情形，不应以本项事由申请再审。

（四）违反法律溯及力规定

违反法律溯及力规定的，属于适用法律确有错误的情形。法的溯及力，又称法的溯及既往的效力，是指新的法律颁布后，对其生效前的事件和行为是否适用的问题。适用，则具有溯及力；否则不具有溯及力。实体规范往往不具有溯及力。溯及既往是和法律的可预期性相违背的。关于溯及力问题，法学基本理论通常认为，法律一般不具有溯及力，除非法律有特别规定。例如，在个别情况下，法律规定也会采取不同的原则，诸如从旧兼从轻、从新兼从重等。事实上，任何的立法都会起到改变或者引导现状改变之功效，绝对的不溯及既往是不存在的。

我国立法法规定，如果法律中没有特别规定，法律不具有溯及既往的效力。但对于司法解释是否有溯及力，存在不同的认识。有观点认为，司法解释是对现行立法的解释，故应从公布之日起对于尚未审结的一、二审相关案件适用。

对于原审是否有此种适用法律错误的情形，首先要明确案件所涉行为发生时间，其次是纠纷发生时间和所在审级，并应注意根据司法解释的具体规定来确定。即，对于司法解释而言，除非其特别规定，否则应当追溯至被解释的法律生效之日，而此种特别规定又是很常见的。如《关于审理建设工程施工合同纠纷案件适用法律问题的解释》第 28 条规定"本解释自 2005 年 1 月 1 日起施行。施行后受理的第一审案件适用本解释"。亦即同样的案件，都发生在 2005 年前，但有的在此之前起诉并被受理的适用旧法；之后被受理的，适用该解释。又如担保法解释第 133 条也对溯及力作出了规定"担保法施行以前发生的担保行为，适用担保行为发生时的法律、法规和有关司法解释。担保法施行以后因担保行为发生的纠纷案件，在本解释公布施行前已经终审，当事人申请再审或者按审判监督程序决定再审的，不适用本解释。担保法施行以后因担保行为发生的纠纷案件，在本解释公布施行后尚在一审或二审阶段的，适用担保法和本解释"。再如合同法司法解释，明确规定对于确认合同效力的案件，对合同法实施以前成立的合同，适用当时的法律合同无效而适用合同法有效的，适用合同法。最高院《关于〈中华人民共和国企业破产法〉施行时尚未审结的企业破产案件适用法律若干问题的规定》第 16 条规定"本规定施行前本院作出的有关司法解释与本规定相抵触的，人民法院审理尚未审结的企业破产案件不再适用。"等。

案例一：原审援引尚未施行的法律

实践中容易产生有关溯及力问题争议的是担保纠纷。如"中国银行股份有限公司烟台分行诉烟台开发区物资再生综合利用公司、烟台开发区房地产有限公司借款担保合同纠纷再审案"，即是一起当事人以原审裁判违反溯及力规定等为由申请再审的案件。该案争议所涉保证书是烟台开发区房地产有限公司（下称房地产公司）于 1994 年 3 月出具的，一审起诉时间为 1995 年 7 月。2005 年 11 月 28 日房地产公司不服 [2005] 烟民再初字第 1 号判决向山东高院提出上诉。2006 年 11 月 7 日，山东高院作出 [2006] 鲁民再终字第 9 号民事判决，撤销 [1995] 烟经初字第 109 号民事判决，免除房地产公司担保责任。在该判决中，原审法院援引了《担保法解释》第 39 条关于以贷还贷的规定。而按照《担保法解释》第 133 条规定"担保法施行前发生的担保行为，适用担保行为发生时的法律、法规和有关司法解释"。中国银行股份有限公司烟台分行（下称烟台中行）不服该判决，以错误援引纠纷发生时尚未施行的法律等为由向最高院申请再审。最高院于 2007 年 7 月 4 日作出 [2003] 民二监字第 19 - 3 号裁定指令山东高院再审本案。

案例二：行为发生后，先后施行两部法律，应适用前法

如"广西投资集团有限公司与中国信达资产管理公司南宁办事处保证合同纠纷再审案"。涉案借款和保证行为发生于 1993 年 5 月，起诉在 2001 年。此间，1994 年 4 月最高院颁行《关于审理经济合同纠纷案件有关保证的若干问题的规定》，之后又出台《担保法》。1994 年的保证规定对于保证人有一项非常重要的权利，即催告免责权，其第 11 条规定"保证合同中没有约定保证责任期限或者约定不明确的，保证人应当在被保证人承担责任的期限内承担保证责任。保证人如果在主合同履行期限届满后，书面要求债权人向被保证人为诉讼上的请求，而债权人在收到保证人的书面请求后一个月内未行使诉讼请求权的，保证人不再承担保证责任。"但是之后的《担保法》没有该项规定。本案中，广西投资集团有限公司在向最高院申请再审前，曾向广西高院申请再审。广西高院曾以 [2002] 桂民申字第 239 号《关于广西开发投资有限公司与中国信达资产公司南宁办事处借款合同担保纠纷一案的请示报告》请示最高院本案法律适用问题，最高院以 [2002] 民立他字第 44 号复函指出"本案应适用担保行为发生时的法律、法规和有关司法解释，保证人广西建设投资开发公司向债权人发函的行为适用我院《关于审理经济合同纠纷案件有关保证的若干问题的规定》第十一条的有关规定。"最后，最高院提审本案，双方达成和解协议。

（五）违反法律适用规则

违反法律适用规则，主要是指违反法律冲突的解决规则的情形。实践中比较常见的是，上位法和下位法、一般法和特别法、新法和旧法的选择问题，或者兼而有之的选择问题，如不少当事人以法院应适用上位法的担保法而适用了担保法司法解释为由，提出适用法律错误。我国的立法发展比较快，这样的问题相对较多。此外，在涉外民事纠纷中，应选择哪一国家或者地区的法律，常是争议的焦点。选择不同的法律往往带来不同的实体后果，但在审查再审事由阶段，只要当事人指出原裁判违反法律适用规则成立，即可再审，法院不审查此种适用错误究竟会在最终的实体处理上带来什么差别。

案例：应适用他国法律而非我国法律

如"美国总统轮船公司与菲达电器厂、菲利公司、长城公司无单放货纠纷再审案"，即是一起当事人以本案应适用美国法律而不应适用中国法律为由申请再审的案件。广东高院终审认为"本案为涉外经济纠纷。被上诉人菲达电器厂（下称菲达厂）以美国总统轮船公司（下称美轮公司）无单放货，侵害其所有权为由提起侵权之诉，双方之间的权利义务关系应受侵权法律规范的调整，而不受双方原有的运输合同约束。……由于本案侵权结果发生地是我国，原告的住所地、提单的签发地等也均在我国境内，本案与我国的法律有更密切的联系。况且菲达厂向广州海事法院起诉后，上诉人美轮公司没有提出管辖异议并已应诉。因此由广州海事法院对本案行使管辖权并选择适用我国法律，并无不当"。

美轮公司不服该判决，以"本案所涉记名提单的首要条款明确约定：因本提单而产生的争议适用 1936 年美国《海上货物运输法》或海牙规则。该法律适用，是当事人合法有效的选择，对各方均具有法律约束力。原审判决无视当事人对法律适用的选择及有关国际惯例，将相对独立的海商法律关系视同一般的民事侵权法律关系，以致适用法律错误。"等为由向最高院申请再审。

最高院经审委会讨论下达〔1998〕交提字第 3 号裁定，提审本案，经审理撤消了原一、二审判决。对于申请人提出的原审适用法律错误的主张予以支持，其认为：

对本案是国际海上货物运输合同无单放货纠纷，双方当事人没有异议，应予认定。海商法第二百六十九条规定："合同当事人可以选择合同适用的法律，法律另有规定的除外。合同当事人没有选择的，适用与合同有最密切联系的国家的法律。"本案提单是双方当事人自愿选择使用的，提单首要条款中明确约定适用美国 1936 年《海上货物运输法》或海牙规则。对法律适用的这一选择，是双方当事人的真实意思表示，且不违反中华人民共和国的公共利益，是合法有效的，应当尊重。但是，由于海牙规则第一条规定，该规则仅适用于与具有物权凭证效力的运输单证相关的运输合同。本案提单是不可转让的记名提单，不具有物权凭证的效力。并且，海牙规则中对承运人如何交付记名提单项下的货物未作规定。因此解决本案的海上货物运输合同纠纷，不能适用海牙规则，只能适用美国 1936 年《海上货物运输法》。美国 1936 年《海上货物运输法》第三条第四款规定，该法中的任何规定都不得被解释为废除或限制适用美国《联邦提单法》。事实上，在适用美国 1936 年《海上货物运输法》确认涉及提单的法律关系时，只有同时适用与该法相关的美国《联邦提单法》，才能准确一致地判定当事人在提单证明的海上货物运输合同中的权利义务。因此，本案应当适用美国 1936 年《海上货物运输法》和美国《联邦提单法》。原审被上诉人菲达厂在抗辩中主张对本案适用中国法律，不符合当事人在合同中的约定，不予支持。原审法院认定本案属侵权纠纷，并以侵权结果发生地在中国为由，对本案适用中国法律，不符合本案事实，是适用法律错误，应予纠正。

（六）明显违背立法本意

明显违背立法本意，也属于适用法律确有错误的情形。目的解释是民法解释学的重要方法，违背立法本意，某种程度上可以视为适用法律错误的"兜底条款"。常见有两类情形，一是违反某一个规则的立法本意，一是违反一部法律或者司法解释的立法本意，此外，法院有时也从整个民事立法或者法制背景下考虑个案的审判。提高交易效率和保障交易安全、平衡债权人债务人利益、促进物的利用以及尊重当事人真实意思等，常被用来解释民商事立法的本意，在对有关案件的理解时尤须注意。具体表现上，最常见的情形之一就是对有关合同、行为等是否有效的法律评价上，常需要结合立法本意来理解，这也是实践中当事人经常起争议的地方。代理当事人以原审有此种适用法律错误情形申请再审的，常需要简要阐释所涉立法的本意，尤其要着重阐述当事人真实意思，要说服法院认可当事人的所涉交易事项符合立法本意应予鼓励。

案例一：以合同应无效申请再审

扩大合同无效的认定，是违背合同法立法本意的适用法律错误的常见表现。同时，将应当认定为无效的合同认定为有效也是适用法律错误。如"中国建设银行湖南省分行营业部与中国农业银行邵阳市分行等拆借、借款合同纠纷再审案",即是一起当事人以原审将本应无效的合同认定为有效等为由申请再审的案件。该案经湖南高院二审作出〔1996〕湘高法经一终字第51号民事判决。中国农业银行邵阳市分行(邵阳农行)不服该判决,以"本案合同规避法律、资金拆借合同主体不合格,内容违反同业拆借法规,均应认定为无效"等为由向最高院申请再审。最高院提审后,经审理作出〔1998〕经提字第11号判决,撤消了原二审判决。该案中,原审判决没有认真审查拆借合同的效力,而在实际上认定其有效,从而导致各方责任分担划分不清,判决失当。

如"三门峡市湖滨区东风家用电器批零部与中国建设银行柳州市八一支行存款纠纷再审案"。该案历经多次审判,其焦点始终围绕涉案《协议书》的效力问题。广西高院二审作出〔1997〕桂经终字第286号判决,认为协议书无效。中国建设银行柳州市八一支行(下称八一支行)不服,向广西高院申请再审。广西高院作出〔1999〕桂经监字第20号民事判决,认为协议有效,并撤销了二审判决。之后,三门峡市湖滨区东风家用电器批零部(下称三门峡家电部)不服该判决,向最高院申请再审称:八一支行及柳州分行强迫三门峡家电部签订的《协议书》是无效协议,扣留的存款本金应予退还,并应支付相应利息。最高院提审后,作出〔2003〕民二提字第23号判决,认为"八一支行利用掌控三门峡家电部存款的优势地位迫使三门峡家电部签订于己不利的协议,显失公平,应认定无效",判令撤销〔1999〕桂经监字第20号民事判决。

案例二：合同已实际履行多年且相关民事法律关系趋于稳定，不宜认定无效

认定合同的效力除了考虑具体法律规则外，有时还要结合客观实际并要从整个民事法律的立法本意去衡量。如"湘潭市机械工业行业管理办公室与湖南省湘潭建材钢铁总厂、湘潭台通实业有限公司房屋买卖纠纷再审案"。当然，本案实际上涉及到了再审改判的原则问题。

湖南省湘潭建材钢铁总厂（下称钢铁总厂）、湘潭台通实业有限公司（下称台通公司）不服二审判决，向最高院申请再审，最高院指令湖南高院再审。湖南高院作出〔1998〕湘民再字第23号判决，认为"湘潭市机械工业行业管理办公室（下称机械办公室）1986年将讼争房屋卖给钢铁总厂及钢铁总厂1988年又将其中大部分卖给台通公司，买卖双方自愿，并立有契约，买方已交付房款并实际使用和管理房屋，又没有其他违法违约行为，只是买卖手续不完善，应当认定买卖关系有效，但应责令其补办房屋买卖手续"。机械办公室不服该判决，向最高检申诉并同意最高检如下抗诉意见"在本案签订买卖房屋合同及一、二审诉讼时，国家城市建设总局于1982年3月27日颁布的《关于城市（镇）房地产产权、产籍管理暂行规定》中明确规定：'国有房产，属社会主义全民所有。国家按统一领导，分级管理原则，授权国家机关、国营企业和事业单位管理国有房产。国家机关、国营企业和事业单位在国家授权范围内，对国家房产行使占有、使用、处分的权利；同时负有保护国有房产不受损失的义务。授权单位转移国有房产时，必须征得上级主管机关的同意并经当地房地产管理机关审查批准。'1990年2月17日，最高院〔89〕民他字第

50号《关于公房买卖的成立一般应以产权转移登记为准的复函》指出，'公产房屋买卖，未办理产权转移登记手续，应认为该民事法律关系尚未成立，一方反悔是允许的。'根据上述规定，在本案中，讼争房屋的两次买卖均未征得上级主管部门同意，亦未有当地房地产管理部门审查批准，而且未办理产权转移手续，违反上述规定，属于违法行为。再审判决认为其只是买卖手续不完善，认定房屋买卖关系有效，缺乏法律依据。"

最高院再审后维持高院再审判决，对于涉案合同的效力，其认为：

机械办公室的前身是独立的机关法人，讼争房屋是其自筹资金建设的，该建设得到合法批准，故该单位对讼争房屋合法拥有所有权，其有权按照自己的意思处分自己的财产。机械办公室1986年将讼争的房屋卖给钢铁总厂缘于清偿所欠钢铁总厂的债务，此交易是一个平等主体间的民事交易。双方签订的买卖协议，意思表示真实，协议内容不违反法律、法规，亦不损害国家利益和社会公共利益，且已实际履行。1988年钢铁总厂又将其中的大部分房屋卖给台通公司，台通公司进行了装修，且房款全部结清，房屋亦按约交付使用和管理多年。机械办公室在协议实际履行多年后，特别是在该协议签订、履行所引发的一系列民事法律关系变更并趋于稳定的情况下，以房屋未办理过户登记手续为由，要求确认讼争房屋买卖无效，不利于相关联的民事法律关系的调整，不利于对合法取得讼争房屋者的保护，亦不利于诚实信用原则的遵守。湖南高院再审本案，着其补办房屋过户手续得当，而且相关房屋过户手续已经办理。

案例三：以合同应当有效申请再审

如"中国人民银行防城港市中心支行诉广西防城港星港假日酒店等借款合同抵押担保纠纷案"。一、二审皆认定涉案借款合同有效。广西防城港星港假日酒店（下称星港酒店）申请再审，广西高院作出〔1999〕桂经监字第66号民事判决，认为借款合同无效，并撤销二审判决。

中国人民银行防城港市中心支行（下称防城港人行）不服该再审判决，向最高院申请再审，提出"1. 防城港金融市场资金拆借中心有从事短期资金周转拆借的职能，其设立的金信中心经授权具有短期资金拆借的业务范围。2. 广西壮族自治区高级人民法院的再审判决没有准确地把握在一九九三年上半年前全国金融秩序混乱时，国家在金融秩序整顿中对金融市场跨同业拆借的政策性规定，而将其简单地统归于"不能向社会企业放贷"，必然得出与金融秩序整顿政策相反的错误的认定。金信中心的跨同业拆借行为，发生在一九九三年元月，这正是在全国金融秩序混乱时所为，也是同业拆借和金融市场从无到有，逐步发展中遇到的新的问题，在一九九三年下半年全国金融秩序整顿中，国家已对这种跨同业拆借的不合规性有了明确的政策性处理意见。"最高院于2001年10月26日以〔2001〕民二监字第328号民事裁定，决定对本案进行提审。经审理后，最高院作出〔2002〕民二提字第6号判决，撤销了高院再审判决。对于申请人提出借款合同应有效的主张，其予以支持。

案例四：取证方式具有实质上正当性

在法律没有明确规定情形下，需要结合经济社会背景从立法本意对一行为作出法律评价。如"北大方正集团有限公司、北京红楼计算机科学技术研究所因与北京高术天力科技有限公司、北京高术科技公司计算机软件著作权侵权纠纷再审案"，此案的一个关键点就是，对于北大方正集团有限公司（下称北大方正）的取证方式是否合法的认识问题。最高院再审判决提及的"根据该行为实质上的正当性进行判断"实际上就是从立法本意上去判断。

北京高院二审认为"此种取证方式并非获取侵权证据的唯一方式，且有违公平原则，一旦被广泛利用，将对正常的市场秩序造成破坏"。北京红楼计算机科学技术研究所（下称红楼研究所）和北大方正不服北京高院二审判决和驳回再审申请通知，向最高院申请再审，提出"北大方正公司采取的取证方式不违反法律、法规的禁止性规定。如果不采取这样的取证方式，不但不能获得直接的、有效的证据，也不可能发现高术天力公司、高术公司进行侵权行为的其他线索。北大方正公司不存在违背公平及扰乱市场秩序的问题，其没有大量购买激光照排机，提高赔偿额。北大方正公司进行调查取证并提起诉讼的目的，是为了打击盗版，维护自身合法权益。"等理由。被申请人答辩称"北京市国信公证处出具的公证书是在公证员明知北大方正公司员工假扮买主、欲用诱骗手段取得我公司"侵权"证据的情况下完成的，且记录的内容不完整，不是现场监督记录的结果，仅凭公证员的主观回忆作出的记录是不客观的，缺乏公正性，与我公司了解的情况有很大的出入。北大方正公司采用的'陷阱取证'方式是对法律秩序、社会公德和正常商业秩序的破坏。"

最高院于2006年3月7日以〔2002〕民三监字第30－2号民事裁定提审本案。经审理后撤销北京高院〔2002〕高民终字第194号民事判决。对于本案涉及的取证方式是否合法问题，最高院认为：

根据民事诉讼法第六十七条的规定，经过公证程序证明的法律事实，除有相反证据足以推翻的外，人民法院应当作为认定事实的根据。高术天力公司安装盗版方正软件是本案公证证明的事实，因高术公司、高术天力公司无相反证据足以推翻，对于该事实的真实性应予认定。以何种方式获取的公证证明的事实，涉及取证方式本身是否违法，如果采取的取证方式本身违法，即使其为公证方式所证明，所获取的证据亦不能作为认定案件事实的依据。因为，如果非法证据因其为公证所证明而取得合法性，那就既不符合公证机关需审查公证事项合法性的公证规则，也不利于制止违法取证行为和保护他人合法权益。二审法院在否定北大方正公司取证方式合法性的同时，又以该方式获取的法律事实经过公证证明而作为认定案件事实的依据，是不妥当的。

在民事诉讼中，尽管法律对于违法行为作出了较多的明文规定，但由于社会关系的广泛性和利益关系的复杂性，除另有明文规定外，法律对于违法行为不采取穷尽式的列举规定，而存在较多的空间根据利益衡量、价值取向来解决，故对于法律没有明文禁止的行为，主要根据该行为实质上的正当性进行判断。就本案而言，北大方正公司通过公证取证方式，不仅取得了高术天力公司现场安装盗版方正软件的证据，而且获取了其向其他客户销售盗版软件，实施同类侵权行为的证据和证据线索，其目的并无不正当性，其行为并未损害社会公共利益和他人合法权益。加之计算机软件著作权侵权行为具有隐蔽性较强、取证难度大等特点，采取该取证方式，有利于解决此类案件取证难问题，起到威慑和遏制侵权行为的作用，也符合依法加强知识产权保护的法律精神。此外，北大方正公司采取的取证方式亦未侵犯高术公司、高术天力公司的合法权益。北大方正公司、红楼研究所申请再审的理由正当，应予支持。

三、程序错误

本次民事诉讼法修订突出了程序正义的理念。程序的公正性实质在于避免审判权力的滥用，其既是对法官的约束也是对当事人的保障。当事人对于裁判不公的感受，首先是来自程序的不公。本次民事诉讼法修订，对当事人申请再审进行诉权改造，将当事人申请再审从诉的提起与受理、审查、再审审理进行系统规范，使得程序的启动、进行和终结在公开的状态下规范运行，是当事人申请再审权的根本制度保障。

原民事诉讼法规定"人民法院违反法定程序，可能影响案件正确判决、裁定的"也可以申请再审，但是缺乏操作性，实践中，对不少违背程序的行为以适用法律错误为由提起再审。

修订后的民事诉讼法规定的应当申请再审的程序事由包括：违反法律规定，管辖错误的；审判组织的组成不合法或者依法应当回避的审判人员没有回避的；无诉讼行为能力人未经法定代理人代为诉讼或者应当参加诉讼的当事人，因不能归责于本人或者其诉讼代理人的事由，未参加诉讼的；违反法律规定，剥夺当事人辩论权利的；未经传票传唤，缺席判决的；原判决、裁定遗漏或者超出诉讼请求的；据以作出原判决、裁定的法律文书被撤销或者变更的。外加一个程序性兜底条款：对违反法定程序可能影响案件正确判决、裁定的情形，或者审判人员在审理该案件时有贪污受贿，徇私舞弊，枉法裁判行为的，人民法院应当再审。此外，裁判认定事实的主要证据未经质证的，也属于程序错误，在证据上事由部分已经讨论。

程序性事由，属于绝对再审事由，只要有规定的程序错误，即应当再审，而不考虑对实体处理的影响。而且，程序上的错误，属于硬伤，认识上一般不会有太大分歧。当然，对于"违反法定程序可能影响案件正确判决、裁定的情形"，也需要对"可能"进行判断。

（一）管辖错误

修订后的民事诉讼法规定，违反法律规定，管辖错误的应当再审。

● 条文理解

管辖错误作为再审事由，在国外立法例中比较少见，比较显著的是日本上告理由中有此规定。其他国家和地区立法例中，一般即使是违反专属管辖的法律规定，也仅仅是可以提起上诉来加以救济；违反一般地域管辖和级别管辖的，甚至不能上诉。但是在实践中，争、抢管辖的现象比较常见，当事人对管辖问题也非常关心。

在以往的实践中，以管辖错误为由提起再审的，并不多见。2004 年最高院向上海高院发出［2004］民立他字第 46 号函。该函认为，检察院对法院作出的"民事案件管辖异议裁定提起抗诉于法无据"，同意上海高院不受理检察院对管辖权有异议的裁定提起抗诉的意见。

管辖错误是这次民事诉讼法修订增加的事由。民事诉讼法修正案起草时并未规定本项内容，修正案第一次审议后，提交常委会第二次审议的修正案增加了本项内容。《审判监督程序解释》

对管辖错误作出了限制，其第 14 条规定，"违反专属管辖、专门管辖规定以及其他严重违法行使管辖权的，人民法院应当认定为民事诉讼法第一百七十九条第一款第（七）项规定的'管辖错误'"。

专属管辖是指法律强制规定某些案件只能由特定的人民法院进行管辖。如民事诉讼法第 34 条对不动产纠纷、港口作业中发生的诉讼以及遗产继承等做了专属管辖规定。此外，海事诉讼特别程序法第 7 条也对海事案件的专属管辖作了规定。专门管辖是指专门法院之间、专门法院和普通法院之间在第一审案件管辖权上的分工。如海事法院受理当事人之间因海事侵权纠纷、海事合同纠纷以及法律规定的其他海事纠纷提起的诉讼。此外，有的司法解释也对管辖做了专门规定，也有人称之为法定管辖，如代位权诉讼的管辖。

● 实务问题

对于以管辖错误申请再审的，需要指出原审裁判确实存在专属管辖、专门管辖错误。至于"其他严重违法行使管辖权"的情形，不可避免地需要审查该违法行使管辖权带来的实体危害或者社会影响。比较常见的是应仲裁主管的案件给法院行使管辖权。此外，如在有关资产转让纠纷中，在没有各方当事人协商一致情形下，导致案件由另一省法院管辖的，可以考虑以本项事由申请再审；又如，不当合并审理的，也可以考虑本项事由。

关于管辖错误，有如下问题值得考虑。

第一，以管辖错误为由申请再审，是否以原审中提出过管辖异议为前提。管辖异议在实践中是不少当事人拖延时间的手段；并且，作为一种程序问题，管辖错误是容易被发现的（尤其是司法解释限制了管辖错误的种类），此外，和其他程序错误不同的是，法律专门规定了管辖异议程序，因此，以管辖错误为由申请再审的，似应以提出过管辖异议为前提为宜。然而，由于民事诉讼法的修订以解决"申诉难"为目的，再审事由的设置突出程序正义的价值，具有矫枉过正之涵义，因此，目前在司法解释已经对管辖错误作出了一定限制后，不应必须要求当事人曾提出过管辖异议为限。

第二，关于级别管辖错误。最高院《关于当事人就级别管辖提出异议应如何处理问题的函》（法函［1995］95 号）指出，当事人就级别管辖权提出管辖异议的，受诉法院应认真审查，确无管辖权的，应将案件移送有管辖权的法院，并告知当事人，但不作裁定。最高院的相关判例也支持该观点。但也有不同的观点，如 2006 年 5 月最高院立案庭《民商事案件管辖若干问题（征求意见稿）》第 35 条提出"当事人就级别管辖提出异议的，人民法院应进行审查并作出裁定。异议成立的，裁定驳回起诉；异议不成立的，裁定驳回管辖权异议。当事人可以就此裁定上诉。"[1] 关于上下级法院间的移送管辖制度，实际上也使得级别管辖异议没有实质意义。因此，关于级别管辖错误据此也不得申请再审。

此外，如果当事人的管辖异议被驳回后，审理继续进行；但此时，如当事人以管辖错误提起再审申请，前述程序是否应中止？或者说，裁定再审应何时下达，其和已经进行的实体审理如何衔接？如不中止，裁定再审后，势必要重复程序；如中止，则诉讼效率将大为降低。考虑到司法解释实际上对管辖错误做了比

---

[1]　苏泽林主编：《民商事审判管辖实务研究》，人民法院出版社，2006 年 10 月第 1 版，第 20 页。

较严格的限制，可以引发再审的管辖错误都是比较明显的，通过异议、上诉大多能被纠正，亦即以管辖错误裁定再审的案件应为极少数。两相权衡，以不中止为宜。

●案例实证

案例一：对管辖异议裁定申请再审

至于当事人申请再审的，实践中有以管辖异议裁定适用法律错误申请再审的实例。如"浙江省图书馆因与何湖苇等网络著作权侵权纠纷再审案"，浙江省图书馆不服湖南高院于［2004］湘高法立民终字第44号民事裁定，向最高院申请再审。最高院认为，"根据最高人民法院《关于审理计算机网络著作权纠纷案件适用法律若干问题的解释》第一条关于'网络著作权侵权纠纷案件由侵权行为地或者被告住所地人民法院管辖。侵权行为地包括实施被诉侵权行为的网络服务器、计算机终端等设备所在地。对难以确定侵权行为地和被告住所地的，原告发现侵权内容的计算机终端等设备所在地可以视为侵权行为地'之规定，只有在侵权行为地和被告住所地难以确定的情况下，才将原告发现侵权内容的计算机终端等设备所在地视为侵权行为地。根据本案事实，本案应由侵权行为地或者被告住所地人民法院管辖，而不存在将原告发现侵权内容的计算机终端等设备所在地视为侵权行为地的前提条件，故原审法院裁定衡阳市中级人民法院具有本案管辖权适用法律错误，应予纠正"，故支持当事人申请理由，作出［2004］民三监字第35号民事裁定，指令湖南高院再审。

案例二：以原审法院没有管辖权申请再审

但对于判决而言，由于原民事诉讼法没有单独规定管辖错误为再审事由，因此一般都是在诸多理由中提及原审具有管辖错误。如"中国农业银行南通市经济技术开发区支行与华夏银行济南分行等承兑汇票纠纷案"①，中国农业银行南通市经济技术开发区支行（下称农行南通支行）不服山东高院终审判决，以"原审法院没有对本案票据纠纷的诉讼管辖权"等为由向最高院申请再审。对于申请人提出的管辖问题，最高院认为，"华夏济南分行向中电公司请求退回贴现款，与向农行南通支行请求兑付票据款，属于两种不同的诉讼请求，前者依据的是债务关系，而后者依据的是票据关系。因本案审理的是票据纠纷，故华夏济南分行与中电公司债务关系的诉讼应另案处理。原审法院将两种不同的法律关系合并审理，并以华夏济南分行与中电公司债务关系的请求确定本案票据纠纷的管辖权，显属不当。"由于农行南通支行申请再审时，还提出了"华夏济南分行为中电公司办理贴现存在重大过失不享有票据权利，其依据生效的刑事判决已履行了法定的付款义务"的申请理由，最高院支持了该理由认为农行南通支行"没有义务再向华夏济南分行付款"，并据此撤销了一、二审判决，驳回了华夏济南分行对农行南通支行等的诉求。

（二）裁判主体构成不合法

修订后的民事诉讼法规定，审判组织的组成不合法或者依法应当回避的审判人员没有回避的，应当再审。

●条文理解

本项是新增事由。在以往的实践中，由于对程序问题一般重视不足，对于此类问题，大多只在申请书中附带提及甚至略去不提。审判组织是指人民法院审判案件的组织形式。民事诉讼中的

---

① 该案件引自苏泽林主编：《审判监督指导（2006 年第 1 辑）》，人民法院出版社 2007 年 1 月版。

回避制度，是指审判人员以及其他可能影响案件公正审理的有关人员，在遇到法律规定的情形时，退出该案件诉讼程序的制度。

裁判主体本身构成的不合法的危害不仅在于可能带来裁判结果的不公，更重要的是其裁判过程本身难以让当事人信服。国外立法例中，大多将审判组织不合法或者违反回避制度作为再审事由。如《德意志联邦共和国民事诉讼法》[①] 第579条规定的取消之诉的事由包括，作出判决的法院不是根据法律的规定组成的；依法不得执行法官职务的法官参与了裁判，但主张此种回避原因而提出回避的申请或上诉没有得到许可的除外；法官因有偏颇之虑应行回避，并且回避申请已经被宣告有理由，但该法官仍参与裁判的。《日本民事诉讼法》第338条也规定，根据法律规定不能参与该判决的法官参与了该判决的，可以申请再审。[②]

我国民事诉讼法规定，审理民事案件的审判组织有合议制、独任制两种。独任制仅适用于基层人民法院和派出法庭审理简单的民事案件和一般的非诉案件。其他依一审程序审理的案件及所有依二审程序审理的案件，均应采用合议制。

依据民事诉讼法第45条规定，"审判人员有下列情形之一的，必须回避，当事人有权用口头或者书面方式申请他们回避：（一）是本案当事人或者当事人、诉讼代理人的近亲属；（二）与本案有利害关系；（三）与本案当事人有其他关系，可能影响对案件公正审理的。前款规定，适用于书记员、翻译人员、鉴定人、勘验人。"此外，最高院《关于审判人员严格执行回避制度

---

① 谢怀栻译：《德意志联邦共和国民事诉讼法》，中国法制出版社2001年版。

② 白禄铉编译：《日本新民事诉讼法》，中国法制出版社2000版。

的若干规定》（法发［2000］5号）对于审判人员的回避情形作出了进一步明确。

●实务问题

审判组织组成不合法，主要指应当适用合议制的适用了独任制，或者合议庭组成人员有的法官缺席或者出席的法官不具有法官资格等。代理当事人提出本项事由，应明确指出应当适用合议制的案件适用了独任制，或者，传票或者案件受理通知书等文书上载明的法官和判决书上署名的法官不一致等。以审判人员违反回避制度申请再审的，应当对审判人员和本案的有关利害关系等举出初步证据。

实践中出现审判组织不合法的情形比较少见。通常是法院未将合议庭成员的变化及时告知当事人；尤其是一些当事人在开庭后又和解的案件，各方对于其他合议庭成员的变化注意不够，法院也未对此说明。

（三）当事人未合法参加诉讼

修订后的民事诉讼法规定，无诉讼行为能力人未经法定代理人代为诉讼或者应当参加诉讼的当事人，因不能归责于本人或者其诉讼代理人的事由，未参加诉讼的，应当再审。

●条文理解

在原审诉讼中没有实现合法的代理，是国外立法例中普遍规定的再审事由。如《日本民事诉讼法》[①] 第338条规定，对法定代理权、诉讼代理权或者代理人为诉讼行为欠缺必要授权的，可以再审之诉提出不服声明。德国民事诉讼法也规定，当事人一方

---

① 白禄铉编译：《日本新民事诉讼法》，中国法制出版社2000年版。

在诉讼中未经合法代理，可提起取消之诉，但当事人对于诉讼进行已明示或默示地承认的除外。我国台湾地区也规定，当事人于诉讼未经合法代理者为再审事由。[①]

诉讼行为能力，是指当事人自己实施诉讼行为所必要的诉讼法上的能力。当事人的诉讼行为能力与民事行为能力关系密切。如果当事人没有诉讼行为能力，就不能自己提起诉讼、参加诉讼，而必须由其法定代理人代为实施。

依据我国民事诉讼法规定，原告或者被告一方或者双方为二人以上的，便是共同诉讼。依据民事诉讼法第53条规定，以共同诉讼人之间对诉讼标的的关系，可以分为必要共同诉讼和普通共同诉讼。争议的诉讼标的是同种类的为普通共同诉讼。诉讼标的同一，人民法院必须合并审理的为必要的共同诉讼。必要的共同诉讼要求共同诉讼人必须一同起诉或者应诉，若未一同起诉或者应诉的，应当予以追加，人民法院必须合并审理作出一个判决。

● 实务问题

对于本项事由，常见的情形一是法院遗漏了必须参加诉讼的当事人，未予追加或者拒绝追加；二是法院（主要是一审）对于代理人的授权手续审查失误，使得没有获得有效授权的人以代理人身份加入诉讼。此外，实践中也有未成年人自行参加诉讼的案例。

律师代理当事人提出本项事由，首先要明确当事人是否应当参加诉讼以及有无提出过参加诉讼的请求；其次，其是否有诉讼

---

① 苏泽林主编：《审判监督指导》2007年第2辑，人民法院出版社2008年2月第1版，第200页。

行为能力；再次，其是否确实未参加诉讼，有无签署庭审笔录的行为；此外，其是否出具过授权委托书，参加诉讼的代理人是否有合法授权。同时，要明确原审法院是否有未通知当事人的不当行为。

● 案例实证

案例：参加诉讼的代理人无权代理

如"海南鞍钢实业总公司与宁波保税区现代对外贸易有限公司、洋浦万鼎实业有限公司代开信用证合同债务纠纷再审案"，[1]即是一起一审法院对代理人的授权审查失误导致诉讼当事人未能加入诉讼，申请人以有当事人未参加诉讼等为由申请再审的案件。该案中，洋浦万鼎实业有限公司（洋浦公司）为一审被告。一审前，洋浦公司的法定代表人金莉洁和总经理张振涛因涉嫌犯罪被羁押于同一监所，金莉洁没有授权张振涛行使法定代表人的职权，也没有委托代理人参加诉讼。一审法院收到的洋浦公司的委托书载明：兹委托我公司张望强代理公司开庭应诉。落款为张振涛签字，未盖洋浦公司的公章。

宁波保税区现代对外贸易有限公司（下称现代公司）向浙江高院起诉，请求判令洋浦公司支付垫付款及滞纳金，海南鞍钢实业总公司（下称海南鞍钢）承担连带责任。一审判令洋浦公司支付垫付款和滞纳金，驳回现代公司其他请求。现代公司向最高院提起上诉，最高院作出［1998］经终字第446号判决，判令海南鞍钢承担连带责任。洋浦公司二审中未答辩亦未出庭。

----

① 详细案情见最高人民法院审判监督庭编著、苏泽林主编：《最后的裁判——最高人民法院典型疑难百案再审实录（担保与金融案件卷)》，中国长安出版社，2007年1月第1版。

海南鞍钢不服最高院二审判决，以洋浦公司未参加一、二审诉讼，而且已经全部还请现代公司代垫款为由向最高院申请再审。洋浦公司在再审庭审中陈述，其已还请本案信用证垫款，不知此案涉诉也未委托张望强代理参加诉讼。最高院再审后，于2006年7月作出〔2004〕民二再字第2号判决，撤销了原一、二审判决，其认为"一、二审法院在洋浦公司没有参加诉讼的情况下，认定洋浦公司对现代公司负有债务，应向现代公司清偿的判决亦无事实和法律依据，应予纠正"。

（四）不当剥夺当事人辩论权利

修订后的民事诉讼法规定，未经传票传唤，缺席判决的，应当再审。

●条文理解

本项事由是新增的事由。民事诉讼法修正案起草时并未规定本项内容，修正案第一次审议后，提交常委会第二次审议的修正案增加了本项内容。民事诉讼法规定，当事人可就案件事实、争议的问题和适用的法律，各自陈述其主张和依据，相互进行反驳和答辩，以维护自己的合法权益。若没有赋予当事人辩论权利，查清案件事实和正确适用法律就失去了基本保障。没有让当事人"说话"，当事人对于裁判公正当然有权质疑。因此，虽然国外立法例中鲜见此项事由，但为了树立程序正义的信念，民事诉讼法设定本项事由有其必要性。

《审判监督程序解释》第15条规定，原审开庭过程中审判人员不允许当事人行使辩论权利，或者以不送达起诉状副本或上诉状副本等其他方式，致使当事人无法行使辩论权利的，人民法院应当认定为民事诉讼法第一百七十九条第一款第（十）项规定的

"剥夺当事人辩论权利"。此处应注意剥夺和限制之间的明显区别，剥夺是指根本没有赋予当事人辩论权利。但依法缺席审理，依法径行判决、裁定的除外。

● **实务问题**

律师代理当事人提出本项事由，要确认原审卷宗中没有当事人签收起诉状、上诉状副本的回执；庭审笔录中没有当事人辩论的记载；法院认定原审有其他不允许当事人行使辩论权利的情形的。实践中出现不当剥夺当事人辩论权利的情形，常见于未严格按照开庭程序审理的案件，如合议庭人员临时不能到齐，主办法官以谈话方式进行调查，但未明确引导当事人进行辩论。

但是，对于依法进行书面审理的二审程序、"按照第二审程序审理的，双方当事人已经其他方式充分表达意见，且书面同意不开庭审理的"的再审案件，不属于本项事由规定的情形。此外，《关于民事经济审判方式改革问题的若干规定》第17条规定，原审庭审中对于当事人及诉讼代理人与案件无关的陈述，或者反复陈述未被法院认定的事实，审判人员应当进行及时制止。《审判监督程序解释》制定前，对于再审案件是否必须开庭审理无明确规定，实践中有的法院将提审裁定和再审判决书同日出具，但当事人在复查阶段充分表达了意见，因此对于此类未开庭审理的再审案件，不应以未开庭审理剥夺当事人辩论权为由申请再审。

（五）未经传票传唤缺席判决

修订后的民事诉讼法规定，未经传票传唤，缺席判决的，应当再审。

● **条文理解**

民事诉讼中的缺席判决，是指一方当事人经传票传唤，无正当理由拒不到庭或者未经许可中途退庭，法院审核一方当事人提出的诉状和证据后，依法作出判决。

传票传唤，是指法院以发送传票的方式，通知当事人开庭的时间、地点，传唤当事人届时前去参加诉讼。传票传唤当事人是通知当事人方式中最正规、最严肃的方式。只有经传票传唤后，当事人无正当理由拒不到庭或者中途未经许可退庭的，才可以作出缺席判决。以往实践中，有的法院以口头、电话等方式通知当事人，到场之后签署传票。对于传票的形式除了纸质以外，有法院还使用电子邮件的方式①。

●实务问题

当事人以本项事由申请再审，法院只要确认原审法院没有发送传票即可裁定再审。如同前项事由，如果依法进行书面审理的无须发送传票，不属于此项事由规定的情形。同时，对于适用原民事诉讼法的再审审理程序，由于原民事诉讼法及司法解释并没有明确的规定，当事人仅以再审案件没有发送传票为由申请再审的，应当认为理由不成立。

律师代理当事人提出本项事由，首先要确认本案是否应开庭审理；其次，是否有传票或者有签收传票的证据；再次，要查看传票是否规范。实践中，有的传票日期填写错误，当事人借故不参加庭审，法院以当事人无正当理由未到庭而缺席判决。

●案例实证

如"王兴华、王振中、吕文富、梅明宇与黑龙江无线电一厂

① 见"法院首用电子邮件发传票"，《北京青年报》，2008 年 10 月 24 日，A11 版。北京海淀法院民三庭首用该方式。

专利实施许可合同纠纷再审案"①，黑龙江高院作出［2002］黑高监商再字第12号民事判决后，王兴华、王振中、吕文富、梅明宇等不服，以原审"本案原再审判决严重违反法定程序，不告知合议庭成员，不开庭，将没有鉴定人签字、未经鉴定人质询的鉴定材料当作定案的证据；认定'终止合同协议书'有效错误"等为由向最高院申请再审。此处申请人所指"未开庭"表明原审没有传票传唤。最高院提审该案，但在再审判决中对于"原再审判决严重违反法定程序，不告知合议庭成员，不开庭"一节未予辨析。

又如前述"沈阳市三武建筑有限公司与辽宁金鹏房屋开发有限公司建设工程施工合同纠纷再审案"，金鹏公司不服辽宁高院二审判决，向辽宁高院申请再审时，提出了"二审开庭审理未下传票，违反法定程序，影响正确判决。"的理由。辽宁高院作出的［2003］辽审民终再字第48号民事判决认为，"按照《民事诉讼法》的规定，二审程序可不开庭审理，在二审时又处于"非典"时期，本院依法传唤了双方当事人并进行了询问，因此二审没有开庭审理并不违反法定程序，金鹏公司此项主张本院不予支持。"金鹏公司不服该再审判决，向最高院申请再审时，未再提及前述理由。

（六）原裁判遗漏或者超出诉讼请求

修订后的民事诉讼法规定，原判决、裁定遗漏或者超出诉讼请求的，应当再审。

● 条文理解

---

① 详细案情见"最高法院公布30年来百件知识产权司法保护典型案例"，人民法院网，2008年11月18日。

本项事由以及"原判决、裁定认定事实的主要证据是伪造的"、"对审理案件需要的证据，当事人因客观原因不能自行收集，书面申请人民法院调查收集，人民法院未调查收集的"三项事由，都在《人民检察院民事行政抗诉案件办案规则》有直接规定，本次民事诉讼法修订将其吸收进来。

遗漏或者超出诉讼请求，违背不告不理的基本原则属于明显的裁判技术错误。在诉讼和诉讼请求上，诉讼只能因当事人行使诉权开始，诉讼请求的范围由当事人自行决定。对于当事人没有提出的请求事项予以裁判，属于超出诉讼请求；对于当事人提出的事项没有作出裁判，属于遗漏诉讼请求。修订后的民事诉讼法规定，原判决、裁定遗漏或者超出诉讼请求的，为再审事由之一。

●**实务问题**

遗漏或者超出诉讼请求属于比较明显的程序错误，对照诉求和判项即能明确指出是否存在遗漏或者超出诉讼请求的情形。

需要注意的是，要结合案情看超出或者遗漏诉求是否有实际意义，或者实质上损害当事人权益。此外，需要明确是否存在变更或者增加诉讼请求或者提出反诉的情形，以及其是否符合法律规定。如果以判决遗漏或者超出变更后的诉讼请求，必须向法院说明当事人已合法变更诉讼请求并附相应证据；对于增加诉讼请求或者提出反诉的情形亦应如此。同时，判非所请的现象常出现在有第三人参加诉讼的案件，对此，要查明该第三人的诉讼地位，当事人是否对其明确提出请求。

●**案例实证**

案例一：判决没有超出诉求

知识产权类纠纷，因其往往涉及保护范围问题，容易对裁判是否超出或遗漏诉求产生争议。如"蒙特莎（张家港）食品有限公司与意大利费列罗公司等不正当竞争纠纷再审案"，天津高院作出［2005］津高民三终字第 36 号民事判决后，蒙特莎（张家港）食品有限公司（下称）蒙特莎公司以"二审判决超越了当事人诉讼请求，费列罗公司仅起诉金莎 TRESOR DORE 巧克力 T3、T8、T16、T24（分别指 3 粒装、8 粒装、16 粒装、24 粒装）使用的包装、装潢侵权，但二审判决蒙特莎公司立即停止使用金莎 TRESOR DORE 系列巧克力使用的包装、装潢，不合法地包括了蒙特莎公司生产的 T12、T36、T42、T45 以及纸盒包装的 4 粒、8 粒、16 粒等七种产品，违反了民事诉讼不告不理的原则"等为由向最高院申请再审。最高院于 2006 年 5 月 10 日以［2006］民三监字第 4 号民事裁定提审本案。经审理后，最高院作出［2006］民三提字第 3 号判决，对于申请人提出的原审判决超出诉讼请求的主张，认为：

在原审审理期间，费列罗公司列举提出蒙特莎公司生产的 T3、T8、T16、T24 金莎 TRESOR DORE 巧克力擅自使用了与其特有包装、装潢近似的包装、装潢，使消费者产生混淆、误认。虽然未明确列举对蒙特莎公司生产的 T12、T36、T42、T45 以及纸盒包装的 4 粒、8 粒、16 粒等 7 种巧克力商品的侵权指控，但在费列罗公司的起诉状中，请求判令不得生产、销售符合 FERRE-RO ROCHER 巧克力特有的任意一项或者几项组合的包装、装潢的产品或者任何与 FERRERO ROCHER 巧克力特有包装、装潢相似的足以引起消费者误认的产品。蒙特莎公司生产的上述另外 7 种巧克力也均采用了与 FERRERO ROCHER 巧克力特有包装、装潢近似的包装、装潢。二审判令蒙特莎公司立即停止使用金莎 TRESOR DORE 系列巧克力侵权包装、装潢并未超出费列罗公司的诉讼请求。

案例二：原审判决不存在漏判

如"赖恰蓬与汕头经济特区启华厂房开发有限公司购房合同纠纷案"。最高院于 1998 年 7 月 21 日作出的［1998］民提字第 4 号民事判决，已经发生法律效力。汕头经济特区启华厂房开发有限公司（下称启华公司）不服该判决，向最高检提出申诉。最高检于 2000 年 1 月 11 日以高检民行抗字［2000］第 7 号民事抗诉书，向最高院提出抗诉。抗诉书提出：再审判决认定启华公司与赖恰蓬签订的二份《购房合同》无效，判决启华公司返还购房款及其利息，却未判决赖恰蓬向启华公司返还已取得的房产，致使启华公司的合法权益得不到应有的法律保护。经审理，最高院于 2002 年 3 月 20 日作出［2000］民抗字第 3 号民事判决，维持［1998］民提字第 4 号民事判决。对于是否存在漏判，其认为：

广东省高级人民法院二审判决生效后，启华公司向汕头市中级人民法院提出强制执行申请。因赖恰蓬无力支付剩余部分购房款，汕头市中级人民法院将涉案房屋委托汕头经济特区物资拍卖行拍卖，以抵偿赖恰蓬所欠启华公司剩余部分购房款。因几次拍卖无人竞买，后启华公司自己承买了该房。该房屋一直为启华公司占有，赖恰蓬不曾占有过该房，本院再审判决认定启华公司与赖恰蓬签订的二份购房合同无效，判决启华公司返还赖恰蓬支付的购房款及利息，已无必要判决赖恰蓬返还房屋。因此，本院再审判决不存在漏判显失公平的问题。

案例三：判决超出原告诉请范围

如"泛华工程有限公司西南公司与重庆新型建筑材料开发公司等土地使用权纠纷再审案"。本案由最高院二审,当事人不服而申请再审,同时检察院亦以检察建议方式建议最高院再审。

本案中,重庆新型建筑材料开发公司(下称重庆新材司)向四川高院起诉,要求重庆市国土局返还涉案土地使用权,赔偿前期工程成本1500万元,或者依会议纪要给付其前期工程总成本及利息。但是,一审法院通知泛华工程有限公司西南公司(下称泛华西南公司,其为泛华工程有限公司在重庆成立的具有企业法人资格的公司)作为第三人参加诉讼。四川高院作出〔1997〕川民初字第4号民事判决:泛华西南公司付给重庆新材司1500万元及利息;驳回重庆新材司其他诉讼请求。

泛华西南公司向最高院提出上诉(上诉理由中未提及一审判决超出当事人诉请),最高院作出〔1998〕民终字第28号判决,驳回上诉,维持原判。泛华西南公司继续向最高院申请再审,提出重庆新材司的诉请是针对重庆市国土局提出的,与泛华西南公司没有法律联系,并且政府纪要在本案中对当事人没有约束力。同时,最高检亦向最高院发出高检民行意字〔1999〕第7号《检查意见书》,认为终审判决仅以政府纪要为依据,证据不足;重庆新材司在起诉时及一、二审庭审中,其诉请均是要求法院确认其与土地局签订的土地出让合同有效及土地局与泛华西南公司的土地出让合同无效,并要求土地局赔偿损失,是一个典型的确认之诉及在此基础上的给付之诉,而重庆新材司始终没有明确提出要求泛华西南公司按会议纪要给付前期工程成本及利息的诉讼请求。一、二审法院驳回了重庆新材司对土地局的诉讼请求,却超越权力将原告未提出的对泛华西南公司的给付之诉予以判决,程序适用严重错误。最高院于 2002 年 1 月 14 日作出［2001］民一监字第 7 号民事裁定，决定再审本案。审理过程中，经法院主持调解，各方达成协议。最高院［2002］民一再字第 1 号调解书已发生法律效力。

（七）裁判依据错误

本项所指裁判依据错误，是指据以作出原判决、裁定的法律文书被撤销或者变更。依据《审判监督程序解释》第 16 条规定，"原判决、裁定对基本事实和案件性质的认定系根据其他法律文书作出，而上述其他法律文书被撤销或变更的，人民法院可以认定为民事诉讼法第一百七十九条第一款第（十三）项规定的情形。"

根据《关于民事诉讼证据的若干规定》第 9 条规定，已为人民法院发生法律效力的裁判所确认的事实，当事人无需举证。即发生法律效力的裁判所确定的事实作为有效的民事诉讼证据，属于司法认知所适用的证据之一，不证自明。生效裁判所确认的事实之所以能够成为当事人的免证事实，是因为生效裁判具有国家审判机关终局解决纠纷的既定效力。这种既定效力，针对案件事实就是预决效力，即预先确定了后续纠纷中同一待定事实的认定。如果前案的裁判被撤销，则原审裁判实际上已失去基础。

当事人以本项事由申请再审的，需要提供相关裁判已被撤销的证据，法院审查其关系原审的基本事实或者案件性质的，即可裁定再审。以本项事由申请再审，不受 2 年申请再审时限的限制。

（八）程序性兜底事由和枉法裁判

修订后的民事诉讼法，对于再审事由规定了一条程序性兜底条款和法官枉法裁判行为事由，即"对违反法定程序可能影响案件正确判决、裁定的情形，或者审判人员在审理该案件时有贪污受贿，徇私舞弊，枉法裁判行为的，人民法院应当再审。"

●条文理解

《民事诉讼法修正案（草案）》曾设"其他致使原判决、裁定错误的情形"的兜底条款①，但是该条款随意性太强，实际上和"确有错误"的标准如出一辙。最后修订为本项事由。

"违反法定程序可能影响案件正确判决、裁定的情形"，依据《审判监督程序解释》第17条是指"除民事诉讼法第一百七十九条第一款第（四）项以及第（七）项至第（十二）项之外的其他违反法定程序，可能导致案件裁判结果错误的情形。"当事人以此为由申请再审的，需要说明该种违反法定程序的情形，可能导致裁判结果错误。即，法院审查该项事由时，需认定该程序失当情形，可能影响实体结果，而对于前述程序错误，则毋须考虑实体影响。对于一些程序不规范的情形，实践中当事人通常是和其他明显影响实体裁判结果的事由一并提出。

此外，当事人以本项事由申请再审的，对于"审判人员在审理该案件时有贪污受贿，徇私舞弊，枉法裁判行为"，依据《审判监督程序解释》第18条，需要有相关刑事法律文书或者纪律处分决定。当事人以此申请再审，不受2年申请再审期限的限制。

●实务问题

代理当事人以"违反法定程序可能影响案件正确判决、裁定

---

① 王胜明：《关于〈中华人民共和国民事诉讼法修正案（草案）〉的说明》。

的情形"申请再审的,需要说明该种违反法定程序的情形,可能导致裁判结果错误。

对于"审判人员在审理该案件时有贪污受贿,徇私舞弊,枉法裁判行为",需要注意对于审判人员的不当行为限定在三种行为上。其应当在审理该案件中发生并且与该案件有关。同时,应当提供刑事法律文书或者纪律处分决定。

● **案例实证**

拒绝有独立请求权的第三人参加诉讼,是违反程序,可能导致裁判错误的常见情形。如"中国农业银行昆明市官渡区支行与昆明策裕集团有限公司等借款担保合同纠纷再审案"①。该案中,对于涉案标的金碧商城商品房房产,第三人昆明富亨房地产开发经营公司(下称富亨公司)依据 2000 年 1 月 3 日的昆明市仲裁委裁决享有要求昆明策裕集团有限公司(下称策裕公司)返还的权利。其曾在一审中要求参加诉讼,但未被允许。

最高院二审判决认为,关于张行、张锦以金碧商城相关房产向债权人中国农业银行昆明市官渡区支行(下称官渡农行)提供抵押担保的行为是否有效,可谓本案最为关键的问题。本院认为,虽然本案中张行、张锦在办理金碧商城涉案房产抵押登记时应当提交取得抵押房屋的所有权证书;但设定抵押之时未提交房地产权属证书,并不必然导致抵押权无效,此时设定抵押权的行为应当认定为对抵押物的无权处分或者以将来财产设定抵押。综观本案现已认定的证据和事实,无论是将抵押人张锦、张行设定抵押的行为认定为对抵押房产的无权处分行为,抑或是以将来财

---

① 案例来自苏泽林主编:《审判监督指导》2006 年第 2 辑,人民法院出版社,2007 年 1 月版。

产设定抵押权的行为，其设定抵押权的行为都应当是有效的。就张锦、张行对抵押房产的无权处分而言，根据最高人民法院《关于适用〈中华人民共和国合同法〉若干问题的解释》（一）第三条关于"人民法院确认合同效力时，对合同法实施以前成立的合同，适用当时的法律合同无效而适用合同法合同有效的，则适用合同法"之规定，以及《中华人民共和国合同法》第五十一条关于"无处分权的人处分他人财产，经权利人追认或者无处分权的人订立合同后取得处分权的，该合同有效"之规定，尽管张锦、张行在 1999 年 4 月 16 日与官渡农行缔结（99）官农银最高额抵借字第 0033 号《最高额抵押担保借款合同》时，尚未取得抵押房产的所有权，但本案事实表明富亨公司分别于 1999 年 4 月 14 日和 5 月 5 日将 8 张交件户名为张行和 6 张交件户名为张锦的"金碧商城"房产登记收件收据交给策裕集团，且昆明市房管局已核发上述房产证，可以证明张锦、张行订立抵押合同之后已经取得抵押房产所有权以及对上述房产的处分权，故应认定上述抵押合同有效。同样，就张锦、张行以尚未取得所有权的将来房产设定抵押权的行为而言，根据最高人民法院《关于适用〈中华人民共和国担保法〉若干问题的解释》第一百三十三条第三款关于"担保法施行以后因担保行为发生的纠纷案件，在本解释公布施行后尚在一审或二审阶段的，适用担保法和本解释"之规定，因本案发生在担保法施行之后，故应适用担保法及其司法解释。本院上述担保法司法解释第四十九条规定："以尚未办理权属证书的财产抵押的，在第一审法庭辩论终结前能够提供权利证书或者补办登记手续的，可以认定抵押有效"。因本案各方当事人的借款担保合同纠纷诉讼，以及富亨公司与策裕公司、张行、张锦的房屋买卖纠纷仲裁均发生在 1999 年 10 月，而张锦、张行已分别于同年 4 月 20 日和 6 月 1 日在昆明市房管局产权监理处办理金碧商城相关房产的抵押登记手续，故亦应认定该抵押合同有效。此外，张锦、张行和富亨公司之间的房屋买卖关系与张锦、张行和官渡农行之间的抵押担保关系是两个不同的法律关系。根据《中华人民共和国担保法》第四十三条第二款关于"当事人未办理抵押物登记的，不得对抗第三人"之规定，官渡农行对金碧商城相应房产所享有的抵押权，是经过合法登记程序而公示设定的担保物权，可以对抗抵押物的所有人和其他第三人。尽管已发生法律效力的昆明仲裁委员会［2000］昆仲裁字 01 号裁决书裁决张行、张锦与富亨公司所签订的全部购房合同均为无效，但该仲裁书对购房合同无效的裁定，既不能否定抵押人在此之前对抵押物拥有合法所有权的事实，也不能否定抵押人在拥有合法所有权过程中所行使的处分权，更不能否定抵押人通过合法登记程序所产生的抵押权，即富亨公司因该仲裁裁决所取得的对金碧商城涉案房屋的权利，不能有效对抗官渡农行对金碧商城涉案房屋的抵押权。

富亨公司不服最高院二审判决，向最高院申诉，称：其为本案中有独立请求权的第三人，其曾申请作为第三人参加本案申诉，但一、二审法院未予理睬，程序违法。二审法院在其没有参加诉讼的情况下判决结果使其处于不利地位。最高院受理后作出［2005］民一再字第 1 号民事判决，以"富亨公司对本案抵押物不仅享有独立请求权，案件处理结果也与其有法律上的利害关系，应参加诉讼。一审法院没有允许富亨公司参加本案诉讼，二审法院亦未将案件发回一审法院重审，而径行作出判决，确认官渡农行对金碧商城各有关房屋享有合法抵押权，审判程序违法，且可能损害案外人富亨公司的合法权益"为由，裁定撤销〔2000〕经终字第224号民事判决和一审判决，将该案发回高院重审。该案即是一起关于违反程序、可能导致裁判结果错误的经典案例，二审判决运用物权法的有关先进理论，应该说在说理以及实体处理上难以挑剔，但是程序错误，而且本案案情较为复杂影响较大，最终发回重审。

四、调解违背自愿或调解协议违法

当事人不仅可对生效裁判提起再审申请，也可对调解书申请再审。修订的民事诉讼法沿用原规定，即"当事人对已经发生法律效力的调解书，提出证据证明调解违反自愿原则或者调解协议的内容违反法律的，可以申请再审。经人民法院审查属实的，应当再审。"

●条文理解

对于已经发生法律效力的调解书申请再审引起再审程序的案件并不多见。但是，实践中，检察院也会对调解书提起抗诉。并且，依据《审判监督程序解释》第30条规定，"当事人未申请再审、人民检察院未抗诉的案件，人民法院发现原判决、裁定、调解协议有损害国家利益、社会公共利益等确有错误情形的，应当依照民事诉讼法第一百七十七条的规定提起再审"。依据《审判监督程序解释》第40条规定，经审理发现申请再审人提出的调解违反自愿原则的事由不成立，且调解协议的内容不违反法律强制性规定的，应当裁定驳回再审申请，并恢复原调解书的执行。

●实务问题

实践中要说服法院裁定对调解书进行再审是非常困难的。由于调解协议经由法院主持，出现违法的情形比较少见。其中常见的调解协议内容违法情形是损害了第三人利益。对于调解违背自愿的情形，要区分当事人事后反悔和确实存在胁迫的情形。

第三人认为调解协议损害其利益的，一般是在执行程序才能发现，在原民事诉讼法框架下，第三人多以异议的方式提出。如"武汉中联证券劳动服务公司与港澳祥庆实业返还财产纠纷再审案"。湖北省高院于 1996 年 11 月 7 日作出［1996］鄂经初字第 73 号民事调解书，已经发生法律效力。因当事人澳门祥庆申请再审，湖北省高院经再审于 2001 年 3 月 23 日作出［2001］鄂高法监二民再字第 10 号民事调解书，在执行过程中，后又因案外人澳门富昌地产提出异议，湖北省高院对本案进行第二次再审并于 2003 年 9 月 5 日作出［2003］鄂高法监二民再字第 5 号民事裁定书，驳回新富昌地产的异议。最高院经复查，于 2005 年 7 月 15 日作出［2005］民四监字第 19 号民事裁定，对本案进行提审。民事诉讼法修订后，依据《审判监督监督程序解释》第 5 条规定，案外人对原判决、裁定、调解书所确定的执行标的物主张权利，且无法提起新的诉讼解决争议的，可以向作出原判决、裁定、调解书的人民法院的上一级法院申请再审。

● **案例实证**

（一）调解违背自愿

当事人以调解书违背自愿申请再审的，需要提供证据证明。法院审查认定存在违背自愿情形才可裁定再审。

案例：以调解违背自愿申请再审

违背自愿是指存在胁迫、欺诈的情形，而不包括当事人一方由于不了解或者对形势、结果的判断失误的情形。如"中国银行杭州市开元支行与杭州银河贸工（集团）公司、浙江外事旅游汽车公司借款合同纠纷再审案"。本案中，中国银行杭州市开元支行（下称开元支行）和杭州银河贸工（集团）公司（下称银河公司）签订的委托贷款合同实际上是以贷还贷，浙江外事旅游汽车公司（下称旅游公司）为其提供连带保证。一审过程中，三方达成调解协议，约定旅游公司对款项承担连带清偿责任等。调解书生效后，旅游公司以"本案系以贷还贷，主合同应确认无效，旅游公司在不知情的情况下同意承担全部责任的连带责任，意思表示不真实，且违反国家有关法律"为由向浙江高院申请再审。浙江高院再审后作出［2000］浙法告申再字第 26 号判决，认为涉案合同无效，各方都存在相应过错并应承担相应责任，撤销了民事调解书。开元支行向最高检申诉，最高检抗诉后，最高院以［2002］民二抗字第 22 号裁定提审本案。最高院经审理作出［2002］民二抗字第 22 号判决书，撤销了［2000］浙法告申再字第 26 号判决，其认为：浙江高院再审判决认定双方所签合同无效缺乏依据；旅游公司在开元支行与银河公司签订委托贷款合同时，虽不知系以贷还贷，但在一审过程中，旅游公司在已知道开元银行与银河公司是以贷还贷的情况下，仍作出了愿意为银河公司借款承担连带责任的承诺，该承诺是其真实意思表示；调解书内容没有违法，调解不违背自愿原则。

（二）调解协议违法

调解协议违法，是指调解书内容违反法律、行政法规的禁止性规定。由于调解协议一般在经法院的调解后达成，出现违法的情形比较少见。

案例：以调解协议内容违法申请再审

如"天津市运通房地产建设开发公司与天津市河东区王串场十七段翻建工程指挥部联建纠纷再审案"。天津市高级人民法院〔1997〕高民初字第 2 号民事调解书业经双方当事人签收，已发生法律效力。天津市运通房地产建设开发公司（下称运通公司）以"调解书第四条为运通公司设定了置换抵押物的义务，但是按照担保法的规定，为了保护抵押权人的利益，保障抵押权人的债权实现，抵押物的置换必须经抵押权人同意，否则其他人擅自确定置换抵押物的行为是无效的。本案中，天津高院调解确定置换抵押物内容时，未征得抵押权人中国金谷国际信托投资有限责任公司（下称金谷公司）的同意，事后，金谷公司也不同意置换抵押物，故该条内容违反法律规定，且无法履行"等为由，向最高院申请再审。

最高院于 2001 年 5 月 14 日作出〔2000〕监字第 352 号民事裁定，提审本案，经审理后作出〔2001〕民一提字第 1 号判决，维持了〔1997〕高民初字第 2 号民事调解书。对于申请人提出的调解书内容违法的主张，最高院没有支持，其认为：

调解书第四条中关于"双方合作期间，被告及与被告有密切关联的单位曾为原告向案外人借款 1350 万元，提供了财产抵押担保，原告愿以自有财产换回抵押物，免除被告人的抵押担保责任"的内容，为运通公司设定了置换抵押物的义务，调解书确定该项内容时，未征得抵押权人金谷公司的同意，事后，金谷公司亦不同意置换抵押物，因此，运通公司置换抵押物实际不能履行。不能履行不是运通公司自身的原因造成的，而是调解书的内容在履行上存在法律障碍。但履行上存在法律障碍不能等同于该项内容违反法律规定。违反法律规定系指所为行为违反法律禁止性规定，不得为之；存在法律障碍是指所为行为需经特定人同意，方得为之。因此，运通公司提出调解书中置换抵押物的内容违反法律规定的主张不能得到支持。调解书第四条中关于"若原告不能如约完成致抵押权人继续向被告主张权利，由此产生的一切经济损失由运通公司承担"的内容，系对该条前项置换抵押物内容的补充约定，是运通公司对于置换抵押物不能所产生的法律后果作出的一种承诺，该承诺表示运通公司如不能置换抵押物，其愿意承担指挥部的一切损失。该承诺是运通公司的真实意思表示，不违反法律规定。运通公司所提指挥部不是合法的执行申请主体的问题，不属于本案再审审理范围，本院不予支持。运通公司提出"为运通公司借款1350万元"的事实不存在的理由，已经本院查实，其理由不能成立。综上，调解书第四条不存在违反法律规定的内容，应予维持。

第四章　再审案件的审理

受理再审申请的人民法院经过对申请再审案件的审查，认为再审申请成立并裁定再审后，即进入再审案件的审理阶段。按照再审之诉的"三阶架构"，[①] 再审案件的审理指的是人民法院依法定程序对裁定再审的案件进行审理，并依法作出裁判的过程。

再审案件的审理阶段，主要对原审裁判范围内事实认定、法律适用是否正确进行审查和判断，并据此作出裁判。比较之前两章涉及的再审申请的提起及再审事由的审查，新的民事诉讼法对审理阶段的规定修改相对较少，在实务中，审理阶段涉及的问题包括再审的审理法院、再审的审理范围、再审的审理程序和审理方式几部分。[②]

第一节　再审的审理法院

再审的审理法院是指由哪个人民法院对裁定再审的案件进行

---

① 参见本书第二章：再审案件的受理。再审之诉的三阶架构即指确立再审过程包括申请再审案件的受理、申请再审事由的审查和再审案件的审理三个相对独立的程序阶段。

② 本章选取了若干地方法院审理的再审案件，如非特别注明皆引自北大法宝。

审理并作出裁判的问题。民诉法对再审审理法院的规定依不同的再审申请提起主体而有所不同。

一、因当事人申请裁定再审的案件

修订后的民事诉讼法第 181 条规定，因当事人申请裁定再审的案件由中级人民法院以上的人民法院审理。最高院、高院裁定再审的案件，由本院再审或者交其他人民法院再审，也可以交原审人民法院再审。此条规定包含了以下两个原则：1. 当事人提起申请并裁定再审的案件，只能由中级以上人民法院审理，基层人民法院无权对再审案件进行审理。2. 最高院、高院裁定再审案件，其审理法院有三种情况：第一是由裁定再审的最高院或高院审理，即提审；二是交与原审人民法院同级的其他人民法院审理，即指定再审；三是交原审人民法院审理，即指令再审。对于何种情况下由裁定再审的上一级法院审理、何种情况下交原审人民法院审理、何种情况下交同级其他法院审理，《审判监督程序解释》做出了具体规定。

（一）上一级法院提审

《审判监督程序解释》第 27 条规定，上一级人民法院经审查认为申请再审事由成立的，一般由本院提审。这一规定表明，因当事人申请而裁定再审的案件，一般原则是由做出再审裁定的上一级法院提审。

通常而言，再审作为民事诉讼最后的救济手段，由上一级法院审理，更容易使裁判获得当事人的信赖，也更容易达到再审审理追求程序公正的价值目标。我国的理论界和实务界也一直呼吁将上一级法院作为审理再审案件的主要审理法院，当然，更高的审级并不必然意味着更高的审判水平，但是正如美国学者所说的："我们依赖上诉法官纠正错误丝毫不意味着他们更聪明。上级法院因其所处的审级高，于是其判决被视为'正确'，而非因其'正确'而被视为'高明'"①。

当事人申请再审的，通常希望由上一级法院审理。律师在代理再审案件或者接受咨询时，往往需要回答当事人案件由哪个法院审理的疑问。本次民事诉讼法修订前，对于哪些案件应当提审，并无规范性的标准。但是，从实践来看，案件通常需要由原审法院再审一次才会被上级法院提审。本次民事诉讼法修订后，在起草配套司法解释过程中，有观点主张应当将提审的情形予以列举，但是《审判监督程序解释》并未采纳此种意见。《审判监督程序解释》第 29 条规定了不应指令原审法院再审的情形。根据反对解释，案件符合该等情形的，将被提审（当然也可能被指定再审）。

在确定由上一级法院提审为主的原则下，立法并没有把上一级法院作为审理再审案件的唯一法院，考虑到减轻上一级法院的审判压力及便利当事人诉讼等原因，仍然保留了原审人民法院及原审同级其他法院对再审案件的审理权。

（二）指令原审法院再审

这里的指令原审法院再审，是指由做出再审裁定的上一级法院指令做出生效裁判的原审人民法院对再审案件进行审理。按照《审判监督程序解释》第 27 条的规定，最高院、高院也可以指令原审人民法院再审。这一规定包含以下两重含义：其一，只有最

---

① 参见宋冰：《读本：美国与德国的司法制度及司法程序》，中国政法大学出版社 1998 年版，第 415 页。

高院和高院可以指令原审人民法院再审，即如果做出再审裁定的是中级人民法院，其只能提审，而不能指令原审人民法院再审，这和民诉法的规定是一致的，排除了基层人民法院对再审案件的管辖权。其二，指令再审应在上级法院作出再审裁定之后。

民事诉讼法修订前，在我国司法实践中，指令原审法院再审，是一种普遍被采用的再审模式，比如"吕其峰等与安宁市太平镇读书铺村民委员会小河边村民小组财产损害赔偿纠纷申请再审案"，再审申请人吕其峰、何世存、吕燕宏与安宁市太平镇读书铺村民委员会小河边村民小组（以下简称村民小组）财产损害赔偿纠纷一案，不服云南省昆明市中级人民法院［2008］昆民三终字第153号民事判决，向云南省高院申请再审。云南省高院经审查认为，再审申请人的再审申请符合《民事诉讼法》规定的再审情形，做出［2008］云高民申字第169号裁定，指令云南省昆明市中级人民法院再审。

虽然由原审法院审理再审案件是一种比较普遍的再审模式，但在我国的司法实践中，这种模式一直备受争议，总的来说，理论界和实务界认为，此种模式存在以下弊端：

第一，原审法院审理再审案件，不利于树立再审裁判的司法权威。一般而言，原审法院级别较低，法官的经验及影响力决定了由其作出"最后的审判"不利于树立再审裁判的权威性，也有悖再审设立的司法目的。根据我国法律关于诉讼管辖的规定，大多数民事案件一审由基层人民法院管辖，且多数民事案件经基层人民法院审理即告终结，这就导致了再审案件这一作为诉讼阶段最后救济手段的"最后的审判"在基层人民法院即告完结，这似乎与"最后的审判"的地位和效力不相符合，也使得再审裁判因缺失权威性而难以获得当事人的信服。比如"袁发学与重庆市武隆县交通开发总公司人身损害赔偿纠纷再审案",原审原告袁发学(再审申请人)与原审被告重庆市武隆县交通开发总公司(再审被申请人)人身损害赔偿纠纷一案,重庆市武隆县法院于2005年5月25日作出〔2005〕武民初字第571号民事判决,发生法律效力。原审原告袁发学不服,于2006年8月16日向重庆市武隆县法院提出再审申请。重庆武隆县法院于2007年8月31日作出〔2007〕武民监字第11号民事裁定书,裁定本案由本院另行组成合议庭进行再审,后该院于2007年11月16日开庭审理此案,并做出了再审判决。这是一起基层人民法院对再审案件进行审理的典型案例。

第二,原审法院审理再审案件,与我国现行司法制度存在抵触,不利于司法审判的客观性。按照我国法院的司法体制,通常原审法院的生效裁判已经本院院长审批或经本院审判委员会讨论确认,而院长和审判委员会是由法院内部最专业和权威的法官组成,其对案件的判定在原审法院具有绝对的权威和影响力,再审法官对事实和法律的判断在客观上很容易受其影响。另外,再审申请人因对裁判不满而提起再审申请,其在主观上已不再信任原审人民法院,即使原审法院能够做到客观公正,若由其审理再审案件,从当事人的心理角度而言,也不利于发挥再审程序消解、平息民事纠纷的功能。

第三,原审法院审理再审案件,易受到法院内部的司法干预,不利于司法独立。错案追究制下,原审法官的存在容易对再审案件造成不当影响。我国法院实行错案追究制度,错案率往往同原审法官的私人利益相关联,将案件交由原审法院管辖很可能由于同一法院间法官之间的利害关系而产生不当的干预和影响。当然，认为存在干预情况，隐含着对法官自我纠错道德水平的否定性评价，但不可否认的是，在现行制度下，原审法官的干预即使不是普遍的现象，也是无法完全避免的。而影响的情况则是指再审法官对案件事实和法律的判断因对原审法官身份、地位或权威性的顾忌而自觉或不自觉地受到其影响。

第四，由原审法院审理再审案件，有碍再审的司法公正。一般而言，原审法院最接近当事人所在地，容易受到来自各方的干扰而影响审判的公正性。根据我国民事诉讼管辖的规定，一审法院的法定管辖地一般为当事人所在地或事实发生地，而约定管辖中约定范围也与当事人所在地或事实发生地相关，一般事实发生地也与当事人所在地较接近，因此，原审法院一般都最接近当事人所在地，当事人容易动用其所在地的关系网及其他利害关系来干扰再审，这就在很大程度上影响再审对原审的纠错功能，也就使得再审的启动失去意义。

正因为原审人民法院审理再审案件具有如上种种弊端，此次《审判监督程序解释》将其作为一种辅助方式，同时，在《审判监督程序解释》的第 29 条，以列举加兜底的形式规定了不得指令原审人民法院再审的情况：

1. 原审人民法院对该案无管辖权的

管辖制度是我国民事诉讼法的基本制度，管辖权是人民法院对案件进行裁判的基础。修订后《民事诉讼法》第一百七十九条将"违反法律规定管辖错误"作为对生效裁判应当再审的情形，因为，若人民法院对案件没有管辖权，其就失去了对案件进行裁判的权力基础，无论其实体的审理结果是否正确，其都因为缺失权力基础而使得裁判的正当性不复存在，也难以获得公信力。也正因为如此，对于原审人民法院没有管辖权的案件，裁定再审的法院不应将其交回原审法院审理。

2. 审判人员在审理该案件时有贪污受贿，徇私舞弊，枉法裁判行为的

如上文中所述，原审法院由于其所在地及其他可能存在关联的关系，本身已不容易获得再审当事人及公众的信任，若审判人员在审理案件时还存在上述违法行为的，会进一步增加当事人及公众的不信任程度，由其作为再审案件的审理法院，很难使再审裁判获得当事人及公众的信服，从而降低了再审裁判结果的公信力，也就使得当事人难以达到申请再审的目的。

3. 原判决、裁定系经原审人民法院审判委员会讨论作出的

正如上文中所说，若原判决、裁定已经原审法院审判委员会认可，则对本案事实的认定和法律的适用在原审法院一定范围内已达成共识，而且审判委员会作为法院内部最高级别的审判组织，一般由法院内最具权威的资深法官组成，特殊的地位和权威很容易使本院的法官在再审审理中受到影响，即使原审法院能够做到足够客观公正，由其受理再审申请，从当事人的心理角度而言，也难以信服，不利于发挥再审程序消解、平息民事纠纷的功能。从实践来看，如原裁判已经审委会讨论，再行组织的合议庭很难作出与之不同的裁判。

4. 其他不宜指令原审人民法院再审的

此兜底性条款，赋予了裁定再审的上一级法院更大的自由裁量权来确定不宜指令原审法院再审的情况，也就在更大的程度上限制了原审法院审理再审案件的条件，这也再次表明了立法对于

原审法院再审进行严格限制的原则。根据以往的司法实践来看，再审申请人住所地不在原审法院辖区内的，一般不指令原审法院再审，此时上级法院通常会予以提审。如"大成工程股份有限公司因与施建文、大成工程股份有限公司山西太长高速公路第八合同段项目经理部建设施工合同纠纷再审案"。大成工程股份有限公司（住所地福建省厦门市湖里区嘉禾路488号之3）不服山西高院〔2007〕晋民终字第313号判决向最高院申请再审。最高院作出〔2008〕民申字第68号裁定提审本案。又如"中国工商银行东莞市虎门支行与河北省汽车工业贸易总公司汇明公司等汇票解付侵权纠纷再审案"。中国工商银行东莞市虎门支行（住所地东莞市虎门镇太沙路181号）不服河北高院〔1995〕冀经终字第26号民事判决，向最高院申请再审。2001年10月15日，最高院院以〔2001〕民二监字第45号民事裁定决定对本案提审。

我们看到，基于实践中原审法院再审可能带来的种种不利结果，此次《审判监督程序解释》不仅明确了其辅助的地位，而且对其适用做出了严格限制，不过，法律仍然没有完全排除原审法院对本院生效判决、裁定的再审权，在上一级法院提审为主的基础上保留了指定原审法院及其他法院再审的方式，我们认为，此乃立法在追求再审公正的同时保留了对于效率的兼顾：诚然，原审法院再审确实在客观上存在着种种影响公正裁判的不利因素，但是，这种因素并非在任何个案中都必然存在，比如，根据民事诉讼法的规定，提起再审的事由除了实体性问题之外，还包括一些诸如遗漏诉讼请求之类的程序性错误，同时再审申请人对原审法院的成见并不严重，在这类情况下，由原审法院通过再审纠正简单或明显的程序性错误则不失为一种选择，因为原审法院毕竟更了解案件情况，在不会影响再审公正性的情况下将案件交由原审法院再审，某种程度上利于对当事人及时救济。由于再审法院内部对于提审裁定和指令再审裁定的审查程序的不同，指令再审的程序相对较快，因此，在我国司法实践中，指令原审法院再审一直是更为常见的。虽然此次《审判监督程序解释》对于指令原审再审作出了以上限制性规定，但是其在实际操作中的限制作用并不强，比如其中枉法裁判的情形，在实践中并不常见，即使存在，举证方面也存在障碍，因此很难被认定，而兜底条款的情形相关法律并没有予以明确，往往是由法官自由裁量，在实践中法官对此兜底条款的适用一般也相对保守，所以，真正能够起到明确限制作用的只有"管辖错误"及"经原审法院审判委员会讨论作出的判决、裁定"这两种情形。同时，考虑到诉讼成本、审判成本以及上级法院的审判压力，我们认为，虽然此次《审判监督解释》对于提审给予了原则性的倾向，其是否能够改变以往司法实践中长期形成的以"指令再审"为主要形式的状况，还有待观望。

（三）指定其他法院再审

这里的指定其他法院再审，是指指定与原审人民法院同级的其他人民法院再审。根据《审判监督程序解释》第27条的规定，最高院、高院也可以指定与原审人民法院同级的其他人民法院再审。与指令原审法院再审一样，指定其他人民法院再审同样作为一种辅助方式而存在，并且这里的其他人民法院同样必须是同级的、中级以上人民法院。在我国的司法实践中，因当事人申请而裁定再审的案件，上一级法院提审或指令原审法院再审的情况比较普遍，指定原审同级其他法院再审的案例相对较少，但也不无先例，比如，"重庆市江津区农村信用合作联社先锋信用社与重庆市江津区福禄特技术开发有限责任公司等借款合同纠纷再审案"重庆市江津区农村信用合作联社先锋信用社（以下简称先锋信用社）与重庆市江津区福禄特技术开发有限责任公司（以下简称福禄特公司）、重庆市果树研究所先锋良种苗圃场（以下简称苗圃场）借款合同纠纷一案，原经江津市人民法院［2004］津民初字第1386号民事判决，福禄特公司不服，向重庆市第一中级人民法院提起上诉。重庆市第一中级人民法院作出［2004］渝一中民终字第3154号民事判决，已经发生法律效力。先锋信用社不服，向重庆市高院提出再审申请。重庆市高院于2007年10月18日作出［2007］渝高法民申字第462号民事裁定，指定重庆市第五中级人民法院进行再审。本案中，做出生效裁判的原审法院是重庆市第一中级人民法院，上一级法院重庆市高院裁定再审后，没有指令原审法院审理，而是指定了与原审法院同级的重庆市第五中级人民法院进行审理。

我们认为，在以上一级人民法院提审为主的前提下，相对于指令原审法院再审，指定与原审人民法院同级的其他人民法院审理再审案件更利于提高再审裁判的公信力。因为，与原审法院同级的其他法院与生效裁判没有关联关系，也不容易受到来自各方面的影响和干扰，其更容易独立、客观、公正的对再审案件做出裁判，符合再审审理对程序公正的价值追求。同时，也能起到对上级法院案件进行合理分流，减轻上级法院案件压力的目的。因此，我们认为，在司法实践中，在方便当事人诉讼的前提下，指定与原审人民法院同级的其他人民法院再审既可以避免原审法院再审的弊端，又可以适当减轻上级法院的审判压力，不失为一种平衡二者优劣的选择。此种情况，更适用于在同一直辖市下的中级人民法院之间指定，因为从地理区域而言，更方便当事人进行诉讼，而若由最高院指定跨省的高级法院再审或由高法指定跨市的中级法院再审，则为当事人带来的诉讼成本较高，需要权衡利弊而定。

二、法院依职权决定再审的案件

《民事诉讼法》第 177 条规定，各级人民法院院长对本院已经发生法律效力的判决、裁定，发现确有错误，认为需要再审的，应当提交审判委员会讨论决定。最高院对地方各级人民法院已经发生法律效力的判决、裁定，上级人民法院对下级人民法院已经发生法律效力的判决、裁定，发现确有错误的，有权提审或者指令下级人民法院再审。《民事诉讼法》对于此条规定未作修改，根据这一规定，法院依职权决定再审的案件，其审理法院的确定有以下几种情况：

（一）上级法院提审和指令再审

按照我国法律体系，最高院是地方各级人民法院的审判监督机关，上级人民法院是下级人民法院的审判监督机关。最高院对地方各级人民法院、上级人民法院对下级人民法院发现确有错误的判决、裁定进行提审和指令再审正是最高院对地方各级人民法院、上级人民法院对下级人民法院行使审判监督职能的体现，包括两种情况：

1. 提审。按照《民事诉讼法》的规定，最高院可以提审地方各级人民法院确有错误的判决和裁定，上级人民法院可以提审下级人民法院确有错误的判决和裁定。最高院对地方各级人民法院发现确有错误的判决和裁定进行提审，是最高院对地方各级人民法院行使审判监督权、纠正错案的方式。上级法院对下级法院发现确有错误的判决和裁定进行提审，是上级法院对下级法院行使审判监督权、纠正错案的方式，这里的上级人民法院应是指除了最高院以外的其他法院，从理论上而言，此处的上级不仅包括上一级，还应包括上两级法院，比如高院既可以提审中级人民法院确有错误的判决和裁定，也可以提审基层人民法院确有错误的判决和裁定，但是实践中，一般情况下，极少发生高院直接提审基层人民法院的案件，若高院认为基层法院的判决错误，通常会要求下一级法院提审，而不会自行提审。因此，上级法院依职权提审下级法院审结的案件，一般还是发生在上一级法院和下一级法院之间。

2. 指令原审法院再审。这里的指令再审是指指令做出生效裁判的原审人民法院对案件进行再审。最高院对地方各级人民法院的生效裁判，上级人民法院对下级人民法院的生效裁判，发现确有错误的，除了可以提审外，也可以指令原审人民法院再审，这同样是最高院和其他上级人民法院行使审判监督职能、纠正错案的方式。

（二）自行再审

自行再审是指人民法院对本院做出的生效裁判，发现确有错误的，自行进行再审审理。在这种方式下，再审的决定有一特殊的程序，即要由本院院长提交本院审判委员会讨论决定。实践中，由做出生效裁判的人民法院对本院的错误裁判自行决定再审，是各级人民法院自我监督、纠正错案的方式，如"罗忠华诉罗定烈损害赔偿纠纷再审案"，江西省赣县人民法院一审于2006

年7月31日作出［2006］赣民初字第223号民事判决，已经发生法律效力。2007年10月9日，江西省赣县人民法院以［2007］赣民监字第3号民事裁定，决定对本案再审，该院依法另行组成合议庭，公开开庭审理了本案，经审理，法院认为原审认定的事实所依据的证据不充分，依法应予以改判，且认为原审未真正组成合议庭进行审理，程序违法，经审判委员会讨论决定依法改判：撤销本院［2006］赣民初字第223号民事判决书；驳回原审原告罗忠华的诉讼请求。

三、检察院抗诉而裁定再审的案件

对于人民检察院抗诉而裁定再审的案件的审理，《民事诉讼法》第188条规定："人民检察院提出抗诉的案件，接受抗诉的人民法院应当自收到抗诉书之日起三十日内作出再审的裁定；有本法第一百七十九条第一款第（一）项至第（五）项规定情形之一的，可以交下一级人民法院再审。"因此，因检察院抗诉而提起再审，其审理法院的确定由如下两种方式：

（一）由接受抗诉的法院审理

《民事诉讼法》第187条规定，最高检对各级人民法院已经发生法律效力的判决、裁定，上级人民检察院对下级人民法院已经发生法律效力的判决、裁定，发现有本法第一百七十九条情形之一的，应当提出抗诉。按照此条规定，接受抗诉的人民法院应包括最高院和做出生效裁判的法院的上级人民法院。因此，若因最高检抗诉而裁定再审，则由接受抗诉的最高院审理；若因其他上级人民检察院抗诉而裁定再审，则由接受抗诉的其他上级法院审理。如"吉林省国土资源开发实业总公司与海南金岗实业投资公司合作开发地产项目合同纠纷再审案"。海南省中级人民法院一审作出〔2001〕海南民初字第 8 号民事判决后，原审被告吉林省国土资源开发实业总公司向海南省高院提起上诉，海南省高院审理后作出〔2001〕琼民终字第 28 号民事判决，驳回上诉、维持原判。吉林省国土资源开发实业总公司不服，向最高人民检察院申诉，2003 年 11 月 13 日，最高人民检察院以高检民抗〔2003〕26 号民事抗诉书，向最高院提起抗诉。最高院接受抗诉后，由本院对案件进行再审审理，并于 2004 年 12 月 29 日作出再审判决。这一案件即是由接受抗诉的最高院对最高人民检察院抗诉案件进行再审审理。再比如"海口长信房地产开发有限公司与邬敏浩商品房预售合同纠纷再审案"，邬敏浩因与海口长信房地产开发有限公司（以下简称长信公司）商品房预售合同纠纷，诉至海口市秀英区人民法院，海口市秀英区人民法院于 2006 年 7 月 3 日作出〔2006〕秀民一初字 217 号民事判决。邬敏浩不服，向海口市中级人民法院提出上诉。海口市中级人民法院于 2006 年 10 月 12 日作出〔2006〕海中法民一终字第 773 号民事判决（以下简称原判）。长信公司不服原判，向海南省人民检察院提出申诉，海南省人民检察院以〔2007〕琼检民行抗字第 16 号民事抗诉书向海南省高院提起抗诉。海南省高院于 2007 年 4 月 29 日作出〔2007〕琼民抗字第 24 号民事裁定书。裁定本院提审本案。此案中，因海南省人民检察院提起抗诉而裁定再审的案件，由接受抗诉并做出再审裁定的海南省高级人民法院对再审案件进行提审。

（二）由接受抗诉的法院交下一级法院审理

《民事诉讼法》规定五种情形可以交下一级人民法院再审，

这五种情形是《民事诉讼法》第179条规定的再审事由，在前面再审的申请事由中已有详细说明，此处不再赘述，主要是证据认定和提取方面的错误，法律规定了只有在这五种特定情形下接受抗诉的法院才能将再审案件交下一级法院审理。可见在因抗诉而裁定再审的案件中，由接受抗诉的法院进行审理是其一般原则，交下一级法院审理是其辅助方式。但是，对于此处的交下一级法院审理具体指原审法院还是其他法院，法律没有明确的规定。不过，根据《民事诉讼法》第187条，接受抗诉的法院可以是最高院或其他上级法院，而不限于上一级法院，则其下一级法院就不限于原审法院，而既包括原审法院，也包括原审法院的上级法院，还可能包括其他法院。但在实践中，指令原审法院再审的案件最为普遍，比如"中外合资华东联合制罐有限公司诉北京市昌宁产业有限责任公司加工承揽合同纠纷抗诉案"。江苏省高院对此案作出［1996］苏经终字第294号民事判决后，昌宁公司不服判决，向最高人民检察院申诉。最高人民检察院经审查认为：二审判决在认定事实和适用法律上均有错误，于1997年12月20日以高检发民行抗字［1997］第11号民事抗诉书就本案向最高院提出抗诉。最高院于1998年4月25日作出［1998］经指字第3号民事裁定书，指令江苏省高院对本案进行再审。这里的江苏省高院即是原审法院。

第二节　再审的审理范围

再审的审理范围解决的是在再审审理过程中，法院对生效裁判中哪一部分进行重新审理，并对此作出再审裁判的问题。审理范围的确定主要涉及到两方面的问题：一是要就原审裁判进行全面审理还是限制审理；二是对当事人提出的超出原审范围的诉讼请求是否审理。

《审判监督程序解释》出台前，对于以上两方面的问题，我国民诉法都没有明确的规定，在审判实践中，再审法院由于对再审定位的不同认识，以及对民诉法186条"按照一审、二审程序审理再审案件"含义的不同理解，产生不同的做法。有些法院对再审案件全面审理，有些法院仅审理诉讼请求部分；有些法院允许当事人变更、增加诉讼请求，有些法院不允许；甚至在法院内部审理案件的范围也不一致。

《审判监督程序解释》第33条规定：人民法院应当在具体的再审请求范围内或在抗诉支持当事人请求的范围内审理再审案件。当事人超出原审范围增加、变更诉讼请求的，不属于再审审理范围。但涉及国家利益、社会公共利益，或者当事人在原审诉讼中已经依法要求增加、变更诉讼请求，原审未予审理且客观上不能形成其他诉讼的除外。经再审裁定撤销原判决，发回重审后，当事人增加诉讼请求的，人民法院依照民事诉讼法第126条的规定处理。

可见，审监解释对再审审理范围规定的原则是：再审审理范围一般不得超出原审范围，另外，对于因当事人申请而启动的再审，其审理范围受原审范围限制的同时，不得超出当事人具体的再审请求范围；对于检察院抗诉启动的再审，其审理范围受原审范围限制的同时，不得超出抗诉支持当事人请求的范围，即在这两种情况下，再审的审理范围受到双重限制。

一、不得超出原审范围

不得超出原审范围，是确定再审审理范围的基本原则，即所有的再审案件，除非法定的例外情形，再审审理范围均不得超出原审范围。不得超出原审范围是指当事人超出原审范围增加、变更的诉讼请求再审中一般不予审理。这一原则并未将按照一审程序审理的再审案件与按照二审程序审理的再审案件区别对待，而采用了一律限制原则。即无论再审案件的生效裁定、判决是一审作出的，还是二审作出的，在再审审理过程中，当事人超出原审范围增加、变更的诉讼请求都不会被列入审理范围，当然，符合例外规定的除外。

（一）当事人超出原审范围的诉讼请求一般不予受理

在《审判监督程序解释》出台前，对于当事人在再审中增加、变更的诉讼请求是否列入审理范围，我国立法并未予以明确规定，司法实践中，对于应当如何处理再审程序中当事人增加、变更的诉讼请求，理论界和实践界进行过激烈的争论和探讨，其中，主要有三种不同的观点：

第一种观点是"当事人处分权"说。此种观点认为，依据处分原则，无论是按照一审程序审理的再审案件，还是按照二审程序审理的再审案件，当事人均可以变更、增加诉讼请求，人民法院应当对此进行审理。所谓处分原则，也称处分权主义，是指当事人在民事诉讼中有依法充分表达自己的意愿，决定是否行使诉讼权利以及如何行使诉讼权利，不受他方干涉的自由选择权，并借此处分自己的民事权利，也即在法律规定的范围内，当事人有权处分自己的民事权利和诉讼权利的原则。①。

　　第二种观点是适用程序说。此观点认为，依据法律对于再审审理适用程序的规定，可以得出如何处理再审中当事人增加、变更诉讼请求的结论：按照二审程序审理的再审案件，对增加、变更的诉讼请求进行调解，调解不成的，另行起诉；按照一审程序审理的再审案件，当事人可以增加、变更诉讼请求。《最高院关于适用〈中华人民共和国民事诉讼法〉若干问题的意见》（以下简称民诉意见）第一百八十四条规定：在第二审程序中，原审原告增加独立的诉讼请求或原审被告提出反诉的，第二审人民法院可以根据当事人自愿的原则就新增加的诉讼请求或反诉进行调解，调解不成的，告知当事人另行起诉。而依据民诉法规定，再审案件中，生效的判决裁定是由一审法院作出的，按照一审程序审理；生效的判决裁定是由二审法院作出的，按照二审程序审理。依此规定推理，似乎可以认为，在按照二审程序审理的再审案件中，再审法院可以进行调解，调解不成告知另行起诉。而按此逻辑推理，似乎按照一审程序审理的案件，当事人也可以依据一审审理的规定增加、变更诉讼请求，但是，"按照一审或二审程序审理"这一规定，是否包含按照一审或二审程序处理当事人

---

　　① 参见李祖军主编：《民事诉讼法学论点要览》，法律出版社2001年2月第1版，第61－62页。

增加、变更的诉讼请求，是否意味着完全赋予当事人在一审或二审程序中享有的所有诉讼权利，还是仅指"按照一审或二审程序审理后，所作的判决、裁定可以上诉或是发生法律效力的判决、裁定"，立法并未予以明确，我们认为，此推理缺乏理论依据。

第三种观点是限制说，认为无论是再审案件的生效裁判是由一审法院作出的还是由二审法院作出的，其从本质上都是既定裁判，再审审理虽然准用一审、二审程序，但并不等同于一、二审程序，并不是对一、二审程序的重复，其是纠正错误裁判的救济程序，其审理目的是确定原生效裁判对事实的认定和法律的适用是否正确，如果允许当事人在再审审理中增加、变更诉讼请求，就会导致纠错程序对原审没有出现过的裁判进行审理，偏离了再审审理的目的，也会使得生效裁判在不存在错误的情况下因为当事人诉讼请求的变化而被改判。

最高院曾在有关再审案件中，阐明了对再审案件审理范围的态度。如"中国有色金属工业长沙勘察设计研究院与海南省汇富房地产开发公司长沙公司、海南省汇富房地产开发公司合作建房合同纠纷案"[①]。本案中，湖南高院于 1998 年 3 月 19 日作出〔1997〕湘民初字第 7 号民事调解书，已经发生法律效力。案外人中国东方资产管理公司长沙办事处（以下简称东方资产公司长沙办事处）提出异议。湖南高院于 2004 年 9 月 8 日作出〔2004〕湘高法民监字第 148 号民事裁定，决定对该案进行再审。在此期间，湖南雄新建筑有限公司（以下简称雄新公司）受让东方资产公司长沙办事处的债权，并申请参加诉讼。湖南省高级人民法院

---

① 参见宋春雨："如何确定民事再审案件的审理范围"，载于黄松有主编：《民事审判指导与参考》，法律出版社 2007 年 12 月第 1 版，第 234 页。

依法另行组成合议庭，追加了雄新公司为本案第三人，并于2006年2月21日作出［2004］湘高法民再字第148号民事判决。中国有色金属工业长沙勘察设计研究院不服该判决，向最高院提起上诉。最高院作出的［2006］民一终字第28号认为"本案一审程序系湖南省高级人民法院基于审判监督程序提起，因此，本案的审理范围应当受原审审理范围的限制。由于原审调解协议达成前，雄新公司受让的抵押权已经湖南省长沙市天心区人民法院［1997］天经初字第354号和367号生效民事判决确认，基于抵押权的追及效力，抵押权人可以向抵押物的最终受让人追偿，故该项抵押权已经获得可以在执行程序中实现的法律依据。原审中，长勘院与汇富公司、汇富长沙公司之间的合作建房合同纠纷并不涉及土地抵押权的内容。故一审判决在维持原审调解协议的同时，对抵押权作出处理，超出了原审的审理范围。"

《审判监督程序解释》采纳了第三种观点，即无论再审审理适用一审程序还是二审程序，当事人超出原审范围增加、变更诉讼请求的，都不属于再审审理范围。

（二）不得超出原审范围的例外规定

在原审范围的限制下，司法解释以列举的方式确定了两种将当事人增加、变更的诉讼请求列入再审审理范围的情况：

第一、当事人增加、变更的诉讼请求涉及国家利益或社会公共利益的。

第二、当事人在原审诉讼中已经依法要求增加、变更诉讼请求，原审未予审理且客观上不能形成其他诉讼的，也属于以原审范围为限的例外情形，此情形成立需要同时满足下列条件：当事人原审中已要求增加、变更诉讼请求，但原审法院未审理；而且当事人不可能通过另诉解决。在这种情况下，被原审法院遗漏的诉讼请求如果不通过再审解决，当事人将失去最后的救济渠道。因此，立法将此情形列入再审审理范围。

另，《审判监督程序解释》第33条规定了再审裁定撤销原判、发回重审的，可以按照民诉法第126条处理：原告增加诉讼请求，被告提出反诉，第三人提出与本案有关的诉讼请求，可以合并审理。但应注意，此条并不是对再审审理中当事人增加、变更诉讼请求的处理，因为再审裁定撤销原判发回重审是再审审理后作出的裁决结果，发回重审后进行的审理已不是再审审理，而是重新审理，因此，此条规定并不是再审审理范围限制的例外规定。

二、不得超出再审请求或抗诉支持再审请求的范围

人民法院在具体的再审请求范围内或在抗诉支持当事人请求的范围内审理再审案件，对于再审申请中或抗诉支持的请求中没有主张的，人民法院在再审程序中不予审理。这是在再审审理范围不得超出原审范围的基本原则之上，对于因当事人申请而裁定再审的案件和因检察院抗诉而裁定再审的案件的审理范围作出的又一层限制，即其包含两方面的内容：

（一）因当事人申请裁定再审的案件

因当事人申请而裁定再审的案件，其审理范围即不得超出原审范围，也不得超出当事人再审请求范围，即法院只对当事人在原审范围内提出的再审请求进行审理。其包含两重含义，一是对于当事人超出原审范围增加的诉讼请求不予审理，二是对于虽属于原审范围，但当事人没有提出再审请求的部分也不予审理。第

一点在上一问题中已经阐述，这里集中分析第二点。以当事人申请引发的再审审理程序，主要是通过法定程序，对生效裁判中当事人有争议的部分作出事实认定和法律适用是否正确的评价。我国《民事诉讼法》最初设立审判监督程序是想通过公权力对裁判的监督和纠正达到司法公正的目的，但是随着法制的发展，当事人在再审申请中的地位在逐渐强化。1991 年德国《民事诉讼法》以当事人的申请再审权取代了申诉，从立法上确定了当事人启动再审的权利，虽然其规定非常不完善，但在当时仍然具有进步意义。本次《民事诉讼法》的修改，在再审部分以保障当事人申请再审权的实现，解决"申请再审难"为主要着眼点，进一步落实并强化了当事人在再审申请中的法律地位。因此，我们认为，虽然实现司法公正仍然是再审程序的重要功能，但再审程序在实现司法公正的大方向下，保障当事人申请再审权利的落实乃是目前主要的着眼点，要通过再审程序对当事人不服的部分作出最终评价，从而达到制止纷争的"息诉"的目的，因此，其只应对当事人有争议的事实认定和法律适用进行审理作出评价，而对于生效裁判中当事人已经认可的部分，除非在特别情况下，由人民法院和检察院依职权介入，否则，奉行"不告不理"原则，不应也没有必要进行审理。

（二）因抗诉裁定再审的案件

因检察院抗诉而裁定再审的案件，其审理范围不得超出原审范围，也不得超出抗诉支持当事人请求的范围，即法院只对在原审范围内，检察院抗诉支持当事人请求的部分进行审理。其具有两重含义：第一，检察院抗诉超出了原审范围的部分不予审理；第二，即使在原审范围内，检察院抗诉超出当事人请求范围的部分不予审理。同样，第一点前面已经阐述，我们在此分析第二点。此条规定表明，在民事再审中，即使是因检察院抗诉而启动的再审程序，当事人不服亦是启动再审的根本原因，当事人的请求亦是再审审理不可逾越的界限，只不过这种请求以检察院抗诉支持的形式出现，而法院不再有权力在当事人申请抗诉的范围之外增加审理内容，我们认为，《审判监督程序解释》的这一规定再次表明了我国再审程序正在由公权力监督为核心向当事人主义转变。2001 年最高院《全国审判监督工作座谈会关于当前审判监督工作若干问题的纪要》规定：抗诉案件的审理应围绕人民检察院抗诉内容进行。抗诉内容与当事人申请再审理由不一致的，原则上应以检察机关的抗诉书为准。从这一规定可以看出，以公权力为代表的检察机关曾一度被视为凌驾于当事人之上的诉讼主体，而以其超越当事人主张的抗诉主张为审理范围，按照举证责任原则是否再审案件中的举证责任应由其承担？这似乎与司法实践中的做法并不一致。按照检察院在民事再审中的地位和职能，检察机关作为独立于审判的司法监督机构，其依据民事诉讼法提起抗诉而启动再审的作用应是支持申请再审的当事人获得最终救济，一旦依法启动了再审程序，其抗诉即告完成，而实质上，抗诉也仅仅是民事再审的启动事由，审理过程中的双方仍应是申请抗诉的当事人和被申请人，这才符合民事诉讼系审理当事人之间争议的本质特征。各国的立法中，很多国家都已在立法中确定了与此相似的原则：比如法国民事诉讼法第 602 条规定："如果再审理由只是用裁判中的一个要点，则只对该要点进行再审，除非其他要点与该要求有从属关系"；而日本民事诉讼法第 348 条更是明确规定："在再审开始的裁定被确定时，法院在不服声明的限度内，进行本案的审理和裁判。"德国民事诉讼法第 590 条规定："在声明不服的理由所涉及的范围内，应就本案进行新的辩论"。

三、从律师角度看确立再审范围的实践意义

审监解释对再审范围作以明确化、限制化的规定，不仅为当事人参与再审指明了方向，减少了不必要的诉讼，节省了司法资源，同时对于律师再审实务也有一定的实践意义。

首先，提高了当事人的诉讼地位、加强了律师在再审中的作用。《审判监督程序解释》以当事人请求为核心确立再审的审理范围，是对当事人诉权的保障，这一原则提高当事人在再审审理中的诉讼地位和参与度，而律师作为当事人的代理人参与诉讼、行使权利，当事人在再审中权利的范围、诉讼地位和参与度，直接决定了律师在再审中的权利和对民事再审的参与度，因此，《审判监督程序解释》对再审审理范围的确立加强了律师在再审审理中的作用。

其次，为律师代理工作指明方向，利于充分发挥律师在再审中的作用。在《审判监督程序解释》出台之前，我国法律对于再审的审理范围缺少统一的规定，实践中不同的法院和法官对再审的定位和价值的不同理解对个案确定的不同的审理范围，这就使得律师无法预期对庭审内容进行合理判断，使得准备庭审的工作缺少针对性，审理范围的明确化，使得代理律师能够更有针对性地准备庭审，为律师代理工作指明了方向，利于充分发挥律师在再审审理中的作用。

再次，节省了司法资源、降低了当事人的诉讼成本。由于之

前对于再审范围没有明确的规定，当事人对于自己在再审中增加、变更诉讼请求的处理结果没有合理预期，实践中，当事人随意增加、变更诉讼请求的现象经常出现，不仅浪费了法院的司法资源，也增加了当事人参加诉讼的时间成本。审理范围的确定，使得当事人可以预期对自己增加、变更诉讼请求的处理结果作出判断，从而减少不必要的诉讼请求，节省了司法资源，也降低了当事人的成本。

第三节　再审的审理程序和审理方式

修订后的《民事诉讼法》第186条是对审理程序的规定，其没有为再审审理规定专门的审理程序，而是准用原审程序对再审案件进行审理，经再审审理后作出裁判的效力也根据审理程序而不同。此次民诉法修订对于再审案件的审理程序未作修改，仅在审监程序中对诉讼参加人的发言顺序作出了具体规定。

在审理方式上，《审判监督程序解释》确立了再审案件的开庭审理原则，

一、再审审理程序

（一）准用生效裁判的审理程序

根据《民事诉讼法》第186条的规定，再审审理程序准用原审的审理程序，其包括如下三个方面：

1. 人民法院按照审判监督程序再审的案件，发生法律效力的

判决、裁定是由第一审法院作出的，按照第一审程序审理，所作的判决、裁定，当事人可以上诉。比如"李龙生与张向前买卖合同纠纷再审案"。李龙生与张向前买卖合同纠纷一案，一审由宁都县人民法院于 2007 年 7 月 27 日作出 [2006] 宁民二初字第 934 号民事判决，已经发生法律效力。李龙生不服，向原审人民法院提起申诉，经原审人民法院审查，于 2007 年 12 月 12 日裁定对本案进行再审。原审人民法院再审后于 2008 年 6 月 22 日作出 [2008] 宁民再初字第 01 号民事判决，李龙生不服，向江西省赣州市中级人民法院提起上诉。江西省赣州市中级人民法院依法组成合议庭审理了本案，现已审理终结。本案中，做出生效判决的法院是一审法院宁都县人民法院，原审法院是再审的审理法院，不存在上级法院提审的问题，因此，再审适用一审程序进行审理，再审作出的判决、裁定可以上诉。

2. 发生法律效力的判决、裁定是由第二审法院作出的，按照第二审程序审理，所作的判决、裁定，是发生法律效力的判决、裁定。比如"陈智与张康来夫妻离婚后财产纠纷再审案"。湛江市赤坎区人民法院在 [2005] 赤民一初字第 197 号民事判决书中对本案做出一审判决，后陈智不服一审判决，向广东省湛江市中级人民法院提起上诉，上诉法院经审理，于 2006 年 6 月 2 日作出 [2006] 湛中法民一终字第 150 号民事判决，部分维持了一审判决。此判决为终审判决，后陈智不服，向二审法院申请再审，二审法院审理后作出 [2007] 湛中法民再字第 69 号判决，同时在判决书中表述此判决为终审判决。

3. 上级人民法院按照审判监督程序提审的，按照第二审程序审理，所作的判决、裁定是发生法律效力的判决、裁定。在上级人民法院按照审判监督程序提审的情况下，无论生效裁判是由一审法院做出的，还是由二审法院做出的，一律适用二审程序进行审理。比如"黄定国与华坪县焱光实业有限公司承包合同纠纷再审案"。黄定国与华坪县焱光实业有限公司（以下简称焱光公司）承包合同纠纷一案，华坪县人民法院一审审理、判决后，黄定国不服，上诉至丽江地区中级人民法院，丽江地区中级人民法院于2002年8月29日作出〔2002〕丽中审监字第5号民事判决，维持原判，已经发生法律效力。黄定国不服，向云南省高院申请再审，本院于2007年11月1日作出〔2007〕云高民二监字第41号民事裁定书，决定对本案进行提审，后依法组成合议庭，于2008年3月25日公开开庭审理了本案，并做出终审判决。

（二）诉讼参加人的诉辩顺序

《审判监督程序解释》第32条规定了诉讼参加人在庭审中的发言顺序，这是我国法律首次对再审审理的发言顺序作此规定。如前所述，再审案件按照原一审或二审程序进行审理，但是原程序中当事人的地位分别是原告、被告或上诉人、被上诉人，而再审程序中的身份表述与此并不一致，由于再审启动主体的不同，到庭参加诉讼的人员及身份表述也会不同：比如再审由检察院抗诉启动时，检察院要派员到庭，这种情况在原审中就不会出现，因此，仅适用原审程序对诉辩顺序的规定并不能解决问题，本条中依据再审不同启动主体划分了各方在庭审中的发言顺序：

1. 因当事人申请裁定再审的，先由申请再审人陈述再审请求及理由，后由被申请人答辩及其他原审当事人发表意见。因当事人申请而裁定再审的，只有申请人、被申请人及原审当事人参加诉讼，其中这里的原审当事人主要指没有申请再审的原告、没有成为被申请人的被告及原审第三人等。

2. 因人民检察院抗诉裁定再审的，先由抗诉机关宣读抗诉书，再由申请抗诉的当事人陈述，后由被申请人答辩及其他原审当事人发表意见。《民事诉讼法》第190条规定，人民检察院提出抗诉的案件，人民法院再审时，应当通知人民检察院派员出席法庭。因此，因检察院抗诉而裁定再审的案件，开庭审理时，除了各方当事人外，还有人民检察院所派人员，这在原审程序中是没有涉及的，在《审判监督程序解释》出台之前，我国法律没有对此顺序作出规定，但司法实践中的一般做法与此解释是一致的，即检察院所派人员先当庭宣读抗诉书，之后，各方当事人再按照当事人之间的顺位进行诉辩。此条规定除了把司法实践中的各方发言顺序予以确定之外，也确立了抗诉机关在再审审理中的地位和作用：宣读抗诉书以启动再审。再审后，诉辩即在申请抗诉的当事人和被申请人之间进行。

3. 人民法院依职权裁定再审的，当事人按照其在原审中的诉讼地位依次发表意见。根据《民事诉讼法》第177条的规定，在法定情形下，人民法院可以依职权裁定再审，在此情形下，不存在申请再审的当事人，因此，当事人在庭审中仍然按照原审中的诉讼地位发表意见。

二、再审审理方式

《审判监督程序解释》第31条确定了再审案件的开庭审理原则及其例外：人民法院审理再审案件应当开庭审理。但按照第二审程序审理的，双方当事人已经其他方式充分表达意见，且书面同意不开庭审理的除外。

（一）开庭审理原则

所谓开庭审理，是指"法院在当事人及其他诉讼参加人的参加下，依照法定的形式和程序，在法庭上对民事案件进行实体审理的诉讼活动过程"。[①] 我们认为，民事再审案件开庭审理，最有利于实现民事再审的程序公正和实体公正。

首先，庭审作为民事诉讼的核心程序，是当事人集中进行诉辩的过程，而再审程序作为一种特殊的纠错和救济程序，是双方当事人表达观点，进行诉辩的最后程序，应尽可能给予当事人以充分救济的机会，只有通过法定程序给予双方当事人彻底的表达自己观点，就争议事项进行充分论辩的机会，才能够使其对再审程序产生信赖，从而信服这一程序产生的结果，公正、彻底的解决当事人的诉求，正如《布莱克法律词典》中所述，"任何权益受判决结果影响的当事人都享有被告知和陈述自己意见并获得庭审的权利……合理的告知、获得庭审的机会以及提出主张和抗辩等都包含在'程序性正当程序'一语中"。[②] 因此，通过给予程序本身以充分的重视和保障来获得当事人对判决结果的信服即是程序公正的核心含义。而开庭审理，能使当事人充分行使其在再审程序中的诉辩权利，使其得到程序公正而获得其对判决结果的信服。

其次，法院运用开庭审理方式处理案件，更易于全面核实证据、查清案件事实，在充分了解双方当事人的主张和抗辩的基础

[①] 参见江伟主编：《民事诉讼法》，中国人民大学出版社 2000 年版，第 217 页。

[②] 参见江伟主编：《民事诉讼法》，中国人民大学出版社 2000 年版，第 217 页。

上进行判断，也更利于法官对案件作出公正的判决。

（二）开庭审理原则的例外

《审判监督程序解释》出台前，民诉法并没有对再审开庭审理作出具体规定，只规定再审审理适用原审程序，而按照我国民诉法对一审、二审程序的规定，一审普通程序一般都是开庭审理，二审程序规定在一定情形下可以"径行裁判的情况"，《民事诉讼法》第一百五十二条规定：第二审人民法院对上诉案件，应当组成合议庭，开庭审理。经过阅卷和调查，询问当事人，在事实核对清楚后，合议庭认为不需要开庭审理的，也可以径行判决、裁定。即我国民事诉讼法中只有二审程序存在在一定条件下可以不开庭审理的例外情况，《审判监督程序解释》对再审开庭审理原则的例外规定同样只适用于按照二审程序审理的再审案件，且对于不开庭审理的条件作出限制，同时满足以下条件时，可以不开庭审理：

（1）按照二审程序审理。根据民诉法的规定，按照二审程序审理再审案件，有两种可能，一是原生效裁判是由二审法院作出的，二是裁定再审的案件由上一级人民法院提审。若按照一审程序审理再审案件，则不存例外情况，必须开庭审理。

（2）双方当事人已经其他方式充分表达意见。这里对当事人充分表达意见的方式并没有做出具体的规定，在司法实践中，除开庭审理之外，主要有通过书面方式表达意见，以及询问当事人（司法实践中也称为"谈话"）等方式。

（3）双方当事人已书面同意不开庭审理。这一条件有两个要求：一是必须双方当事人均做出同意表示，任何一方不同意则条件不成就，这一要求实际上赋予了当事人对于不开庭审理决定的

"一票否决权"，在一定程度上起到了保障当事人诉讼权利的作用；二是同意的意思表示要以书面方式体现，即当事人口头表示同意的也不能视为同意。

我国法律对开庭审理原则做出例外规定，是具有其现实意义的。现实中有些案件开庭审理确实存在障碍或没有必要开庭审理，实践中常常遇到的情况有以下几种：第一是再审管辖法院离当事人所在地相距较远，当事人到庭参加诉讼成本过高；第二是当事人对于原审事实认定并没有争议或争议不大，仅仅是法律适用或程序错误。我们认为，在上述两种情况下，如果当事人已经通过书面或谈话等方式充分表达了自己对原审的意见，法院也足以据此查清事实，且当事人自身也认为没有开庭审理的必要，则从尊重当事人意思自治及节约司法资源的角度考虑，给予开庭审理原则以变通，更利于高效的解决问题。不过，从再审程序的价值追求来讲，为最大可能的保障再审的程序公正和实体公正，开庭审理原则仍然是人民法院审理案件最主要的且普遍适用的审理方式。

三、再审庭审的律师实务

律师在诉讼案件中的工作和作用主要通过庭审过程表现出来，审监解释规定再审以开庭审理为原则，加重了庭审过程对于最终判决的影响，从而也就加强了代理律师在再审中的作用，代理律师只有针对再审庭审程序的特点做好充足的准备工作，才能充分发挥其作用。

（一）再审庭审对代理律师的基本要求

从律师角度而言，同普通诉讼一样，做到全面细致的准备是最基本的要求，具体体现在再审庭审中主要是针对再审庭审以下几个特点做好相应的准备工作：

1. 庭审阶段合议庭成员全部到庭，在此阶段阐述的观点最有可能对合议庭产生影响，代理律师应把握机会，对己方观点充分阐述，《民事诉讼法》第一百八十六条规定：人民法院审理再审案件，应当另行组成合议庭。在再审阶段，不存在独任审判的问题，合议庭成员人数也相对较多，庭审时，合议庭成员会全部到庭听取双方当事人的阐述，相对于其他方式审理，当庭阐述观点更容易对合议庭的成员留下印象，从而影响其对案件事实的判断。作为代理律师，一定要利用机会，事先对己方观点做好证据组织和逻辑论证方面的准备，充分利用庭审时机，尽可能向合议庭充分阐述观点。

2. 再审阶段合议庭会直接针对焦点问题进行询问，代理律师应对原审案卷仔细研究，对焦点问题有精准的把握。再审程序作为对生效判决的纠错程序和救济程序，其本身即因为当事人对生效判决有争议而启动，其审理过程不会再像普通程序一样对全部事实进行一一论述，合议庭一般会按照当事人的申请或检察院抗诉支持当事人的申请归纳出焦点问题，并就此焦点问题直接向当事人双方进行询问和调查，并据此进行审理作出裁判。因此，焦点问题的确认和把握对当事人能否实现诉讼目的起着至关重要的作用，一般而言，法官会就合议庭归纳出的焦点问题和当事人双方进行确认，询问其是否认可法庭归纳的焦点问题，若不认可就请其提出自己认为的焦点问题，此时，代理律师应迅速作出判断并回答，这就要求代理律师庭审前对原审判决做好仔细的研究，归纳出焦点问题，否则，将会失去庭审的绝佳机会。

3. 再审阶段法官有可能针对原审判决中的具体细节进行询问，代理律师应事先仔细研读生效裁判，特别是有争议的部分。因为再审程序的目的主要是对生效裁判中可能存在错误的部分进行纠正，在再审庭审中，法官经常会针对生效裁判中具体的细节问题向当事人进行询问，比如问对生效裁判中的哪一条有争议，甚至问认为生效裁判中哪句话是错的，这就要求代理律师对生效裁判中的每句话都非常熟悉，要把案件的焦点、己方的主张与生效裁判中的具体内容联系起来，有针对性地进行论述，而不能脱离生效裁判泛泛的谈论，否则，不仅会在法官询问时显得措手不及，阐述的观点也会由于被认为与生效裁判没有直接的联系而被忽略。

（二）再审庭审程序中的具体实务问题

1. 再审争议焦点的归纳

在再审审理中，合议庭会就其归纳出的焦点问题向代理律师进行确认，并围绕确认后的焦点问题进行审理，若代理律师认为的焦点问题不同于合议庭，需要向合议庭提出并说明理由，这就要求代理律师在庭审前对焦点问题做出自己的归纳和判断，实务中，可以按照以下几个步骤来归纳焦点问题：

（1）明确原审中的争议焦点。

按照我国法律对于再审范围的规定，再审的审理范围一般不超出原审范围，因此，原审中的争议焦点可以说是确定再审争议焦点的基础，一般说来，原审中的争议焦点有以下几方面：

第一，当事人之间的权利义务的争议。即在双方当事人之间是否存在权利和义务，谁是权利的享有者和义务的承担者、权利义务的内容是什么等。

第二，案件事实的争议。一般说来，案件事实是构成权利义务的基础，包括双方权利义务是通过什么事实确定的，权利义务的履行事实等。

第三，证据的争议焦点。主要是对证据真实性及关联性的认定问题。

第四，法律适用的争议焦点。即双方所主张的事实适用哪条法律。虽然适用法律是法官来确定的问题，但是双方仍需就自己的主张所依据的法律提出观点。

代理再审的律师并不一定是原审的代理律师，因此，对于原审的争议焦点，需要通过查询原审案卷、阅读原审判决书等方式来明确原审中涉及的争议焦点。

（2）选出可以从原审的争议焦点中排除的部分。

确定原审中的争议焦点后，在其中排除不属于再审争议焦点的部分。排除工作可从以下几方面进行：

第一，排除不属于再审范围的部分：根据我国法律关于再审范围的规定，对于虽属于原审范围，但是当事人在再审请求中或抗诉中没有提及的部分，是不属于再审审理范围的，因此，代理律师可通过阅读再审申请书及抗诉书等文件，明确当事人的再审请求和检察院的抗诉请求，并在确定的原审争议焦点中，将再审请求和抗诉中没有提及的部分排除。

第二，排除在原审中当事人已经承认的事实：根据我国法律关于禁止反言的规定，对于当事人在庭审中承认的事实，非法定事由不能反悔。因此，对于虽然在原审中有过争议，但是在原审庭审中已经当事人承认的事实，可排除在再审的争议焦点之外。

（3）明确再审是否存在新的诉讼请求和证据。

根据我国法律规定，虽然原则上再审的审理范围不得超出原审范围，但是在法定情形下，当事人的新的诉讼请求可列入再审范围，因此，若当事人在再审申请中提出了符合法定条件的新的诉讼请求，此诉讼请求所涉及的相关事实一般会成为再审中的争议焦点，因此，若当事人在再审申请中增加了符合法定受理条件的新的诉讼请求，代理律师需将其涉及的相关事实一并列入争议焦点的准备范围。

另外，根据修改后的《民事诉讼法》的规定，新证据也是再审的申请事由之一，若存在符合法定条件的新证据，代理律师亦应将新证据涉及的问题列入再审争议焦点的准备范围。

2. 指出生效裁判中的错误

如上所述，在再审庭审中，合议庭可能会询问代理律师生效裁判中的哪一点、具体哪一句话是错误的，对于此问题，可从以下几方面进行准备：

第一，作出标示。庭审前认真阅读原审裁判，笼统的总结出原审判决的错误方面是不够的，要找出错误的载体，即原审裁判中的错误体现在哪一句话中，并在裁判文书中以明显的图标标示出来，以便回答合议庭的时候可以迅速准确的找到。

第二，确认错误性质并阐述理由和依据。在找出原审裁判的错误点并标示后，要确认此句话的错误属于事实认定错误还是法律适用错误，以便可以当庭提示合议庭，因为再审对于事实认定错误和法律适用错误的裁判结果和处理方式是不同的，代理律师在指出错误之处后，对其定性可以给法官以一定影响。其次，要准备阐述理由和依据，这也是合议庭可能在庭审中问到的。

第三，指出我方认为正确的观点。建议代理律师在指出生效裁判错误的同时，提出你认为正确的结论，这样可以形成清晰完整的逻辑体系，也更容易给法官以影响。

3. 对案件事实的表述

在再审庭审中，合议庭成员对案件的熟悉程度可能会有所不同，事先形成的对案件的认识和关注的角度也会有所不同，建议代理律师对案件事实的表述材料应从以下几方面准备不同的版本：

第一，详略不同的版本。根据在庭审中合议庭成员对案件熟悉程度不同或庭审中合议庭的要求使用详细的或简约的版本，若通过了解发现合议庭成员对案件事实不很了解或其要求详细描述案件事实，则使用详细的版本；若合议庭成员已经事先对案件事实有了比较清晰的了解或其要求简单描述，则只说要点即可。

第二，从时间顺序和逻辑顺序两方面准备不同的版本。按照时间顺序介绍事实能够更清晰的描述事件发展的过程，按照逻辑顺序则更利于清晰的论证并突出重点，这两种方式可根据案件具体情况和庭审情况及合议庭关注点而选择适用，一般来说，建议代理律师从两个角度都进行准备，在庭审的不同阶段使用。

第五章 再审裁判文书及其效力

修改后的《民事诉讼法》在确立再审之诉的基础上，通过对立案受理阶段、再审事由审查阶段以及依审判监督程序审理阶段三个独立阶段的划分，进一步规范了再审案件的裁判过程。

立案受理阶段的裁判文书主要体现为受理通知书和应诉通知书。根据《审判监督程序解释》第 1 条、第 7 条的规定，当事人在法定的申请再审期限内，以民事诉讼法列明的再审事由，向原审人民法院的上一级人民法院申请再审，且其提交的再审申请书等材料符合规定条件的，法院应当依法受理，且在五日内完成向再审申请人发送受理通知书等登记受理手续。最高院《关于印发〈民事审判监督程序裁判文书样式（试行）〉的通知》（法发〔2008〕40 号）对于受理阶段法院送达被申请人的文书同样采用的是"受理通知书"的样式，但实践中法院也采用"应诉通知书"或"通知书"的形式。如"江阴市城镇建设综合开发有限公司与江阴市良晨房地产开发有限公司合作开发房地产合同纠纷再审案"，最高院发出的即为"应诉通知书"。再如"天津远大感光材料公司与天津市一轻集团（控股）有限公司、中国远大集团有限责任公司合并纠纷再审案"，最高院送达被申请人文书仅为"通知书"样式。无论以何种方式体现，立案阶段的裁判文书其效力是一致的，即告知当事人再审案件已经启动，并进入下一阶段即是否具有法定再审事由的审查。从这一效力角度讲，应诉通知书将再审申请与一般的来信来访区分开来。如"xxx 有限公司与 xxx 实业有限公司合同纠纷案"，最高院立案庭针对申请人提供的材料，即以〔2008〕法信函第 85020 号函复方式指出申请人提供的材料不符合申请再审受理条件，予以退回，如继续申请再审，需按照《最高人民法院民事案件当事人申请再审须知》的要求办理。

法院经初步审查后，以是否符合《民事诉讼法》第 179 条规定的十三种再审事由为标准，作出不同内容的民事裁定书。对申请再审事由不成立的，裁定书的内容是驳回当事人的再审申请，根据再审程序启动主体不同，该种裁判文书仅体现在当事人申请再审的案件中。根据《审判监督程序解释》第 24 条，该驳回再审申请的裁定一经送达，立即发生法律效力。也就是说，该种裁定一裁终局，当事人不享有上诉权，民事诉讼法也未规定相应的复议权利等。而对于符合再审事由的再审案件，法院则在裁定提审或指令、指定下级法院再审的同时，裁定中止原判决（裁定或调解书）的执行。该裁定书的直接效力即案件正式进入再审程序，同时原审裁判结果中止执行。对于情况紧急的，在法院审查期间尚未作出再审裁定前，当事人可申请法院暂缓执行。对于中止执行和暂缓执行对应的裁判文书及其效力，本章第一节将予以详细介绍，此不赘述。

从实质意义上讲，对生效裁判进行救济的具体手段和表现形式即是依审判监督程序审理后作出再审判决书、裁定书或调解书。参照《民事诉讼法》第 153 条和《审判监督程序解释》第 37 条、第 38 条、第 39 条规定，再审判决书对于原审裁判的效力包括对正确判决的维持、对瑕疵判决的维持以及对于错误判决的直接改判；再审裁定书体现在发回重审或驳回起诉情形，其对于原审判决的效力是指撤销原判决，发回原一审或二审法院重新审理或驳回起诉。对于再审审理过程中，当事人经调解达成协议的，其裁判文书体现为调解书。与再审判决、裁定有所不同，调解书并非建立在对原审生效裁判正确与否的评价基础上，而是建立在当事人自由处分实体权利的基础上，再审法院无需再对生效裁判进行审查并作出结论。因此，调解书经各方当事人签收后，立即发生法律效力，原判决、裁定均视为被撤销。如"常州商业大厦与临沂工业搪瓷股份有限公司、常州商业大厦物资公司购销钢材合同纠纷再审案"，在最高人民法院审理过程中，经法庭主持，三方当事人自愿达成调解协议。经合议庭审查认为，调解协议内容系三方当事人自愿达成，不违反法律规定，遂予以确认并制作［2002］民二提字第 20 号民事调解书，注明"调解书自送达三方当事人之日起生效，与判决书具有同等法律效力"。

综上可知，不同裁判文书对于再审案件的效力又各不相同。其中，立案阶段的通知书、审查阶段的裁定书、再审审理完毕形成的判决书、裁定书以及在整个程序中均可形成的调解书均可对当事人的权利义务产生实质性影响，具有实质效力。审查阶段裁定再审的裁定书因对原审生效裁判的执行作出中止执行的决定，则具有程序性效力。

第一节　执行中止

生效裁判一经作出，即具有确定力、拘束力和执行力。再审程序的启动则直接促使原生效裁判执行力的中止。因此，再审期间如何对原审判决的执行进行中止则是本节需要探明的问题。

严格来讲，执行中止不是一个法律概念，它包括中止执行和暂缓执行两种情形。对于符合再审事由的案件，民事裁定书裁定再审的同时明确，中止原判决的执行。对于部分十分紧急的情况，在再审裁定下达之前，需要对案件进行中止的，需要裁定暂缓执行。

一、中止执行

（一）中止执行的阻却效力

根据《民事诉讼法》第 185 条规定，按照审判监督程序决定再审的案件，应当裁定中止原判决的执行；裁定由院长署名，加盖人民法院印章。根据该条规定，无论案件通过何种途径进入再审程序，均会阻却原生效裁判的执行。

就阻却程度来看，中止执行并不意味着裁定再审的案件必然对原生效裁判予以改判。因为此时虽然法院发现原判决可能存在错误，但在未重新审理之前原生效裁判错误与否尚不能确定。而且原审判决属于生效判决，非经法定程序，任何人不得变更或撤销。因此，法院在决定再审或提审、指令再审时，在发出的中止执行的裁定中不得加入撤销原判决、裁定的内容。可见，再审案件受理阶段民事裁定书的直接效力仅限于对原生效裁判执行部分的阻却效力，而对于生效裁判本身并没有阻却或改判的效力。

就文书范围而言，《民事诉讼法》第185条仅规定了对原判决的执行予以中止，针对原审作出的裁定书和调解书是否需要中止执行并未明确规定。结合裁定的适用范围看，除先予执行外，裁定主要适用于程序问题，并不涉及实体给付内容。而且，裁定一经作出即立即进入执行，继续裁定中止执行已经毫无意义，从立法实用角度出发，没必要规定对裁定的再审可以中止原裁定的执行。对于调解书再审中止执行的问题，从诉讼的一般规律来看，当事人对于调解书的申请，经人民法院裁定再审的，如原调解书尚未执行完毕的，法院应一并裁定中止原调解书的执行。

（二）中止执行的文书体现

对于再审案件，一旦法院裁定再审，无论裁定内容是由本院再审还是指令原审法院再审，抑或是指定下级其他法院再审，均由受理法院作出中止执行原裁判的裁定。因此，中止执行的裁判文书仍为民事裁定书。

与其他裁定书不同的是，中止执行的裁定书不仅涵括两方面内容，且其效力范围涉及两个法院。就其实质方面，该裁定书体现的是案件进入经过审查，符合再审事由，正式进入审理程序。就其程序方面，该裁定书一经作出，对原生效裁判的执行部分即具有阻却效力。就作出该裁定书的法院而言，裁定书体现了其对原生效裁判正确与否的初步判定。对于负责执行原生效裁判的法院来说，中止执行的裁定一经作出，执行程序即告中断，人民法院应暂停案件的一切强制执行活动，等待再审审理结果。

就内容而言，审查阶段的裁定书对于中止执行部分的表述均保持一致，即再审期间，"中止原判决的执行"。根据案件情况不同，可以分为两种情形：

第一，当事人不需要在裁定书中裁定中止执行但按照裁定书格式仍需裁定中止执行的情形。

这类再审案件并不涉及原裁判的执行，当事人是否申请再审对原裁判的执行效力部分并无任何影响。基于再审案件受理阶段裁判书的格式规定，裁判书上仍注明，中止原判决的执行。如"上海一百（集团）有限公司与国元证券有限责任公司上海中山北路证券营业部、国元证券有限责任公司及第三人上海星恒实业有限公司证券交易代理合同纠纷再审案"，上海高院［2006］沪高民二（商）终字第168号民事判决，原告要求两被告归还国债款项利息的诉请缺乏事实与法律依据，不予支持。因此，对于该判决而言，当事人之间并不存在实质执行内容。上海一百（集团）有限公司就该判决提起再审申请，最高院经审查裁定：指令上海市高级人民法院另行组成合议庭进行再审；再审期间，中止原判决的执行。可见，对于并不存在执行内容的判决，法院基于文书格式的要求，裁定书仍注明"中止原判决的执行"。

第二，当事人需要再审裁定书中裁定中止执行的情形。

对于该类再审案件，一般涉及债权债务的履行，继续执行原错误的判决会给当事人造成更为严重的损失，进入再审审理前，法院应裁定中止执行，这也恰符合申请人的真实意思表示。如"广西南宁地区地产公司与浙江台州飞龙集团有限公司项目资产整体转让合同纠纷案"，当事人不服广西高院［2006］桂民再字第31民事判决向最高院申请再审。最高院经审查认为，再审申请人的申请符合《中华人民共和国民事诉讼法》规定的再审立案条件，并裁定由该院提审，提审期间，中止原判决的执行。

实践中比较常见的是一审被告不服生效裁判而提出再审申请，其当然要求中止原裁判的执行。前述"上海一百（集团）有限公司与国元证券有限责任公司上海中山北路证券营业部、国元证券有限责任公司及第三人上海星恒实业有限公司证券交易代理合同纠纷再审案"，是一审原告提出再审申请，由于其诉求被原审驳回，是否中止原生效裁判执行对其并无实质意义。对于诉求被部分支持的一审原告，其不服原审裁判提起再审申请的，此时，一审原告不申请执行，而申请再审，对于其已采取的保全措施如何处理，或者是否可以申请财产保全来保障改判对其有实质意义（对此无现行法律依据），是实务中需要面对的问题。此问题本质上也是再审程序启动对原生效裁判的影响问题。如裁定再审原裁判当然地同时中止执行；如再审申请受理后，再审裁定作出前，只有靠法院依职权作出暂缓执行决定来中止生效裁判的执行；此外，在执行程序中，当事人也可以依据法定事由提出暂缓执行申请或者由法院依职权决定暂缓执行。除此之外，没有必要采取续行查封、扣押和冻结，或者允许申请人提出财产保全来中止原裁判的执行。如果此时原裁判确有错误，原裁判执行后将造成无法挽回的损失，再审申请人（一审原告）可以要求法院依职权决定暂缓执行。亦即通过法院依职权决定暂缓执行的制度安排可以解决此类特殊问题。而再审过程中，法院依职权决定暂缓执行本身已是对生效裁判效力的例外突破，不应再有其他的制度安排。

最高院《关于审判监督程序中，上级人民法院对下级人民法院已经发生法律效力的判决、裁定何时裁定中止执行和中止执行的裁定由谁署名问题的批复》中指出，上级人民法院对下级人民法院已经发生法律效力的判决、裁定，须发现确有错误，并作出了提审或者指令再审决定的，才可裁定中止执行。所以，上级人民法院对下级人民法院已经发生法律效力的判决、裁定，在调卷审查的过程中，如尚未发现确有错误，且未作出提审或者指令再审决定的，不得裁定中止执行。

（三）中止执行的必要性

纵观世界各国立法，可以发现两点共性：其一，再审之申请、裁定、审理乃至整个裁判过程均不必然阻却原生效裁判的执行，除非法律规定的检察官或司法裁判官作出中止执行的裁定。其二，在规定再审不必然阻却原生效裁判执行的同时，也不对中止执行原裁判作出禁止性规定，而是赋予法官根据案件具体情况裁量决定是否中止执行原裁判的权力。

对比我国民事诉讼法，决定再审与中止执行同时体现于同一裁定中，即决定再审必然裁定中止执行。这一规定，无异使得再审裁定具有部分"决定性"的法律效力。有批判者认为，此种规定严重损害了生效裁判的既判力，不仅可能导致司法秩序混乱，而且还可能损害对方当事人的合法权益，造成双方当事人的合理预期难以顺利实现。部分当事人会借此规定，通过恶意启动再审来干扰原生效裁判的执行。因此，建议修改我国有关再审中止原裁判执行的规定，赋予当事人申请权和法院的自由裁量权，由法官审查决定后根据具体情况裁量决定是否中止原裁判的执行[1]。

---

① 虞政平主编：《再审程序》，法律出版社 2007 年版，第 374 页。

我们认为，上述设置仅是从国际通行视角审视现行规定，并未充分考虑我国的国情。

考察中止执行的立法背景可知，之所以规定在裁定书中决定中止执行，主要是基于两方面的原因：一方面，可以防止因继续执行原错误的判决而给当事人造成更严重的损害，而且有些判决执行后无法恢复或损失极大甚至难以弥补，诸如拍卖企业财产、拆除房屋等等。另一方面，又可防止因仓促撤销原判决而造成被动局面，因为此时虽已发现原审判决可能存有错误，但在未重新进行审判之前还不能确定，只有将案件重新审判完结后，才能断定是否应当撤销原判决，而且原审判决属于已经生效的判决，非经法定程序，任何人不得变更或撤销。

就目前我国的实践来看，基于法官水平、对个案事实审视的角度不同，对于同一法律关系认定存在较大差异，作出的判决也存在较大差距，不同的执行结果对于当事人的影响巨大。如"上海宏隆实业有限公司与上海铁路分局何家湾站、长沙铁路总公司株州北站、南昌铁路局鹰潭站铁路货物运输合同逾期货损索赔纠纷案"，宏隆公司以铁路运输企业野蛮装卸致使货物包装严重破损，逾期运货致使货物变质，承运人对货损有重大过失为由提起诉讼，请求判令到站何家湾站赔偿货损和其他损失。上海铁路运输中级法院经一审审理认为，宏隆公司指控承运人有野蛮装卸和重大过失证据不足；株州北站保留该车，致使货物逾期运到并超过保质期发生变质，对货损有一般过失，应在货物保价金额内承担赔偿责任；扣车和倒装系货物超载所致，故鹰潭站不承担赔偿责任。因此，一审判决株州北站按货物保价金额赔偿宏隆公司货损6万元，并支付逾期违约金1434元。上海市高级人民法院经二审审理认为：鹰潭站对到站货车没有及时倒装，致使宏隆公司托运的货物被滞留，造成逾期变质。承运人确实存在重大过失，应当承担全部赔偿的责任。宏隆公司上诉请求按实际损失赔偿，并无不当。据此，上海市高级人民法院按照铁道部关于"铁路货运损失由到达站赔偿"的决定，判决撤销一审判决，改判由何家湾站赔偿宏隆公司货物损失60万元。对于两种差额60万的不同判决，株州北站、鹰潭站不服，向最高人民法院申请再审。最高人民法院依法决定提审本案，同时裁定中止原判决的执行。最高人民法院经审理认为，株州北站虽然是因运输能力的限制而对该车采取保留措施造成逾期，但仍属承运人的违约行为，与托运人或者收货人无关，株州北站应当依法给付该段逾期时间内的违约金。鹰潭站发现该车因超重被损坏，为了保证铁路运输安全而决定将该车倒装扣修，本不应当对因此造成的损失负责。但是鹰潭站没有根据具体情况及时安排倒装车辆，故亦应对在该站的逾期负责。考虑到车辆的损坏是托运人超重装车造成的，可以相应减轻鹰潭站逾期的违约责任。因此，最高人民法院再审判决撤销一、二审民事判决，驳回宏隆公司要求赔偿货物损失的诉讼请求；由到站上海铁路分局杨浦站代表承运人向宏隆公司支付逾期运到违约金496.84元。纵观前后三次判决结果，不仅对于各方当事人的权利义务责任认定不同，而且对于货物损失赔偿数额和违约金数额都有极大悬殊。如遵照错误的二审判决继续执行，当事人的损失会继续扩大，而寄希望于再审审理完毕的执行回转，无疑是对司法资源和社会资源的极大浪费。从公正与效益角度讲，再审裁定对原生效判决的执行中止的效力不容忽视。

我国目前尚未建立完善的诚信机制，实践中，一些当事人滥用申诉权，借再审程序拖延执行或逃避生效裁判所确定的义务或掩盖甚至推卸应承担的责任。对此，需要说明的是，《民事诉讼法》第 178 条规定当事人申请再审，并不停止判决、裁定的执行。也就是说，中止执行的效力起始于案件裁定再审之际，而非当事人申请再审之时。因此，恶意申请再审并不具有中止执行的当然效力。再审申请只有符合民事诉讼法及其司法解释规定的形式要件外，还要经法院审查是否符合再审事由，对于法院认为"可能有错"的案件才会裁定再审，并中止原生效判决的执行。因此，中止执行裁定本身已是再审受理法院对恶意诉讼过滤后的结果。就诉讼当事人而言，中止执行的效力很大程度上是体现的法律的公正价值。因为部分案件可能受多种因素的影响，其裁决结果损害了被执行人甚至案外人的合法权益。对此种错误判决，民事诉讼法虽然赋予了利害关系人申请再审的权利，但仅此并不能保障其合法权益不继续受到侵害。中止执行的裁定恰好可以防止对方当事人尽快隐藏、转移、变卖已被采取强制措施的财产，使得申请人在再审裁决后能够迅速取得现实利益。

我们认为，虽然中止执行形式上有碍诉讼效率的实现，但其实质意义在于通过中止执行预防因错误裁判造成的不利影响，从而最大限度地保证交易安全，进而保证最终公正的裁判文书得以顺利执行。因此，中止执行裁定有其必要性。但是，再审审理并非必然导致原审判决被改判，基于维护司法既判力和平衡再审案件各方当事人合法利益的需要，我们建议受理法院在裁定中止执行的同时，应根据案件执行程序的具体情形区别对待，对于尚未采取任何执行措施的案件，可要求负有执行义务的当事人提供财产担保，从而保障对方当事人基于生效裁判已取得的合法权益和期待利益；对于已经有诉讼保全措施或财产抵押、质押的，基于诉讼成本的考虑，则无需申请人另行提供担保。

二、暂缓执行

暂缓执行是指执行程序开始后，因法定事由依职权或根据当事人、其他利害关系人的申请，人民法院决定对某一项或几项执行措施在规定的期限内提供担保暂缓实施的一种措施。基于裁判结果的不同，当事人对于执行部分的进展关注程度也有所区别。对于多数案件，法院裁定再审的同时裁定中止原判决的执行足以保障其合法权益。但仍存在部分案件，其执行措施对于当事人具有高度紧迫性，经过三个月甚至更长的审查期间，原审生效裁判的执行可能会给申请人带来难以弥补的损失。为解决这一困境，暂缓执行制度发挥了其不可取代的作用。

《民事诉讼法》修订前后分别以第 212 条、第 208 条作出相同规定：在执行中，被执行人向人民法院提供担保，并经申请执行人同意的，人民法院可以决定暂缓执行及暂缓执行的期限。被执行人逾期仍不履行的，人民法院有权执行被执行人的担保财产或者担保人的财产。可见，修订前后的《民事诉讼法》是将暂缓执行作为一种执行措施规定的，而对于审判监督程序中是否适用、如何适用暂缓执行并未特别规定。最高院颁布的《关于正确适用暂缓执行措施若干问题的规定》（法发〔2002〕16 号，下称《暂缓执行规定》），不仅明确了暂缓执行的决定主体、适用条件和适用期限等，还通过第 7 条第二款明确规定人民法院发现据以执行的生效法律文书确有错误，并正在按照审判监督程序进行审查的，可以依职权决定暂缓执行。因此，作为执行中止的重要表现形式之一，暂缓执行措施同样适用于审判监督程序。

（一）暂缓执行建议

实践中针对再审案件适用暂缓执行的规定较为严格。最初，暂缓执行限于上级人民法院针对下级人民法院就个案申请的回函中以建议的形式提出。如最高院经济审判庭《关于河南省伊川县电业局不服郴州地区中级人民法院［1992］经上字第72号民事判决提出申诉有关问题的复函》（法经［1993］39号）指出"在复查期间对伊川县电业局以暂缓执行为宜"。《关于中国矿业大学与重庆市环境保护局等非专利技术转让及委托设计合同纠纷案的函》（［2000］知监字第8号函）也是采取此种形式对北京高院提出的暂缓执行建议。

1994年，最高院通过《关于在经济审判工作中严格执行〈中华人民共和国民事诉讼法〉的若干规定》第22条规定，上级人民法院必要时可以在调卷函或要求审查的函件中提出暂缓执行的意见，有关人民法院对此如有异议，应当及时报告上级人民法院。上级人民法院接到下级人民法院审查报告后，应当在一个月内作出调卷决定或者通知恢复执行。上级人民法院决定调卷的案件，应当在收到案卷后三个月内向下级人民法院发出中止执行的裁定或恢复执行的通知。由此，最高院通过司法解释的形式扩大提出暂缓执行的主体范围和形式，即上级人民法院可在复查通知中以建议或意见的形式提出暂缓执行。

随着暂缓执行的适用，各级人民法院通过复函的形式表明暂缓执行建议除与复查通知一并提出外，还可以复函形式单独提出暂缓执行建议。如"林翠雯和福州九星企业集团公司诉福特卫视电子有限公司、福建华强特种器材公司专利侵权纠纷案"，最高院不仅在下达复查通知后，以［1998］知监字第 4 - 2 号函形式专门建议福建省高级人民法院暂缓执行，还针对当事人解除暂缓执行的申请以《关于林翠雯、福州九星企业集团公司与福特卫视电子有限公司、福建华强特种器材公司专利侵权纠纷案的函》（［1998］知监字第 4 - 3 号函）的形式，将是否继续暂缓执行判决的问题交予福建省高级人民法院自行决定。由此，暂缓执行的表现形式进一步放宽，各级人民法院的决定权也进一步扩大，而且暂缓执行的效力也扩大到可再次适用。

虽然实践中，检察院就再审案件也提出暂缓执行建议，但是最高院在总结经验的基础上，通过《关于如何处理人民检察院提出的暂缓执行建议问题的批复》（法释［2000］16 号）指出：根据《中华人民共和国民事诉讼法》的规定，人民检察院对人民法院生效民事判决提出暂缓执行的建议没有法律依据。云南省高级人民法院《关于暂缓执行的若干规定》（云高法［2000］181 号）第 8 条明确，对人民检察院提出暂缓执行建议的，因没有法律依据，人民法院不予采纳。据此检察院的暂缓执行建议没有法律效力。

2002 年，《暂缓执行规定》第 8 条明确对再审案件中暂缓执行建议的适用作出规定。人民法院发现据以执行的生效法律文书确有错误，并正在按照审判监督程序进行审查的案件，依职权决定暂缓执行的，审判机构应当向本院执行机构发出暂缓执行建议书，执行机构收到建议书后，应当办理暂缓相关执行措施的手续。由此，最高院通过专门的司法解释形式对暂缓执行建议的提出主体和裁判文书作出规定，即暂缓执行建议可由作出生效裁判的人民法院依职权提出，其裁判文书形式是暂缓执行建议书。

山东高院立案庭在《暂缓执行规定》的基础上，通过制定《规范暂缓执行的意见》对暂缓执行建议的适用范围及要求进一步明确。对于原审生效裁判确有错误，可能引起再审改判造成执行回转困难的案件，当事人申请暂缓执行并能够提供相应担保的，合议庭在阅卷、复查听证后，可以决定提出暂缓执行建议。但暂缓执行建议仅限于法定情形，除法定事由外，不得提出暂缓执行建议。尤其对于情况紧急适用先予执行的情形，一般不宜提出暂缓执行建议。暂缓执行建议签发后，立案庭应当及时向执行机构发出暂缓执行建议书，同时将再审案件立案审批表或再审案件卷宗移送表、调卷函复印件以及担保材料等一并移送。对暂缓执行建议书应当列明的事项，《规范暂缓执行的意见》第6条明确规定：（1）当事人或者其他利害关系人的姓名或者名称等基本情况；（2）建议事项及所依据的事实和理由；（3）担保方式。同时，该意见规定暂缓执行建议的期限一般不得超过三个月。因特殊事由需要延长的，可以建议适当延长，但建议延长的期限不得超过三个月。

修订后的《民事诉讼法》将再审案件的受理法院上提一级，由此，除原审法院依职权作出暂缓执行建议书外，暂缓执行建议的提出主体与再审案件的审查主体统一。对于当事人申请再审的案件，暂缓执行建议书可由受理法院立案庭或审监庭组成合议庭做出；上级法院依职权提审或检察院抗诉启动的再审案件，则由受理法院提出暂缓执行建议，并将暂缓执行建议书发送执行机构。执行机构接到建议书后，应当办理相应的暂缓执行手续。

（二）暂缓执行决定

从实质意义上讲，直接作用于原生效裁判并非暂缓执行建议，而是暂缓执行决定。

《暂缓执行规定》颁布之前，暂缓执行决定是受理再审案件的法院以书面通知书形式发送至执行机构的，且执行机构接到通知书后必须暂缓执行。最高院《关于审判监督庭庭长、副庭长、审判长签发法律文书权限的暂行规定》（法〔2001〕68 号）第 18 条规定，紧急情况通知暂缓执行生效民事裁决的函件报院签发；需继续暂缓执行的，由庭长签发。签发后移送执行办通知下级法院。广东高院印发的《关于民事申诉案件复查期间暂缓执行的暂行规定》（粤高法发〔2001〕29 号）不仅逐条明确了行使暂缓执行权的主体，还对暂缓执行的审批程序、期限以及被执行人担保的条件、程序作出明确规定。根据该暂行规定，上级法院对已经立案复查的民事申诉案件，经审监庭合议庭审查认为确有错误有改判可能的案件，经主管院长批准同意，可以通知下级法院暂缓执行，下级执行法院应当暂缓执行。上级法院对已经决定暂缓执行的案件，应当书面通知下级执行法院暂缓执行，并明确暂缓执行的时间和期限。情况紧急的，上级法院可以先将书面通知电传下级法院，并在三日内正式发出。当事人的申诉已经被依法受理，但负责审查的合议庭法院尚未对原生效裁判进行审查当事人的申请进行审查（应为实质审查），被执行人申请暂缓执行，其提供足额可供执行财产担保，且办妥财产担保手续的，可予准许。因情况紧急特殊，上级法院认为需要立即暂缓执行的案件，经合议庭评议决定并报经主管院长批准，可先通知暂缓执行。

《暂缓执行规定》第 2 条正式确立了暂缓执行决定书这一裁判文书形式及其效力，即再审裁定下发之前，为避免执行回转的不能，需要以裁判文书的方式对生效裁判的执行部分予以中止；

法院决定暂缓执行的，应当制作暂缓执行决定书，并及时送达当事人。

1. 暂缓执行决定的条件

根据《暂缓执行规定》规定，暂缓执行决定的条件是：（1）当事人或利害关系人向法院提出申请或人民法院依职权提出；（2）必须存在法定事由；（3）申请人在指定的期限内提供充分可靠的财产担保，同时出具评估机构对担保财产价值的评估证明。根据《担保法》的有关规定，被执行人或其担保人应按照担保物的种类、性质将担保物移交执行法院或依法到有关机关办理登记手续。广东高院立案庭《关于规范审查再审申请与再审立案的若干意见（试行）》对暂缓执行应当具备的条件更加明确：（1）案件存在改判可能；（2）案件一旦改判，存在无法执行回转或难以执行回转的情况；（3）当事人已提供与执行标的相当的财产担保；（4）当事人提供财产担保，一般应出具评估机构对担保财产价值的评估证明。可见，暂缓执行决定的条件较暂缓执行建议更为严格，其成立限于案件存在改判的可能，继续执行原判决造成更大损失且难以弥补，当事人提供财产担保的情形。只有各项必要条件同时具备，法院才能作出暂缓执行决定书。

具体而言，根据不同的启动事由，暂缓执行决定分为两种情形：

第一，经当事人或其他利害关系人申请暂缓执行的情形。

《暂缓执行规定》第3条规定，"有下列情形之一的，经当事人或者其他利害关系人申请，人民法院可以决定暂缓执行：（一）执行措施或者执行程序违反法律规定的；（二）执行标的物存在权属争议的；（三）被执行人对申请执行人享有抵销权的。"

当事人或有利害关系的案外人申请暂缓执行的案件，申请人应出具暂缓执行申请书。对此，《暂缓执行规定》并未详细规定，仅在第6条指出，人民法院在收到暂缓执行申请后，应当在十五日内作出决定。实践中，各地方高级人民法院在此基础上，进一步细化。北京高院《关于实施〈最高人民法院关于正确适用暂缓执行措施若干问题的规定〉的意见（试行）》第8条明确规定暂缓执行申请书的必备事项：（1）当事人或者其他利害关系人的姓名或名称等基本情况；（2）请求事项及依据的事实和理由；（3）证据及其来源，证人姓名和住所。山东高院立案庭关于《规范暂缓执行的意见》第1条更为细化，除规定前述事项外，还要求申请书中叙明具体的担保方式。因此，对于律师代理而言，不仅要考量案件本身，还要根据各地的具体规定，拟定全面详实的申请书，以最大限度地谋取暂缓执行获得准许。

第二，人民法院依职权决定暂缓执行的情形。

依据前述《暂缓执行规定》第3条规定，当事人申请暂缓执行的，主要是执行程序中的一项权利；司法解释并未规定当事人可以在再审程序开始后（再审申请被受理）可以提出暂缓执行的申请。法院受理再审申请后，经过审查裁定再审的同时，原裁判当然地中止执行。在受理再审申请到作出再审裁定的这一阶段，是否需要暂缓原生效裁判的执行，由法院依据职权决定。《暂缓执行规定》第7条规定"人民法院发现据以执行的生效法律文书确有错误，并正在按照审判监督程序进行审查的"，人民法院可以依职权决定暂缓执行。

1998年，最高院颁布《关于人民法院执行工作若干问题的规定（试行）》（法释〔1998〕15号）规定，上级法院在监督、指导、协调下级法院执行案件中，发现据以执行的生效法律文书确有错误的，应当书面通知下级法院暂缓执行，并按照审判监督程序处理。上级法院在申诉案件复查期间，决定对生效法律文书暂缓执行的，有关审判庭应当将暂缓执行的通知抄送执行机构。因此，最高法院通过司法解释确立了法院依职权决定暂缓执行已生效裁判。结合《暂缓执行规定》第7条第一款规定，法院依职权启动暂缓执行的情形包括：（1）上级人民法院已经受理执行争议案件并正在处理的；（2）人民法院发现据以执行的生效法律文书确有错误，并正在按照审判监督程序进行审查的。根据该款规定可知，人民法院有权在再审程序启动前或在再审程序启动后法院审查期间决定暂缓执行确有错误的生效裁判。无论法院以何种方式在哪个阶段启动暂缓执行，当事人都需提供相应的财产担保。至于当事人申请暂缓执行提供的财产担保是否符合条件，则需执行法院的执行庭经合议庭评议并报庭长审批决定。

2. 暂缓执行的程序

根据暂缓执行启动的不同情形，除法院依审判监督程序自行纠错外，对于民商事再审案件，暂缓执行决定均由受理再审申请的法院作出，由执行机构统一办理。对于当事人申请暂缓执行的，法院在收到暂缓执行申请后，应当在十五日内作出决定，并在作出决定后五日内将决定书发送当事人或者其他利害关系人。江苏高院《执行案件立案审查的暂行规定》第5条规定，最高院立案复查后指令暂缓执行的案件、本院执行庭在监督、指导、协调中认为需要暂缓执行，并经执行庭领导审查同意后的案件，交立案庭办理立案手续。《关于加强执行监督工作若干问题的意见（试行）》第14条第一款第三项规定，上级法院收到执行当事人、案外人的申诉，因情况紧急，需要对下级法院的执行案件立即采取暂缓执行措施的，由执行庭长报院长批准。重庆高院《关于办理执行监督案件若干问题的暂行办法》第 11 条更为细化，执行监督过程中，上级人民法院可依据最高院《关于正确适用暂缓执行措施若干问题的规定》和重庆高院《关于贯彻最高人民法院〈关于正确适用暂缓执行措施若干问题的规定〉的意见》，书面通知下级人民法院暂缓采取执行措施。情况紧急的，经执行庭长审查，并报经分管院长同意，可口头通知下级人民法院暂缓采取执行措施，但三日内必须作出书面决定及时函寄执行法院。口头通知的，上、下级人民法院都应作好记录附卷。

关于人民法院的审查程序，《暂缓执行规定》规定，受理法院应当组成合议庭对是否暂缓执行进行审查，必要时应当听取当事人或者其他利害关系人的意见。北京高院《关于实施〈最高人民法院关于正确适用暂缓执行措施若干问题的规定〉的意见（试行）》在此基础上，增加规定"处理结果应当报经院长或主管院长批准"。同时规定，高级法院发现执行法院对不符合暂缓执行条件的案件决定暂缓执行，或者对符合暂缓执行条件的案件未予暂缓执行的，应当决定予以纠正。

对于执行法院的工作，广东高院《关于民事申诉案件复查期间暂缓执行的暂行规定》第 4 条作出具体规定。当事人提出的暂缓执行申请经上级法院审监庭初步审查同意后，由上级法院审监庭通知当事人到执行法院的执行庭办理有关财产担保的手续，有关执行法院的执行庭应当及时给予办理。担保手续办理完毕后，执行法院的执行庭应当向当事人出具已经办理财产担保手续的书面证明，当事人将执行法院出具的书面证明递交上级法院审监庭。第6条进一步规定，如执行法院已对申请人的财产采取冻结、查封、扣押等禁止财产转移的保护措施，已被采取保护措施的财产可视为申请人已提供相当于该部分财产价值的担保，如当事人因申请暂缓执行要求执行法院就该部分财产价值出具证明的，执行法院的执行庭应当出具书面证明。因此，律师代理该类案件的实务中，必须注意具体的操作流程，及时督促执行法院采取暂缓执行措施。

3. 暂缓执行的期限

最高院《关于人民法院执行工作若干问题的规定（试行）》（法释［1998］15号）规定，上级法院通知暂缓执行的，应同时指定暂缓执行的期限。暂缓执行的期限一般不得超过三个月。有特殊情况需要延长的，应报经院长批准，并及时通知下级法院。暂缓执行的原因消除后，应当及时通知执行法院恢复执行。期满后上级法院未通知继续暂缓执行的，执行法院可以恢复执行。下级法院不按照上级法院的裁定、决定或通知执行，造成严重后果的，按照有关规定追究有关主管人员和直接责任人员的责任。《暂缓执行规定》再次明确，暂缓执行期限为三个月。因特殊事由需要延长的，可以适当延长，延长的期限不得超过三个月。暂缓执行决定由执行法院作出的，期限从暂缓执行决定作出之日起计算；决定由上级人民法院作出的，期限从执行法院收到暂缓执行决定之日起计算。对于上述期限，最高院通过《关于人民法院办理执行案件若干期限的规定》（法发［2006］35号）第13条以及《关于适用〈中华人民共和国民事诉讼法〉执行程序若干问题的解释》（法释［2008］13号）第14条规定，暂缓执行的期间不计入办案期限。

地方法院在上述规定的基础上进一步细化延长期限的规定，并对恢复执行作出明确。广东高院《关于民事申诉案件复查期间暂缓执行的暂行规定》第10条规定，暂缓执行的延长需经主管院长批准，并只限延长一次。暂缓执行期限届满后上级法院未书面通知继续暂缓执行的，执行法院应当恢复执行。北京高院《关于实施〈最高人民法院关于正确适用暂缓执行措施若干问题的规定〉的意见（试行）》第6条第二款进一步细化，暂缓执行期限届满前，据以决定暂缓执行的事由消灭的，如果该暂缓执行的决定是由执行法院作出的，执行法院应当立即作出恢复执行的决定；如果该暂缓执行的决定是由上级法院作出的，执行法院应当将该暂缓执行事由消灭的情况及时报告上级法院，该上级法院应当在收到报告后十日内审查核实并作出恢复执行的决定。

4. 暂缓执行的代理实务

在实务中，由于法院受理再审申请到作出再审裁定这个阶段需要经过一段时期，在此期间可能发生财产转移或者有关当事人注销、失踪等情形，使得案件即使被裁定再审并被改判也变得没有意义。由前所述，在再审程序中的暂缓执行，是由法院依职权作出的。当事人通过律师反映情况促使法院依职权决定暂缓执行，通常是很困难的。

实践中法院很少对再审案件做出暂缓执行决定。这种做法很大程度上符合当前审判监督程序的特点，即兼顾生效裁判的既判力和维护当事人申请再审救济的权利。因为暂缓执行是发生在再审案件审查期间，对于法院是否裁定再审尚不能确定，即再审程序是否必然中止原生效裁判的效力无从得知，采用暂缓执行无疑会阻却原生效裁判的执行力。但对于部分案件，原审裁判确有错误，继续执行可能对一方当事人或有利害关系的案外人的合法权益造成极大伤害，对于部分案件还可能涉及国有资产的流失、社会利益的损害，因此，通过再审程序和暂缓执行措施对当事人予以救济是必不可少的。司法实践中，法院对暂缓执行决定书的应用也极为慎重，但为维护社会公共利益，法院也可针对原生效裁判存在极大改判可能的个案决定暂缓执行。如"北京市粮油食品进出口公司与江苏省邳州市农副产品出口总公司代理合同纠纷案"，北京市粮油食品进出口公司不服山东高院［2004］鲁民再字第208号民事判决书，向最高院申请再审，同时根据案件执行情况，申请人还提出暂缓执行申请。经案外人提供担保，最高人民法院组成合议庭合议，最终决定本案暂缓执行，期限为三个月。本案因为暂缓执行程序的启动，使当事人没有因为错误的判决而导致更大的损失，同时避免了改判以后执行回转不能的情形，维护了当事人的合法权益。

修订后的民事诉讼法规定，只要案件符合再审申请所需的形式要件法院即应受理。对于再审申请的条件放宽一定程度上加重了法院对于律师代理申请暂缓执行的难度。因此，在今后民商事再审案件的代理实务中，律师不仅要完善暂缓执行申请书、确保申请人及时提供充分可靠的财产担保，还应从防范危机、保证有关工作的顺利进行和完成、维护社会稳定的角度出发，着力论证继续执行原生效裁判的危害性和暂缓执行的紧迫性，从而最大限度地争取当事人的合法权益。

第二节　再审裁判与再审次数

就纠纷与审判的关系来看，再审裁判文书的效力不仅仅体现于再审程序过程之中，也体现于再审裁判对于将来的效力，即再审次数问题。

一、再审次数与一事不再理原则

"一事不再理"原则起源于罗马法的"诉权消耗"理论。所谓"诉权消耗"，是指所有诉权都会因诉讼系属而消耗，对同一诉权或请求权，不允许二次诉讼系属。诉讼系属是指因为诉的提起，在特定的当事人之间，就有争议的法律关系受有管辖权的法院审判的状态。在诉讼已经发生诉讼系属后，到诉讼终结的时候止，称为在诉讼系属中。古罗马法中的"一事不再理"原则实际上包含了诉讼系属效力和判决的既判力双重内涵。在古罗马法中，案件的审理分为法律审和事实审两个阶段。原告先向法官提出告诉，就讼争进行陈述，被告进行申辩，然后由法官决定诉讼在法律上是否成立，是否应当受理，这属于法律审阶段；如果是应当受理的讼争，就进入事实审阶段，由选定的承审员查明事实、作出判决。法律审理的终点是"证诉"，经过"证诉"，诉讼才能正式成立，案件才能系属于法院，同时原告的诉权即行消灭，不得再对同一案件起诉。此即一事不再理的第一重内涵。虽然"证诉"产生的效力可以制止原告对同一案件再次起诉，却不能阻止败诉的被告另行起诉，由于其在前诉中未行使诉权，所以其败诉后可另行起诉，控告胜诉的原告，从而导致诉的反复。为了维护判决的稳定，古罗马法学家在此基础上发展了判决的"既决案件"效力，即以判决作为终点。判决作出后，当事人对案件均不得再起诉。这是"一事不再理"原则的第二重内涵。

"一事不再理"原则应用于民事诉讼领域，主要包括两方面的含义：其一，当事人不得就已经向法院起诉的案件重新起诉；其二，一案在判决生效之后产生既判力，当事人不得就双方争议的法律关系再起诉，法院也不得再受理。所谓"一事"是指同一当事人就同一法律关系而为同一的诉讼请求。基于司法既判力和诉讼效率的考虑，"一事不再理"原则可避免法院就同一案件作出相互矛盾的裁判，也避免当事人纠缠不清，造成讼累。

出于维护司法权威性的考虑，"一事不再理"原则对于生效裁判既判力的维护并不排除在生效裁判确有错误的特定情形下，推翻原生效裁判确定的事项而根据重新审理查明情形重新予以确认。因此，再审制度的设置并不违背"一事不再理"原则。原因在于，法律涉及对生效裁判进行重新审理的再审程序可以视为在维护司法权威下，对两审终审制与依法纠错制度的平衡选择。从这一角度出发，再审程序原则上只能限定为一次，即业已审结生效案件的一方当事人以同一理由或同一事项只能启动一次再审程序。但是，同一案件不同主体基于不同事由所提起的再审之诉非为"一事"范畴。即对于一方当事人申请再审的案件，另一方当事人有权以不同事由再次提起再审。这种处理也是世界各国的立法通例。如法国《民事诉讼法》第603条第一款规定，当事人一方已经通过再审之诉的途径表示不服判决，如果他对此项判决重新提出再审之诉则不予受理，除非此后发现新的诉因。因此，对于再审次数的把握，应从再审诉争案件的主体、事项、理由三方面审查是否属于"一事"，从而规范再审之诉。

二、再审次数与启动主体

（一）再审次数的规范历程

1991 年施行的《民事诉讼法》对再审启动主体和次数均无限制。由于相关程序规则的缺失，司法实践中，当事人申请再审和申诉基本混同，导致当事人多次申诉、长期上访的现象时有发生，不仅浪费了大量司法资源，且很大程度上影响了法院裁判的稳定性和权威性。

2002 年，最高院通过《关于人民法院对民事案件发回重审和指令再审有关问题的规定》（法释［2002］24 号）首次对再审次数作出明确规定，根据再审启动主体和再审事由不同再审所受次数限制不一：（1）各级人民法院依职权由本院提起审判监督程序对同一案件进行再审的，只能再审一次。（2）上级人民法院指令下级人民法院再审的，只能指令再审一次。上级人民法院认为下级人民法院作出的发生法律效力的再审判决、裁定需要再次进行再审的，上级人民法院应当依法提审。上级人民法院因下级人民法院违反法定程序而指令再审的，不受前述规定的限制。（3）同一人民法院对当事人申请再审的同一案件只能依照审判监督程序审理一次，但不包括人民法院对当事人的再审申请审查后用通知书驳回的情形。

上述规定公布后，部分高级人民法院陆续就如何理解和适用向最高人民法院请示。为正确适用该规定，2003 年 11 月 13 日最高人民法院再行发布《关于正确适用〈关于人民法院对民事案件发回重审和指令再审有关问题的规定〉的通知》，进一步明确再审次数的限制规定。具体如下：（1）各级人民法院对本院已经发生法律效力的民事判决、裁定，不论以何种方式启动审判监督程序的，一般只能再审一次。（2）对于下级人民法院已经再审过的民事案件，上一级人民法院认为需要再审的，应当依法提审。提审的人民法院对该案件只能再审一次。（3）人民检察院按照审判监督程序提起抗诉的民事案件，一般应当由作出生效裁判的人民法院再审；作出生效裁判的人民法院已经再审过的，由上一级人民法院提审，或者指令该法院的其他同级人民法院再审。（4）各级人民法院院长发现本院发生法律效力的再审裁判确有错误依法必须改判的，应当提出书面意见请示上一级人民法院，并附全部案卷。上一级人民法院一般应当提审，也可以指令该法院的其他同级人民法院再审。

针对业经再审裁决的案件是否应予受理事宜，最高院《关于规范人民法院再审立案的若干意见（试行）》（法发〔2002〕13号）第2条规定"下一级人民法院复查驳回或者再审改判，符合再审立案条件的"，上级法院予以立案。在前述所引案例中，此类情形已有体现。

除最高院采用司法解释的形式对再审次数进行限制和规范外，最高院前任院长肖扬曾多次指出，要严格按照法定程序加强审判监督工作，提高一、二审裁判质量，减少申诉和申请再审。同时倡导要探索审判监督制度改革，不能无限申诉、无限再审。修订后的《民事诉讼法》对于再审次数并未作出明确规定，结合《审判监督程序解释》的宗旨可知，此次立法修订不仅为解决

"再审难"、"申诉难"的问题，也要遏制"无限再审"、"无限申诉"现象的频繁发生，既要保障当事人申请再审权利，也要规范审判监督程序，从而平衡各方当事人的合法权益。

（二）当事人申请与再审次数

根据最高院司法解释规定，同一法院对当事人申请再审的同一案件只能审理一次。广东高院《再审诉讼暂行规定》第6条遵循上述规定并予以细化，人民法院依照审判监督程序对本院原生效裁判进行再审的，只再审一次。上级人民法院依照审判监督程序提审后作出裁判的，该上级人民法院不再进行再审。广东高院立案庭《关于规范审查再审申请与再审立案的若干意见（试行）》第2条更是明确将"同一法院对同一再审申请只能审查一次"与"依法纠错与维护生效裁判既判力相统一原则"和"依法、公正、公开、高效原则"并列为审查再审申请和裁定再审立案应坚持的三项原则。由此，各级法院确立了"同一法院对于同一案件只能再审一次"的原则，但是对于同一案件在不同级别的法院之间是否有再审次数限制，法律并未明确规定。修订后的《民事诉讼法》规定再审案件应由作出生效裁决的法院的上一级法院审查，并由该院自行审理或指令再审，依旧未解决上述问题。因此，当事人仍可通过多种途径申请再审。

首先，从审理法院角度看，对于当事人申请的案件只能审理一次，仅限于该法院自行审理的次数，而不包括指令原审法院或指定其他法院再审的情形。即同一案件在不同等级之间启动再审并不受"一次"的限制。因此，对于当事人申请的再审案件，只要上级人民法院未直接审理，仍可再行申请再审。如"北京韩建集团有限公司与保定承钢钢铁工贸有限公司、滦平滦金物资有限公司购销合同纠纷再审案"①，北京韩建集团有限公司（以下简称韩建集团）不服二审判决，向最高院申请再审。最高院以[2001] 民二监字第 520 号民事裁定指令河北高院再审。针对再审判决，韩建集团仍不服，并向最高院申请再审，最高院提审后作出再审判决，维持了河北高院 [2003] 冀民再字第 32 号民事判决。再如"湖州市八里店镇资产经营公司与中国长城资产管理公司杭州办事处、湖州市升山建筑工程有限公司等借款合同纠纷提审案"②，湖州市八里店镇资产经营公司（以下简称经营公司）不服 [2002] 浙经一终字第 11 号民事判决，向最高院申请再审。最高院裁定指令浙江高院再审。浙江高院做出 [2005] 浙民再字第 48 号判决书，维持了原二审判决。经营公司不服，再次申请再审。最高院再审判决撤销浙江高院原再审判决和原审二审判决，维持浙江省湖州市中院 [2001] 湖经初字第 79 号民事判决。

其次，从诉讼参加人角度看，"同一案件"仅限于同一当事人基于相同事由向同一法院申请再审的情形，并不包括同一当事人基于不同事由向不同法院申请的情形，也不包括对方当事人或有利害关系的案外人申请再审的情形。因此，当事人申请再审的

---

① 贺提："内部工作人员出具的未盖公章的担保函件是否具有法律效力——北京韩建集团有限公司与保定承钢钢铁工贸有限公司、涞平涞金物资有限公司购销合同纠纷再审案"，载于最高人民法院审判监督庭编：《审判监督指导》2008 年第 3 辑，人民法院出版社，第 203 - 209 页。

② 何抒："债权人与形式上独立的不同债务人签订以新贷偿还旧贷的协议能否适用司法解释关于'以贷还贷'的相关规定——湖州市八里店镇资产经营公司与中国长城资产管理公司杭州办事处、湖州市升山建筑工程有限公司等借款合同纠纷提审案"，载于最高人民法院审判监督庭编：《审判监督指导》2008 年第 2 辑，人民法院出版社，第 134 - 143 页。

案件仍存在多次再审的可能。如"中国工商银行广西壮族自治区武鸣县支行与安徽省蚌埠市城南油厂等购销进口毛豆油、担保合同纠纷案"①，一审判决宣告后，各方当事人均未在法定上诉期限内提出上诉，一审判决发生法律效力。2000 年 10 月 30 日，因城南油厂要求武鸣工行承担责任而申请再审，安徽省高级人民法院裁定提审此案并做出［2000］皖经再终字第 27 号民事判决。武鸣工行不服该终审判决，并向最高院申请再审。最终，最高院以［2003］民二提字第 3 号民事判决书解决了本案纠纷。再如"任彦才、吕新建与陕西省第四纺织机械厂合伙建楼纠纷案"②，任彦才不服山西省汾阳县法院一审做出的［1991］汾法经初判字第 7 号民事判决，提出上诉。针对陕西省吕梁地区中院做出［1991］法经上判字 12 号民事判决，第四纺织机械厂提出再审申请，吕梁地区中院做出［1992］吕法民监判字第 8 号民事判决书。任彦才不服第一次再审判决，向山西高院申诉。经山西高院以［1993］民通字第 10 号通知书驳回申诉后，任彦才继续申诉，后来山西高院决定提审此案，并做出［1996］晋民监字第 93 号民事判决书。第二次再审判决生效后，案外人山西省汾阳市城西农

---

① "承担定金罚则的责任只限于收取定金的当事人——中国工商银行广西壮族自治区武鸣县支行与安徽省蚌埠市城南油厂等购销进口毛豆油、担保合同纠纷案"，载于最高人民法院审判监督庭：《最后的裁判——最高人民法院典型疑难百案再审实录（担保与金融案件卷）》，中国长安出版社 2007 年版，第 11－17 页。

② "法院审理过程中改变了当事人的原始诉请由此做出的裁判应依法纠正——任彦才、吕新建与陕西省第四纺织机械厂合伙建楼纠纷案"，载于《最后的裁判——最高人民法院典型疑难百案再审实录（房地产与公司企业案件卷）》，中国长安出版社 2007 年版，第 81－86 页。

村信用合作社认为该判决侵犯了其合法权益，向最高院申诉。最高院裁定提审此案，最终以〔2002〕民一提字第 4 号判决维持了吕梁地区中院〔1992〕吕法民监判字第 8 号民事判决。因此，同一案件因诉讼参加人的不同，再审次数也不受"一次"的限制。

再者，从再审启动程序看，不同主体之间分别就同一案件启动再审程序并不受"一次"的限制。当事人认为原审裁判确有错误的案件，既可自行申请再审，也可申请检察院提起抗诉，或是向法院申诉由法院依职权启动再审程序。对上述方式，当事人可根据其需要决定先后顺序，由此导致同一案件多次启动再审程序。如"赵公淦、俞雷与汉中市汽车运输总公司旅客运输合同纠纷一案"，双方当事人均不服汉中市汉台区人民法院一审作出〔2002〕汉民初字第 54 号民事判决和重审作出的〔2003〕汉民初字第 923 号民事判决。汉中市中院作出〔2003〕汉中民终字第 180 号民事判决后。赵公淦、俞雷不服，向检察机关提出申诉，陕西省检察院向陕西高院提出抗诉。陕西高院于 2005 年 8 月 4 日函转汉中市中院再审。汉中市中级人民法院以〔2005〕汉中民再终字第 24 号民事判决维持了重审阶段的二审判决。赵公淦、俞雷仍不服再审判决，自行向陕西高院申请再审。陕西高院经审理认为原审法院认定事实清楚，但对申请再审人的部分诉讼请求判处不当，做出〔2007〕陕民再字第 8 号判决依法予以部分改判。

（三）检察院抗诉与再审次数

1995 年，最高院通过《关于人民检察院提出抗诉按照审判监督程序再审维持原裁判的民事、经济、行政案件，人民检察院再次提出抗诉应否受理的批复》（法复〔1995〕7 号）指出，上级人民检察院对下级人民法院已经发生法律效力的民事案件提出抗诉的，无论是同级人民法院再审还是指令下级人民法院再审，凡作出维持原裁判的判决、裁定后，原提出抗诉的人民检察院再次提出抗诉的，人民法院不予受理；原提出抗诉的人民检察院的上级人民检察院提出抗诉的，人民法院应当受理。由此可知，对于同一案件，同一人民检察院只能抗诉一次的限制仅适用于第一次再审结果维持原生效裁判的情形，既不适用于再审改判或发回重审等情形，也不适用于上级检察院抗诉的情形，对于因当事人申请已做出再审裁决的案件同样不适用。

实践中，对于一般民事纠纷，出现过检察院多次抗诉的案例。如"肖玉梅与徐理文、徐芬秀房屋买卖纠纷再审案"。本案中，芜湖区法院［1996］镜民初字第269号民事判决，在上诉期内各方当事人未提起上诉。1996年11月18日，徐理文与徐芬秀达成了退房还款协议。后双方办理了产权变更登记，房屋所有权仍又变回为徐理文所有。但徐理文未能依约返还徐芬秀购房款，而提出以该房屋折价抵偿徐芬秀的购房款，徐芬秀不同意，遂向芜湖市新芜区人民法院提起诉讼，要求徐理文返还购房款并赔偿经济损失。1997年4月17日，经新芜区法院调解，徐芬秀与徐理文达成调解协议。肖玉梅闻知向芜湖市中级人民法院申请再审。芜湖市中级人民法院复查认为：芜湖市镜湖区人民法院［1996］镜民初字第269号民事判决仅确认肖玉梅享有优先购买权而对其行使优先购买权的诉讼请求未予判决，显属违反法定程序。同时对徐芬秀诉徐理文返还购房款纠纷案复查认为：芜湖市新芜区人民法院调解协议损害了房屋承租人的优先购买权，遂于1997年5月15日作出裁定，分别指令芜湖市镜湖区法院和芜湖市新芜区法院再审。芜湖市镜湖区法院作出［1997］镜民再字第

3 号再审判决。1998 年 3 月 19 日,芜湖市检察院以镜湖区人民法院再审判决适用法律错误为由,向芜湖市中院提出抗诉。芜湖市中院于 1998 年 4 月 9 日作出 [1998] 芜中民监字第 01 号民事裁定,决定对本案进行提审。1998 年 3 月 19 日,芜湖市检察院以镜湖区法院再审判决适用法律错误为由,向芜湖市中院提出抗诉。芜湖市中院于 1998 年 4 月 9 日作出 [1998] 芜中民监字第 01 号民事裁定,决定对本案进行提审。芜湖市中院 [1998] 芜中民再字第 02 号民事判决,驳回抗诉,维持原判。安徽省检察院于 1999 年 8 月 12 日,向安徽省高院提出抗诉。1999 年 11 月 29 日,安徽高院作出 [1999] 皖民再终字第 019 号民事裁定,决定对本案进行提审。安徽高院作出 [1999] 皖民再终字第 019 号民事判决,驳回抗诉,维持原判。经安徽省检察院提请最高检于 2001 年 5 月 31 日向最高院提出抗诉,最高院于 2001 年 12 月 25 日作出 [2001] 民一抗字第 21 号民事裁定,决定对本案进行提审。2002 年 12 月 20 日,最高院作出 [2001] 民一抗字第 21 号判决,维持 [1999] 皖民再终字第 019 号民事判决。本案中,三级检察院都以抗诉启动了再审程序,但审理结果皆为维持原判。

(四) 驳回再审申请与再审次数

之所以将驳回再审申请单独提炼,是因为该问题在再审案件中尤其是再审次数中必须面对的重要问题,也是本次起草和讨论有关审判监督程序配套司法解释过程中存在争议的主要议题。

1. 司法限制与救济

根据《关于人民法院对民事案件发回重审和指令再审有关问题的规定》,驳回再审申请不属于"依照审判监督程序审理一次"范畴。即被法院驳回的再审申请并不计入审理次数之列。因此,当事人在法定期限内再次申请的，对于符合再审受理条件的，法院仍可审查受理后依照审判监督程序进行审理。

在《审判监督程序解释》起草和调研中，对于再审申请被驳回的案件，当事人是否可以相同事由再次申请再审的问题存在非常大的争议。一种意见认为，人民法院基于申请人提出的再审申请，对其申请再审事由是否成立进行了审查，并做出驳回再审申请的裁定，已经给予当事人一次救济机会。基于一事不再理原则，不应该给予申请人再次以同一事由申请再审的机会。另一种意见认为，本次《民事诉讼法》的修订是为了充分保障当事人再审申请权利的落实，解决申诉难、再审申请难，任何对申请人申请再审权利的限制性规定都是不符合本法本意的。立法者经研究认为，驳回再审申请的裁定虽然是发生法律效力的裁定，但不是对当事人实体权利义务的或第一、二审诉权的有效行使所做的裁定，而是对申请人能否通过行使申请再审权利启动再审程序所做的裁定，不应属于可以申请再审的裁定范畴①。《审判监督程序解释》第 24 条第二款 "驳回再审申请的裁定一经送达，即发生法律效力"，实际上就是这个意思。②

根据最高院《关于民事申请再审案件受理审查工作细则（试行）》（法 [2008] 122 号）第 28 条规定，申请人以相同理由再次申请再审的，一般不作为申请再审案件审查处理。该条从原则

①　参见江必新主编：《最高人民法院关于适用民事诉讼法审判监督程序司法解释理解与适用》，人民法院出版社 2008 年版，第 221 页。
②　"最为核心的改革理念是建立再审之诉——新民诉法审监程序司法解释出台本报独家专访最高人民法院副院长江必新"，载于《法制日报》，2008 年 12 月 8 日第 2 版。

上排除了当事人再次以相同理由申请再审的情形，但是"一般"的处理方式，为其他方式启动再审留下了介入通道，即当事人可以通过向法院和检察院申诉并请求其依职权启动再审程序。

我们认为，基于法官认识水平和角度不同，对于同一案件的判断也有所差异，而再审审查并非是对原生效裁判的实体判断，因此不能仅因审查机构做出的驳回再审申请通知书或裁定书就剥夺了当事人的再审诉权。结合《民事诉讼法》和最高人民法院《关于适用〈中华人民共和国民事诉讼法〉若干问题的意见》规定可知，对于不予受理、驳回起诉、驳回管辖权异议的裁定当事人可以申请再审。因此，对于再审申请在审查阶段即被驳回的案件，当事人以相同事由向上一级人民法院再次申请再审的，人民法院经审查认为符合立案条件的应当受理。如"上海一百（集团）有限公司与国元证券有限责任公司上海中山北路证券营业部、国元证券有限责任公司、上海星恒实业有限公司证券交易代理合同纠纷案"。上海一百（集团）有限公司不服上海高院[2006]沪高民二（商）终字第168号民事判决，于2007年4月9日向上海高级人民法院提出再审申请。上海高院复查后以[2007]沪高民二（商）监字第35号《驳回再审申请通知书》驳回了该公司第一次再审申请。2008年，该公司以相同事由向最高院申请再审。最高院审查后作出[2008]民二监字第62号民事裁定书，指令上海高院另行组成合议庭进行再审。

对于再审申请被多次驳回及被最高院驳回的案件，当事人是否可以再次申请再审的问题，2002年施行的《最高人民法院关于规范人民法院再审立案的若干意见（试行）》首次做出规定：经两级人民法院依照审判监督程序复查均驳回的申请再审或申诉案件，除再审申请人或申诉人提出新的理由且符合《民事诉讼法》规定的再审事由外，一般不予受理；对于最高院再审裁判或者复查驳回的民商事案件，再审申请人或申诉人仍不服提出再审申请或申诉的，不再受理。从理论上讲，当事人在不同时期发现不同的再审事由却有可能。但是，从诉讼实务的角度看，同一生效裁判存在两个或多个再审事由的情形是非常之少的。即便确实出现上述情形，当事人为加大本案进入再审的保险系数，也会尽可能地将其发现的再审事由一并提出。①

司法实践中，当事人往往并不热衷于寻求新的再审事由，而是寻求其他途径救济，包括申诉、信访等方式。1979 年《最高人民法院关于来信来访中不服人民法院判决的申诉案件应按审级处理的通知》指出，各级人民法院对申诉案件，按照上级人民法院对下级人民法院已经发生法律效力的判决和裁定，如果发现有错误，有权提审或指令下级人民法院再审的程序，结合当前的具体情况，采取层层负责，按审级归口处理的办法，切实把申诉案件处理好，减少来京上访人员。

2. 申诉制度

在我国，申诉是一项重要的法律制度，是宪法赋予公民的民主权利在诉讼中的体现。司法实践中，申诉也是引起案件审判监督程序的一个信息来源和重要因素。

对于再审申请被多次驳回的案件，当事人仍不服的，救济途径之一是向检察院提出申请，通过检察院抗诉再次启动再审程序。如"广水市农村信用合作联社与中国农业银行武汉市江南支

---

① 参见江必新主编：《最高人民法院关于适用民事诉讼法审判监督程序司法解释理解与适用》，人民法院出版社 2008 年版，第 221 页。

行、武汉市康乐物业发展公司、武汉市江汉桥梁经济发展公司同业拆借纠纷一案",广水市农村信用合作联社(下称"广水信用社")不服二审判决并申请再审。武汉中院于 2003 年 12 月 9 日作出〔2003〕武经监字第 23 号驳回再审申请通知书,湖北高院于 2004 年 10 月 25 日和 2006 年 11 月 13 日分别作出〔2004〕鄂监二民字第 25 号、〔2006〕鄂民监一字第 00023 号驳回再审申请通知书,驳回广水信用社的再审申请。2007 年,经广水信用社申请,湖北省检察院向湖北高院提出抗诉。湖北高院经审理,认为原一、二审判决认定事实清楚,但由于没有认识到《承诺书》的独立性和独立效力,导致适用法律错误,应予以纠正。2008 年 7 月 1 日,湖北高院经审判委员会讨论决定做出〔2007〕鄂民监一再终字第 00046 号判决,撤销湖北省武汉市中院〔2002〕武经终字第 650 号民事判决和武汉市洪山区法院〔2002〕洪民二初字第 42 号民事判决,驳回中国农业银行武汉市江南支行的诉讼请求。

针对再审申请被多次驳回和最高院立案庭裁定驳回再审申请的案件,当事人仍不服的,还可以向人民法院审监庭提出申诉,由法院依职权启动再审程序。申诉期间不停止原生效裁决的执行。为此,最高院早在 1950 年通过《最高人民法院华东分院为对第二审确定判决申诉案件应检卷送核令》即指出,如该院无特别指示,或受理法院认为无停止执行之必要者,原则上不停止执行,俾增强第二审判决的确定力,并减少当事人受诉讼拖累的痛苦。1951 年颁布的《最高人民法院华东分院关于第二审确定判决当事人不服提起申诉问题的解释》再次强调,这样一方面在个别案件中可以纠正下级人民法院的错误判决,另一方面,当事人得到法律救济机会,从而亦增加法院威信。因此,对于当事人不服第二审确定判决，准许提起申诉，乃监督司法程序问题，而不是审级问题。

虽然立法赋予了当事人申诉的权利，但从本质上说，申诉只是引起审判监督程序材料来源之一，能否引起审判监督程序取决于申诉是否符合法定条件。1989 年最高人民法院颁布的《关于各级人民法院处理民事和经济纠纷案件申诉的暂行规定》对当事人申诉条件和法院处理等问题做出系统规定。当事人、法定代理人对已经发生法律效力的判决、裁定，认为确有错误的，可以向人民法院申诉。各级人民法院处理申诉，实行分级负责的原则。对申诉人的申诉，一般由作出生效判决、裁定的人民法院审查处理。上级人民法院认为必要时，可以直接审查处理。

人民法院审查处理申诉，均应登记，认真审阅申诉材料，仔细听取申诉人的陈述并立申诉卷。申诉经人民法院审查，发现原判决、裁定确有错误，由审查处理该案的人民法院的院长依法提交审判委员会讨论决定。如果经过人民法院审查，认为原判决或裁定在认定事实上或者在适用法律上并无错误，法院则说服申诉人撤回申诉。1957 年最高院《关于申诉案件经审查无误后应用何种文件答复当事人或有关部门问题的批复》认为，可以参照《各级人民法院刑、民事案件审判程序总结》内所提的作法，以人民法院的名义用通知书将审查结果通知当事人或有关部门即可。申诉无理被通知驳回后，申诉人无新的事实和理由又提出申诉，人民法院则告知申诉人不再处理。对于确属无理取闹的申诉人，法院首先进行批评教育，使其服判息诉。对不接受教育、纠缠不走的，遣送回原地。经多次收容屡教不改，情节严重或触犯刑律的，移交有关机关依法处理。

2008 年 3 月 10 日，原最高院院长肖扬在《中华人民共和国第十一届全国人民代表大会第一次会议最高人民法院工作报告》中指出：要完善申诉复查和再审工作机制，着力解决申诉难，依法支持当事人的合理诉求。2003 年至 2007 年，最高人民法院审查申诉和申请再审案件 9860 件，监督和指导地方各级人民法院审查申诉案件 55.7 万件，其中申诉符合再审事由进入再审程序的案件 18.4 万件，占全部生效案件总数的 0.71%。报告指出，各级人民法院注意区分诉讼案件与信访事项，引导人民群众依照法定程序表达诉求，依法保障当事人正确行使申诉权利。对申诉和申请再审理由充分的，依法提起再审予以纠正，及时保护当事人的合法权益；对申诉和申请再审无理的，在驳回再审请求的同时做好服判息诉工作，最大限度地止争息访。

三、对再审次数限制的评判

针对再审启动次数，司法实务和立法领域均体现出不同的特性。

（一）司法实务中的矛盾性

司法实践中，反复启动再审的案件并不少见。根据案件性质和再审启动主体不同，多次启动再审案件反映了限制再审次数的矛盾性。

首先，对于部分案件原再审判决确有错误，当事人只有通过各种途径再次启动再审才能得到公正审理。从该角度看，严格限制再审次数，可能会造成当事人陷入"投诉无门"的困境。

（1）当事人直接申请再审，通过审判监督程序的再次启动维护自己的合法权益。如"王兴华、王振中、吕文富、梅明宇与黑龙江无线电一厂专利实施许可合同纠纷案"，无线电一厂不服〔1997〕黑经终字第 68 号民事判决，向原二审法院申诉，经黑龙江高院〔98〕黑高告字第 8 号函驳回申诉。最高院受理无线电一厂再审申请后，函转黑龙江高院审查处理。黑龙江高院以〔2002〕黑高商再字第 12 号民事判决撤销原审二审判决；维持哈尔滨市中院〔1994〕哈经三初字第 23 号民事判决。王兴华、王振中、吕文富、梅明字不服该再审判决并申请再审。最高院经审理认为，原再审判决违反法定程序，适用法律错误，应予纠正，并以〔2006〕民三提字第 2 号民事判决撤销了原再审判决。再如前述"任彦才、吕新建与陕西省第四纺织机械厂合伙建楼纠纷案"，原本十分普通的民事案件，法律适用也很清晰，诉讼标的不足 20 万元，却经历了一审、二审和三次再审五次诉讼，从基层法院到中级法院、高级法院，直至最高院，其间判决结果几经反复，给当事人造成繁重诉累。原审一、二审判决并无不当，原再审法院两次审理过程中却改变了当事人的原始诉请，由此做出的裁判应依法纠正。从这一角度而言，最高院第三次启动再审程序纠正这一错误确有必要。

（2）当事人申请法院复查，由法院依职权主动提起再审，纠正原再审错误裁判。如"武汉中联证券劳动服务公司与港澳祥庆实业返还财产纠纷再审案"，湖北高院于 1996 年 11 月 7 日作出〔1996〕鄂经初字第 73 号民事调解书并已经发生法律效力。因港澳祥庆实业申请再审，湖北高院经作出〔2001〕鄂高法监二民再字第 10 号民事调解书，后又因案外人澳门富昌地产提出异议，湖北高院第二次再审并作出〔2003〕鄂高法监二民再字第 5 号民事裁定书。最高院根据〔93〕民他字第 1 号《关于民事调解书确有错误当事人没有申请再审的案件人民法院可否再审的批复》规定，对本案进行提审。2006 年 2 月 16 日，最高院做出［2005］民四提字第 1 号民事判决书，撤销湖北省高级人民法院两次再审的裁判文书，维持一审法院民事调解书的法律效力。

其次，对再审裁决进行多次审理，一定程度上会破坏司法既判力和法院的公信力。从这一角度看，限制再审次数有其必要性。

（1）各当事人反复申请再审，案件经多次反复发回重审和上诉，造成"终审不终"的后果。如前述"沈阳市三武建筑有限公司与辽宁金鹏房屋开发有限公司建设工程施工合同纠纷案"，金鹏公司不服原审二审判决和辽宁高院再审判决，先后两次申请再审。最高院以［2005］民一提字第 7 号民事裁定书，撤销原一审、二审和再审判决，发回沈阳市中院重审。沈阳市中院以［2005］沈民再字第 152 号民事判决，驳回三武公司的诉讼请求。宣判后，三武公司不服并提起上诉。辽宁高院作出［2006］辽审民再终字第 11 号民事裁定，认为原审违反法定程序，撤销本院［2005］沈民再字第 152 号民事判决，发回重审。2007 年，沈阳市中院经审判委员会讨论决定，作出［2006］沈民再字第 77 号民事判决书，同时判决当事人就该再审判决仍可上诉。

（2）同一法院经审判委员会讨论后，就同一案件先后做出相互矛盾的再审判决情形。如"鞍钢集团国际经济贸易公司与巴拿马富春航业股份有限公司海上货物运输无单放货纠纷案"①，鞍钢

---

① "实际承运人在何种情况下应对无单放货承担责任——鞍钢集团国际经济贸易公司与巴拿马富春航业股份有限公司海上货物运输无单放货纠纷案"，载于《最后的裁判——最高人民法院典型疑难百案再审实录（房地产与公司企业案件卷）》，中国长安出版社 2007 年版，第 246－256 页。

集团国际经济贸易公司因不服最高院［2000］交提字第 6 号民事判决，提出再审申请。经审判委员会讨论，最高院作出［2005］民四再字第 2 号民事判决，撤销原再审判决，维持原审二审判决。本案是最高院经过两次再审作出不同判决的案件，这种情况在最高院的近年来的司法实践中极为少见。

（二）立法层面的利弊取舍

关于再审的次数应否限制以及究竟应限制到何种程度，各国立法规定并不一致。如第一章所述，大陆法系国家采用的是再审之诉的制度设置，将再审程序的启动归于当事人，法国在原则上限定当事人外，还例外地允许检察官在特定情形下启动再审，但所有设置均排除了法院自行主动提起再审，同时将再审的提起限定为一次。如果再审申请具备法定理由，则经法院裁定后启动再审程序，但再次审判只能一次。

对比之下，我国《民事诉讼法》始终未就再审次数做出明确限制。此次《民事诉讼法》修改，针对再审部分，细化了申请事由，并限定了申请期限，一定程度上缓解了当事人"反复再审"、"无限申诉"的问题，但是根据《最高人民法院关于人民法院对民事案件发回重审和指令再审有关问题的规定》，最高人民法院仅对当事人申请再审做出一次的限定，对于法院和检察院启动再审的次数并无限制，一定程度上导致不少再审案件"终审不终"的局面出现。

最高院副院长江必新在接受记者采访时指出，要辩证看待申诉难，一方面，"申诉难问题在一些法院确实存在"。但另一方面，也确有一些当事人滥用申诉权：有的借申诉拖延执行或逃避生效裁判所确定的义务；有的借申诉掩盖过错或推卸可能被追究的责任；有的借申诉上访让政府解决与诉讼完全无关的困难；有的借申诉谋取非法利益；有的借申诉进入诉讼"快车道"，搞诉讼"加塞儿"；等等。大量滥用申诉权的存在，不仅扰乱了正常的诉讼秩序和申诉秩序，浪费了诉讼资源，而且使一些真正有冤屈的当事人得不到及时有效救济。尤其应当提及的是，一项法院生效裁判可以被多次、反复而又几乎不受限制的申请再审，甚至因多渠道的过问而被反复地改判，这也引起了社会各界对司法权威的普遍担忧，人们由此对司法的终局性产生怀疑，司法作为解决纷争的应有社会价值似乎面临着越来越严峻的挑战！① 基于上述原因，不少人认为，一审中存在的错误在二审中一般能够得到纠正，申请再审上提一级以后，绝大多数案件结果的公正性已经得到保障，而且反复申诉，使裁判长久不能确定，更难于执行，故认为应当对以同样的再审事由再次提出再审申请予以适当限制。但也有人认为，明确限制再审次数，时机尚不成熟。

我们认为，民事再审制度设置的根本目的是为当事人诉争事项及时提供合法合理的解决方案，因此，对于再审制度的设置必然要平衡当事人的合法权益和司法秩序的安定性。作为两审终审制环境下，一种对生效裁判存在错误的特殊的救济程序，再审程序的启动无疑可以为当事人提供最后的救济途径。从前述分析来看，对于错误的再审裁判，却有必要再次启动再审程序。但审判监督程序毕竟是对生效裁判的再次检视，从整个诉讼环境来看，反复启动再审并非是保障当事人权益的最佳手段。从民事诉讼法

---

① "最为核心的改革理念是建立再审之诉——新民诉法审监程序司法解释出台本报独家专访最高人民法院副院长江必新"，载于《法制日报》2008 年 12 月 8 日第 2 版。

的宗旨和司法资源的有限性讲，与其增加再审次数，不如加大对普通程序的监督与投入，通过两审程序及时给当事人提供合理的纠纷解决方案。既要做到充分保障当事人申请再审的权利，依法及时受理、审查并再审纠正错案，又要防止矫枉过正，激活当事人的申诉欲望，弱化二审终审制度的功能，使有的当事人打着行使申请再审权利的合法外衣，在此寻求抗拒执行的"避风港"。①因此，我们主张，无论何种途径启动的再审，原则上一个案件只能进入一次再审，而不论再审结果是维持还是改判，都不得再提起再审诉讼，即再审次数原则上仅为一次。有原则即有例外，首先，对于审判人员在审理再审案件时有贪污受贿、徇私舞弊、枉法裁判行为，且该行为已经相关刑事法律文书或者纪律处分决定确认的，应不受再审次数限制。其次，对于不予再审改判将严重损害国家、社会或其他人的合法权益的案件可以不受再审一次的限制。除此之外，均应遵循再审一次的规定。

---

① 参见江必新主编：《最高人民法院关于适用民事诉讼法审判监督程序司法解释理解与适用》，人民法院出版社 2008 年版，第 38－39 页。

附录：民商事再审法律法规汇编及条文简释

中华人民共和国民事诉讼法（节选）

（1991 年 4 月 9 日第七届全国人民代表大会第四次会议通过　根据 2007 年 10 月 28 日第十届全国人民代表大会常务委员会第三十次会议《关于修改〈中华人民共和国民事诉讼法〉的决定》修正）

第一百七十七条　【法院决定再审】各级人民法院院长对本院已经发生法律效力的判决、裁定，发现确有错误，认为需要再审的，应当提交审判委员会讨论决定。

最高人民法院对地方各级人民法院已经发生法律效力的判决、裁定，上级人民法院对下级人民法院已经发生法律效力的判决、裁定，发现确有错误的，有权提审或者指令下级人民法院再审。

【简释】

法院依职权决定再审的案件，其审理法院的确定分为以下两种情况：

一、上级法院提审和指令再审。应注意的是，此处的上级法院不仅仅指上一级法院，而此处的指令再审是指指令做出生效裁判的原审人民法院对案件进行再审。提审和指令再审是最高人民法院和其他上级人民法院行使审判监督职能、纠正错案的方式。相关案例：天津市隆庆集团有限公司申请破产清偿案；张广和与天津市一轻集团（控股）有限公司等房屋纠纷再审案

（参见本书第四章第一节）

二、自行再审。在这种方式下，再审的决定有一特殊的程序，即要由本院院长提交本院审判委员会讨论决定。自行再审是各级人民法院自我监督、纠正错案的方式。**相关案例：** **罗忠华诉罗定烈损害赔偿纠纷再审案**（参见本书第四章第一节）

第一百七十八条 　**【当事人申请再审】** 当事人对已经发生法律效力的判决、裁定，认为有错误的，可以向上一级人民法院申请再审，但不停止判决、裁定的执行。

【简释】

本条主要规定了当事人的再审申请权及申请再审的管辖、效力。本次《民事诉讼法》主要修改了申请再审的管辖制度。修订前原第一百七十八条确立的是由作出生效裁判的原审法院和上一级法院对当事人申请再审享有共同管辖权，并基于当事人的申请行使管辖权的模式。虽然这种管辖模式赋予了当事人和上下级法院较大的自主性，但由于并未规定当事人只能向有管辖权的其中之一法院申请再审，也没有确立管辖冲突解决规则，因此造成了审判实践中申请再审管辖混乱。修订后的第一百七十八条，明确了由作出生效裁判的上一级法院对当事人的申请再审行使管辖权，这样不仅消除了当事人对原审法院管辖申请再审案件公正性的顾虑，也避免了法院管辖申请再审案件中的角色冲突和利益冲突，符合我国的国情。

第一百七十九条 　**【再审法定原因】** 当事人的申请符合下列情形之一的，人民法院应当再审：

【简释】

本条是关于再审事由的规定。此次《民事诉讼法》的修改，结合我国目前的政治、经济、文化和法治发展水平等现实国情，采用"列举主义"，力求尽可能为受到错误裁判损害的当事人提供救济机会。

（一）有新的证据，足以推翻原判决、裁定的；

【简释】

相关法条：《最高人民法院关于适用〈中华人民共和国民事诉讼法〉审

判监督程序若干问题的解释》（以下简称《审判监督解释》）第十条、《最高人民法院关于民事诉讼证据的若干规定》（以下简称《民事诉讼证据规定》）第四十四条。

现实中法院对于新证据的审查标准具有比较大的实质性，法院一般从该证据的形成时间、原审未提交的原因予以考察；此外还要考察其是否"足以推翻原判决、裁定"。

相关案例：蚌埠住房储蓄银行与蚌埠德亿房地产开发有限公司、河南德亿建筑装饰工程有限公司借款担保合同纠纷再审案；上海联盟房地产有限公司与上海银行中南银行、上海海通建设公司抵押借款纠纷再审案（参见本书第三章第三节）

（二）原判决、裁定认定的基本事实缺乏证据证明的；

【简释】

相关法条：《审判监督解释》第十一条。

本项是对原《民事诉讼法》中"原判决、裁定认定事实的主要证据不足"一项进行修改而来的。原规定在实践运用中较难把握，修改后在一定程度上增加了操作性和明确性。

关于原判决、裁定认定的基本事实缺乏证据证明，现实中较为常见的包含有如下几种情况：

一、义务的履行状况。**相关案例：**交通银行南昌分行诉海南赛格国际信托投资公司江西证券交易营业部存款支付纠纷再审案（参见本书第三章第三节）

二、当事人的主观认识状态。**相关案例：**中国农业银行临安市支行与上海宏广达实业公司杭州分公司、杭州临安医药玻璃厂借款合同纠纷再审案；上海国际信托投资有限公司与上海市综合信息交易所、上海三和房地产公司委托贷款合同纠纷再审案；中国房地产开发集团公司与深圳发展银行上海徐汇支行、上海唯亚实业投资有限公司等借款担保合同纠纷再审案（参见本书第三章第三节）

三、期限是否经过。**相关案例：**辽阳大型钢管厂与中国运输机械进出口公司购销合同纠纷再审案（参见本书第三章第三节）

四、法律关系是否成立。**相关案例：**中交第一公路勘察设计研究院与中国银行西安市咸宁路支行存款纠纷再审案（参见本书第三章第三节）

五、主体资格是否合法。**相关案例：**长沙市食品公司与云南一心食品开发有限公司、长沙市食品公司肉食批发部购销农副产品合同纠纷再审案

六、事实或行为是否发生。**相关案例：**中国银行股份有限公司烟台分行诉烟台开发区物资再生综合利用公司、烟台开发区房地产有限公司借款担保合同纠纷再审案；上海茶叶进出口公司诉中国工商银行金华市婺城支行、浙江超三超集团有限公司存单纠纷再审案；鞍钢集团国际经济贸易公司与巴拿马富春航业股份有限公司海上货物运输无单放货纠纷再审案；沈阳市三武建筑有限公司与辽宁金鹏房屋开发有限公司建设工程施工合同纠纷再审案；中国工商银行海南省分行营业部与海南正兴产业投资有限公司等联营开发房地产合同纠纷再审案（参见本书第三章第三节）

（三）原判决、裁定认定事实的主要证据是伪造的；

【简释】

本项所称之"事实"主要是指基本事实。"主要证据"是指能够证明案件基本事实，证明力强且必不可少的证据。"伪造"一般认为包括变造、虚假证据的情况。要注意的是，由于在民事诉讼中伪造证据，一般只采用民事强制制裁措施即可，因此在当事人以此事由申请再审时，受理法院不能要求申请人提供"伪证罪"有罪判决。**相关案例：**百善煤矿与深发公司、深圳建设集团借款合同纠纷再审案（参见本书第三章第三节）

（四）原判决、裁定认定事实的主要证据未经质证的；

【简释】

相关法条：《关于民事诉讼证据的若干规定》第四十七条。

本项规定的是主要证据未经质证的情况。需要注意的是，一方没有或者拒绝发表意见的情况并不等于未经质证。如该证据在证据交换中记录在卷，或者对其真实性无异议只是不对其证明力发表意见或者否认其证明力，都将被视为已经质证。

相关案例：东方公司广州办事处诉中山市工业原材料公司等借款担保合同纠纷案；王兴华、王振中、吕文富、梅明宇与黑龙江无线电一厂专利实施许可合同纠纷再审案（参见本书第三章第三节）

（五）对审理案件需要的证据，当事人因客观原因不能自行收集，书面申请人民法院调查收集，人民法院未调查收集的；

【简释】

相关法条：《审判监督解释》第十二条、《民事诉讼证据规定》第十七条、第十八条、第十九条。

本项规定的是当事人提出申请法院却未依职权调查收集证据的情况。"对审理案件需要的证据"在此处应当是指主要证据。另外应注意，当事人申请法院调查收集证据时，存在形式上的要求，即必须是书面形式提出申请。而且在实践中的一般情况下，由于对于相关证据情况比较了解，故当事人在提出书面申请的同时还需要提供证据线索。

（六）原判决、裁定适用法律确有错误的；

【简释】

相关法条：《审判监督解释》第十三条。

本项规定的是适用法律错误的情况，主要目的在于保证法律适用的正确性和统一性。原判决、裁定适用法律、法规或司法解释有下列六种情形之一的，人民法院应当认定为"适用法律确有错误"：

一、适用的法律与案件性质明显不符的。相关案例：广东大圣文化传播有限公司诉洪如丁、韩伟、原审被告广州音像出版社等侵犯著作权纠纷再审案；江西天绅化工有限责任公司与四川武陵卷烟厂破产清算组产品质量纠纷再审案；中国农业银行佳木斯市市区支行与广西防城港区金海岸贸易公司购销刚才合同纠纷再审案；中国建设银行苍梧县支行与中国银行广西壮族自治区分行营业部等信用证代垫款及担保纠纷再审案；交通银行武汉分行前进支行、交通银行武汉分行与西南证券有限责任公司证券回购纠纷再审案（参见本书第三章第三节）

二、确定民事责任明显违背当事人约定或者法律规定的。相关案例：北戴河金山宾馆与秦皇岛市商业银行股份有限公司、秦皇岛海源实业有限公司借款合同担保纠纷再审案；西安中国国际旅行社集团有限责任公司与西安纪元石化工业有限公司等借款纠纷再审案；聂晓斌与中国工商银行宾阳县支行存款合同纠纷再审案；中国工商银行东莞市虎门支行与河北省汽车工业贸易总公司汇明公司等汇票解付侵权纠纷再审案；上海一百（集团）有限公司与国元证券有限责任公司、第三人上海星恒实业有限公司等证券交易代理合同纠纷再审案；中国农业银行烟台市雅安市芝罘区支行与烟台地王房地产开发有限公司、邢同波等房屋买卖纠纷再审案；大连新益建材有限公司与大连仁达新型墙体建材厂侵犯专利权纠纷再审案（参见本书第三章第三节）

三、适用已经失效或尚未施行的法律的。

四、违反法律溯及力规定的。**相关案例：**中国银行股份有限公司烟台分行诉烟台开发区物资再生综合利用公司、烟台开发区房地产有限公司借款担保合同纠纷再审案；广西投资集团有限公司与中国信达资产管理公司南宁办事处保证合同纠纷再审案（参见本书第三章第三节）

五、违反法律适用规则的。**相关案例：**美国总统轮船公司与菲达电器厂、菲利公司、长城公司无单放货纠纷再审案（参见本书第三章第三节）

六、明显违背立法本意的。**相关案例：**中国建设银行湖南省分行营业部与中国农业银行邵阳市分行等拆借、借款合同纠纷再审案；三门峡市湖滨区东风家用电器批零部与中国建设银行柳州市八一支行存款纠纷再审案；湘潭市机械工业行业管理办公室与湖南省湘潭建材钢铁总厂、湘潭台通实业有限公司房屋买卖纠纷再审案；中国人民银行防城港市中心支行诉广西防城港星港假日酒店等借款合同抵押担保纠纷案；北大方正集团有限公司、北京红楼计算机科学技术研究所因与北京高术天力科技有限公司、北京高术科技公司计算机软件著作权侵权纠纷再审案（参见本书第三章第三节）

（七）违反法律规定，管辖错误的；

【简释】

相关法条：《审判监督解释》第十四条。

管辖错误是这次《民事诉讼法》修订新增加的再审事由。主要包括违反专属管辖、专门管辖规定以及其他严重违法行使管辖权的情况。**相关案例：**浙江省图书馆与何湖苹等网络著作权侵权纠纷再审案；中国农业银行南

通市经济技术开发区支行与华夏银行济南分行等承兑汇票纠纷案（参见本书第三章第三节）

（八）审判组织的组成不合法或者依法应当回避的审判人员没有回避的；

【简释】

相关法条：《民事诉讼法》第四十五条。

此项是本次民事诉讼法修订的新增事由，规定的是审判组织存在瑕疵的情况。其中"审判组织不合法"包含多种情形，如依法应组成合议庭进行审理的案件却进行了独任审判，又如合议庭组成人员中有法官缺席或出席审判的法官与之前确定告知当事人的法官不同等等。"依法应当回避的审判人员没有回避"主要包括两种情形：一是法官依法应主动回避却没有回避的；二是当事人申请法官回避，且法院已经宣告申请成立，但该法官没有回避的。

（九）无诉讼行为能力人未经法定代理人代为诉讼或者应当参加诉讼的当事人，因不能归责于本人或者其诉讼代理人的事由，未参加诉讼的；

【简释】

此项是本次民事诉讼法修订的新增事由，规定的是当事人未能合法参加诉讼的情形。**相关案例：**海南鞍钢实业总公司与宁波保税区现代对外贸易有限公司、洋浦万鼎实业有限公司代开信用证合同债务纠纷再审案（参见本书第三章第三节）

应注意，在司法实践中，如果出现当事人于诉讼过程中丧失行为能力的情况，而法院没有裁定中止诉讼等待其法定代理人代为进行诉讼，而是继续进行审判的，便属于本项规定的可以申请再审的事由。

（十）违反法律规定，剥夺当事人辩论权利的；

【简释】

相关法条：《审判监督解释》第十五条。

此项是本次民事诉讼法修订的新增事由，也是我国立法与外国立法相比较为特殊的再审事由。原审开庭过程中审判人员不允许当事人行使辩论权利，或者以不送达起诉状副本或上诉状副本等其他方式，致使当事人无法行使辩论权利的，人民法院应当认定为"剥夺当事人辩论权利"。但依法缺席审理，或者在二审程序中依法采用书面审理的不属于本项规定的情形。

（十一）未经传票传唤，缺席判决的；

【简释】

此项是本次民事诉讼法修订的新增事由。传票传唤，是指法院以发送传票的方式，通知当事人开庭的时间、地点，传唤当事人届时前去参加诉讼，是一种最正规的传唤当事人的方式。**相关案例：** 王兴华、王振中、吕文富、梅明宇与黑龙江无线电一厂专利实施许可合同纠纷再审案（参见本书第三章第三节）

应注意，在审判实践中，只要法院未通过传票传唤，而不论其是否采用了电话传唤或通知书等其他任何方式传唤，缺席判决的，当事人都可以依据本事由申请再审。

（十二）原判决、裁定遗漏或者超出诉讼请求的；

【简释】

此项是本次民事诉讼法修订的新增事由。遗漏或者超出诉讼请求，违背不告不理的基本原则属于明显的裁判技术错误。**相关案例：** 蒙特莎（张家港）食品有限公司与意大利费列罗公司等不正当竞争纠纷再审案；赖恰莲与汕头经济特区启华厂房开发有限公司购房合同纠纷案；泛华工程有限公司西南公司与重庆新型建筑材料开发公司等土地使用权纠纷再审案（参见本书第三章第三节）

应注意，如果当事人在原审过程中曾经增加或放弃诉讼请求的，以变更后的诉讼请求为基准。

（十三）据以作出原判决、裁定的法律文书被撤销或者变更的。

【简释】

相关法条：《审判监督解释》第十六条。

此项规定的是裁判依据错误的情况。据以作出原判决、裁定的法律文书因为各种原因被撤销或变更，便等于原判决、裁定的作出已经失去了法律基础。

对违反法定程序可能影响案件正确判决、裁定的情形，或者审判人员在审理该案件时有贪污受贿，徇私舞弊，枉法裁判行为的，人民法院应当再审。

【简释】

相关法条：《审判监督解释》第十七条、第十八条。

本条款规定的是程序性兜底事由和枉法裁判。违反法定程序可能影响案件正确判决、裁定的情形，是指除民事诉讼法第一百七十九条第一款之外的其他违反法定程序，可能导致案件裁判结果错误的情形。当事人以此为由申请再审的，需要说明该种违反法定程序的情形，可能导致裁判结果错误。此外，当事人对于审判人员在审理该案件时有贪污受贿，徇私舞弊，枉法裁判行为，依据需要有相关刑事法律文书或者纪律处分决定。拒绝有独立请求权的第三人参加诉讼，属于违反程序可能导致裁判错误的常见情形。

相关案例：中国农业银行昆明市官渡区支行与昆明策裕集团有限公司等借款担保合同纠纷再审案（参见本书第三章第三节）

第一百八十条　【申请再审的材料】当事人申请再审的，应当提交再审申请书等材料。人民法院应当自收到再审申请书之日起五日内将再审申请书副本发送对方当事人。对方当事人应当自收到再审申请书副本之日起十五日内提交书面意见；不提交书面意见的，不影响人民法院审查。人民法院可以要求申请人和对方当事人补充有关材料，询问有关事项。

【简释】

相关法条：《审判监督解释》第三条、第四条。

本条是此次《民事诉讼法》修改中增加的条款，主要是对当事人申请再审审理程序的规定。我国司法实践中，对当事人申请再审案件的审理程序基本包括三个阶段：立案受理阶段、审查阶段和再审审理阶段。本条便是本着三段架构的审理程序模式，就当事人再审申请的提起、对方当事人的权利及法院的审查方式作出的规定。需要注意以下三个方面：

一、再审申请书应载明的内容及相关证明材料所包含的范围。（参见《审判监督解释》的规定）

二、我国《民事诉讼法》修改前，审判监督程序中仅规定了当事人申请再审的权利，而并未给对方当事人参加诉讼设定一定程序。本条规定首次明确了法院有向对方当事人发送再审申请书副本的义务，对方当事人有提交书面意见的权利，使对方当事人的诉讼权利能够得到应有的保障。

三、我国《民事诉讼法》修改前，审判监督程序中未规定法院应采取什么方式审查。通过本条规定，明确了法院对当事人申请的再审案件，有权根据案件需要，要求双方当事人补充有关材料或向双方当事人询问有关事项。按照法院的要求提供材料，接受法院的询问，也是双方当事人的诉讼义务。此类行为，应主要发生在法院对当事人申请再审的事由是否成立所进行的实质审查阶段，属于法院依法进行的查证行为。

第一百八十一条 　**【再审的审查与审级】** 人民法院应当自收到再审申请书之日起三个月内审查，符合本法第一百七十九条规定情形之一的，裁定再审；不符合本法第一百七十九条规定的，裁定驳回申请。有特殊情况需要延长的，由本院院长批准。

【简释】

第一百八十一条第一款是对《民事诉讼法》原一百七十九条第二款进行修改的基础上，对审查期限、审查终结处理方式的规定。从有利于当事人申请再审权利的尽快实现，以及稳定社会秩序的角度出发，将当事人申请再审的审查期限最终确定为3个月，同时规定在特殊情形下，由院长批准可以延长。而对于审查终结的处理方式，特别是驳回申请的情况下，根据修改前的《民事诉讼法》和《民诉意见》的规定，是采用"驳回再审申请通知书"的方式。然而通知书不属于民事裁判文书的范畴，更不具有司法强制执行力，以通知书的形式对当事人诉的成立与否作出裁决，于法无据，更不利于当事人申请再审权利的充分保护。本条款修改了审查终结处理方式，明确了法院对当事人再审申请进行审查后，不论是决定再审，还是驳回申请，均要以裁定的方式作出。**相关案例：** 最高法院驳回沈金钊诉上海远东出版社图书出版合同纠纷再审申请通知书（参见本书第三章第二节）

另外应当注意，对于当事人提出多个申请理由的，只要有一个成立，即应裁定再审。裁定再审的，不论述其如何地符合条件。对于当事人提出多个申请理由，都不成立的，裁定驳回需要逐条辨析。**相关案例**：王志荣与湖南大学出版社出版合同纠纷再审案（参见本书第三章第二节）

因当事人申请裁定再审的案件由中级人民法院以上的人民法院审理。最高人民法院、高级人民法院裁定再审的案件，由本院再审或者交其他人民法院再审，也可以交原审人民法院再审。

【简释】

相关法条：《审判监督解释》第二十七条、第二十九条。

第一百八十一条第二款包含了以下两个原则：

一、当事人提起申请并裁定再审的案件，只能有中级以上人民法院审理，基层人民法院无权对再审案件进行审理。

二、最高人民法院、高级人民法院裁定再审案件，其审理法院有三种情况：

1. 由裁定再审的最高人民法院或高级人民法院审理。

2. 交原审人民法院同级的其他人民法院审理。**相关案例**：重庆市江津区农村信用合作联社先锋信用社与重庆市江津区福禄特技术开发有限责任公司等借款合同纠纷再审案（参见本书第四章第一节）

3. 交原审人民法院审理。**相关案例**：吕其峰等与安宁市太平镇读书铺村民委员会小河边村民小组财产损害赔偿纠纷申请再审案（参见本书第四章第一节）

第一百八十二条 **【调解书再审】**当事人对已经发生法律效力的调解书，提出证据证明调解违反自愿原则或者调解协议的内容违反法律的，可以申请再审。经人民法院审查属实的，应当再审。

【简释】

相关法条：《审判监督解释》第四十条。

当事人以调解书违反自愿原则申请再审的，需要提供相关证据证明，法院通过审查认定存在违背自愿情形才可裁定再审。违背自愿主要是指存在胁迫、欺诈的情形，而不包括当事人一方由于不了解或者对形势、结果的判断失误的情形。**相关案例：中国银行杭州市开元支行与杭州银河贸工（集团）公司、浙江外事旅游汽车公司借款合同纠纷再审案（参见本书第三章第三节）**

调解协议违法，是指调解书内容违反法律、行政法规的禁止性规定。但现实中由于调解协议一般在经法院的调解后达成，因此出现违法的情形比较少见。**相关案例：天津市运通房地产建设开发公司与天津市河东区王串场十七段翻建工程指挥部联建纠纷再审案（参见本书第三章第三节）**

第一百八十三条　【离婚判决不得再审】 当事人对已经发生法律效力的解除婚姻关系的判决，不得申请再审。

【简释】

本条属于法定的不能申请再审的裁判类型。我国通过司法解释，规定了一系列不能申请再审的裁判类型，具体归纳详见本书第二章第三节。

第一百八十四条　【申请再审期限】 当事人申请再审，应当在判决、裁定发生法律效力后二年内提出；二年后据以作出原判决、裁定的法律文书被撤销或者变更，以及发现审判人员在审理该案件时有贪污受贿，徇私舞弊，枉法裁判行为的，自知道或者应当知道之日起三个月内提出。

【简释】

相关法条：《审判监督解释》第二条。

本条是在对《民事诉讼法》原第一百八十二条进行修改的基础上，规定了当事人申请再审的期限。主要是对第一百七十九条第一款第（十三）项规定的情形和第一百七十九条第二款规定的情形，作出了虽然超过二年后，但仍给予一定宽限期间的补充规定。

本条所规定的二年为不变期间，自判决、裁定发生法律效力次日起计算，且不适用中止、中断和延长的规定。所规定的 3 个月期间，属于相对期间，自当事人知道或应当知道两种情形发生之日起算。

第一百八十五条　【原裁判执行中止】 按照审判监督程序决定

再审的案件，裁定中止原判决的执行。裁定由院长署名，加盖人民法院印章。

【简释】

相关案例：原告上海一百（集团）有限公司与被告国元证券有限责任公司上海中山北路证券营业部、国元证券有限责任公司及第三人上海星恒实业有限公司证券交易代理合同纠纷一案；广西南宁地区地产公司与浙江台州飞龙集团有限公司项目资产整体转让合同纠纷一案（参见本书第五章第一节）

第一百八十六条　【再审审理】人民法院按照审判监督程序再审的案件，发生法律效力的判决、裁定是由第一审法院作出的，按照第一审程序审理，所作的判决、裁定，当事人可以上诉；发生法律效力的判决、裁定是由第二审法院作出的，按照第二审程序审理，所作的判决、裁定，是发生法律效力的判决、裁定；上级人民法院按照审判监督程序提审的，按照第二审程序审理，所作的判决、裁定是发生法律效力的判决、裁定。

人民法院审理再审案件，应当另行组成合议庭。

【简释】

再审审理程序准用原审的审理程序，主要包含以下三个方面：

1. 人民法院按照审判监督程序再审的案件，发生法律效力的判决、裁定是由第一审法院作出的，按照第一审程序审理，所作的判决、裁定，当事人可以上诉。**相关案例：**李龙生与张向前买卖合同纠纷再审案（参见本书第四章第三节）

2. 发生法律效力的判决、裁定是由第二审法院作出的，按照第二审程序审理，所作的判决、裁定，是发生法律效力的判决、裁定。**相关案例：**陈智与张康来夫妻离婚后财产纠纷再审案（参见本书第四章第三节）

3. 上级人民法院按照审判监督程序提审的，按照第二审程序审理，所作的判决、裁定是发生法律效力的判决、裁定。**相关案例：**黄定国与华坪县焱光实业有限公司承包合同纠纷再审案（参见本书第四章第三节）

第一百八十七条 **【检察院抗诉】**最高人民检察院对各级人民法院已经发生法律效力的判决、裁定，上级人民检察院对下级人民法院已经发生法律效力的判决、裁定，发现有本法第一百七十九条规定情形之一的，应当提出抗诉。

地方各级人民检察院对同级人民法院已经发生法律效力的判决、裁定，发现有本法第一百七十九条规定情形之一的，应当提请上级人民检察院向同级人民法院提出抗诉。

【简释】

本条主要规定了检察机关的抗诉事由和抗诉程序。此次《民事诉讼法》的修改对检察院的抗诉事由以及接受抗诉的法院都进行了完善，将检察机关抗诉再审的事由与当事人申请再审的事由相统一，而对于接受抗诉的法院在修改后的法条表述上也更加明确。而对于最高院的生效裁判，目前的实践中特别是2001年以后，最高检一般不提出民事抗诉。但在此之前，最高检对最高院的生效裁判作出抗诉，也不乏其例。**相关案例：**中国工商银行迁西县支行与河北金厂峪金矿、河北省京东板栗系列食品开发公司借款担保合同纠纷再审案（参见本书第二章第三节）

另外，关于抗诉的范围，需要注意一下最高院一系列司法解释中对于不予受理的抗诉类型的规定，详细归纳参见本书第二章第三节。

第一百八十八条 **【抗诉后果】**人民检察院提出抗诉的案件，接受抗诉的人民法院应当自收到抗诉书之日起三十日内作出再审的裁定；有本法第一百七十九条第一款第（一）项至第（五）项规定情形之一的，可以交下一级人民法院再审。

【简释】

本条主要规定了法院接受抗诉后裁定再审的期限和审级。

相较修改前"人民检察院提出抗诉的案件，人民法院应当再审"的规定，本条明确了法院作出再审裁定的期限为30日，避免了抗诉后不能及时启动再审的情况。同时应注意将此处规定的30日启动再审期限与再审审理的审限相区别。

因检察院抗诉而提起再审的案件，其审理法院的确定分为以下两种方式：

一、由接受抗诉的法院审理。**相关案例**：吉林省国土资源开发实业总公司与海南金岗实业投资公司合作开发地产项目合同纠纷再审案；海口长信房地产开发有限公司与邬敏浩商品房预售合同纠纷再审案（参见本书第四章第一节）

二、由接受抗诉的法院交下一级法院审理。需要注意的是，由于接受抗诉的法院并不限于上一级法院，而可以是最高人民法院或其他上级法院，所以此处说的其下一级法院就不限于原审法院，而是既包括原审法院，也包括原审法院的上级法院，还可能包括其他法院。**相关案例**：中外合资华东联合制罐有限公司诉北京市昌宁产业有限责任公司加工承揽合同纠纷抗诉案（参见本书第四章第一节）

第一百八十九条 【抗诉书】人民检察院决定对人民法院的判决、裁定提出抗诉的，应当制作抗诉书。

第一百九十条 【检察员出庭】人民检察院提出抗诉的案件，人民法院再审时，应当通知人民检察院派员出席法庭。

最高人民法院关于适用《中华人民共和国民事诉讼法》审判监督程序若干问题的解释

（2008 年 11 月 10 日最高人民法院审判委员会第 1453 次会议通过　2008 年 11 月 25 日公布　法释〔2008〕14 号）

为了保障当事人申请再审权利，规范审判监督程序，维护各方当事人的合法权益，根据 2007 年 10 月 28 日修正的《中华人民共和国民事诉讼法》，结合审判实践，对审判监督程序中适用法律的若干问题作出如下解释：

第一条　当事人在民事诉讼法第一百八十四条规定的期限内以民事诉讼法第一百七十九条所列明的再审事由，向原审人民法院的上一级人民法院申请再审的，上一级人民法院应当依法受理。

【简释】

本条规定了申请再审的主要条件。第一，当事人应当在规定期限内提出申请，即民事诉讼法第 184 条规定的两年和三个月。如果当事人超出期限仍然坚持申请的，法院应当受理，但将按照本司法解释第 19 条之规定裁定驳回再审申请；第二，当事人应当以民事诉讼法第 179 条所列事由申请再审，如果当事人超出再审事由范围的，法院应当受理，但是将按照本司法解释第 19 条之规定裁定驳回再审申请；第三，当事人应当向原审法院的上一级法院提起再审申请，如果申请人坚持向原审法院申请再审的，法院将按照申诉案件处理。

第二条　民事诉讼法第一百八十四条规定的申请再审期间不适

用中止、中断和延长的规定。

【简释】

本条明确了民事诉讼法第 184 条规定的期间为除斥期间，当期间届满时权利当然消灭。

第三条 当事人申请再审，应当向人民法院提交再审申请书，并按照对方当事人人数提出副本。

人民法院应当审查再审申请书是否载明下列事项：

（一）申请再审人与对方当事人的姓名、住所及有效联系方式等基本情况；法人或其他组织的名称、住所和法定代表人或主要负责人的姓名、职务及有效联系方式等基本情况；

（二）原审人民法院的名称，原判决、裁定、调解文书案号；

（三）申请再审的法定情形及具体事实、理由；

（四）具体的再审请求。

【简释】

本条是对当事人再审申请书形式上的规定和要求。司法解释规定了三种再审审查方式，即径行裁定、调阅卷宗、询问当事人。关于径行裁定的审查，法院并不调查卷宗或者询问当事人，只根据当事人提交的书面材料进行审查，因此这就对当事人的法律知识和诉讼能力提出了更高的要求。实践中，当事人应该将再审申请书区别于申诉材料或信访材料。

第四条 当事人申请再审，应当向人民法院提交已经发生法律效力的判决书、裁定书、调解书，身份证明及相关证据材料。

第五条 案外人对原判决、裁定、调解书确定的执行标的物主张权利，且无法提起新的诉讼解决争议的，可以在判决、裁定、调解书发生法律效力后二年内，或者自知道或应当知道利益被损害之日起三个月内，向作出原判决、裁定、调解书的人民法院的上一级人民法院申请再审。

在执行过程中，案外人对执行标的提出书面异议的，按照民事诉讼法第二百零四条的规定处理。

【简释】

新民事诉讼法第204条规定了案外人申请再审的基本法律依据，为了增强法律的可操作性，本条规定了案外人申请再审的两种方式：第一，案外人对原判决、裁定、调解书确定的执行标的物主张权利，且无法提起新的诉讼解决争议的，可以向作出原判决、裁定、调解书的人民法院的上一级法院申请再审。第二，在强制执行程序中，案外人对执行标的提出书面异议，人民法院在审查期限内发现案外人的异议理由成立，法院将作出中止执行的裁定，然后，案外人向人民法院申请再审。

实践中需要注意的是，本条第1款"案外人对原判决、裁定、调解书确定的执行标的物主张权利"事由，主要指物权，而第2款中"执行标的"既包括物以及其他可转让权利，也包括履行一定行为。案外人申请再审仅为撤销之诉，因此其提出异议的事由一般不适用第179条列举的事由，而仅为其与原审裁判及调解书存在不可分的诉的利益或权利。

第六条 申请再审人提交的再审申请书或者其他材料不符合本解释第三条、第四条的规定，或者有人身攻击等内容，可能引起矛盾激化的，人民法院应当要求申请再审人补充或改正。

【简释】

当事人提交的材料中，缺少再审申请书的，法院应该要求当事人补充，未予补充的，法院将不作为申请再审案件处理；当事人提交的材料中，缺少原审法院已生效判决书、裁定书、调解书或当事人身份材料等司法解释第3条第4条规定材料的，法院应该要求当事人予以补充，未予补充或补充不符合条件的，法院不应因材料不合格而拒绝受理审查；当事人提交的材料中存在谩骂、侮辱或其他人身攻击等不利于纠纷解决的表达内容，法院应当要求申请人予以改正。

第七条 人民法院应当自收到符合条件的再审申请书等材料后五日内完成向申请再审人发送受理通知书等受理登记手续，并向对方当事人发送受理通知书及再审申请书副本。

【简释】

本条规定了 5 日的起算点，即从收到符合本司法解释规定条件的再审申请书之日起开始计算。这一条意味着如果当事人的再审申请符合条件，法院应无条件受理，案件同时进入立案审查阶段。此条不但增强了操作性，更落实了对当事人再审申请权利的司法保护。

第八条 人民法院受理再审申请后，应当组成合议庭予以审查。

【简释】

法院受理再审申请后，将组成合议庭审查当事人的再审申请。关于合议庭的组成人员，法律和司法解释都没有明确规定，但是根据最高人民法院审判监督庭法官的意见来看，合议庭应该由审判员组成。

第九条 人民法院对再审申请的审查，应当围绕再审事由是否成立进行。

【简释】

本条明确了当事人申请再审时法院在审查阶段的工作任务和目的。需要注意的是，不能将法院的审查等同于复查。法院在此阶段只针对再审申请人宣称的再审事由是否存在予以审查，而非对全案展开调查。至于原审裁判的对与错，会留待再审审理后作出评判。另外，如果双方当事人均提出再审申请，法院将双方当事人所主张的再审事由一并审查。

第十条 申请再审人提交下列证据之一的，人民法院可以认定为民事诉讼法第一百七十九条第一款第（一）项规定的"新的证据"：

（一）原审庭审结束前已客观存在庭审结束后新发现的证据；

（二）原审庭审结束前已经发现，但因客观原因无法取得或在规定的期限内不能提供的证据；

（三）原审庭审结束后原作出鉴定结论、勘验笔录者重新鉴定、勘验，推翻原结论的证据。

当事人在原审中提供的主要证据，原审未予质证、认证，但足以推翻原判决、裁定的，应当视为新的证据。

【简释】

本条是关于再审新的证据的规定。其中第一款第二项主要是指，在正常情况下当事人即使知道该证据的存在也无法获得的证据。比如重要的证人下落不明，等原审审理结束后，该证人才再次出现并同意作证的。第一款第三项是指，同一家鉴定结论、勘验笔录作出者根据同样的检材，重新作出鉴定结论、勘验笔录，推翻自己原先做出的鉴定结论、勘验笔录的情形。第二款新证据的情形是根据我国现有的国情所作出的适度扩张解释，比如原审当事人超出举证期限提出的证据，对方当事人往往以超过举证时限不予质证，故原审判决没有将其作为定案依据。但该类证据足以证明作出的判决、裁定有错误的，应属于再审中的新证据情形。

在司法实践中，法官对于再审新证据的把握主要从以下三个方面入手：第一，证据的形成时间。再审新证据应该形成于原审庭审终结前；发现于原审庭审结束后或者原审庭审结束前；提交于再审申请时。第二，证据的关联性。再审新证据应该具有足够的证明力，并且该证据与原审诉讼具有不可分性。如果新的证据与原审诉讼具有可分性，应另行起诉处理，而非通过再审这种救济程序。第三，证据形成的主观要件。根据主观要件的要求，再审新证据一般指不可归责于当事人的原因在原审辩论终结前未发现并提交的证据。我国立法和实务界就该主观要件引入的必要性意见不一，但是根据主流观点，对再审新证据主观要件的把握是一个倡导和引导的过程。

第十一条 对原判决、裁定的结果有实质影响、用以确定当事人主体资格、案件性质、具体权利义务和民事责任等主要内容所依据的事实，人民法院应当认定为民事诉讼法第一百七十九条第一款第（二）项规定的"基本事实"。

【简释】

该条是关于基本事实范围的规定。从民事诉讼法律关系和民事法律关系的要素出发，基本事实应该包括民事法律关系的主体、客体、内容三方面。具体说来即当事人的主体资格、案件性质、具体权利义务以及民事责任。如果上述事实直接影响原审判决、裁定的结果，并且缺乏证据证明，人民法院应当裁定再审。

第十二条 民事诉讼法第一百七十九条第一款第（五）项规定的"对审理案件需要的证据"，是指人民法院认定案件基本事实所必须的证据。

第十三条 原判决、裁定适用法律、法规或司法解释有下列情形之一的，人民法院应当认定为民事诉讼法第一百七十九条第一款第（六）项规定的"适用法律确有错误"：

（一）适用的法律与案件性质明显不符的；

（二）确定民事责任明显违背当事人约定或者法律规定的；

（三）适用已经失效或尚未施行的法律的；

（四）违反法律溯及力规定的；

（五）违反法律适用规则的；

（六）明显违背立法本意的。

【简释】

本条规定了法律适用错误的六种情形。实践中应该注意的问题是：第一，"适用法律确有错误"中的"法律"包括，法律、法规、司法解释。第二，法律适用规则包括法律顺位原则，特别法优于普通法原则，强行法优于任意法原则，例外规定排除一般规定的原则，后法优于先法原则，作出符合当事人合意的解释。但是违反法律适用原则，并不必然导致裁判结果错误，因此，也不必然能因此而启动再审程序。第三，关于司法解释的溯及力问题。一般的司法解释应当追溯至被解释的法律生效之日，但司法解释附则中对溯及力有特别规定的，从其规定。第四，"明显违背立法本意的"属于兜底性条款，至于如何把握立法本意，司法实践中适用该条时应当逐级上报到高级人民法院或者最高人民法院，由上级法院协调、认可。

第十四条 违反专属管辖、专门管辖规定以及其他严重违法行使管辖权的，人民法院应当认定为民事诉讼法第一百七十九条第一款第（七）项规定的"管辖错误"。

第十五条 原审开庭过程中审判人员不允许当事人行使辩论权利，或者以不送达起诉状副本或上诉状副本等其他方式，致使当事人无法行使辩论权利的，人民法院应当认定为民事诉讼法第一百七十九条第一款第（十）项规定的"剥夺当事人辩论权利"。但依法缺席审理，依法径行判决、裁定的除外。

【简释】

本条是对剥夺当事人辩论权利的认定。其中，依法径行判决、裁定指的是二审程序中不需要开庭审理的情形。

第十六条 原判决、裁定对基本事实和案件性质的认定系根据其他法律文书作出，而上述其他法律文书被撤销或变更的，人民法院可以认定为民事诉讼法第一百七十九条第一款第（十三）项规定的情形。

【简释】

被撤销或者变更的"其他法律文书"包括判决书、裁定书、调解书、仲裁裁决书、行政决定等。

第十七条 民事诉讼法第一百七十九条第二款规定的"违反法定程序可能影响案件正确判决、裁定的情形"，是指除民事诉讼法第一百七十九条第一款第（四）项以及第（七）项至第（十二）项之外的其他违反法定程序，可能导致案件裁判结果错误的情形。

【简释】

为了使民事诉讼法第一百七十九条上下两款联系紧密，逻辑合理，本条规定除民事诉讼法第一百七十九条第一款第（四）项，第（七）至（十二）项之外的其他违反法定程序的情形，可能导致案件裁判结果错误的，法院应该再审。

第十八条 民事诉讼法第一百七十九条第二款规定的"审判人员在审理该案件时有贪污受贿，徇私舞弊，枉法裁判行为"，是指该行为已经相关刑事法律文书或者纪律处分决定确认的情形。

第十九条 人民法院经审查再审申请书等材料，认为申请再审事由成立的，应当径行裁定再审。

当事人申请再审超过民事诉讼法第一百八十四条规定的期限，

或者超出民事诉讼法第一百七十九条所列明的再审事由范围的，人民法院应当裁定驳回再审申请。

【简释】

所谓径行裁定是指，法院仅就当事人或者案外人提交的书面材料进行审查，无需通过询问或者调卷等方式就可以作出再审事由是否成立的判断。此种审查基础完全依赖于再审申请的书面材料，提高了审查效率的同时，也为当事人的诉讼能力和法律基础知识提出了更高的要求。为了兼顾效率与公平，法院在适用径行裁定审查方式时将非常慎重，只有再审事由明显成立或者明显不成立的情形下，才可以适用此种方式作出裁定。

第二十条 人民法院认为仅审查再审申请书等材料难以作出裁定的，应当调阅原审卷宗予以审查。

【简释】

本条规定了调阅卷宗的原则，即审查申请书等材料难以作出裁定的。至于什么情形属于难以作出裁定，司法解释并没有作出规定，实际上将决定权交给了负责审查的法院。

第二十一条 人民法院可以根据案情需要决定是否询问当事人。

以有新的证据足以推翻原判决、裁定为由申请再审的，人民法院应当询问当事人。

【简释】

本条第一款是法院采用询问当事人方式的一般原则，第二款是法院必须适用询问当事人方式的特殊规定。当事人如果以民事诉讼法第一百七十九条第一款第（一）项事由申请再审的，法院必须询问当事人，当事人如果以民事诉讼法第一百七十九条其他事由申请再审的，法院可以根据案情需要决定是否询问当事人。

民事诉讼法明确规定法院可以依法询问当事人，这就意味着当事人有接受法院依法询问的义务。

第二十二条 在审查再审申请过程中，对方当事人也申请再审的，人民法院应当将其列为申请再审人，对其提出的再审申请一并审查。

【简释】

法院对双方当事人的再审申请应该分别审查，如果双方当事人的再审申请均成立，法院应裁定再审，双方当事人均处于再审申请人的地位，并都有权提出诉讼请求；如果一方当事人的申请事由成立，而另一方不成立，法院则裁定再审的同时，驳回另一方的再审申请，被驳回的一方为被申请人，无权提出具体的诉讼请求。

实践中应注意，如果法院对一方当事人的再审申请已经审查终结，对方当事人提出再审申请的，不适用本条规定。

第二十三条 申请再审人在案件审查期间申请撤回再审申请的，是否准许，由人民法院裁定。

申请再审人经传票传唤，无正当理由拒不接受询问，可以裁定按撤回再审申请处理。

【简释】

当事人撤回再审申请，是行使自己诉讼权利的表现，但应该在法律范围内申请，因此，是否准许，由人民法院裁定。本条第2款是法院对当事人怠于行使诉讼权利、履行诉讼义务的一种强制干涉。适用此款需符合以下三个条件：第一，法院向当事人送达传票；第二，再审申请人拒不接受法院询问；第三，申请再审人无正当理由。

第二十四条 人民法院经审查认为申请再审事由不成立的，应当裁定驳回再审申请。

驳回再审申请的裁定一经送达，即发生法律效力。

【简释】

民事诉讼法修改以前，法院经审查认为再审事由成立的，以裁定的方式决定再审，法院认为再审事由不成立的，以通知的方式驳回当事人的再审申请。民事诉讼法修订后，统一了审查终结的处理方式，一律应用裁定。对于驳回再审裁定的，一经送达即发生法律效力，当事人不享有上诉权。实践中应注意的是，法院对当事人的再审申请审查，不以裁判结果是否错误为依据，而是看是否存在法定应当再审的情形。这与修订前的民事诉讼法具有很大差别。

第二十五条 有下列情形之一的，人民法院可以裁定终结审查：

（一）申请再审人死亡或者终止，无权利义务承受人或者权利义务承受人声明放弃再审申请的；

（二）在给付之诉中，负有给付义务的被申请人死亡或者终止，无可供执行的财产，也没有应当承担义务的人的；

（三）当事人达成执行和解协议且已履行完毕的，但当事人在执行和解协议中声明不放弃申请再审权利的除外；

（四）当事人之间的争议可以另案解决的。

【简释】

本条规定了裁定终结审查的几种情形。为了防止法院滥用终结审查侵犯当事人的合法权益，司法解释没有对此设定兜底条款，这就意味着，只有在此四种情形下，才可以终结审查程序。实践中应该注意的是，本条第2款只适用于给付之诉，不适用于确认之诉。

第二十六条 人民法院审查再审申请期间，人民检察院对该案提出抗诉的，人民法院应依照民事诉讼法第一百八十八条的规定裁定再审。申请再审人提出的具体再审请求应纳入审理范围。

【简释】

本条规定了当事人和检察院同时行使启动再审权时，法院应该如何处理。根据民事诉讼法的规定，法院对检察院提起抗诉的再审无需经过实质审查，只要符合形式要求，应于三十日内裁定再审。如果当事人申请再审期间，人民检察院对该案提出抗诉的，法院以检察院作为再审程序的发动主体，应该裁定再审。

申请再审人提出的具体再审请求应纳入审理范围，这一原则表明：如果再审申请人不是检察院抗诉支持的当事人，其在再审程序中处于再审申请人的诉讼地位，其提出的再审请求纳入法院审理的范围；如果再审申请人是检察院抗诉支持的当事人，其诉讼请求不在检察院支持的范围内的，也应纳入法院审理的范围。

第二十七条 上一级人民法院经审查认为申请再审事由成立的，一般由本院提审。最高人民法院、高级人民法院也可以指定与原审人民法院同级的其他人民法院再审，或者指令原审人民法院再审。

【简释】

本条规定了申请人启动再审程序时负责审理再审案件的法院。适用此条的前提是，法院对当事人申请再审已经审查完毕，并裁定再审。中级人民法院对当事人申请再审的案件只能提审，不能交基层人民法院审理。

第二十八条 上一级人民法院可以根据案件的影响程度以及案件参与人等情况，决定是否指定再审。需要指定再审的，应当考虑便利当事人行使诉讼权利以及便利人民法院审理等因素。

接受指定再审的人民法院，应当按照民事诉讼法第一百八十六条第一款规定的程序审理。

【简释】

本条规定了指定再审的适用原则和审判程序。实践中关于案件的影响程度包括但不限于以下几个方面，案件在原审法院或当地的影响程度，案件参与人是否具有特殊身份或地位，案件参与人是否与原审法院存有激烈冲突或严重不信任情形等。

第二十九条 有下列情形之一的，不得指令原审人民法院再审：

（一）原审人民法院对该案无管辖权的；

（二）审判人员在审理该案件时有贪污受贿，徇私舞弊，枉法裁判行为的；

（三）原判决、裁定系经原审人民法院审判委员会讨论作出的；

（四）其他不宜指令原审人民法院再审的。

【简释】

本条规定了不得指令再审的几种情形。

第三十条 当事人未申请再审、人民检察院未抗诉的案件，人民法院发现原判决、裁定、调解协议有损害国家利益、社会公共利益等确有错误情形的，应当依照民事诉讼法第一百七十七条的规定提起再审。

【简释】

本条不能理解为是对民事诉讼法第一百七十七条的限缩性解释。法院依职权启动再审程序的情形，不仅限于损害国家利益、社会公共利益，也包括纯私权领域当事人无救济渠道，不纠正违背司法正义等情形。

第三十一条 人民法院应当依照民事诉讼法第一百八十六条的规定，按照第一审程序或者第二审程序审理再审案件。

人民法院审理再审案件应当开庭审理。但按照第二审程序审理的，双方当事人已经其他方式充分表达意见，且书面同意不开庭审理的除外。

【简释】

本条规定了法院审理的程序和方式。开庭审理是原则，不开庭审理是例外。不开庭审理应该符合以下几个条件，即再审审理是按照第二审程序进行，当事人已经其他方式充分表达意见，双方当事人书面同意不开庭审理。实践中还应注意的是，检察院抗诉的案件，如果不开庭审理还应取得检察院的同意。

第三十二条 人民法院开庭审理再审案件，应分别不同情形进行：

（一）因当事人申请裁定再审的，先由申请再审人陈述再审请求及理由，后由被申请人答辩及其他原审当事人发表意见；

（二）因人民检察院抗诉裁定再审的，先由抗诉机关宣读抗诉书，再由申请抗诉的当事人陈述，后由被申请人答辩及其他原审当事人发表意见；

（三）人民法院依职权裁定再审的，当事人按照其在原审中的诉讼地位依次发表意见。

【简释】

本条规定了开庭审理再审案件时的诉辩顺序。

第三十三条 人民法院应当在具体的再审请求范围内或在抗诉支持当事人请求的范围内审理再审案件。当事人超出原审范围增加、变更诉讼请求的，不属于再审审理范围。但涉及国家利益、社会公共利益，或者当事人在原审诉讼中已经依法要求增加、变更诉讼请求，原审未予审理且客观上不能形成其他诉讼的除外。

经再审裁定撤销原判决，发回重审后，当事人增加诉讼请求的，人民法院依照民事诉讼法第一百二十六条的规定处理。

【简释】

本条是对法院审理范围的规定。具体的再审请求范围是指当事人申请再审时具体的诉讼请求。

第三十四条 申请再审人在再审期间撤回再审申请的，是否准许由人民法院裁定。裁定准许的，应终结再审程序。申请再审人经传票传唤，无正当理由拒不到庭的，或者未经法庭许可中途退庭的，可以裁定按自动撤回再审申请处理。

人民检察院抗诉再审的案件，申请抗诉的当事人有前款规定的情形，且不损害国家利益、社会公共利益或第三人利益的，人民法院应当裁定终结再审程序；人民检察院撤回抗诉的，应当准予。

终结再审程序的，恢复原判决的执行。

【简释】

本条是对再审期间撤回再审申请或者按撤诉处理的情形。

第三十五条 按照第一审程序审理再审案件时，一审原告申请撤回起诉的，是否准许由人民法院裁定。裁定准许的，应当同时裁定撤销原判决、裁定、调解书。

【简释】

本条规定了再审期间当事人撤回起诉的规定。撤回起诉与撤回再审申请不同。撤回再审申请将恢复到原审生效裁判状态，而撤回起诉是一审原告撤回最初的诉讼请求，其结果是导致诉讼自始不存在。适用本条需要注意，撤回起诉应在再审按照一审程序审理时提出。当事人提出撤诉是否准许，由法院以裁定的方式处理。

第三十六条 当事人在再审审理中经调解达成协议的，人民法院应当制作调解书。调解书经各方当事人签收后，即具有法律效力，原判决、裁定视为被撤销。

【简释】

本条是关于再审程序中调解的规定。在司法实践中，关于再审中的调解有几个特殊表现形式：第一，当事人一方或者多方未参加再审诉讼，其他参加人达成调解协议的，法院撤销与再审调解协议有关的内容，维持原裁判中与未参加再审诉讼的当事人有关的部分。第二，当事人均参加再审诉讼，且所争议的法律关系在再审审理范围内，但只有部分达成调解协议的，法院对不能达成协议的当事人及其法律关系进行判决，对能够达成调解协议的当事人及其法律关系，依法审查确认调解协议的效力。

第三十七条 人民法院经再审审理认为，原判决、裁定认定事实清楚、适用法律正确的，应予维持；原判决、裁定在认定事实、适用法律、阐述理由方面虽有瑕疵，但裁判结果正确的，人民法院应在再审判决、裁定中纠正上述瑕疵后予以维持。

【简释】

本条规定了维持原判的两种情形。关于瑕疵判决的认定，法律及司法解释没有明确规定。关于瑕疵裁判效力的起算点，司法实践中认为，其效力仍然应当从原裁判生效时间开始计算。

第三十八条 人民法院按照第二审程序审理再审案件，发现原判决认定事实错误或者认定事实不清的，应当在查清事实后改判。但原审人民法院便于查清事实，化解纠纷的，可以裁定撤销原判决，发回重审；原审程序遗漏必须参加诉讼的当事人且无法达成调解协议，以及其他违反法定程序不宜在再审程序中直接作出实体处理的，应当裁定撤销原判决，发回重审。

【简释】

本条规定了依法改判、发回重审的几种情况。

第三十九条 新的证据证明原判决、裁定确有错误的，人民法院应予改判。

申请再审人或者申请抗诉的当事人提出新的证据致使再审改判，被申请人等当事人因申请再审人或者申请抗诉的当事人的过错未能在原审程序中及时举证，请求补偿其增加的差旅、误工等诉讼费用的，人民法院应当支持；请求赔偿其由此扩大的直接损失，可以另行提起诉讼解决。

【简释】

本条是民事再审案件审理中如何处理新的证据以及因未在原程序中及时举证的相关责任承担的规定。

第四十条 人民法院以调解方式审结的案件裁定再审后，经审理发现申请再审人提出的调解违反自愿原则的事由不成立，且调解协议的内容不违反法律强制性规定的，应当裁定驳回再审申请，并恢复原调解书的执行。

第四十一条 民事再审案件的当事人应为原审案件的当事人。原审案件当事人死亡或者终止的，其权利义务承受人可以申请再审并参加再审诉讼。

【简释】

作为当事人的自然人死亡的，如果其继承人提出再审申请，应当由全部继承人作为共同的申请人提出再审申请，如果案件进入再审程序后，也需要由全部继承人共同参加诉讼，除非继承人明确表明放弃权利。

第四十二条 因案外人申请人民法院裁定再审的，人民法院经审理认为案外人应为必要的共同诉讼当事人，在按第一审程序再审时，应追加其为当事人，作出新的判决；在按第二审程序再审时，经调解不能达成协议的，应撤销原判，发回重审，重审时应追加案外人为当事人。

案外人不是必要的共同诉讼当事人的，仅审理其对原判决提出异议部分的合法性，并应根据审理情况作出撤销原判决相关判项或者驳回再审请求的判决；撤销原判决相关判项的，应当告知案外人以及原审当事人可以提起新的诉讼解决相关争议。

【简释】

本条是对案外人提起再审申请的规定。这里的案外人是指原审案件当事人以外的主体，继承原审案件当事人权利义务的人并非案外人。

第四十三条 本院以前发布的司法解释与本解释不一致的，以本解释为准。本解释未作规定的，按照以前的规定执行。

最高人民法院关于人民法院
办理执行案件若干期限的规定

(2006 年 12 月 23 日 法发〔2006〕35 号)

为确保及时、高效、公正办理执行案件，依据《中华人民共和国民事诉讼法》和有关司法解释的规定，结合执行工作实际，制定本规定。

第一条 被执行人有财产可供执行的案件，一般应当在立案之日起 6 个月内执结；非诉执行案件一般应当在立案之日起 3 个月内执结。

有特殊情况须延长执行期限的，应当报请本院院长或副院长批准。

申请延长执行期限的，应当在期限届满前 5 日内提出。

第二条 人民法院应当在立案后 7 日内确定承办人。

第三条 承办人收到案件材料后，经审查认为情况紧急、需立即采取执行措施的，经批准后可立即采取相应的执行措施。

第四条 承办人应当在收到案件材料后 3 日内向被执行人发出

执行通知书，通知被执行人按照有关规定申报财产，责令被执行人履行生效法律文书确定的义务。

被执行人在指定的履行期间内有转移、隐匿、变卖、毁损财产等情形的，人民法院在获悉后应当立即采取控制性执行措施。

第五条 承办人应当在收到案件材料后 3 日内通知申请执行人提供被执行人财产状况或财产线索。

第六条 申请执行人提供了明确、具体的财产状况或财产线索的，承办人应当在申请执行人提供财产状况或财产线索后 5 日内进行查证、核实。情况紧急的，应当立即予以核查。

申请执行人无法提供被执行人财产状况或财产线索，或者提供财产状况或财产线索确有困难，需人民法院进行调查的，承办人应当在申请执行人提出调查申请后 10 日内启动调查程序。

根据案件具体情况，承办人一般应当在 1 个月内完成对被执行人收入、银行存款、有价证券、不动产、车辆、机器设备、知识产权、对外投资权益及收益、到期债权等资产状况的调查。

第七条 执行中采取评估、拍卖措施的，承办人应当在 10 日内完成评估、拍卖机构的遴选。

第八条 执行中涉及不动产、特定动产及其它财产需办理过户登记手续的，承办人应当在 5 日内向有关登记机关送达协助执行通知书。

第九条 对执行异议的审查，承办人应当在收到异议材料及执行案卷后 15 日内提出审查处理意见。

第十条 对执行异议的审查需进行听证的，合议庭应当在决定听证后 10 日内组织异议人、申请执行人、被执行人及其他利害关系人进行听证。

承办人应当在听证结束后 5 日内提出审查处理意见。

第十一条 对执行异议的审查，人民法院一般应当在 1 个月内办理完毕。

需延长期限的，承办人应当在期限届满前 3 日内提出申请。

第十二条 执行措施的实施及执行法律文书的制作需报经审批的，相关负责人应当在 7 日内完成审批程序。

第十三条 下列期间不计入办案期限：

1. 公告送达执行法律文书的期间；

2. 暂缓执行的期间；

3. 中止执行的期间；

4. 就法律适用问题向上级法院请示的期间；

5. 与其他法院发生执行争议报请共同的上级法院协调处理的期间。

第十四条 法律或司法解释对办理期限有明确规定的，按照法律或司法解释规定执行。

第十五条 本规定自 2007 年 1 月 1 日起施行。

最高人民法院审判监督庭
关于审理民事、行政抗诉案件
几个具体程序问题的意见

（2003 年 10 月 15 日）

最高人民检察院民事行政检察厅《关于人民检察院办理民事行政案件撤回抗诉的若干意见》，对于人民检察院在人民法院对民事、行政抗诉案件作出再审裁定书前，撤回抗诉的几种情形作出了规定。经研究并征求本院立案庭、民事审判第三庭、民事审判第四庭、行政审判庭、执行工作办公室、最高人民检察院民事行政检察厅意见，现就人民法院对民事、行政抗诉案件裁定再审后，出现当事人申请撤回申诉、达成和解协议、主体发生变化、拒不出庭应诉等情形，提出以下处理意见：

一、人民法院裁定再审后，向人民检察院申诉的当事人书面申请撤回申诉，人民法院应当裁定终结再审诉讼。如果人民检察院是以生效裁判损害国家利益或者社会公共利益为由提出抗诉的，应当依法继续审理，及时作出再审裁判。

二、人民法院对民事抗诉案件、行政赔偿抗诉案件裁定再审后，发现双方当事人达成和解协议，且履行完毕的，应当裁定终结再审诉讼。

和解协议尚未履行或者未履行完毕的，人民法院可以根据双方当事人达成和解协议的内容制作民事调解书或者行政赔偿调解书，并依法送达双方当事人。

三、人民法院裁定再审后，发现向人民检察院申诉的自然人死亡，没有继承人，或者继承人放弃继承或者放弃参加诉讼的，应当裁定终结再审诉讼。

向人民检察院申诉的法人或者其他组织被依法撤销或者注销，没有权利义务继受人，或者其权利义务继受人放弃参加诉讼的，应当裁定终结再审诉讼。

四、人民法院裁定再审后，经合法传唤，向人民检察院申诉的一方当事人无正当理由拒不到庭或者未经法庭允许中途退庭，人民法院应当裁定终结再审诉讼。如果人民检察院是以生效裁判损害国家或者社会公共利益为由提出抗诉的，应当依法继续审理，及时作出再审裁判。

五、人民法院收到人民检察院的抗诉书后，如果正在就同一案件是否启动再审程序进行审查的，应当终止审查，按照抗诉案件处理。

人民法院裁定再审后，收到人民检察院抗诉书的，不作为抗诉案件审理，但审理时应当将此情况告知各方当事人，案件审结后应将裁判文书送有关人民检察院。

以上意见供各级人民法院审理民事、行政抗诉案件时参考，在具体执行中发现新情况、新问题，请及时向最高人民法院审判监督庭报告。

最高人民法院关于正确适用
暂缓执行措施若干问题的规定

(2002 年 9 月 28 日 法发〔2002〕16 号)

为了在执行程序中正确适用暂缓执行措施，维护当事人及其他利害关系人的合法权益，根据《中华人民共和国民事诉讼法》和其他有关法律的规定，结合司法实践，制定本规定。

【简释】

本司法解释的制定目的和依据。

相关法条：《民事诉讼法》第 208 条：“在执行中，被执行人向人民法院提供担保，并经申请执行人同意，人民法院可以决定暂缓执行及暂缓执行的期限。被执行人逾期仍不履行的，人民法院有权执行被执行人的担保财产或者担保人的财产。”这是我国民事诉讼中暂缓执行制度的基本法律依据。

第一条 执行程序开始后，人民法院因法定事由，可以决定对某一项或者某几项执行措施在规定的期限内暂缓实施。

执行程序开始后，除法定事由外，人民法院不得决定暂缓执行。

【简释】

通过本条规定可以看出，暂缓执行发生在执行程序开始后，人民法院具有暂缓执行的决定权。人民法院决定暂缓执行的前提是必须存在暂缓执行的法定事由。

第二条 暂缓执行由执行法院或者其上级人民法院作出决定，由执行机构统一办理。

人民法院决定暂缓执行的，应当制作暂缓执行决定书，并及时送达当事人。

【简释】

本条规定了暂缓执行的决定主体和相关裁判文书形式。即暂缓执行由执行法院或者其上级人民法院作出决定，并应当制作暂缓执行决定书。

第三条 有下列情形之一的，经当事人或者其他利害关系人申请，人民法院可以决定暂缓执行：

（一）执行措施或者执行程序违反法律规定的；

（二）执行标的物存在权属争议的；

（三）被执行人对申请执行人享有抵销权的。

【简释】

本条规定了经当事人或其他利害关系人申请暂缓执行的情形。通过列举的方式，将申请暂缓执行的事由总结为三种情况，其中第（一）项和第（三）项属于被申请执行人的申请事由，第（二）项则属于利害关系人的申请事由。

第四条 人民法院根据本规定第三条决定暂缓执行的，应当同时责令申请暂缓执行的当事人或者其他利害关系人在指定的期限内提供相应的担保。

被执行人或者其他利害关系人提供担保申请暂缓执行，申请执行人提供担保要求继续执行的，执行法院可以继续执行。

【简释】

本条规定了申请暂缓执行过程中的担保问题。法院依申请决定暂缓执行，应责令申请人提供相应的担保。如果担保是有期限的，暂缓执行的期限应与担保期限一致，但最长不得超过一年。被执行人或担保人对担保的财产在暂缓执行期间有转移、隐藏、变卖、毁损等行为的，人民法院可以恢复强制执行。被执行人在人民法院决定暂缓执行的期限届满后仍不履行义务的，人民法院可以直接执行担保财产，或者裁定执行担保人的财产，但执行担保人的财产以担保人应当履行义务部分的财产为限。

相关法条：《最高人民法院关于适用〈中华人民共和国民事诉讼法〉若干问题的意见》第 268 条、第 270 条。

第五条 当事人或者其他利害关系人提供财产担保的，应当出具评估机构对担保财产价值的评估证明。

评估机构出具虚假证明给当事人造成损失的，当事人可以对担保人、评估机构另行提起损害赔偿诉讼。

【简释】

本条规定了为暂缓执行提供财产担保应经过评估机构评估，以及评估机构出具虚假证明的法律责任。

第六条 人民法院在收到暂缓执行申请后，应当在十五日内作出决定，并在作出决定后五日内将决定书发送当事人或者其他利害关系人。

【简释】

本条规定了人民法院依申请决定暂缓执行的期限及相关文书的送达期限，主要目的在于保证暂缓执行制度的司法效率。

通过本条规定可以看出，对于当事人或有利害关系的案外人申请暂缓执行的案件，申请人应出具暂缓执行申请书。在本规定中并未对暂缓执行申请书的形式作出详细规定，但实践中各地方高级人民法院在此基础上，分别作出了进一步细化的规定。

相关法条：北京市高级人民法院《关于实施〈最高人民法院关于正确适用暂缓执行措施若干问题的规定〉的意见（试行）》第 8 条明确规定暂缓执行申请书的必备事项：（1）当事人或者其他利害关系人的姓名或名称等基本情况；（2）请求事项及依据的事实理由；（3）证据及其来源，证人姓名和住所。

第七条 有下列情形之一的，人民法院可以依职权决定暂缓执行；

（一）上级人民法院已经受理执行争议案件并正在处理的；

（二）人民法院发现据以执行的生效法律文书确有错误，并正在按照审判监督程序进行审查的。

人民法院依照前款规定决定暂缓执行的，一般应由申请执行人或者被执行人提供相应的担保。

【简释】

本条规定了人民法院依职权决定暂缓执行的情形。结合本条第一款第（二）项规定可知，人民法院有权在再审程序启动前或在再审程序启动后法院审查期间决定暂缓执行确有错误的生效裁判。无论法院以何种方式在哪个阶段启动暂缓执行，当事人都需提供相应的财产担保。

第八条 依照本规定第七条第一款第（一）项决定暂缓执行的，由上级人民法院作出决定。依照本规定第七条第一款第（二）项决定暂缓执行的，审判机构应当向本院执行机构发出暂缓执行建议书，执行机构收到建议书后，应当办理暂缓相关执行措施的手续。

【简释】

本条明确规定了再审案件中暂缓执行建议的适用。人民法院发现据以执行的生效法律文书确有错误，并正在按照审判监督程序进行审查的案件，依职权决定暂缓执行的，审判机构应当向本院执行机构发出暂缓执行建议书，执行机构收到建议书后，应当办理暂缓相关执行措施的手续。明确了暂缓执行建议的提出主体和裁判文书的形式，即暂缓执行建议可由作出生效裁判的人民法院依职权提出，其裁判文书形式是暂缓执行建议书。

修订后的《民事诉讼法》将再审案件的受理法院上提一级，由此导致暂缓执行建议的提出主体与再审案件的受理法院统一。对于当事人申请再审或检察院抗诉启动的再审案件，暂缓执行建议书由原审法院的上一级法院即再审受理法院做出；法院依职权启动的再审案件，则由该法院提出暂缓执行建议，并将暂缓执行建议书发送执行机构执行。执行机构接到建议书后，应办理相应的暂缓执行手续。

第九条 在执行过程中，执行人员发现据以执行的判决、裁定、调解书和支付令确有错误的，应当依照最高人民法院《关于适用 < 中华人民共和国民事诉讼法 > 若干问题的意见》第 258 条的规定处理。

在审查处理期间，执行机构可以报经院长决定对执行标的暂缓采取处分性措施，并通知当事人。

【简释】

执行员发现确有错误的判决、裁定和调解书等法律文件是由本院作出的，应当提出书面意见，报请院长审查处理。发现确有错误的判决、裁定和调解书等法律文件是由上级法院作出的，可提出书面意见，经院长批准，函请上级人民法院审查处理。同时在审查处理期间，执行机构可以报经院长决定对执行标的暂缓采取处分性措施。

第十条 暂缓执行的期间不得超过三个月。因特殊事由需要延长的，可以适当延长，延长的期限不得超过三个月。

暂缓执行的期限从执行法院作出暂缓执行决定之日起计算。暂缓执行的决定由上级人民法院作出的，从执行法院收到暂缓执行决定之日起计算。

【简释】

本条规定了暂缓执行的期限及其起算标准。上级法院通知暂缓执行的，应同时指定暂缓执行的期限。暂缓执行的期限一般不得超过三个月。有特殊情况需要延长的，应报经院长批准，并及时通知下级法院。暂缓执行的最长期限也不能超过 6 个月。暂缓执行的原因消除后，应当及时通知执行法院恢复执行。期满后上级法院未通知继续暂缓执行的，执行法院可以恢复执行。另外应当注意的是，暂缓执行的期间不计入办案期限。

相关法条：最高人民法院《关于人民法院执行工作若干问题的规定（试行）》第 135 条、最高人民法院《关于人民法院办理执行案件若干期限的规定》第 13 条、《关于适用 < 中华人民共和国民事诉讼法 > 执行程序若干问题的解释》第14条。

第十一条 人民法院对暂缓执行的案件，应当组成合议庭对是否暂缓执行进行审查，必要时应当听取当事人或者其他利害关系人的意见。

【简释】

本条规定了人民法院对暂缓执行案件的审查程序。

相关法条：北京市高级人民法院《关于实施＜最高人民法院关于正确适用暂缓执行措施若干问题的规定＞的意见（试行）》第4条在本条的基础上，增加规定"处理结果应当报经院长或主管院长批准"。

第十二条 上级人民法院发现执行法院对不符合暂缓执行条件的案件决定暂缓执行，或者对符合暂缓执行条件的案件未予暂缓执行的，应当作出决定予以纠正。执行法院收到该决定后，应当遵照执行。

【简释】

本条规定了上级法院对执行法院暂缓执行的监督，主要包含两个方面：（一）是否存在对不符合暂缓执行条件的案件决定暂缓执行的情况；（二）是否存在对符合暂缓执行条件的案件未予暂缓执行的情况。如存在以上情况，上级法院应对此予以纠正，执行法院应遵照执行。

第十三条 暂缓执行期限届满后，人民法院应当立即恢复执行。

暂缓执行期限届满前，据以决定暂缓执行的事由消灭的，如果该暂缓执行的决定是由执行法院作出的，执行法院应当立即作出恢复执行的决定；如果该暂缓执行的决定是由执行法院的上级人民法院作出的，执行法院应当将该暂缓执行事由消灭的情况及时报告上级人民法院，该上级人民法院应当在收到报告后十日内审查核实并作出恢复执行的决定。

【简释】

本条规定了暂缓执行期限届满后，以及暂缓执行期限内据以决定暂缓执行的事由灭失情况下的法律后果。

第十四条 本规定自公布之日起施行。本规定施行后，其他司法解释与本规定不一致的，适用本规定。

最高人民法院关于当事人对按自动撤回上诉处理的裁定不服申请再审人民法院应如何处理问题的批复

（2002 年 7 月 15 日最高人民法院审判委员会第 1231 次会议通过 2002 年 7 月 19 日公布 法释〔2002〕20 号）

吉林省高级人民法院：

你院吉高法〔2001〕20 号《关于当事人对按撤回上诉处理的裁定不服申请再审，人民法院经审查认为该裁定确有错误应如何进行再审问题的请示》收悉。经研究，答复如下：

当事人对按自动撤回上诉处理的裁定不服申请再审，人民法院认为符合《中华人民共和国民事诉讼法》第一百七十九条规定的情形之一的，应当再审。经再审，裁定确有错误的，应当予以撤销，恢复第二审程序。

此复

最高人民法院关于民事损害赔偿案件
当事人的再审申请超出原审诉讼请求
人民法院是否应当再审问题的批复

(2002 年 7 月 18 日　法释〔2002〕19 号)

云南省高级人民法院：

你院云高法〔2001〕8 号《关于再审民事案件能否超原判诉讼请求判决的请示》收悉。经研究，答复如下：

根据《中华人民共和国民事诉讼法》第一百七十九条的规定，民事损害赔偿案件当事人的再审申请超出原审诉讼请求，或者当事人在原审判决、裁定执行终结前，以物价变动等为由向人民法院申请再审的，人民法院应当依法予以驳回。

此复

最高人民法院关于人民法院对民事案件
发回重审和指令再审有关问题的规定

(2002 年 4 月 15 日最高人民法院审判委员会第 1221 次
会议通过　2002 年 7 月 31 日公布　法释〔2002〕24 号)

各省、自治区、直辖市高级人民法院，解放军军事法院，新疆维吾尔自治区高级人民法院生产建设兵团分院：

根据《中华人民共和国民事诉讼法》（以下简称民事诉讼法）的有关规定，现对人民法院将民事案件发回重审和指令再审的有关问题作如下规定：

第一条 第二审人民法院根据民事诉讼法第一百五十三条第一款第（三）项的规定将案件发回原审人民法院重审的，对同一案件，只能发回重审一次。第一审人民法院重审后，第二审人民法院认为原判决认定事实仍有错误，或者原判决认定事实不清、证据不足的，应当查清事实后依法改判。

第二条 各级人民法院依照民事诉讼法第一百七十七条第一款的规定对同一案件进行再审的，只能再审一次。

上级人民法院根据民事诉讼法第一百七十七条第二款的规定指令下级人民法院再审的，只能指令再审一次。上级人民法院认为下级人民法院作出的发生法律效力的再审判决、裁定需要再次进行再审的，上级人民法院应当依法提审。

上级人民法院因下级人民法院违反法定程序而指令再审的，不受前款规定的限制。

第三条 同一人民法院根据民事诉讼法第一百七十八条的规定，对同一案件只能依照审判监督程序审理一次。

前款所称"依照审判监督程序审理一次"不包括人民法院对当事人的再审申请审查后用通知书驳回的情形。

最高人民法院关于规范人民法院
再审立案的若干意见（试行）

（2002 年 9 月 10 日　法发〔2002〕13 号）

为加强审判监督，规范再审立案工作，根据《中华人民共和国刑事诉讼法》、《中华人民共和国民事诉讼法》和《中华人民共和国行政诉讼法》的有关规定，结合审判实际，制定本规定。

第一条　各级人民法院、专门人民法院对本院或者上级人民法院对下级人民法院作出的终审裁判，经复查认为符合再审立案条件的，应当决定或裁定再审。

人民检察院依照法律规定对人民法院作出的终审裁判提出抗诉的，应当再审立案。

【简释】

这一规定突出了申诉、申请再审是当事人的权利的理念，只要符合再审立案条件，人民法院就应当决定再审，为"再审之诉"的改革思路打下了基础。

第二条　地方各级人民法院、专门人民法院负责下列案件的再审立案：

（一）本院作出的终审裁判，符合再审立案条件的；

（二）下一级人民法院复查驳回或者再审改判，符合再审立案条件的；

（三）上级人民法院指令再审的；

（四）人民检察院依法提出抗诉的。

【简释】

本条与第三条、第四条共同规定了再审立案的管辖。此规定立足于当时的实际情况，从规范申诉、再审的秩序出发，一方面坚持"分级负责"的原则，规定由原审法院负责再审的立案，克服了再审管辖不确定的问题；另一方面又规定，对下一级人民法院已经复查驳回或者再审改判，符合再审立案条件的由上一级法院负责再审的立案，防止上下级法院互相推诿现象的发生。而应当注意的是，最新修订后的民事诉讼法并没有采取这种做法，而是规定当事人对已经发生法律效力的判决、裁定，认为有错误的，可以向上一级人民法院申请再审。同时考虑到实际情况，对于决定再审之后由哪一个法院审理的问题，做了有弹性的灵活安排。

相关法条：《民事诉讼法》第 178 条、第 181 条。

第三条 最高人民法院负责下列案件的再审立案：

（一）本院作出的终审裁判，符合再审立案条件的；

（二）高级人民法院复查驳回或者再审改判，符合再审立案条件的；

（三）最高人民检察院依法提出抗诉的；

（四）最高人民法院认为应由自己再审的。

第四条 上级人民法院对下级人民法院作出的终审裁判，认为确有必要的，可以直接立案复查，经复查认为符合再审立案条件的，可以决定或裁定再审。

【简释】

本条是在第二、三条的基础上作出的例外规定。目的是在规范申诉、再审秩序的基础上，又能够兼顾上级法院对下级法院监督的及时、有效性，防止下级法院对应当再审的案件抵制不办的现象。

第五条 再审申请人或申诉人向人民法院申请再审或申诉，应当提交以下材料：

（一）再审申请书或申诉状，应当载明当事人的基本情况、申请再审或申诉的事实与理由；

（二）原一、二审判决书、裁定书等法律文书，经过人民法院复查或再审的，应当附有驳回通知书、再审判决书或裁定书；

（三）以有新的证据证明原裁判认定的事实确有错误为由申请再审或申诉的，应当同时附有证据目录、证人名单和主要证据复印件或者照片；需要人民法院调查取证的，应当附有证据线索。

申请再审或申诉不符合前款规定的，人民法院不予审查。

【简释】

本条规定了申请再审或申诉应提供的材料，以及不提交的法律后果。关于再审申请的材料提交和申请书的具体内容，在修改后的《民事诉讼法》和《审判监督解释》中均有较为详细的规定。

相关法条：《民事诉讼法》第180条；《审判监督解释》第3条、第4条。

第六条 申请再审或申诉一般由终审人民法院审查处理。

上一级人民法院对未经终审人民法院审查处理的申请再审或申诉，一般交终审人民法院审查；对经终审人民法院审查处理后仍坚持申请再审或申诉的，应当受理。

对未经终审人民法院及其上一级人民法院审查处理，直接向上级人民法院申请再审或申诉的，上级人民法院应当交下一级人民法院处理。

【简释】

本条是对申请再审和申诉的审查管辖所作的规定。

第七条 对终审刑事裁判的申诉，具备下列情形之一的，人民法院应当决定再审：

（一）有审判时未收集到的或者未被采信的证据，可能推翻原定罪量刑的；

（二）主要证据不充分或者不具有证明力的；

（三）原裁判的主要事实依据被依法变更或撤销的；

（四）据以定罪量刑的主要证据自相矛盾的；

（五）引用法律条文错误或者违反刑法第十二条的规定适用失效法律的；

（六）违反法律关于溯及力规定的；

（七）量刑明显不当的；

（八）审判程序不合法，影响案件公正裁判的；

（九）审判人员在审理案件时索贿受贿、徇私舞弊并导致枉法裁判的。

第八条　对终审民事裁判、调解的再审申请，具备下列情形之一的，人民法院应当裁定再审：

（一）有再审申请人以前不知道或举证不能的证据，可能推翻原裁判的；

（二）主要证据不充分或者不具有证明力的；

（三）原裁判的主要事实依据被依法变更或撤销的；

（四）就同一法律事实或同一法律关系，存在两个相互矛盾的生效法律文书，再审申请人对后一生效法律文书提出再审申请的；

（五）引用法律条文错误或者适用失效、尚未生效法律的；

（六）违反法律关于溯及力规定的；

（七）调解协议明显违反自愿原则，内容违反法律或者损害国家利益、公共利益和他人利益的；

（八）审判程序不合法，影响案件公正裁判的；

（九）审判人员在审理案件时索贿受贿、徇私舞弊并导致枉法裁判的。

【简释】

本条不仅在原《民事诉讼法》第179条规定的再审申请事由的基础上，把其中有关案件事实、证据及法律适用的三个条款进一步细化为六个条款，同时还将其他很多条款的内容都进行了扩充。而最新修改后的《民事诉讼法》则在本条的基础上，结合我国目前的政治、经济、文化和法治发展水平等现实国情，对再审申请事由作出了更为详细的列举和描述。结合最高院的相关司法解释，使其具有了更强的现实操作性。

相关法条：《民事诉讼法》第 179 条。

第九条 对终审行政裁判的申诉，具备下列情形之一的，人民法院应当裁定再审：

（一）依法应当受理而不予受理或驳回起诉的；

（二）有新的证据可能改变原裁判的；

（三）主要证据不充分或不具有证明力的；

（四）原裁判的主要事实依据被依法变更或撤销的；

（五）引用法律条文错误或者适用失效、尚未生效法律的；

（六）违反法律关于溯及力规定的；

（七）行政赔偿调解协议违反自愿原则，内容违反法律或损害国家利益、公共利益和他人利益的；

（八）审判程序不合法，影响案件公正裁判的；

（九）审判人员在审理案件时索贿受贿、徇私舞弊并导致枉法裁判的。

第十条 人民法院对刑事案件的申诉人在刑罚执行完毕后两年内提出的申诉，应当受理；超过两年提出申诉，具有下列情形之一的，应当受理：

（一）可能对原审被告人宣告无罪的；

（二）原审被告人在本条规定的期限内向人民法院提出申诉，人民法院未受理的；

（三）属于疑难、复杂、重大案件的。

不符合前款规定的，人民法院不予受理。

第十一条 人民法院对刑事附带民事案件中仅就民事部分提出申诉的，一般不予再审立案。但有证据证明民事部分明显失当且原审被告人有赔偿能力的除外。

第十二条 人民法院对民事、行政案件的再审申请人或申诉人超过两年提出再审申请或申诉的，不予受理。

【简释】

本条通过规定一种不予受理的法定情形，明确了民事、行政案件申请再审或申诉的期限，即不能超过两年。二年为不变期间，自判决、裁定发生法律效力次日起计算。

相关法条：《民事诉讼法》第184条。

第十三条 人民法院对不符合法定主体资格的再审申请或申诉，不予受理。

【简释】

再审申请的提出关系到当事人的重大利益，因此一般情况下都应当由当事人本人亲自提出再审申请。但是，无民事行为能力人、限制民事行为能力人的法定代理人，可以代理当事人提出再审申请。

在审判实践中应该注意，这里的法定代理人，一般应理解为原诉讼中的法定代理人，因其参加了案件的原诉讼过程，充分了解案情及人民法院的审理活动程序是否合法，由其作为代理人参加再审，有利于维护当事人的合法权益。如果在一审或二审期间当事人是完全民事行为能力人，在裁判生效后突然丧失诉讼行为能力，而需要法定代理人代理提出再审申请的，法院应当对法定代理人的资格进行仔细审查。如果该法定代理人因故不能继续代理，人民法院应准许当事人的其他法定代理人代为申请再审。

第十四条 人民法院对下列民事案件的再审申请不予受理：

（一）人民法院依照督促程序、公示催告程序和破产还债程序审理的案件；

（二）人民法院裁定撤销仲裁裁决和裁定不予执行仲裁裁决的案件；

（三）人民法院判决、调解解除婚姻关系的案件，但当事人就财产分割问题申请再审的除外。

【简释】

法院作出解除婚姻关系的判决之后，男女双方基于婚姻关系而产生的权利义务随之消灭，法律没有必要赋予当事人对这类案件申请再审的权利。主要表现在两个方面：第一，即使人民法院作出的解除婚姻关系的判决确实有误，只要双方愿意，完全可以再重新登记结婚，不需要申请再审。第二，双方在离婚后可自由与他人登记结婚，此时的婚姻是合法的，应该受到法律的保护，如果允许申请再审并加以改判，将会危及后一合法的婚姻。因此，法律作出解除婚姻关系的判决生效后，当事人不得申请再审的规定是必要的。此处应该注意，当事人不得申请再审只限于离婚案件中解除婚姻关系这一部分，涉及财产分割的不在其中。

相关法条：《民事诉讼法》第 183 条。

第十五条 上级人民法院对经终审法院的上一级人民法院依照审判监督程序审理后维持原判或者经两级人民法院依照审判监督程序复查均驳回的申请再审或申诉案件，一般不予受理。

但再审申请人或申诉人提出新的理由，且符合《中华人民共和国刑事诉讼法》第二百零四条、《中华人民共和国民事诉讼法》第一百七十九条、《中华人民共和国行政诉讼法》第六十二条及本规定第七、八、九条规定条件的，以及刑事案件的原审被告人可能被宣告无罪的除外。

【简释】

本条规定了两种一般不予受理的再审申请或申诉案件。其中一种是对经终审法院的上一级人民法院依照审判监督程序审理后维持原判的情况，另一种是经两级人民法院依照审判监督程序复查均驳回的情况。但再审申请人或申诉人提出新的理由，且符合相关规定的除外。

第十六条 最高人民法院再审裁判或者复查驳回的案件，再审申请人或申诉人仍不服提出再审申请或申诉的，不予受理。

第十七条 本意见自 2002 年 11 月 1 日起施行。以前有关再审立案的规定与本意见不一致的，按本意见执行。

最高人民法院关于审判监督
庭庭长、副庭长、审判长签发
法律文书权限的暂行规定

（2001 年 5 月 17 日　法 ［2001］ 68 号）

为积极推进审判方式改革，提高工作效率，根据《人民法院审判长选任办法（试行）》的规定，结合审监庭职责范围，确定审监庭庭长、副庭长、审判长签发法律文书盖院印权限如下：

一、对本院生效裁判进行复查、再审的法律文书签发权限

1. 合议庭一致意见维持原判的，由审判长签发驳回通知书。

2. 合议庭多数意见维持原判，审判长无异议的，由审判长签发驳回通知；审判长有异议的，由主管副庭长签发驳回通知书。

3. 合议庭决定进行再审，报审判委员会讨论决定维持原判的由庭长签发驳回通知书；决定再审的，报院签发民事再审裁定书、刑事再审决定书。

4. 根据最高人民法院《关于适用〈中华人民共和国民事诉讼法〉若干问题的意见》第 210 条、211 条的规定，决定发回高级人民法院重审的，由主管副庭长签发裁定书；决定驳回起诉的，报院签发裁定书。

5. 民事案件调解结案的，由审判长签发民事再审调解书。

6. 再审判决书、裁定书报院签发。

二、对下级法院生效裁判进行复查、再审的法律文书签发权限

7. 合议庭一致意见维持原判的，由审判长签发驳回通知书；合议庭多数意见维持原判的，民事案件由主管副庭长签发驳回通知书。

8. 合议庭一致意见指令下级人民法院再审的，由审判长签发民事裁定书、刑事决定书；合议庭多数意见指令再审的，由主管副庭长签发民事裁定书、刑事决定书。

9. 合议庭决定由本院提审，审判长会议多数同意的，由主管副庭长签发民事裁定书、刑事决定书。

10. 刑事案件提审后，合议庭一致意见驳回申诉的，由审判长签发裁定书；合议庭多数意见驳回申诉的，由主管副庭长签发裁定书；合议庭决定发回原审人民法院重审的，由主管副庭长签发裁定书。改判原裁判的，报院签发判决书。

11. 民事案件提审后，根据最高人民法院《关于适用〈中华人民共和国民事诉讼法〉若干问题的意见》第210条、211条的规定，决定发回原审人民法院重审的，由主管副庭长签发裁定书；决定驳回起诉的，报院签发裁定书。

调解结案的，由审判长签发民事调解书。

维持原裁判的，由主管副庭长签发民事判决书，改判的，报院签发判决书。

三、最高人民检察院抗诉案件法律文书的签发权限

12. 最高人民检察院对本院或下级法院生效裁判提出抗诉的案件，经立案庭立案，决定由本院进行再审或提审的，报院签发民事再审裁定书。审理后，报院签发判决书、裁定书或刑事指令再审决定书。

四、死刑复核案件法律文书的签发权限

13. 高级人民法院再审改判被告人死刑，报请本院核准的案件，报审判委员会讨论并报院签发裁判文书、死刑执行令。

14. 依法核准因被告人在死缓考验期内故意犯罪，应当执行死刑的案件，报审判委员会讨论并报院签发裁判文书、死刑执行令。

五、请示案件答复意见的签发权限

15. 对高级人民法院在申诉、申请再审案件复查期间，及按照审判监督程序审理案件中，向本院请示适用法律问题的，一般问题由庭长签发复函；重大疑难问题报院签发批复或复函。

六、其他有关规定

16. 对院领导、领导机关交办的并明确要报结果的申诉、申请再审案件，如果转请下级法院进行复查并要求报告结果的函件，由审判长签发。

17. 调卷函由主管副庭长签发。

18. 紧急情况通知暂缓执行生效民事裁决的函件报院签发；需继续暂缓执行的，由庭长签发。签发后移送执行办通知下级法院。

19. 民事案件的听证通知书、受理（应诉）通知书、传票、送达证等程序性法律文书，由审判长签发。委托鉴定的委托函，由主管副庭长签发。

20. 发回重审的裁定书、指令再审的民事裁定书、刑事决定书所附函件的签发权限与裁定书、刑事决定书相同。

21. 根据民事诉讼法第156条的规定，准许或不准许撤诉的裁定书，由审判长签发。

22. 根据民事诉讼法第136条、137条的规定，中止或终结诉讼的裁定书，报院签发。

根据刑事诉讼法第15条的规定，终止审理的裁定书，由审判长签发。

23. 补正裁判文书笔误的裁定书，由审判长签发。

24. 高级人民法院报请延长审限的，由庭长签发批准函。

七、本规定自发布之日起施行。

最高人民法院关于执行《最高人民法院关于严格执行案件审理期限制度的若干规定》中有关问题的复函

(2001 年 8 月 20 日　法函〔2001〕46 号)

江苏省高级人民法院：

你院苏立函字第 10 号《关于执行（最高人民法院关于严格执行案件审理期限制度的若干规定）中有关问题的请示》收悉。经研究，答复如下：

立案庭承担有关法律文书送达、对管辖权异议的审查、诉讼保全、庭前证据交换等庭前程序性工作的，向审判庭移送案卷材料的期限可不受《最高人民法院关于严格执行案件审理期限制度的若干规定》（以下简称《若干规定》）第七条"立案机构应当在决定立案的三日内将案卷材料移送审判庭"规定的限制，但第一审案件移送案卷材料的期限最长不得超过二十日，第二审案件最长不得超过十五日。

立案庭未承担上述程序性工作的，仍应执行《若干规定》第七条的规定。

最高人民法院关于民事
诉讼证据的若干规定

(2001 年 12 月 6 日最高人民法院审判委员会第 1201 次
会议通过 2001 年 12 月 21 日公布 法释 [2001] 33 号)

为保证人民法院正确认定案件事实，公正、及时审理民事案件，保障和便利当事人依法行使诉讼权利，根据《中华人民共和国民事诉讼法》（以下简称《民事诉讼法》）等有关法律的规定，结合民事审判经验和实际情况，制定本规定。

一、当事人举证

第一条 原告向人民法院起诉或者被告提出反诉，应当附有符合起诉条件的相应的证据材料。

第二条 当事人对自己提出的诉讼请求所依据的事实或者反驳对方诉讼请求所依据的事实有责任提供证据加以证明。

没有证据或者证据不足以证明当事人的事实主张的，由负有举证责任的当事人承担不利后果。

第三条 人民法院应当向当事人说明举证的要求及法律后果，促使当事人在合理期限内积极、全面、正确、诚实地完成举证。

当事人因客观原因不能自行收集的证据，可申请人民法院调查收集。

第四条 下列侵权诉讼，按照以下规定承担举证责任：

（一）因新产品制造方法发明专利引起的专利侵权诉讼，由制造同样产品的单位或者个人对其产品制造方法不同于专利方法承担举证责任；

（二）高度危险作业致人损害的侵权诉讼，由加害人就受害人故意造成损害的事实承担举证责任；

（三）因环境污染引起的损害赔偿诉讼，由加害人就法律规定的免责事由及其行为与损害结果之间不存在因果关系承担举证责任；

（四）建筑物或者其他设施以及建筑物上的搁置物、悬挂物发生倒塌、脱落、坠落致人损害的侵权诉讼，由所有人或者管理人对其无过错承担举证责任；

（五）饲养动物致人损害的侵权诉讼，由动物饲养人或者管理人就受害人有过错或者第三人有过错承担举证责任；

（六）因缺陷产品致人损害的侵权诉讼，由产品的生产者就法律规定的免责事由承担举证责任；

（七）因共同危险行为致人损害的侵权诉讼，由实施危险行为的人就其行为与损害结果之间不存在因果关系承担举证责任；

（八）因医疗行为引起的侵权诉讼，由医疗机构就医疗行为与损害结果之间不存在因果关系及不存在医疗过错承担举证责任。

有关法律对侵权诉讼的举证责任有特殊规定的，从其规定。

第五条 在合同纠纷案件中，主张合同关系成立并生效的一方当事人对合同订立和生效的事实承担举证责任；主张合同关系变更、解除、终止、撤销的一方当事人对引起合同关系变动的事实承担举证责任。

对合同是否履行发生争议的，由负有履行义务的当事人承担举证责任。

对代理权发生争议的，由主张有代理权一方当事人承担举证责任。

第六条　在劳动争议纠纷案件中，因用人单位作出开除、除名、辞退、解除劳动合同、减少劳动报酬、计算劳动者工作年限等决定而发生劳动争议的，由用人单位负举证责任。

第七条　在法律没有具体规定，依本规定及其他司法解释无法确定举证责任承担时，人民法院可以根据公平原则和诚实信用原则，综合当事人举证能力等因素确定举证责任的承担。

第八条　诉讼过程中，一方当事人对另一方当事人陈述的案件事实明确表示承认的，另一方当事人无需举证。但涉及身份关系的案件除外。

对一方当事人陈述的事实，另一方当事人既未表示承认也未否认，经审判人员充分说明并询问后，其仍不明确表示肯定或者否定的，视为对该项事实的承认。

当事人委托代理人参加诉讼的，代理人的承认视为当事人的承认。但未经特别授权的代理人对事实的承认直接导致承认对方诉讼请求的除外；当事人在场但对其代理人的承认不作否认表示的，视为当事人的承认。

当事人在法庭辩论终结前撤回承认并经对方当事人同意，或者有充分证据证明其承认行为是在受胁迫或者重大误解情况下作出且与事实不符的，不能免除对方当事人的举证责任。

第九条　下列事实，当事人无需举证证明：

（一）众所周知的事实；

（二）自然规律及定理；

（三）根据法律规定或者已知事实和日常生活经验法则，能推定出的另一事实；

（四）已为人民法院发生法律效力的裁判所确认的事实；

（五）已为仲裁机构的生效裁决所确认的事实；

（六）已为有效公证文书所证明的事实。

前款（一）、（三）、（四）、（五）、（六）项，当事人有相反证据足以推翻的除外。

第十条 当事人向人民法院提供证据，应当提供原件或者原物。如需自己保存证据原件、原物或者提供原件、原物确有困难的，可以提供经人民法院核对无异的复制件或者复制品。

第十一条 当事人向人民法院提供的证据系在中华人民共和国领域外形成的，该证据应当经所在国公证机关予以证明，并经中华人民共和国驻该国使领馆予以认证，或者履行中华人民共和国与该所在国订立的有关条约中规定的证明手续。

当事人向人民法院提供的证据是在香港、澳门、台湾地区形成的，应当履行相关的证明手续。

第十二条 当事人向人民法院提供外文书证或者外文说明资料，应当附有中文译本。

第十三条 对双方当事人无争议但涉及国家利益、社会公共利益或者他人合法权益的事实，人民法院可以责令当事人提供有关证据。

第十四条 当事人应当对其提交的证据材料逐一分类编号，对证据材料的来源、证明对象和内容作简要说明，签名盖章，注明提交日期，并依照对方当事人人数提出副本。

人民法院收到当事人提交的证据材料，应当出具收据，注明证据的名称、份数和页数以及收到的时间，由经办人员签名或者盖章。

二、人民法院调查收集证据

第十五条 《民事诉讼法》第六十四条规定的"人民法院认为审理案件需要的证据"，是指以下情形：

（一）涉及可能有损国家利益、社会公共利益或者他人合法权益

的事实;

(二) 涉及依职权追加当事人、中止诉讼、终结诉讼、回避等与实体争议无关的程序事项。

第十六条 除本规定第十五条规定的情形外,人民法院调查收集证据,应当依当事人的申请进行。

第十七条 符合下列条件之一的,当事人及其诉讼代理人可以申请人民法院调查收集证据:

(一) 申请调查收集的证据属于国家有关部门保存并须人民法院依职权调取的档案材料;

(二) 涉及国家秘密、商业秘密、个人隐私的材料;

(三) 当事人及其诉讼代理人确因客观原因不能自行收集的其他材料。

第十八条 当事人及其诉讼代理人申请人民法院调查收集证据,应当提交书面申请。申请书应当载明被调查人的姓名或者单位名称、住所地等基本情况、所要调查收集的证据的内容、需要由人民法院调查收集证据的原因及其要证明的事实。

第十九条 当事人及其诉讼代理人申请人民法院调查收集证据,不得迟于举证期限届满前七日。

人民法院对当事人及其诉讼代理人的申请不予准许的,应当向当事人或其诉讼代理人送达通知书。当事人及其诉讼代理人可以在收到通知书的次日起三日内向受理申请的人民法院书面申请复议一次。人民法院应当在收到复议申请之日起五日内作出答复。

第二十条 调查人员调查收集的书证,可以是原件,也可以是经核对无误的副本或者复制件。是副本或者复制件的,应当在调查笔录中说明来源和取证情况。

第二十一条 调查人员调查收集的物证应当是原物。被调查人提供原物确有困难的,可以提供复制品或者照片。提供复制品或者照片的，应当在调查笔录中说明取证情况。

第二十二条 调查人员调查收集计算机数据或者录音、录像等视听资料的，应当要求被调查人提供有关资料的原始载体。提供原始载体确有困难的，可以提供复制件。提供复制件的，调查人员应当在调查笔录中说明其来源和制作经过。

第二十三条 当事人依据《民事诉讼法》第七十四条的规定向人民法院申请保全证据，不得迟于举证期限届满前七日。

当事人申请保全证据的，人民法院可以要求其提供相应的担保。

法律、司法解释规定诉前保全证据的，依照其规定办理。

第二十四条 人民法院进行证据保全，可以根据具体情况，采取查封、扣押、拍照、录音、录像、复制、鉴定、勘验、制作笔录等方法。

人民法院进行证据保全，可以要求当事人或者诉讼代理人到场。

第二十五条 当事人申请鉴定，应当在举证期限内提出。符合本规定第二十七条规定的情形，当事人申请重新鉴定的除外。

对需要鉴定的事项负有举证责任的当事人，在人民法院指定的期限内无正当理由不提出鉴定申请或者不预交鉴定费用或者拒不提供相关材料，致使对案件争议的事实无法通过鉴定结论予以认定的，应当对该事实承担举证不能的法律后果。

第二十六条 当事人申请鉴定经人民法院同意后，由双方当事人协商确定有鉴定资格的鉴定机构、鉴定人员，协商不成的，由人民法院指定。

第二十七条 当事人对人民法院委托的鉴定部门作出的鉴定结论有异议申请重新鉴定，提出证据证明存在下列情形之一的，人民法院应予准许：

（一）鉴定机构或者鉴定人员不具备相关的鉴定资格的；

（二）鉴定程序严重违法的；

（三）鉴定结论明显依据不足的；

（四）经过质证认定不能作为证据使用的其他情形。

对有缺陷的鉴定结论，可以通过补充鉴定、重新质证或者补充质证等方法解决的，不予重新鉴定。

第二十八条　一方当事人自行委托有关部门作出的鉴定结论，另一方当事人有证据足以反驳并申请重新鉴定的，人民法院应予准许。

第二十九条　审判人员对鉴定人出具的鉴定书，应当审查是否具有下列内容：

（一）委托人姓名或者名称、委托鉴定的内容；

（二）委托鉴定的材料；

（三）鉴定的依据及使用的科学技术手段；

（四）对鉴定过程的说明；

（五）明确的鉴定结论；

（六）对鉴定人鉴定资格的说明；

（七）鉴定人员及鉴定机构签名盖章。

第三十条　人民法院勘验物证或者现场，应当制作笔录，记录勘验的时间、地点、勘验人、在场人、勘验的经过、结果，由勘验人、在场人签名或者盖章。对于绘制的现场图应当注明绘制的时间、方位、测绘人姓名、身份等内容。

第三十一条　摘录有关单位制作的与案件事实相关的文件、材料，应当注明出处，并加盖制作单位或者保管单位的印章，摘录人和其他调查人员应当在摘录件上签名或者盖章。

摘录文件、材料应当保持内容相应的完整性，不得断章取义。

三、举证时限与证据交换

第三十二条　被告应当在答辩期届满前提出书面答辩，阐明其对原告诉讼请求及所依据的事实和理由的意见。

第三十三条 人民法院应当在送达案件受理通知书和应诉通知书的同时向当事人送达举证通知书。举证通知书应当载明举证责任的分配原则与要求、可以向人民法院申请调查取证的情形、人民法院根据案件情况指定的举证期限以及逾期提供证据的法律后果。

举证期限可以由当事人协商一致，并经人民法院认可。

由人民法院指定举证期限的，指定的期限不得少于三十日，自当事人收到案件受理通知书和应诉通知书的次日起计算。

第三十四条 当事人应当在举证期限内向人民法院提交证据材料，当事人在举证期限内不提交的，视为放弃举证权利。

对于当事人逾期提交的证据材料，人民法院审理时不组织质证。但对方当事人同意质证的除外。

当事人增加、变更诉讼请求或者提起反诉的，应当在举证期限届满前提出。

第三十五条 诉讼过程中，当事人主张的法律关系的性质或者民事行为的效力与人民法院根据案件事实作出的认定不一致的，不受本规定第三十四条规定的限制，人民法院应当告知当事人可以变更诉讼请求。

当事人变更诉讼请求的，人民法院应当重新指定举证期限。

第三十六条 当事人在举证期限内提交证据材料确有困难的，应当在举证期限内向人民法院申请延期举证，经人民法院准许，可以适当延长举证期限。当事人在延长的举证期限内提交证据材料仍有困难的，可以再次提出延期申请，是否准许由人民法院决定。

第三十七条 经当事人申请，人民法院可以组织当事人在开庭审理前交换证据。

人民法院对于证据较多或者复杂疑难的案件，应当组织当事人在答辩期届满后、开庭审理前交换证据。

第三十八条 交换证据的时间可以由当事人协商一致并经人民法院认可，也可以由人民法院指定。

人民法院组织当事人交换证据的，交换证据之日举证期限届满。当事人申请延期举证经人民法院准许的，证据交换日相应顺延。

第三十九条 证据交换应当在审判人员的主持下进行。

在证据交换的过程中，审判人员对当事人无异议的事实、证据应当记录在卷；对有异议的证据，按照需要证明的事实分类记录在卷，并记载异议的理由。通过证据交换，确定双方当事人争议的主要问题。

第四十条 当事人收到对方交换的证据后提出反驳并提出新证据的，人民法院应当通知当事人在指定的时间进行交换。

证据交换一般不超过两次。但重大、疑难和案情特别复杂的案件，人民法院认为确有必要再次进行证据交换的除外。

第四十一条 《民事诉讼法》第一百二十五条第一款规定的"新的证据"，是指以下情形：

（一）一审程序中的新的证据包括：当事人在一审举证期限届满后新发现的证据；当事人确因客观原因无法在举证期限内提供，经人民法院准许，在延长的期限内仍无法提供的证据。

（二）二审程序中的新的证据包括：一审庭审结束后新发现的证据；当事人在一审举证期限届满前申请人民法院调查取证未获准许，二审法院经审查认为应当准许并依当事人申请调取的证据。

第四十二条 当事人在一审程序中提供新的证据的，应当在一审开庭前或者开庭审理时提出。

当事人在二审程序中提供新的证据的，应当在二审开庭前或者开庭审理时提出；二审不需要开庭审理的，应当在人民法院指定的期限内提出。

第四十三条 当事人举证期限届满后提供的证据不是新的证据

的，人民法院不予采纳。

当事人经人民法院准许延期举证，但因客观原因未能在准许的期限内提供，且不审理该证据可能导致裁判明显不公的，其提供的证据可视为新的证据。

第四十四条 《民事诉讼法》第一百七十九条第一款第（一）项规定的"新的证据"，是指原审庭审结束后新发现的证据。

当事人在再审程序中提供新的证据的，应当在申请再审时提出。

第四十五条 一方当事人提出新的证据的，人民法院应当通知对方当事人在合理期限内提出意见或者举证。

第四十六条 由于当事人的原因未能在指定期限内举证，致使案件在二审或者再审期间因提出新的证据被人民法院发回重审或者改判的，原审裁判不属于错误裁判案件。一方当事人请求提出新的证据的另一方当事人负担由此增加的差旅、误工、证人出庭作证、诉讼等合理费用以及由此扩大的直接损失，人民法院应予支持。

四、质　　证

第四十七条 证据应当在法庭上出示，由当事人质证。未经质证的证据，不能作为认定案件事实的依据。

当事人在证据交换过程中认可并记录在卷的证据，经审判人员在庭审中说明后，可以作为认定案件事实的依据。

第四十八条 涉及国家秘密、商业秘密和个人隐私或者法律规定的其他应当保密的证据，不得在开庭时公开质证。

第四十九条 对书证、物证、视听资料进行质证时，当事人有权要求出示证据的原件或者原物。但有下列情况之一的除外：

（一）出示原件或者原物确有困难并经人民法院准许出示复制件或者复制品的；

（二）原件或者原物已不存在，但有证据证明复制件、复制品与原件或原物一致的。

第五十条 质证时，当事人应当围绕证据的真实性、关联性、合法性，针对证据证明力有无以及证明力大小，进行质疑、说明与辩驳。

第五十一条 质证按下列顺序进行：

（一）原告出示证据，被告、第三人与原告进行质证；

（二）被告出示证据，原告、第三人与被告进行质证；

（三）第三人出示证据，原告、被告与第三人进行质证。

人民法院依照当事人申请调查收集的证据，作为提出申请的一方当事人提供的证据。

人民法院依照职权调查收集的证据应当在庭审时出示，听取当事人意见，并可就调查收集该证据的情况予以说明。

第五十二条 案件有两个以上独立的诉讼请求的，当事人可以逐个出示证据进行质证。

第五十三条 不能正确表达意志的人，不能作为证人。

待证事实与其年龄、智力状况或者精神健康状况相适应的无民事行为能力人和限制民事行为能力人，可以作为证人。

第五十四条 当事人申请证人出庭作证，应当在举证期限届满十日前提出，并经人民法院许可。

人民法院对当事人的申请予以准许的，应当在开庭审理前通知证人出庭作证，并告知其应当如实作证及作伪证的法律后果。

证人因出庭作证而支出的合理费用，由提供证人的一方当事人先行支付，由败诉一方当事人承担。

第五十五条 证人应当出庭作证，接受当事人的质询。

证人在人民法院组织双方当事人交换证据时出席陈述证言的，可视为出庭作证。

第五十六条 《民事诉讼法》第七十条规定的"证人确有困难不能出庭"，是指有下列情形：

（一）年迈体弱或者行动不便无法出庭的；

（二）特殊岗位确实无法离开的；

（三）路途特别遥远，交通不便难以出庭的；

（四）因自然灾害等不可抗力的原因无法出庭的；

（五）其他无法出庭的特殊情况。

前款情形，经人民法院许可，证人可以提交书面证言或者视听资料或者通过双向视听传输技术手段作证。

第五十七条 出庭作证的证人应当客观陈述其亲身感知的事实。证人为聋哑人的，可以其他表达方式作证。

证人作证时，不得使用猜测、推断或者评论性的语言。

第五十八条 审判人员和当事人可以对证人进行询问。证人不得旁听法庭审理；询问证人时，其他证人不得在场。人民法院认为有必要的，可以让证人进行对质。

第五十九条 鉴定人应当出庭接受当事人质询。

鉴定人确因特殊原因无法出庭的，经人民法院准许，可以书面答复当事人的质询。

第六十条 经法庭许可，当事人可以向证人、鉴定人、勘验人发问。

询问证人、鉴定人、勘验人不得使用威胁、侮辱及不适当引导证人的言语和方式。

第六十一条 当事人可以向人民法院申请由一至二名具有专门知识的人员出庭就案件的专门性问题进行说明。人民法院准许其申请的，有关费用由提出申请的当事人负担。

审判人员和当事人可以对出庭的具有专门知识的人员进行询问。

经人民法院准许，可以由当事人各自申请的具有专门知识的人员就有案件中的问题进行对质。

具有专门知识的人员可以对鉴定人进行询问。

第六十二条 法庭应当将当事人的质证情况记入笔录，并由当事人核对后签名或者盖章。

五、证据的审核认定

第六十三条 人民法院应当以证据能够证明的案件事实为依据依法作出裁判。

第六十四条 审判人员应当依照法定程序，全面、客观地审核证据，依据法律的规定，遵循法官职业道德，运用逻辑推理和日常生活经验，对证据有无证明力和证明力大小独立进行判断，并公开判断的理由和结果。

第六十五条 审判人员对单一证据可以从下列方面进行审核认定：

（一）证据是否原件、原物，复印件、复制品与原件、原物是否相符；

（二）证据与本案事实是否相关；

（三）证据的形式、来源是否符合法律规定；

（四）证据的内容是否真实；

（五）证人或者提供证据的人，与当事人有无利害关系。

第六十六条 审判人员对案件的全部证据，应当从各证据与案件事实的关联程度、各证据之间的联系等方面进行综合审查判断。

第六十七条 在诉讼中，当事人为达成调解协议或者和解的目的作出妥协所涉及的对案件事实的认可，不得在其后的诉讼中作为对其不利的证据。

第六十八条 以侵害他人合法权益或者违反法律禁止性规定的

方法取得的证据，不能作为认定案件事实的依据。

第六十九条 下列证据不能单独作为认定案件事实的依据：

（一）未成年人所作的与其年龄和智力状况不相当的证言；

（二）与一方当事人或者其代理人有利害关系的证人出具的证言；

（三）存有疑点的视听资料；

（四）无法与原件、原物核对的复印件、复制品；

（五）无正当理由未出庭作证的证人证言。

第七十条 一方当事人提出的下列证据，对方当事人提出异议但没有足以反驳的相反证据的，人民法院应当确认其证明力：

（一）书证原件或者与书证原件核对无误的复印件、照片、副本、节录本；

（二）物证原物或者与物证原物核对无误的复制件、照片、录像资料等；

（三）有其他证据佐证并以合法手段取得的、无疑点的视听资料或者与视听资料核对无误的复制件；

（四）一方当事人申请人民法院依照法定程序制作的对物证或者现场的勘验笔录。

第七十一条 人民法院委托鉴定部门作出的鉴定结论，当事人没有足以反驳的相反证据和理由的，可以认定其证明力。

第七十二条 一方当事人提出的证据，另一方当事人认可或者提出的相反证据不足以反驳的，人民法院可以确认其证明力。

一方当事人提出的证据，另一方当事人有异议并提出反驳证据，对方当事人对反驳证据认可的，可以确认反驳证据的证明力。

第七十三条 双方当事人对同一事实分别举出相反的证据，但都没有足够的依据否定对方证据的，人民法院应当结合案件情况，判断一方提供证据的证明力是否明显大于另一方提供证据的证明力，并对证明力较大的证据予以确认。

因证据的证明力无法判断导致争议事实难以认定的，人民法院应当依据举证责任分配的规则作出裁判。

第七十四条 诉讼过程中，当事人在起诉状、答辩状、陈述及其委托代理人的代理词中承认的对己方不利的事实和认可的证据，人民法院应当予以确认，但当事人反悔并有相反证据足以推翻的除外。

第七十五条 有证据证明一方当事人持有证据无正当理由拒不提供，如果对方当事人主张该证据的内容不利于证据持有人，可以推定该主张成立。

第七十六条 当事人对自己的主张，只有本人陈述而不能提出其他相关证据的，其主张不予支持。但对方当事人认可的除外。

第七十七条 人民法院就数个证据对同一事实的证明力，可以依照下列原则认定：

（一）国家机关、社会团体依职权制作的公文书证的证明力一般大于其他书证；

（二）物证、档案、鉴定结论、勘验笔录或者经过公证、登记的书证，其证明力一般大于其他书证、视听资料和证人证言；

（三）原始证据的证明力一般大于传来证据；

（四）直接证据的证明力一般大于间接证据；

（五）证人提供的对与其有亲属或者其他密切关系的当事人有利的证言，其证明力一般小于其他证人证言。

第七十八条 人民法院认定证人证言，可以通过对证人的智力状况、品德、知识、经验、法律意识和专业技能等的综合分析作出判断。

第七十九条 人民法院应当在裁判文书中阐明证据是否采纳的理由。

对当事人无争议的证据，是否采纳的理由可以不在裁判文书中表述。

六、其　　他

第八十条　对证人、鉴定人、勘验人的合法权益依法予以保护。

当事人或者其他诉讼参与人伪造、毁灭证据，提供假证据，阻止证人作证，指使、贿买、胁迫他人作伪证，或者对证人、鉴定人、勘验人打击报复的，依照《民事诉讼法》第一百零二条的规定处理。

第八十一条　人民法院适用简易程序审理案件，不受本解释中第三十二条、第三十三条第三款和第七十九条规定的限制。

第八十二条　本院过去的司法解释，与本规定不一致的，以本规定为准。

第八十三条　本规定自 2002 年 4 月 1 日起施行。2002 年 4 月 1 日尚未审结的一审、二审和再审民事案件不适用本规定。

本规定施行前已经审理终结的民事案件，当事人以违反本规定为由申请再审的，人民法院不予支持。

本规定施行后受理的再审民事案件，人民法院依据《民事诉讼法》第一百八十四条的规定进行审理的，适用本规定。

最高人民法院关于办理不服
本院生效裁判案件的若干规定

(2001 年 10 月 29 日　法发〔2001〕20 号)

根据《中华人民共和国刑事诉讼法》、《中华人民共和国民事诉讼法》和《中华人民共和国行政诉讼法》及《最高人民法院机关内设机构及新设事业单位职能》的有关规定，为规范审批监督工作，制定本规定。

一、立案庭对不服本院生效裁判案件经审查认为可能有错误，决定再审立案或者登记立案并移送审判监督庭后，审判监督庭应及时审理。

二、经立案庭审查立案的不服本院生效裁判案件，立案庭应将本案全部卷宗材料调齐，一并移送审判监督庭。

经立案庭登记立案、尚未归档的不服本院生效裁判案件，审判监督庭需要调阅有关案卷材料的，应向相关业务庭发出调卷通知。有关业务庭应在收到调卷通知十日内，将有关案件卷宗按规定装订整齐，移送审判监督庭。

三、在办理不服本院生效裁判案件过程中，经庭领导同意，承办人可以就案件有关情况与原承办人或原合议庭交换意见；未经同意，承办人不得擅自与原承办人或原合议庭交换意见。

四、对立案庭登记立案的不服本院生效裁判案件，合议庭在审查过程中，认为对案件有关情况需要听取双方当事人陈述的，应报庭领导决定。

五、对本院生效裁判案件经审查认为应当再审的，或者已经进入再审程序、经审理认为应当改判的，由院长提交审判委员会讨论决定。

提交审判委员会讨论的案件审理报告应注明原承办人和原合议庭成员的姓名，并可附原合议庭对审判监督庭再审查结论的书面意见。

六、审判监督庭经审查驳回当事人申请再审的，或者经过再审程序审理结案的，应及时向本院有关部门通报案件处理结果。

七、审判监督庭在审理案件中，发现原办案人员有《人民法院审判人员违法审判责任追究办法（试行）》、《人民法院审判纪律处分办法（试行)》规定的违法违纪情况的，应移送纪检组（监察室）处理。

当事人在案件审查或审理过程中反映原办案人员有违法违纪问题或提交有关举报材料的，应告知其向本院纪检组（监察室）反映或提交；已收举报材料的，审判监督庭应及时移送纪检组（监察室）。

八、对不服本院执行工作办公室、赔偿委员会办公室办理的有关案件，按照本规定执行

九、审判监督庭负责本院国家赔偿的确认工作，办理高级人民法院国家赔偿确认工作的请示，负责对全国法院赔偿确认工作的监督与指导。

十、地方各级人民法院、专门人民法院可根据本规定精神，制定具体规定。

最高人民法院研究室关于人民法院可否驳回人民检察院就民事案件提出的抗诉问题的答复

(2001 年 4 月 20 日)

黑龙江省高级人民法院：

你院〔1999〕黑监经再字 236 号《关于下级人民法院能否对上级人民检察院就民事案件提起的抗诉判决驳回的请示》收悉。经研究，答复如下：

人民法院将同级人民检察院提出抗诉的民事案件转交下级人民法院再审，再审法院依法再审后，认为应当维持原判的，可以在判决、裁定中说明抗诉理由不能成立。判决、裁定作出后，再审法院应当将裁判文书送达提出抗诉的人民检察院。

最高人民法院关于人民检察院
对不撤销仲裁裁决的民事裁定提出
抗诉人民法院应否受理问题的批复

（2000 年 12 月 12 日最高人民法院审判委员会第
1150 次会议通过　法释［2000］46 号）

内蒙古自治区高级人民法院：

你院［2000］内法民再字第 29 号《关于人民检察院能否对人民法院不予撤销仲裁裁决的民事裁定抗诉的请示报告》收悉。经研究，答复如下：

人民检察院对发生法律效力的不撤销仲裁裁决的民事裁定提出抗诉，没有法律依据，人民法院不予受理。

此复

最高人民法院关于严格执行案件
审理期限制度的若干规定

（2000 年 9 月 14 日最高人民法院审判委员会第 1130
次会议通过　法释［2000］29 号）

为提高诉讼效率，确保司法公正，根据刑事诉讼法、民事诉讼法、行政诉讼法和海事诉讼特别程序法的有关规定，现就人民法院执行案件审理期限制度的有关问题规定如下：

一、各类案件的审理、执行期限

第一条 适用普通程序审理的第一审刑事公诉案件、被告人被羁押的第一审刑事自诉案件和第二审刑事公诉、刑事自诉案件的期限为一个月，至迟不得超过一个半月；附带民事诉讼案件的审理期限，经本院院长批准，可以延长两个月。有刑事诉讼法第一百二十六条规定情形之一的，经省、自治区、直辖市高级人民法院批准或者决定，审理期限可以再延长一个月；最高人民法院受理的刑事上诉、刑事抗诉案件，经最高人民法院决定，审理期限可以再延长一个月。

适用普通程序审理的被告人未被羁押的第一审刑事自诉案件，期限为六个月；有特殊情况需要延长的，经本院院长批准，可以延长三个月。

适用简易程序审理的刑事案件，审理期限为二十日。

第二条 适用普通程序审理的第一审民事案件，期限为六个月；有特殊情况需要延长的，经本院院长批准，可以延长六个月，还需延长的，报请上一级人民法院批准，可以再延长三个月。

适用简易程序审理的民事案件，期限为三个月。

适用特别程序审理的民事案件，期限为三十日；有特殊情况需要延长的，经本院院长批准，可以延长三十日，但审理选民资格案件必须在选举日前审结。

审理第一审船舶碰撞、共同海损案件的期限为一年；有特殊情况需要延长的，经本院院长批准，可以延长六个月。

审理对民事判决的上诉案件，审理期限为三个月；有特殊情况需要延长的，经本院院长批准，可以延长三个月。

审理对民事裁定的上诉案件，审理期限为三十日。

对罚款、拘留民事决定不服申请复议的，审理期限为五日。

审理涉外民事案件，根据民事诉讼法第二百五十条的规定，不受上述案件审理期限的限制。

审理涉港、澳、台的民事案件的期限，参照涉外审理民事案件的规定办理。

第三条 审理第一审行政案件的期限为三个月；有特殊情况需要延长的，经高级人民法院批准可以延长三个月。高级人民法院审理第一审案件需要延长期限的，由最高人民法院批准，可以延长三个月。

审理行政上诉案件的期限为两个月；有特殊情况需要延长的，由高级人民法院批准，可以延长两个月。高级人民法院审理的第二审案件需要延长期限的，由最高人民法院批准，可以延长两个月。

第四条 按照审判监督程序重新审理的刑事案件的期限为三个月；需要延长期限的，经本院院长批准，可以延长三个月。

裁定再审的民事、行政案件，根据再审适用的不同程序，分别执行第一审或第二审审理期限的规定。

第五条 执行案件应当在立案之日起六个月内执结，非诉执行案件应当在立案之日起三个月内执结；有特殊情况需要延长的，经本院院长批准，可以延长三个月，还需延长的，层报高级人民法院备案。

委托执行的案件，委托的人民法院应当在立案后一个月内办理完委托执行手续，受委托的人民法院应当在收到委托函件后三十日内执行完毕。未执行完毕，应当在期限届满后十五日内将执行情况函告委托人民法院。

刑事案件没收财产刑应当即时执行。

刑事案件罚金刑，应当在判决、裁定发生法律效力后三个月内执行完毕，至迟不超过六个月。

二、立案、结案时间及审理期限的计算

第六条 第一审人民法院收到起诉书（状）或者执行申请书后，经审查认为符合受理条件的应当在七日内立案；收到自诉人自诉状或者口头告诉的，经审查认为符合自诉案件受理条件的应当在十五日内立案。

改变管辖的刑事、民事、行政案件，应当在收到案卷材料后的三日内立案。

第二审人民法院应当在收到第一审人民法院移送的上（抗）诉材料及案卷材料后的五日内立案。

发回重审或指令再审的案件，应当在收到发回重审或指令再审裁定及案卷材料后的次日内立案。

按照审判监督程序重新审判的案件，应当在作出提审、再审裁定（决定）的次日立案。

第七条 立案机构应当在决定立案的三日内将案卷材料移送审判庭。

第八条 案件的审理期限从立案次日起计算。

由简易程序转为普通程序审理的第一审刑事案件的期限，从决定转为普通程序次日起计算；由简易程序转为普通程序审理的第一审民事案件的期限，从立案次日起连续计算。

第九条 下列期间不计入审理、执行期限：

（一）刑事案件对被告人作精神病鉴定的期间；

（二）刑事案件因另行委托、指定辩护人，法院决定延期审理的，自案件宣布延期审理之日起至第十日止准备辩护的时间；

（三）公诉人发现案件需要补充侦查，提出延期审理建议后，合议庭同意延期审理的期间；

（四）刑事案件二审期间，检察院查阅案卷超过七日后的时间；

（五）因当事人、诉讼代理人、辩护人申请通知新的证人到庭、调取新的证据、申请重新鉴定或者勘验，法院决定延期审理一个月之内的期间；

（六）民事、行政案件公告、鉴定的期间；

（七）审理当事人提出的管辖权异议和处理法院之间的管辖争议的期间；

（八）民事、行政、执行案件由有关专业机构进行审计、评估、资产清理的期间；

（九）中止诉讼（审理）或执行至恢复诉讼（审理）或执行的期间；

（十）当事人达成执行和解或者提供执行担保后，执行法院决定暂缓执行的期间；

（十一）上级人民法院通知暂缓执行的期间；

（十二）执行中拍卖、变卖被查封、扣押财产的期间。

第十条 人民法院判决书宣判、裁定书宣告或者调解书送达最后一名当事人的日期为结案时间。如需委托宣判、送达的，委托宣判、送达的人民法院应当在审限届满前将判决书、裁定书、调解书送达受托人民法院。受托人民法院应当在收到委托书后七日内送达。

人民法院判决书宣判、裁定书宣告或者调解书送达有下列情形之一的，结案时间遵守以下规定：

（一）留置送达的，以裁判文书留在受送达人的住所日为结案时间；

（二）公告送达的，以公告刊登之日为结案时间；

（三）邮寄送达的，以交邮日期为结案时间；

（四）通过有关单位转交送达的，以送达回证上当事人签收的日期为结案时间。

三、案件延长审理期限的报批

第十一条 刑事公诉案件、被告人被羁押的自诉案件，需要延长审理期限的，应当在审理期限届满七日以前，向高级人民法院提出申请；被告人未被羁押的刑事自诉案件，需要延长审理期限的，应当在审理期限届满十日前向本院院长提出申请。

第十二条 民事案件应当在审理期限届满十日前向本院院长提出申请；还需延长的，应当在审理期限届满十日前向上一级人民法院提出申请。

第十三条 行政案件应当在审理期限届满十日前向高级人民法院或者最高人民法院提出申请。

第十四条 对于下级人民法院申请延长办案期限的报告，上级人民法院应当在审理期限届满三日前作出决定，并通知提出申请延长审理期限的人民法院。

需要本院院长批准延长办案期限的，院长应当在审限届满前批准或者决定。

四、上诉、抗诉二审案件的移送期限

第十五条 被告人、自诉人、附带民事诉讼的原告人和被告人通过第一审人民法院提出上诉的刑事案件，第一审人民法院应当在上诉期限届满后三日内将上诉状连同案卷、证据移送第二审人民法院。被告人、自诉人、附带民事诉讼的原告人和被告人直接向上级人民法院提出上诉的刑事案件，第一审人民法院应当在接到第二审人民法院移交的上诉状后三日内将案卷、证据移送上一级人民法院。

第十六条 人民检察院抗诉的刑事二审案件，第一审人民法院应当在上诉、抗诉期届满后三日内将抗诉书连同案卷、证据移送第二审人民法院。

第十七条 当事人提出上诉的二审民事、行政案件，第一审人民法院收到上诉状，应当在五日内将上诉状副本送达对方当事人。人民法院收到答辩状，应当在五日内将副本送达上诉人。

人民法院受理人民检察院抗诉的民事、行政案件的移送期限，比照前款规定办理。

第十八条 第二审人民法院立案时发现上诉案件材料不齐全的，应当在两日内通知第一审人民法院。第一审人民法院应当在接到第二审人民法院的通知后五日内补齐。

第十九条 下级人民法院接到上级人民法院调卷通知后，应当在五日内将全部案卷和证据移送，至迟不超过十日。

五、对案件审理期限的监督、检查

第二十条 各级人民法院应当将审理案件期限情况作为审判管理的重要内容，加强对案件审理期限的管理、监督和检查。

第二十一条 各级人民法院应当建立审理期限届满前的催办制度。

第二十二条 各级人民法院应当建立案件审理期限定期通报制度。对违反诉讼法规定，超过审理期限或者违反本规定的情况进行通报。

第二十三条 审判人员故意拖延办案，或者因过失延误办案，造成严重后果的，依照《人民法院审判纪律处分办法（试行）》第五十九条的规定予以处分。

审判人员故意拖延移送案件材料，或者接受委托送达后，故意拖延不予送达的，参照《人民法院审判纪律处分办法（试行）》第五十九条的规定予以处分。

第二十四条 本规定发布前有关审理期限规定与本规定不一致的，以本规定为准。

最高人民法院关于如何处理人民
检察院提出的暂缓执行建议问题的批复

（2000 年 6 月 30 日最高人民法院审判委员会第 1121
次会议通过 法释 ［2000］ 16 号）

广东省高级人民法院：

你院粤高法民 ［1998］ 186 号《关于检察机关对法院生效民事判决建议暂缓执行是否采纳的请示》收悉。经研究，答复如下：

根据《中华人民共和国民事诉讼法》的规定，人民检察院对人民法院生效民事判决提出暂缓执行的建议没有法律依据。

此复

最高人民法院关于人民检察院对
撤销仲裁裁决的民事裁定提起抗诉，
人民法院应如何处理问题的批复

（2000 年 6 月 30 日最高人民法院审判委员会第 1121
次会议通过 法释 ［2000］ 17 号）

陕西省高级人民法院：

你院陕高法［1999］183号《关于下级法院撤销仲裁裁决的民事裁定确有错误，检察机关抗诉应如何处理的请示》收悉。经研究，答复如下：

检察机关对发生法律效力的撤销仲裁裁决的民事裁定提起抗诉，没有法律依据，人民法院不予受理。依照《中华人民共和国仲裁法》第九条的规定，仲裁裁决被人民法院依法撤销后，当事人可以重新达成仲裁协议申请仲裁，也可以向人民法院提起诉讼。

此复

最高人民法院研究室关于第二审法院裁定按自动撤回上诉处理的案件，二审裁定确有错误，如何适用程序问题的答复

（2000年5月29日　法研［2000］39号）

安徽省高级人民法院

你院皖高法［1999］282号《关于第二审法院裁定按自动撤回上诉处理的案件，二审裁定确有错误，如何适用程序问题的请示》收悉。经研究，答复如下：

第二审法院裁定按自动撤回上诉处理的案件，二审裁定确有错误的，应当依照审判监督程序再审。

此复

最高人民法院关于人民检察院
对民事调解书提出抗诉人民法院
应否受理问题的批复

（1999 年 1 月 26 日最高人民法院审判委员会第 1041
次会议通过　法释〔1999〕4 号）

黑龙江、河南省高级人民法院：

黑高法〔1998〕67 号《关于检察院对调解书抗诉应否受理的请示》和 豫高法〔1998〕130 号《关于检察机关对民事、经济调解书提出抗诉人民法院应否受理的请示》收悉。经研究，答复如下：

《中华人民共和国民事诉讼法》第一百八十五条只规定人民检察院可以对人民法院已经发生法律效力的判决、裁定提出抗诉，没有规定人民检察院可以对调解书提出抗诉。人民检察院对调解书提出抗诉的，人民法院不予受理。

此复

最高人民法院关于人民法院
不予受理人民检察院单独就诉讼费
负担裁定提出抗诉问题的批复

（1998 年 7 月 21 日最高人民法院审判委员会第 1005
次会议通过　法释［1998］22 号）

河南省高级人民法院：

你院豫高法［1998］131 号《关于人民检察院单独就诉讼费负担的裁定进行抗诉能否受理的请示》收悉。经研究，同意你院意见，即：人民检察院对人民法院就诉讼费负担的裁定提出抗诉，没有法律依据，人民法院不予受理。

最高人民法院关于人民法院
管辖区域变更后已经生效判决的
复查改判管辖问题的复函

（1998 年 8 月 31 日　法函［1998］81 号）

江苏省高级人民法院：

你院苏高法［1998］64 号《关于管辖区划变更后复查案件审批程序问题的请示》收悉。经研究，答复如下：

人民法院的管辖区域随行政区划变更后，对于变更之前生效判决的复查改判（申请再审或决定再审），仍应按照最高人民法院（62）法文字第3号《关于原审法院机构撤销和管辖区域变更后判决改判问题的批复》和（62）法文字第7号《关于原审法院管辖区域变更后判决改判问题的批复》办理。你省原由淮阴市、扬州市中院终审而现在属宿迁市、连云港市、泰州市管辖区内的各类案件，其复查和再审改判应由宿迁市、连云港市、泰州市中院管辖。

最高人民法院《关于适用〈中华人民共和国民事诉讼法〉若干问题的意见》第35条的规定，只适用于人民法院受理案件后审结案件前行政区划发生变更的情况。因此，该规定与上述两个批复并不矛盾。

最高人民法院关于第二审法院裁定按自动撤回上诉处理的案件第一审法院能否再审问题的批复

（1998年7月31日最高人民法院审判委员会第1009次会议通过　法释〔1998〕19号）

河南省高级人民法院：

你院豫高法〔1997〕129号《关于再审案件中若干问题的请示》收悉。经研究，答复如下：

在民事诉讼中，上诉人不依法预交上诉案件受理费，或者经传唤无正当理由拒不到庭，由第二审人民法院裁定按自动撤回上诉处理后，第一审判决自第二审裁定确定之日起生效。当事人对生效的第一审判决不服，申请再审的，第一审人民法院及其上一级人民法院可以依法决定再审，上一级人民法院的同级人民检察院也可以依法提出抗诉。对第二审裁定不服申请再审的，由第二审人民法院或其上一级人民法院依法决定是否再审。

此复

最高人民法院关于人民法院发现本院作出的诉前保全裁定和在执行程序中作出的裁定确有错误以及人民检察院对人民法院作出的诉前保全裁定提出抗诉人民法院应当如何处理的批复

（1998 年 7 月 21 日由最高人民法院审判委员会第 1005 次会议通过 自 1998 年 8 月 5 日起施行 法释〔1998〕17 号）

山东省高级人民法院：

你院鲁高法函〔1998〕57 号《关于人民法院在执行程序中作出的裁定如发现确有错误应按何种程序纠正的请示》和鲁高法函〔1998〕58 号《关于人民法院发现本院作出的诉前保全裁定确有错误或者人民检察院对人民法院作出的诉前保全提出抗诉人民法院应如何处理的请示》收悉。经研究，答复如下：

一、人民法院院长对本院已经发生法律效力的诉前保全裁定和在执行程序中作出的裁定，发现确有错误，认为需要撤销的，应当提交审判委员会讨论决定后，裁定撤销原裁定。

二、人民检察院对人民法院作出的诉前保全裁定提出抗诉，没有法律依据，人民法院应当通知其不予受理。

最高人民法院关于对企业
法人破产还债程序终结的裁定
的抗诉应否受理问题的批复

(1997 年 7 月 25 日最高人民法院审判委员会第 924
次会议通过 自 1997 年 8 月 2 日公布之日起施行 法释
[1997] 2 号)

江苏省高级人民法院:

你院(1996)苏申经复字第 16 号《关于对宣告企业法人破产还债程
序终结裁定的抗诉应否受理问题的请示》收悉。经研究，答复如下：

检察机关对人民法院作出的企业法人破产还债程序终结的裁定
提出抗诉没有法律依据。检察机关对前述裁定提出抗诉的，人民法
院应当通知其不予受理。

此复

最高人民法院关于当事人因对不予
执行仲裁裁决的裁定不服而申请再审
人民法院不予受理的批复

(1996 年 6 月 26 日 法复 [1996] 8 号)

四川省高级人民法院:

你院川高法〔1995〕198号《关于当事人认为人民法院对仲裁裁决作出的不予执行的裁定有错误而申请再审，人民法院应否受理的请示》收悉。经研究，答复如下：

依照《中华人民共和国民事诉讼法》第二百一十七条的规定，人民法院对仲裁裁决依法裁定不予执行，当事人不服而申请再审的，没有法律依据，人民法院不予受理。

最高人民法院关于当事人对已经
发生法律效力的判决、裁定申请再审
是否必须提交审判委员会讨论
决定立案问题的复函

(1996年4月24日　法函〔1996〕68号)

河南省高级人民法院：

你院〔1996〕豫法经请字第1号《关于当事人以已经发生法律效力的判决、裁定申请再审是否应提交审判委员会讨论才能进行再审的请示》收悉。经研究，答复如下：

对于当事人认为已经发生法律效力的判决、裁定有错误而申请再审，符合法律规定的，人民法院应当再审，不必一律经审判委员会讨论决定方能立案。

此复

最高人民法院关于在破产程序中当事人或人民检察院对人民法院作出的债权人优先受偿的裁定申请再审或抗诉应如何处理问题的批复

(1996 年 8 月 13 日　法复〔1996〕14 号)

四川省高级人民法院：

你院川高法〔1994〕119 号请示收悉。经研究，答复如下：

在破产程序中，债权人根据人民法院已发生法律效力的用抵押物偿还债权人本金及利息的判决书或调解书行使优先权时，受理破产案件的人民法院不能以任何方式改变已生效的判决书或调解书的内容，也不需要用裁定书加以认可。如果债权人据以行使优先权的生效法律文书确有错误，应由作出判决或调解的人民法院或其上级人民法院按照审判监督程序进行再审。如果审理破产案件的人民法院用裁定的方式变更了生效的法律文书的内容，人民法院应当依法予以纠正。但当事人不能对此裁定申请再审，亦不涉及人民检察院抗诉的问题，对于人民检察院坚持抗诉的，人民法院应通知不予受理。

最高人民法院关于检察机关对先予执行的民事裁定提出抗诉人民法院应当如何审理问题的批复

（1996 年 8 月 8 日　法复［1996］13 号）

江西省高级人民法院：

你院《关于检察机关对先予执行的民事裁定提出抗诉人民法院应当如何审理的请示》收悉。经研究认为，根据《中华人民共和国民事诉讼法》的规定，人民检察院只能对人民法院已经发生法律效力的判决、裁定按照审判监督程序提出抗诉。人民法院对其抗诉亦应当按照审判监督程序进行再审。这种监督是案件终结后的"事后监督"。因此，对于人民法院在案件审理过程中作出的先予执行的裁定，因案件尚未审结，不涉及再审，人民检察院提出抗诉，于法无据。如其坚持抗诉，人民法院应以书面通知形式将抗诉书退回提出抗诉的人民检察院。

此复

最高人民法院关于上一级人民检察院对基层人民法院已发生法律效力的民事判决、裁定向中级人民法院提出抗诉，中级人民法院可否交基层人民法院再审的复函

(1995 年 10 月 9 日 ［1995］法民字第 24 号)

四川省高级人民法院：

你院川高法［1994］172 号关于上一级人民检察院对基层人民法院已经发生法律效力的民事判决、裁定向中级人民法院提出抗诉，中级人民法院可否交基层人民法院再审的请示收悉。经研究，同意你院第一种意见，即上一级人民检察院对基层人民法院发生法律效力的民事判决、裁定向中级人民法院提出抗诉，中级人民法院可以自己再审，也可以交由原作出生效裁判的基层人民法院再审。

最高人民法院关于人民检察院提出
抗诉按照审判监督程序再审维持原裁判
的民事、经济、行政案件，人民检察院
再次提出抗诉应否受理的批复

（1995 年 10 月 6 日　法复〔1995〕7 号）

四川省高级人民法院：

你院关于人民检察院提出抗诉，人民法院按照审判监督程序再审维持原裁判的民事、经济、行政案件，人民检察院再次提出抗诉，人民法院应否受理的请示收悉。经研究，同意你院第一种意见，即上级人民检察院对下级人民法院已经发生法律效力的民事、经济、行政案件提出抗诉的，无论是同级人民法院再审还是指令下级人民法院再审，凡作出维持原裁判的判决、裁定后，原提出抗诉的人民检察院再次提出抗诉的，人民法院不予受理；原提出抗诉的人民检察院的上级人民检察院提出抗诉的，人民法院应当受理。

最高人民法院关于对
执行程序中的裁定的
抗诉不予受理的批复

（1995 年 8 月 10 日　法复［1995］5 号）

广东省高级人民法院：

你院粤高法［1995］37 号《关于人民法院在执行程序中作出的裁定检察院是否有权抗诉的请示》收悉。经研究，答复如下：

根据《中华人民共和国民事诉讼法》的有关规定，人民法院为了保证已发生法律效力的判决、裁定或者其他法律文书的执行而在执行程序中作出的裁定，不属于抗诉的范围。因此，人民检察院针对人民法院在执行程序中作出的查封财产裁定提出抗诉，于法无据。对于坚持抗诉的，人民法院应通知不予受理。

此复

最高人民法院关于在经济审判工作中严格执行《中华人民共和国民事诉讼法》的若干规定

（1994 年 12 月 22 日　法发〔1994〕29 号）

为在经济审判工作中严格执行《中华人民共和国民事诉讼法》（以下简称民事诉讼法）、《最高人民法院关于适用＜中华人民共和国民事诉讼法＞若干问题的意见》（以下简称适用民事诉讼法的意见）和其他有关司法解释，严肃审判纪律，进一步规范诉讼活动，保障和推动经济审判工作健康发展，特作如下规定：

一、关于管辖

1. 两个以上人民法院对同一案件都有管辖权并已分别立案的，后立案的人民法院得知有关法院先立案的情况后，应当在七日内裁定将案件移送先立案的人民法院。对为争管辖权而将立案日期提前的，该院或者其上级人民法院应当予以纠正。

2. 当事人基于同一法律关系或者同一法律事实而发生纠纷，以不同诉讼请求分别向有管辖权的不同法院起诉的，后立案的法院在得知有关法院先立案的情况后，应当在七日内裁定将案件移送先立案的法院合并审理。

3. 两个以上人民法院之间对地域管辖有争议的案件，有关人民法院均应当立即停止进行实体审理，并按最高人民法院关于适用民事诉讼法的意见第36条的规定解决管辖争议。协商不成报请共同上级人民法院指定管辖的，上级人民法院应当在收到下级人民法院报告之日起三十日内，作出指定管辖的决定。

4. 两个以上人民法院如对管辖权有争议，在争议未解决前，任何一方人民法院均不得对案件作出判决。对抢先作出判决的，上级人民法院应当以违反程序为由撤销其判决，并将案件移送或者指定其他人民法院审理，或者由自己提审。

5. 人民法院对当事人在法定期限内提出管辖权异议的，应当认真进行审查，并在十五日内作出异议是否成立的书面裁定。当事人对此裁定不服提出上诉的，第二审人民法院应当依法作出书面裁定。

6. 人民法院在审理国内经济纠纷案件中，如受诉人民法院对该案件没有管辖权，不能因对非争议标的物或者对争议标的物非主要部分采取诉前财产保全措施而取得该案件的管辖权。

7. 各高级人民法院就本省、自治区、直辖市作出的关于案件级别管辖的规定，应当报送最高人民法院批准。未经批准的，不能作为级别管辖的依据；已经批准公布实施的，应当认真执行，不得随意更改。

8. 地方各级人民法院不得自行作出地域管辖的规定，已作规定的，一律无效。

二、关于无独立请求权的第三人

9. 受诉人民法院对与原被告双方争议的诉讼标的无直接牵连和不负有返还或者赔偿等义务的人，以及与原告或被告约定仲裁或有约定管辖的案外人，或者专属管辖案件的一方当事人，均不得作为无独立请求权的第三人通知其参加诉讼。

10. 人民法院在审理产品质量纠纷案件中，对原被告之间法律关系以外的人，证据已证明其已经提供了合同约定或者符合法律规定的产品的，或者案件中的当事人未在规定的质量异议期内提出异议的，或者作为收货方已经认可该产品质量的，不得作为无独立请求权的第三人通知其参加诉讼。

11. 人民法院对已经履行了义务，或者依法取得了一方当事人的财产，并支付了相应对价的原被告之间法律关系以外的人，不得作为无独立请求权的第三人通知其参加诉讼。

三、关于财产保全和先予执行

12. 人民法院采取诉前财产保全，必须由申请人提供相当于请求保全数额的担保。担保的条件，依法律规定；法律未作规定的，由人民法院审查决定。

13. 人民法院对财产采取诉讼保全措施，一般应当由当事人提交符合法定条件的申请。只有在诉讼争议的财产有毁损、灭失等危险，或者有证据表明被申请人可能采取隐匿、转移、出卖其财产的，人民法院方可依职权裁定采取财产保全措施。

14. 人民法院采取财产保全措施时，保全的范围应当限于当事人争议的财产，或者被告的财产。对案外人的财产不得采取保全措施，对案外人善意取得的与案件有关的财产，一般也不得采取财产保全措施。被申请人提供相应数额并有可供执行的财产作担保的，人民法院应当及时解除财产保全。

15. 人民法院对有偿还能力的企业法人，一般不得采取查封、冻结的保全措施。已采取查封、冻结保全措施的，如该企业法人提供了可供执行的财产担保，或者可以采取其他方式保全的，应当及时予以解封、解冻。

16. 人民法院先予执行的裁定，应当由当事人提出书面申请，并经开庭审理后作出。在管辖权尚未确定的情况下，不得裁定先予执行。

17. 人民法院对当事人申请先予执行的案件，只有在案件的基本事实清楚，当事人间的权利义务关系明确，被申请人负有给付、返还或者赔偿义务，先予执行的财产为申请人生产、生活所急需，不先予执行会造成更大损失的情况下，才能采取先予执行的措施。

18. 人民法院采取先予执行措施后，申请先予执行的当事人申请撤诉的，人民法院应当及时通知对方当事人、第三人或有关的案外人。在接到通知至准予撤诉的裁定送达前，对方当事人、第三人及有关的案外人，对撤诉提出异议的，应当裁定驳回撤诉申请。

19. 受诉人民法院院长或者上级人民法院发现采取财产保全或者先予执行措施确有错误的，应当按照审判监督程序立即纠正。因申请错误造成被申请人损失的，由申请人予以赔偿；因人民法院依职权采取保全措施错误造成损失的，由人民法院依法予以赔偿。

四、关于审限

20. 上级人民法院决定调卷审查的案件，下级人民法院应当在接到上级人民法院调卷函后的十五日内将全部案卷报送上级人民法院。如有特殊情况不能按期报送的，应当及时报告上级人民法院。

21. 上级人民法院发函要求下级人民法院对已经发生法律效力的判决、裁定进行审查的，下级人民法院应当在收函之日起三个月内向上级人民法院报送审查结果或者审查情况。

22. 上级人民法院必要时可以在调卷函或要求审查的函件中提出暂缓执行的意见，有关人民法院对此如有异议，应当及时报告上级人民法院。上级人民法院接到下级人民法院审查报告后，应当在一个月内作出调卷决定或者通知恢复执行。上级人民法院决定调卷的案件，应当在收到案卷后三个月内向下级人民法院发出中止执行的裁定或恢复执行的通知。

23. 最高人民法院对地方各级人民法院已经发生法律效力的判决、裁定，上级人民法院对下级人民法院已经发生法律效力的判决、裁定，按照审判监督程序，决定提审或者指令再审的，提审或者再审的人民法院除有特殊情况外，适用第一审程序的，应当在六个月内结案；适用第二审程序的，应当在三个月内结案。决定提审的，审限自裁定提审的次日起计算。指令再审的，自下级人民法院接到指令再审的裁定的次日起计算。上级人民法院指令再审的案件，下级人民法院在该案审结后，应当将裁判结果报上级人民法院。

最高人民法院关于高级人民法院指令基层人民法院再审的裁定中应否撤销中级人民法院驳回再审申请的通知问题的复函

（1993 年 7 月 26 日　［1993］民他字第 12 号发布）

陕西省高级人民法院：

你院［1993］23 号《关于高级人民法院指令基层人民法院再审的裁定中应否撤销中级人民法院驳回再审申请的通知问题的请示》收悉。经研究认为，高级人民法院指令基层人民法院再审业经中级人民法院驳回再审申请的案件，在其再审裁定中，除写明再审期间中止原判决的执行外，还应一并撤销中级人民法院驳回再审申请的通知。

最高人民法院关于民事调解书
确有错误当事人没有申请再审的案件
人民法院可否再审的批复

(1993 年 3 月 8 日　[1993] 民他字第 1 号)

江苏省高级人民法院:

你院苏高法［1992］第 174 号《关于人民法院发现确有错误的民事调解书,当事人并未申请再审,人民法院是否可以提出再审问题的请示》收悉。经研究,答复如下:

对已经发生法律效力的调解书,人民法院如果发现确有错误,而又必须再审的,当事人没有申请再审,人民法院根据民事诉讼法的有关规定精神,可以按照审判监督程序再审。

最高人民法院关于支付令生效
后发现确有错误应当如何处理给
山东省高级人民法院的复函

(1992 年 7 月 13 日　法函［1992］98 号发布)

你院鲁高法函［1992］35 号请示收悉。经研究,答复如下:

一、债务人未在法定期间提出书面异议,支付令即发生法律效力，债务人不得申请再审；超过法定期间债务人提出的异议，不影响支付令的效力。

二、人民法院院长对本院已经发生法律效力的支付令，发现确有错误，认为需要撤销的，应当提交审判委员会讨论通过后，裁定撤销原支付令，驳回债权人的申请。

最高人民法院关于适用《中华人民共和国民事诉讼法》若干问题的意见

（最高人民法院审判委员会第 528 次会议讨论通过
最高人民法院 1992 年 7 月 14 日以法发 ［1992］ 22 号发布）

......

十三、审判监督程序

199. 各级人民法院院长对本院已经发生法律效力的判决、裁定，发现确有错误，经审判委员会讨论决定再审的，应当裁定中止原判决、裁定的执行。

【简释】

本条是关于中止执行的规定。即各级人民法院院长对本院已经发生法律效力的判决裁定发现确有错误的，应当裁定中止。另外，根据修订后的《民事诉讼法》第 185 条的规定，不论启动再审的主体是谁，按照审判监督程序案件决定再审的，裁定中止原判决的执行。该中止执行的裁定其直接效力仅限于对原生效裁判执行部分的阻却效力，而对于生效裁判本身并没有阻却或改判的效力。

相关法条：《民事诉讼法》第 185 条，《最高人民法院关于审判监督程序中上级人民法院对下级人民法院已经发生法律效力的判决、裁定何时裁定

中止执行和中止执行的裁定由谁署名问题的批复》

200. 最高人民法院对地方各级人民法院已经发生法律效力的判决、裁定，上级人民法院对下级人民法院已经发生法律效力的判决、裁定，如果发现确有错误，应在提审或者指令下级人民法院再审的裁定中同时写明中止原判决、裁定的执行；情况紧急的，可以将中止执行的裁定口头通知负责执行的人民法院，但应在口头通知后十日内发出裁定书。

【简释】

本条是关于执行中止裁定的规定。详解见本书第五章第一节。

201. 按审判监督程序决定再审或提审的案件，由再审或提审的人民法院在作出新的判决、裁定中确定是否撤销、改变或者维持原判决、裁定；达成调解协议的，调解书送达后，原判决、裁定即视为撤销。

202. 由第二审人民法院判决、裁定的案件，上级人民法院需要指令再审的，应当指令第二审人民法院再审。

【简释】

本条是关于指令再审的情形。《审判监督解释》第 28 条和第 29 条分别规定了指令再审和不得指令再审的若干情形。

相关法条：《审判监督解释》第 28 条、第 29 条。

203. 无民事行为能力人、限制民事行为能力人的法定代理人，可以代理当事人提出再审申请。

【简释】

再审申请的主体分为三类：法院，检察院和当事人。如果原审当事人为无民事行为能力人或者限制行为能力人时，其法定代理人可以代为提出再审申请。

204. 当事人对已经发生法律效力的调解书申请再审，适用民事诉讼法第一百八十二条的规定，应在该调解书发生法律效力后二年内提出。

【简释】

本条是关于对调解书提出再审的时间规定。根据《民事诉讼法》第182条之规定，当事人对已经发生法律效力的调解书，提出证据证明调解书违反自愿原则或者调解协议内容违反法律的，可以申请再审。经人民法院审查属实的，应当再审。当事人针对调解书提出再审申请的时间是在调解书发生法律效力后两年内。另外，案外人对调解书确定的执行标的物主张权利的，且无法提起新的诉讼解决争议的，可以在调解书发生法律效力后两年内，或者自知道或者应当知道利益被损害之日起三个月内，向作出原调解书的人民法院的上一级人民法院申请再审。

针对调解书提出再审申请且裁定再审后，经审理发现申请再审人提出的调解违反自愿原则的事由不成立，且调解协议的内容不违反法律强制性规定的，应当裁定驳回再审申请，并恢复原调解书的执行。

相关法条：《民事诉讼法》第182条；《审判监督解释》第4条，第5条，第40条。

205. 当事人可以向原审人民法院申请再审，也可以向上一级人民法院申请再审。向上一级人民法院申请再审的，上级人民法院经审查认为符合民事诉讼法第一百七十九条规定条件的，可以指令下级人民法院再审，也可以提审。

【简释】

此条已失效。根据《审判监督解释》的规定，当事人启动再审程序的，只能向原审人民法院的上一级法院申请再审。修订后的《民事诉讼法》第181条第2款规定，因当事人申请裁定再审的案件由中级人民法院以上的人民法院审理。最高人民法院，高级人民法院裁定再审的案件，由本院再审或者交其他人民法院再审，也可以交原审人民法院再审。《审判监督解释》第27条对审理层级和标准作出了具体规定。

206. 人民法院接到当事人的再审申请后，应当进行审查。认为符合民事诉讼法第一百七十九条规定的，应当在立案后裁定中止原判决的执行，并及时通知双方当事人；认为不符合第一百七十九条规定的，用通知书驳回申请。

【简释】

根据修订后的《民事诉讼法》的规定，此条已失效。根据《民事诉讼法》第185条的规定，按照审判监督程序决定再审的案件，裁定中止原判决的执行。可见，再审案件只有经过审查且裁定再审后，才能中止原判决的执行。中止执行的裁定书涵括两方面内容，其效力范围涉及两个法院。就其实质方面，该裁定书体现的是案件进入经过审查，符合再审事由，正式进入审理程序。就其程序方面，该裁定书一经作出，对原生效裁判的执行部分即具有阻却效力。中止执行的裁定一经作出，执行程序即告中断，人民法院应暂停案件的一切强制执行活动，等待再审审理结果。

相关案例："原告上海一百（集团）有限公司与被告国元证券有限责任公司上海中山北路证券营业部、国元证券有限责任公司及第三人上海星恒实业有限公司证券交易代理合同纠纷案"见本书第五章第一节。

207. 按照督促程序、公示催告程序、企业法人破产还债程序审理的案件以及依照审判监督程序审理后维持原判的案件，当事人不得申请再审。

【简释】

本条是关于再审次数的规定。我国设立再审程序，一方面是要维护当事人的正当合法权益，另一方面也要考虑裁判文书的既判力，维护社会秩序的稳定。对于经过审判监督程序维持原判的案件，当事人不得申请再审。

208. 对不予受理、驳回起诉的裁定，当事人可以申请再审。

【简释】

本条规定了就已经发生法律效力的裁定提起再审的范围。即对不予受理、驳回起诉的裁定可以申请再审。

209. 当事人就离婚案件中的财产分割问题申请再审的，如涉及判决中已分割的财产，人民法院应依照民事诉讼法第一百七十九条的规定进行审查，符合再审条件的，应立案审理；如涉及判决中未作处理的夫妻共同财产，应告知当事人另行起诉。

【简释】

根据《民事诉讼法》第183条的规定，当事人对已经发生法律效力的解除婚姻关系的判决，不得申请再审。但对离婚案件中的财产分割问题可以申请再审。对于判决中未处理的夫妻共同财产，当事人应当另行起诉。这符合我国民事诉讼的审理原则，也有利于维护社会关系的稳定。

210. 人民法院提审或按照第二审程序再审的案件，在审理中发现原一、二审判决违反法定程序的，可分别情况处理：

（1）认为不符合民事诉讼法规定的受理条件的，裁定撤销一、二审判决，驳回起诉。

（2）具有本意见第181条规定的违反法定程序的情况，可能影响案件正确判决、裁定的，裁定撤销一、二审判决，发回原审人民法院重审。

【简释】

本条规定了违反法定程序的处理情形。

211. 依照审判监督程序再审的案件，人民法院发现原一、二审判决遗漏了应当参加的当事人的，可以根据当事人自愿的原则予以调解，调解不成的，裁定撤销一、二审判决，发回原审人民法院重审。

【简释】

本条是关于程序性违法必须发回重审的规定。本条的规定是目前唯一一种明文规定必须发回重审的程序性违法情形。在此种情形下，法院可以先行调解，调解不成的，发回重审。在此规定的基础上，《审判监督解释》第38条还规定"其他违法法定程序不宜在再审程序中直接作出实体处理的，应当裁定撤销原判决，发回重审。"

相关法条：《审判监督解释》第38条。

212. 民事诉讼法第一百八十二条中的二年为不变期间，自判决、裁定发生法律效力次日起计算。

【简释】

本条规定了申请再审期间的性质为除斥期间，不适用中止、中断和延长。但本条只对两年做了解释，根据《民事诉讼法》第184条的规定，申请再审的期间有两种，分别为两年和三个月。其中三个月为最新规定，即"据以作出原判决裁定的法律文书被撤销或者变更，以及发现审判人员在审理该案件时有贪污受贿，徇私舞弊，枉法裁判行为的"两种事由在两年后才出现的，当事人可以自知道或者应当知道之日起三个月内提出再审申请。这里的三个月也不适用中止、中断或延长的规定。

相关法条：《民事诉讼法》第184条，《审判监督解释》第2条。

213. 再审案件按照第一审程序或者第二审程序审理的，适用民事诉讼法第一百三十五条、第一百五十九条规定的审限。审限自决定再审的次日起计算。

【简释】

本条规定了再审适用的程序和审理期限。

214. 本意见第192条的规定适用于审判监督程序。

最高人民法院研究室关于审理人民检察院按照审判监督程序提出抗诉的案件有关程序问题的电话答复

（1992年1月29日）

江西省高级人民法院：

你院赣法（研）〔1990〕31号《关于审理人民检察院按照审判监督程序提出抗诉的案件有关程序问题的请示》收悉，经研究，答复如下：

一、关于人民检察院按照审判监督程序向同级人民法院提出抗诉的案件，应当由哪一级人民法院再审的问题，同意你院第二种意见，即应当由受理抗诉的人民法院依照刑事诉讼法第一百四十九条第二款的规定，可以提审，也可以指令下级人民法院再审。

二、人民检察院按照审判监督程序提出抗诉的案件，经人民法院审查认为应当加重刑罚，鉴于原判刑罚已执行完毕，该犯在刑满释放后又犯有新罪，对新罪应如何处理？我们认为，应当按照刑事诉讼法和有关管辖的司法解释，分别由对该新罪有管辖权的公、检、法机关受理，而不能将抗诉案件与新罪的案件合并审理。新罪案件应当在抗诉案件审结后再作出判决，并按照刑法第六十四条的规定，决定执行的刑罚。

三、人民检察院按照审判监督程序提出抗诉的共同犯罪案件中，部分罪犯逃跑尚未归案，抗诉书副本无法送达，应当如何处理？我们认为，可以参照最高人民法院、最高人民检察院、公安部［82］公发（审）53 号《关于如何处理同案犯在逃的共同犯罪案件的通知》规定的原则办理。

附：

江西省高级人民法院关于审理
人民检察院按照审判监督程序提出
抗诉的案件有关程序问题的请示

（1990 年 8 月 20 日　赣法（研）发［1990］31 号）

最高人民法院：

我们在审理人民检察院按照审判监督程序提出抗诉的案件过程中，有关几个程序问题不太明确，特请示如下：

一、人民检察院依照审判监督程序向同级人民法院提出抗诉的案件，应当由哪一级人民法院再审的问题。我们有二种意见：第一种意见认为只能由同级人民法院提审，第二种意见认为人民法院可以按照刑事诉讼法第一百四十九条第二款的规定，可以提审，也可以指令下级人民法院再审。

二、人民检察院按照审判监督程序向同级人民法院提出抗诉，法院审查后认为要加重处罚，决定提审，由于原判刑罚已执行完毕，故法院又决定逮捕，逮捕后发现该罪犯在刑满释放后又犯有新罪，对新罪应如何处理的问题，我们认为，应按照刑事诉讼法有关管辖的规定，分别由有关公安机关或人民检察院侦查后，由人民检察院向有管辖权的人民法院起诉。不能由受理抗诉案件的人民法院与抗诉案件合并审理。

三、人民检察院按照审判监督程序提出抗诉的案件，共同犯罪案件中有部分罪犯因刑满释放或在原判缓刑期间重新犯罪或有违法行为，为逃避公安机关的追查而逃跑在外，无法送达抗诉书副本，直接影响到案件的审理的，我们认为人民法院可以暂不受理抗诉，待罪犯归案后再依法受理审判。

以上意见是否妥当，请批复。

最高人民法院关于指令再审的
民事案件应依法做出新判决的批复

(1991 年 3 月 21 日　法（民）复［1991］1 号)

河北省高级人民法院：

你院冀法（民）［1990］157 号"关于指令再审的民事案件可否

判决维持原判的请示"收悉。经我们研究认为，根据《民事诉讼法（试行）（试行）》第一百五十七条、第一百六十条的规定，上级人民法院对下级人民法院已经发生法律效力的判决发现确有错误，有权指令下级人民法院再审。下级人民法院应当根据再审所认定的事实，依法作出维持或者撤销原判决的新判决。再审后作出的新判决，原来是第一审的，当事人可以上诉；原来是第二审的，是发生法律效力的判决。上级人民法院指令下级人民法院再审时中止原判决执行的裁定，因再审后作出新判决而失去效力。

关于经济纠纷案件当事人向受诉法院
提出管辖权异议的期限问题的批复

(1990 年 8 月 5 日　法（经）复［1990］10 号)

河南省高级人民法院：

你院［1989］豫法经字第 8 号请示收悉。关于经济纠纷案件诉讼的当事人对受诉法院的管辖权提出异议的期限问题，经研究，答复如下：

一、人民法院受理的第一审经济纠纷案件，当事人在法律规定的答辩期限内对法院的管辖权提出异议的，法院应当先就本院对该案有无管辖权问题进行审议；逾期提出的，法院不予审议。

二、当事人在法律规定的答辩期限内对法院的管辖权提出了异议，但是在法院就有无管辖权问题作出裁定前，又以书面或口头形式（须经法院记录在案并经本人签字）表示接受受诉法院管辖的，视为当事人自动放弃了异议。以后，当事人在诉讼中再行提出管辖异议的，法院不再审议。

三、一、二审法院驳回管辖权异议的裁定发生法律效力后，当事人就法院的管辖权问题申诉的，不影响法院对案件进行审理。

四、法院对案件作出的判决发生法律效力后，如果当事人对驳回管辖权异议的裁定和判决一并申诉的，法院经过复查，发现管辖虽有错误，但判决正确的，应当不再变动；如经复查，认为管辖和判决均确有错误，应按审判监督程序处理。经过再审或者提审，原判决和裁定均被撤销的，应将案件移送有管辖权的人民法院审理。

最高人民法院关于各级人民法院处理民事和经济纠纷案件申诉的暂行规定

（1989 年 7 月 12 日最高人民法院审判委员会第 414 次会议通过　1989 年 7 月 21 日印发）

为了进一步做好处理民事和经济纠纷案件申诉工作，加强审判监督，根据《中华人民共和国人民法院组织法》，《中华人民共和国民事诉讼法（试行）》的有关规定和审判实践经验，特制定以下暂行规定。

第一条　当事人、法定代理人对已经发生法律效力的判决、裁定，认为确有错误的，可以向人民法院申诉。

第二条　各级人民法院处理申诉，实行分级负责的原则。对申诉人的申诉，一般由作出生效判决、裁定的人民法院审查处理。上级人民法院认为必要时，可以直接审查处理。

第二审人民法院对不服本院维持第一审人民法院判决、裁定的申诉需要复查处理的，可以交由第一审人民法院复查。第一审人民法院复查后写出书面报告，提出处理意见，报第二审人民法院处理。

申诉无理被通知驳回后，申诉人无新的事实和理由又提出申诉，人民法院应告知申诉人不再处理。

第三条 基层人民法院负责审查处理不服本院已经发生法律效力的判决、裁定的申诉。

第四条 中级人民法院负责审查处理下列申诉：

（一）不服本院已经发生法律效力的第一审判决、裁定的；

（二）不服本院第二审判决、裁定的；

（三）不服基层人民法院发生法律效力的判决、裁定的申诉，经基层人民法院审查处理后，申诉人仍不服，以新的事实和理由向中级人民法院提出申诉的；

（四）不服基层法院已经发生法律效力的判决、裁定的申诉，本院认为需要直接审查处理的。

第五条 高级人民法院负责审查处理下列申诉：

（一）不服本院已经发生法律效力的第一审判决、裁定的；

（二）不服本院第二审判决、裁定的；

（三）不服中级人民法院已经发生法律效力的判决、裁定的申诉，经中级人民法院审查处理后，申诉人仍不服，以新的事实和理由向高级人民法院提出申诉的；

（四）不服中级人民法院和基层人民法院已经发生法律效力的判决、裁定的申诉，本院认为需要直接审查处理的。

第六条 最高人民法院负责审查处理下列申诉：

（一）不服本院（含原大区分院）判决、裁定的；

（二）不服高级人民法院已经发生法律效力的判决、裁定的申诉，经高级人民法院审查处理后，申诉人仍不服，以新的事实和理由向最高人民法院提出申诉的；

（三）不服地方各级人民法院已经发生法律效力的判决、裁定的申诉，本院认为需要直接审查处理的。

第七条 人民法院审查处理申诉，均应登记，认真审阅申诉材料，仔细听取申诉人的陈述。对应由下级人民法院或其他人民法院审查处理的申诉，应及时转交，并通知申诉人直接与有关人民法院联系。

原终审人民法院审查处理申诉，均立申诉卷。原终审的上级人民法院直接审查处理和转由下人民法院审查处理的申诉，也要立申诉卷。

第八条 申诉经人民法院审查，认为原判决、裁定正确，应当说服申诉人服判息诉，撤回申诉。对其中坚持无理申诉的，针对申诉理由，依法书面通知驳回。如果发现原判决、裁定确有错误，由审查处理该案的人民法院的院长依法提交审判委员会讨论决定。

第九条 终审判决正确，在执行中发生新情况，当事人以新的事实和理由，要求法院处理的，不属于申诉，应告知当事人到第一审人民法院另行起诉。

第十条 上级人民法院审查处理的申诉，可以调卷审查，可以派人会同下级人民法院调查核实，下级人民法院应积极配合。

第十一条 上级人民法院需要了解原判处理情况的，可以责成下级人民法院写出报告。报告应当写明当事人的基本情况、原判认定事实、处理结果及其它需要说明的问题。

第十二条 上级人民法院对不服下级人民法院判决、裁定的申诉，经审查认为可能有错误的，可提出问题函转下级人民法院查处并报告处理结果。下级人民法院应当针对函中所提问题认真进行复查，并在三个月内报送复查结果。逾期不报的，上级人民法院应当及时催报。上级人民法院收到下级人民法院复查报告后，应当进行审查。如认为下级人民法院复查处理仍有错误，可以依照审判监督程序指令下级人民法院再审或者提审。

第十三条 对于确属无理取闹的申诉人，要进行严肃的批评教育，使其服判息诉。对不接受教育，纠缠不走的，可以收容遣送回原地。经多次收容屡教不改，情节严重或触犯刑律的，根据治安管理处罚条例、刑法的有关规定，整理材料，移交当地公安机关依法处理。

第十四条 负责处理申诉的审判人员，要恪尽职守，遵纪守法，秉公办事，正确执行党的政策和国家的法律，热情宣传社会主义法制，努力做好工作。

第十五条 处理对调解协议的申诉，适用本暂行规定。

第十六条 处理海事、海商案件申诉，适用本暂行规定。

最高人民法院研究室关于再审案件两个问题的电话答复

（1987 年 2 月 15 日）

北京市高级人民法院：

你院请示的"按照第一审程序审判的再审案件，如果被告人已经死亡，再审判决书中是否要向被告人交代上诉权"和"已死亡的被告人的近亲属不服再审的第一审判决，应向哪一级法院提出申诉"两个问题，经研究，答复如下：

一、根据 1985 年 10 月我院对山东省高级法院（85）鲁法研字第 12 号请示的电话答复精神，被告人已死亡的再审案件，在再审的第一审判决书中无法向被告人交代上诉权。

二、如果已死亡的被告人的近亲属不服再审的第一审判决，可以向原审法院或其上一级法院提出申诉。原审法院收到被告人近亲属的申诉后，可以直接处理，也可以商请上一级法院审查处理。上一级法院收到被告人近亲属的申诉后，如果发现原判决确有错误，可以按审判监督程序提审或者指令原审法院再审。如果已死亡的被告人的近亲属对指令原审再审的判决仍不服，又提出申诉的，应由上一级法院直接处理。

附：

北京市高级人民法院研究室关于
再审案件两个问题的电话请示

（1987年1月17日）

最高人民法院研究室：

我们请示再审案件的两个问题：

一、根据最高法院 1985 年 10 月 18 日对山东省高院（85）鲁法研字第 12 号《关于被告人已死亡的再审案件，其近亲属能否径行提出上诉的请示》的答复意见，对被告人已死亡的，按审判监督程序改判的，如果是按照第一审程序审判的，再审判决书中是否要向被告人交代上诉权？

二、被告人近亲属不服第一审判决，应向哪一级法院提出上诉，如果向原审法院提出申诉，原审法院怎么处理，如果向上一级法院提出申诉，上级法院是提审还是发回重审。

最高人民法院关于审判监督程序中，上级人民法院对下级人民法院已经发生法律效力的判决、裁定何时裁定中止执行和中止执行的裁定由谁署名问题的批复

（1985 年 7 月 9 日）

山东省高级人民法院：

你院［85］鲁法民字第 20 号《关于执行审判监督程序中几个问题的请示》收悉。经研究，我们认为：

（一）上级人民法院对下级人民法院已经发生法律效力的判决、裁定，须发现确有错误，并作出了提审或者指令再审决定的，才可裁定中止执行。所以，上级人民法院对下级人民法院已经发生法律效力的判决、裁定，在调卷审查的过程中，如尚未发现确有错误，且未作出提审或者指令再审决定的，不得裁定中止执行。

（二）上级人民法院对下级人民法院已经发生法律效力的判决、裁定，发现确有错误，可作出提审或者指令下级人民法院再审的裁定。此裁定应包括中止执行的内容，由院长署名，并加盖人民法院印章。

最高人民法院关于审判委员会
决定再审撤销原判的裁定由谁署名
及再审案件进行再审时原来充任
当事人的辩护人或代理人的律师
是否继续出庭等问题的复函

（1957 年 12 月 26 日　法研字第 24125 号）

江苏省高级人民法院：

你省昆山县人民法院谢霞同志来信询问有关审判程序上的两个问题，现提出以下意见连同原信一并转送你院，希研究后酌复来信人。

（一）关于第一审法院的审判委员会对本法院的案件决定再审，撤销原判的裁定由谁署名的问题，我们认为，审判委员会既决定案件由合议庭再审，合议庭即当然有权撤销原判决，另行判决；而且有的案件在再审后也可能仍需要维持原判。所以审判委员会决定再审的案件，并非必须先将原判撤销。案件进行再审时如不需要开庭审理，则即使审判委员会已将原判撤销，也无需先对当事人发出撤销原判的裁定，只需由合议庭在再审判决书的案由内叙明本案是根据审判委员会的决议而再审的。如再审时需要传唤当事人开庭审理，则审判委员会所作再审的决定应通知当事人。

关于如何通知的问题，可查阅我院本年九月十三日法研字第 19527 号致你院函的第二点（即"应用人民法院名义通知当事人，说明本案是根据审判委员会的决议而再审的。"）

（二）关于决定再审的案件，进行再审时，原来充任当事人的辩护人或代理人的律师是否继续出庭的问题，我们认为，如果该律师未再接受当事人委托，也未再经法院指定为辩护人，即无继续出庭的义务。

最高人民法院关于各级法院院长
对本院生效的同一判决裁定可否再次
提交审判委员会处理问题的批复

（1957 年 8 月 26 日）

广西省高级人民法院：

你院本年 7 月 31 日法研字第 287 号请示收悉。关于各级人民法院院长对本法院已经发生法律效力的判决或裁定，依照审判监督程序提交审判委员会处理后，如果发现仍有错误，可否再提交审判委员会处理问题，我们认为，再由院长提交审判委员会处理，是可以的。如果对案件的处理感到没有把握时，还不如送请上级法院按照人民法院组织法第十二条第二款规定，依审判监督程序进行处理。

附：

广西省高级人民法院关于同一法院院长能否对某一具体案件提起二次审判监督问题的请示

（法研字第 287 号）

最高人民法院：

我院最近接触到这样一个问题：即同一法院院长能否连续依照审判监督程序对某一具体案件提起 2 次的审判监督。此问题在我院研究时有两种意见：

一、有的同志认为，我国现行法律、法令对此没有明文规定，而上级法院司法行政部门亦无禁止的指示或通知，因此认为，既然碰到有错误而又须运用监督程序纠正的案件，就可以再依监督程序提起监督。

二、有的同志主张，为了维护判决的稳定性和严肃性，在碰到此种情况时最好是将情况向上级法院反映，由上级法院进行监督，这样既能达到监督目的，又在一定程度上减少一改再改的不良影响。

我们在已往的工作中接触这样的问题不多，缺乏经验，而对程序法理论的探讨，也感把握不大，故特报请你院，请研究示复。

最高人民法院关于人民法院
副院长可否依照审判监督程序将案件
提交审判委员会处理的批复（节录）

（1957 年 8 月 13 日）

江西省高级人民法院：

你院本年 5 月 17 日（57）研字第 79 号函悉。兹就所询问题答复如下：

一、（略）

二、关于各级人民法院的副院长可否依照人民法院组织法第十二条第一款规定将本院已经发生法律效力的判决和裁定提交审判委员会处理的问题，我们同意你院意见，即：各级人民法院副院长受院长委托，可以代行这项职务。

北京市高级人民法院关于实施《最
高人民法院关于正确适用暂缓执行措施
若干问题的规定》的意见（试行）

（2003 年 6 月 12 日　京高法发［2003］170 号）

为了在执行程序中正确适用暂缓执行措施，维护当事人及其他利害关系人的合法权益，根据《中华人民共和国民事诉讼法》、最高人民法院《关于人民法院执行工作若干问题的规定（试行）》和最高人民法院《关于正确适用暂缓执行措施若干问题的规定》等有关法律、司法解释的规定，结合本市法院实际，制定本意见。

一、总　则

第一条　执行程序开始后，人民法院可以因法定事由决定对某一项或某几项执行措施在规定的期限内暂缓实施。除法定事由外，人民法院不得决定暂缓执行。

第二条　暂缓执行由执行法院或者其上级法院作出决定，由执行机构统一办理。

人民法院决定暂缓执行的，应当制作暂缓执行决定书，并及时送达当事人。

第三条　暂缓执行的期间不得超过三个月。因特殊事由需要延长的，可以适当延长，延长的期限不得超过三个月。

暂缓执行的期限从执行法院作出暂缓执行决定之日起计算。暂缓执行的决定由执行法院的上级法院作出的，从执行法院收到暂缓执行决定之日起计算。

第四条　人民法院应当组成合议庭对是否暂缓执行进行审查并作出决定，必要时应当听取当事人或者其他利害关系人的意见。处理结果应当报经院长或主管院长批准。

第五条　高级法院发现执行法院对不符合暂缓执行条件的案件决定暂缓执行，或者对符合暂缓执行条件的案件未予暂缓执行的，应当决定予以纠正。执行法院收到该决定后，应当遵照执行。

第六条　暂缓执行期限届满后，执行法院应当立即恢复执行。

暂缓执行期限届满前，据以决定暂缓执行的事由消灭的，如果该暂缓执行的决定是由执行法院作出的，执行法院应当立即作出恢复执行的决定；如果该暂缓执行的决定是由上级法院作出的，执行法院应当将该暂缓执行事由消灭的情况及时报告上级法院，该上级法院应当在收到报告后十日内审查核实并作出恢复执行的决定。

二、依申请暂缓执行

第七条 有下列情形之一的，经当事人或者其他利害关系人申请，执行法院可以决定暂缓执行：

（一）执行措施或执行程序违反法律规定的；

（二）执行标的存在权属争议的；

（三）被执行人对申请执行人享有抵销权的。

第八条 当事人或者其他利害关系人申请暂缓执行的，应当向执行法院提交暂缓执行申请书。暂缓执行申请书应当写明下列事项：

（一）当事人或者其他利害关系人的姓名或者名称等基本情况；

（二）请求事项及所依据的事实和理由；

（三）证据和证据来源，证人姓名和住所。

第九条 当事人或者其他利害关系人申请暂缓执行的，执行法院应当在收到申请书之日起三日内由本院的立案机构立案，立案后交由本院的执行机构审查。执行机构应当在立案后十二日内作出暂缓执行或不予暂缓执行的决定，并在作出决定后五日内将决定书送达当事人或者其他利害关系人。

第十条 执行法院根据本意见第七条拟决定暂缓执行的，应当同时责令申请暂缓执行的当事人或者其他利害关系人在指定的期限内提供相应的担保。

对提供担保的，执行法院应当对担保的财产或者担保人的担保能力进行审查。对在指定期限内没有提供担保，或者提供的担保不符合条件的，执行法院不得决定暂缓执行。

第十一条 当事人或者其他利害关系人提供财产担保的，应当出具评估机构对担保财产价值的评估证明。

评估机构出具虚假证明给当事人造成损失的，当事人可以对担保人、评估机构另行提起损害赔偿诉讼。

第十二条 被执行人或者其他利害关系人提供担保申请暂缓执行，申请执行人提供担保要求继续执行的，执行法院可以继续执行。

三、依职权暂缓执行

第十三条 有下列情形之一的，人民法院可以依职权决定暂缓执行：

（一）上级法院已经受理执行争议案件并正在处理的；

（二）人民法院发现据以执行的生效法律文书确有错误，并正在按照审判监督程序或其他法定程序进行审查的。

人民法院依照前款决定暂缓执行的，一般应由申请执行人或者被执行人提供相应的担保。

第十四条 依照本意见第十三条第一款第一项决定暂缓执行的，由上级法院的执行机构作出决定，并及时将暂缓执行决定书送达执行法院的执行机构。执行法院的执行机构应当在收到后五日内将暂缓执行决定书送达当事人。

第十五条 依照本意见第十三条第一款第二项决定暂缓执行的，由负责审查的法院作出暂缓执行决定。对符合暂缓执行条件的，该法院的审判机构应当向本院的执行机构发出暂缓执行建议书，执行机构收到建议书后，应当制作暂缓执行决定书。

负责审查的法院是执行法院的，应当在作出暂缓执行决定后五日内将决定书送达当事人。负责审查的法院是执行法院的上级法院的，上级法院的执行机构应当及时将暂缓执行决定书送达执行法院的执行机构，执行法院的执行机构应当在收到后五日内将决定书送达当事人。

第十六条 人民法院依照本意见第十三条、第十四条和第十五条的规定决定暂缓执行的，对当事人提供的担保，由执行法院的执行机构负责审查。

第十七条 在执行过程中，执行人员发现据以执行的判决、裁定、调解书和支付令确有错误的，应当依照最高人民法院《关于适用<中华人民共和国民事诉讼法>若干问题的意见》第二百五十八条的规定处理。

在审查处理期间，执行机构可以报经院长决定对执行标的暂缓采取处分性措施，并通知当事人。

四、附 则

第十八条 本意见自下发之日起试行。

本院以前关于暂缓执行的规定与本意见规定的内容有抵触的，以本意见的规定为准。

第十九条 本意见由高级法院执行机构负责解释。

北京市高级人民法院关于办理各类案件有关证据问题的规定（试行）

（2001 年 9 月 17 日　京高法发［2001］219 号）

一、总　则

1. 为进一步深化本市法院审判方式改革，规范诉讼证据行为，及时、公正地审判案件，根据《中华人民共和国刑事诉讼法》、《中华人民共和国民事诉讼法》、《中华人民共和国行政诉讼法》和最高法院有关司法解释，结合本市法院审判工作实际，制定本规定。

（一）证据

2. 证据应当具有客观性、与案件事实的关联性，并依法取得。法院应当以证据能够证明的案件事实为根据进行裁判。

3. 证据的种类有：

（1）书证；

（2）物证；

（3）证人证言；

（4）刑事诉讼中的受害人陈述及被告人供述和辩解，民事、行政诉讼中的当事人陈述；

（5）鉴定结论；

（6）刑事诉讼中的勘验、检查笔录，民事诉讼中的勘验笔录，行政诉讼中的勘验、现场笔录；

（7）视听资料（包括录音录像资料和电子数据交换、电子邮件、电子数据等电脑贮存资料）。

4. 书证应当提交原件，提交原件确有困难的，可以提交副本、复制件、节录本；物证应当提交原物，在原物不便搬运、不易保存以及依法应当返还当事人时，可以提交复制品和足以反映原物外形或者内容的照片、录像等。

5. 书证的副本、复制件、节录本，物证的复制品、照片、录像，只有经与原件、原物核对无误，或者经对方当事人确认，或者经鉴定证明真实的才具有与原件、原物同等的证明力。

用有形载体固定或者表现的电子数据交换、电子邮件、电子数据等电脑贮存资料的复制件，其制作应经公证或者经对方当事人确认后，才具有与原件同等的证明力。

6. 提供证据的副本、复制件、复制品及照片、录像应当附有关于制作过程及原件、原物存放何处的说明，并由制作人签名或盖章。

7. 法院对诉讼各方提交的证据应当出具收据，注明证据的名称、收到时间、份数和页数以及是否原件、原物等，由经手人签名或盖章。

8. 对作为证据使用的实物，包括作为特定物证的货币、有价证券等，开庭审理时，经向法庭出示、质证后应提交法庭，休庭或者闭庭后办理交接手续，清点、核对无误的，由经手人在清单上分别签名或盖章。

9. 下列不宜提交的实物证据，应当审查是否附有相关证明材料（包括必要的原物照片、注明存放地点的清单、鉴定结论、估价证明等）：

（1）大宗的、不便搬运的物品；

（2）易腐烂、霉变和不易保管的物品；

（3）违禁品、枪支弹药、易燃易爆物品、剧毒物品以及其他危险品；

（4）珍贵文物、物品等。

10. 当事人提交中国领域外的证据，应有来源说明，该证据及说明与证据的提交人（居住在中国领域外的）的身份证明应当经所在国公证，并经中国驻该国使领馆认证，或者提供履行中国与证据所在国订立的有关条约中规定的证明手续；提供外文书证及有关说明必须附有相应资质的翻译机构翻译的中文译本。当事人提交中国香港特别行政区、澳门特别行政区和台湾地区内的证据，按有关协议或规定要求办理。

（二）举证责任和期限

11. 刑事案件的公诉机关（自诉人）对被告人的犯罪指控，当事人对其诉讼主张，有责任提供相应的证据（包括证人的出庭作证），法律或者司法解释另有规定的除外。没有提出证据或者虽提出证据但经法庭质证和认证后不能作为认定案件事实根据的，将承担相应举证不能的后果。

12. 案件审理过程中，对同一事实，除有特别规定外，由提出主张的诉讼一方首先举证；诉讼对方反驳该事实而提出另一事实时，有责任提供相应的证据加以证明；诉讼对方提出了足以推翻前一事实证据的，再转由提出主张的诉讼一方继续举证。

13. 诉讼各方向法院提交证据应当有时间的限制，避免因举证迟延而影响审理。无正当理由在举证期限内拒不提交证据的，应承担相应举证不能的后果。

（三）法院调查收集证据

14. 在法律没有明确规定的情况下，法院一般不主动依职权调查收集证据；远郊区县法院可根据实际情况自行确定。

15. 当事人及其诉讼代理人、辩护人因客观原因不能自行收集的证据，可于举证期限届满前书面申请法院调查收集证据，并说明申请的内容和理由。经法院调查，未能收集到的，应告知申请人，仍由负有举证责任的当事人承担举证不能的后果。

16. 申请法院调查收集证据应当具备以下条件：

（1）确因客观原因，当事人或者诉讼代理人、辩护人无法自行收集；

（2）能提供有关被调取证据的确切线索；

（3）能说明被调取证据确与本案具有关联性。

17. 对于当事人及其诉讼代理人、辩护人要求法院调查收集证据的申请，经审查认为不符合条件的，法院应在接到申请的 3 日内作出驳回申请的决定，并通知申请人，告知仍由当事人自行举证。

18. 法院在向有关单位和个人调查收集证据时，对于涉及国家秘密、商业秘密和个人隐私的，应当保密。

法院依当事人及其诉讼代理人、辩护人的申请调查收集证据的，一般情况下内容不得超出申请范围。

19. 民事、行政诉讼及刑事自诉、刑事附带民事诉讼案件的庭审中，对有关证据的效力有疑问，法庭可以宣布休庭，限期当事人进一步举证；只有在当事人已充分举证，对于影响查明案件主要事实的证据经过庭审质证仍无法认定其效力的，法院方可依当事人的申请或职权调查收集证据。

20. 法院调查收集证据，应当由两名以上法院有关工作人员共同进行。调查材料要由调查人、被调查人、记录人签名或盖章；向有关单位收集、调取的证明文书，应由单位负责人签名或加盖单位印章。

（四）证人出庭作证

21. 证人应当出庭作证。诉讼各方向法庭提供证人，应当书面申请法院通知证人出庭作证，申请应于开庭前与其他证据一并提交法院；申请书应写明证人姓名、性别、年龄、工作单位、住址及需要证明的事项。

22. 符合下列情形之一，经法院准许，证人可以提交书面证言，不出庭作证，但必须同时提交能够证明该证人身份真实情况的有关证明材料：

（1）未成年人；

（2）身患严重疾病或者行动极为不便的；

（3）因不可抗力无法到庭的；

（4）有其他正当原因的。

23. 不能正确表达意志的人不能作证。

对于证人能否辨别是非、正确表达，必要时法院可以根据当事人的申请或者依职权审查或鉴定。

24. 证人到庭后，法庭应当先核实证人身份、与当事人及本案的关系，告知证人应当如实提供证言以及有意作伪证或隐匿罪证应负的法律责任。

法院查明证人有意作伪证或者隐匿罪证的，应当依法处理。

25. 经当事人申请，并根据案情需要，庭审可以采用专家咨询的方式由专家当庭就非法律性专业技术问题进行解答，诉讼各方可以就与案件有关的技术问题进行询问，但不得结合案情。有违规情形的，法庭应当制止。专家出庭的必要费用比照民事诉讼中证人出庭作证的有关规定执行。

26. 证人及其近亲属的人身和财产安全受法律特殊保护。

诉讼中，诉讼参与人或者其他人对证人及其近亲属进行威胁、侮辱、殴打或者打击报复的，法院应依照诉讼法关于妨害诉讼的有关规定，视情节轻重予以罚款、拘留；构成犯罪的，依法追究刑事责任。

（五）鉴定、勘验

27. 鉴定结论、勘验笔录对认定案件事实不具有预决的法律效力，必须经过法庭的质证和认证。

28. 诉讼中，当事人认为对专门性的问题需要鉴定的，应当向法院申请，是否进行鉴定，由法院决定。

法院决定进行鉴定的，在民事、行政诉讼和刑事自诉案件诉讼中，应当商当事人在法定鉴定部门、指定鉴定部门或者其他鉴定部门中共同选定；协商不一致的，由法院指定法定鉴定部门鉴定；没有法定鉴定部门的，交由法院指定的鉴定部门鉴定。

鉴定部门和鉴定人应当提出书面的鉴定结论，在鉴定书上签名或盖章；鉴定人鉴定的，应当由鉴定人所在单位加盖印章，证明鉴定人的身份。

29. 民事、行政诉讼和刑事自诉案件诉讼中，对专门性的问题各方当事人均没有提出鉴定要求，而根据案情需要，法院认为必须鉴定的，应按照本规定第28条中的有关规定办理；同时，向鉴定部门出具委托鉴定书，载明需要鉴定的事项和要求。

30. 经当事人申请法院决定鉴定的，鉴定费由申请人预先支付；法院直接决定鉴定的，鉴定费由法院商当事人一方或各方预先支付，或者由法院预先支付，最后由法院根据当事人的过错程度确定承担人及数额。

31. 民事、行政诉讼和刑事自诉案件诉讼中，由当事人共同约定的鉴定部门、鉴定人所作出的鉴定结论，以及由法院指定的、具有法定或者指定鉴定资格的鉴定部门、鉴定人所作出的鉴定结论，除非有确切证据表明该鉴定程序违法，或者鉴定结论明显错误以及存在其他方面的原因足以影响鉴定结论正确的，不得重复鉴定。

32. 民事、行政诉讼和刑事自诉案件诉讼前，对同一专门性问题，由当事人一方自行委托不具有法定、指定鉴定资格的鉴定部门、鉴定人作出的鉴定结论，庭审中对方当事人提出异议的，或者诉讼双方当事人分别自行委托不同的法定鉴定部门作出的不同鉴定结论的，法院应按照本规定第 28 条的有关规定决定重新鉴定。

33. 民事、行政诉讼和刑事自诉案件诉讼前，由诉讼一方当事人委托，以及刑事公诉案件诉讼中由公安、检察机关委托法定鉴定部门、鉴定人对专门问题所作的鉴定结论以及由有关资质机构或有权机构作出的现场笔录、检查笔录、勘验笔录，庭审中对方有异议的，鉴定人、勘验人应当出庭接受质询，但经法院准许不出庭的除外。

34. 对人身伤害的医学鉴定有争议需要重新鉴定或者对精神病的医学鉴定，由本市人民政府指定的医院进行。鉴定人进行鉴定后，应当写出鉴定结论，并由鉴定人签名、医院加盖公章。

对本市人民政府指定的医院作出的鉴定结论，经质证后，认为有疑问，不能作为定案根据的，法院可以另行聘请本市人民政府指定的其他医院或者专门机构进行补充鉴定或者重新鉴定。

35. 民事、行政诉讼和刑事自诉案件诉讼中，法院可以根据当事人申请或案情需要，委托有关部门或自行对物证、现场进行勘验。

被委托部门或法院勘验物证、现场，当事人或其成年亲属应当到场，勘验人应当将勘验情况和结果制作笔录，由勘验人、当事人或其成年亲属签名或盖章；当事人或其成年亲属拒不到场的，不影响勘验的进行。

（六）证据的法庭质证

36. 证据均应在法庭上公开出示，并由诉讼各方在庭审中质证；凡未经法庭公开出示和质证的证据，不得作为定案的根据。法律另有规定的除外。

37. 证据的质证，应当围绕证据的合法性、客观真实性、关联性以及证明力大小进行质证和说明。

38. 证据的质证，应当在法庭的主持下按照法律有关规定进行：

（1）公诉机关、自诉人或原告出示证据，分别由被告（人）和民事、行政诉讼中的第三人质证；

（2）被告（人）出示证据，分别由公诉机关、自诉人或原告及民事、行政诉讼中的第三人质证；

（3）民事、行政诉讼中的第三人出示证据，分别由原告、被告质证；

（4）法院根据当事人的申请或依职权调查收集的证据及委托鉴定机构、鉴定人、勘验人所作的鉴定结论、勘验笔录，由法庭出示，也可视情况交申请人出示。法庭应对证据的调查收集和取得进行说明，并分别询问诉讼各方的意见。

39. 案件有两个以上独立存在的事实或者指控（诉讼请求）的，可以要求公诉机关（当事人）逐项陈述事实和理由，逐一出示证据并分别进行质证。

40. 公诉机关或当事人向法庭出示物证、书证、视听资料等证据或要求证人出庭作证，应当简要向法庭说明拟证明的事实和证据的来源，然后由另一方进行质证。经法庭许可，诉讼各方可以互相质证。

41. 对涉及国家秘密、商业秘密和个人隐私的证据应当保密，不得在公开庭审时出示和质证。在公开审理的案件中，诉讼各方提出涉及保密证据的出示申请时，审判长应当制止，如确与本案有关的，应当决定案件转为不公开审理。

42. 对于出庭接受质询的鉴定人、勘验人，法庭应核实其身份、与当事人及本案的关系，告知鉴定人、勘验人应如实说明鉴定、勘验情况和有意作虚假说明应负的法律责任。对于符合回避情形的，诉讼各方可以向法庭提出回避申请。

43. 庭审中，对鉴定结论、现场笔录、检查笔录、勘验笔录等进行质证时，诉讼各方询问鉴定人、勘验人应当遵循以下规则：

（1）发问的内容应当与案件的事实相关；

（2）不得以诱导方式提问；

（3）不得威胁鉴定人、勘验人；

（4）不得损害鉴定人、勘验人的人格尊严。

44. 鉴定人、勘验人认为诉讼各方发问的内容与本案无关或发问的方式不当的，可以提出抗议，法庭应当查明情况予以支持或驳回。

法庭认为诉讼各方发问的内容与本案无关或发问的方式不当，应当予以制止。

45. 本规定第43、44条的规定适用于对其他证据的出示和质证。

46. 必要时，法庭可以询（讯）问各诉讼参与人。向鉴定人、勘验人和证人发问，应当先由提请的一方进行；发问完毕后，诉讼对方经法庭准许，也可以发问；对鉴定人、勘验人和证人的发问应当分别进行。鉴定人、勘验人、证人被询问后，法庭应当告知其退庭。鉴定人、勘验人、证人不得旁听本案的审理。

47. 第二次或者多次开庭审理的案件，对已出示和进行质证过的证据，原则上不再重复审理；但对已出示、质证的证据又提供相关联新证据的除外。

48. 二审期间，诉讼各方提出的或法院收集的新证据，亦应在开庭时出示并由诉讼各方进行质证。

（七）证据的审查认定

49. 诉讼各方为证明自己提出的诉讼主张所收集、提交的证据，以及法院调查收集取得的证据经法庭质证、认证后，才能作为认定案件事实的根据。

50. 法庭应当依照法律规定对经过质证后的证据能否作为证明案

件事实的根据作出确认，并说明理由。

认证包括当庭认证和判决书中的认证。

认证时对于违反法定程序或者采用非法方法取得的证据，应予排除。

51. 当庭认证指证据经过庭审质证后在法庭上予以的确认。当庭宣判的应当庭认证；当庭不能宣判但能够当庭认证的，亦应当庭认证。

52. 适用普通程序审理案件的证据认证，应贯彻合议原则。对争议较大的重要证据，合议庭应当休庭进行合议，经合议认为能当庭认证的，应继续开庭当庭认证；需继续举证或进行鉴定、勘验等工作的，可在下次开庭质证后再行认证。

53. 经审理不能当庭宣判的，休庭前法庭可视情况进行庭审小结，说明诉讼各方举证情况、争议焦点及再次开庭应举证的重点等。

54. 适用普通程序审理的案件，对于当事人提供的证据情况应当在裁判文书中列举；对于有争议证据的认定，应当在裁判文书中详细叙述，并说明采信与否的理由。

55. 对证据的审查判断，应采取逐一审查和综合审查相结合的方法。

56. 对当事人陈述（被告人的供述或辩解）、证人证言、视听资料等应当结合本案的其他证据，审查确定能否作为认定案件事实的根据。对有关单位或个人提供的证明文书，应当辨别真伪，审查确认其效力。

57. 对单一证据，应当审查：

（1）证据取得方式；

（2）证据形成原因；

（3）证据形式；

（4）证据提供者的情况及其与本案的关系；

（5）书证是否原件，物证是否原物，复印件或者复制品是否与原件、原物的内容、形式及其他特征相符合。

58. 审查判断数个证据对同一事实的证明力大小，应注意以下情况：

（1）物证、历史档案、鉴定结论、勘验笔录和经过公证、登记的书证，其证明力一般高于其他书证、视听资料和证人证言；

（2）原始证据的证明力一般大于传来证据；

（3）有数个证人证言的，应根据不同证人的自身情况、对案件事实的了解程度等，结合案情进行综合分析认定；

（4）证人提供的对与其有亲属关系或其他密切关系的当事人有利的证言，其证明力一般低于其他证人证言。

59. 下列事实，诉讼各方无需举证证明：

（1）自然规律及定理；

（2）法律、法规、司法解释等；

（3）其他不存在争执的公知事实。

60. 民事、行政诉讼和刑事自诉、刑事附带民事诉讼中，有下列情况之一的，法庭可以当庭认定：

（1）诉讼一方提出的证据，诉讼对方不持异议或默认的；

（2）诉讼一方提出的证据，诉讼对方表示认可，庭审后又否认，但提不出相应证据的；

（3）诉讼一方陈述的事实和提供的证据没有明显疑点，对方提出异议，但明确表示无法提供反证或证据线索的。

61. 民事、行政诉讼和刑事自诉、刑事附带民事诉讼中，有下列情形之一，除当事人有相反证据足以推翻外，法庭可以认定：

（1）根据已知事实能推定出的另一事实；

（2）已为法院发生法律效力的裁判所确定的与本案有关联的事实；

（3）经过法定程序公证证明的法律行为、法律事实和文书；

（4）国家机关、社会团体在其职权范围内制作的公文书证。

二、分则

（一）刑事诉讼证据

62. 提起公诉的案件，法院应当在收到起诉书后审查下列证据情况：

（1）是否附有起诉前收集的证据的目录；

（2）是否附有能够证明指控犯罪行为性质、情节等内容的主要证据复印件或照片；

（3）是否附有起诉前提供了证言的证人名单，证人名单是否分别列明出庭和拟不出庭证人的姓名、性别、年龄、职业、住址和通讯处；

（4）提起附带民事诉讼的，是否附有相关证据。

缺少上述证据的，法院应通知公诉机关补充。

63. 法院对公诉案件依法调查、核实证据时，发现对认定案件事实有重要作用的新证据，应当告知公诉人员和辩护人；必要时也可以直接提取，复制后移送公诉人员和辩护人。

法院根据辩护律师的申请收集、调取的证据，应当及时复制移送申请人。

64. 法院向公诉机关调取需要调查、核实的证据，或者根据辩护人、被告人的申请，向公诉机关调取在侦查、审查起诉中收集的有关被告人无罪和罪轻的证据，应当通知公诉机关在收到调取证据决定书后 3 日内移交。

65. 法院调查核实证据原则上只在控辩双方申请的证据范围内进

行。法院调查、核实证据时，可以进行勘验、检查、扣押、鉴定和查询、冻结；必要时，可以通知公诉人员、辩护人到场。

66. 被告人不负证明自己无罪的举证责任，但是被告人以自己精神失常、正当防卫、紧急避险，或者基于合法授权、合法根据，以及以不在犯罪现场为由进行辩护的，应当提供相应的证据予以证明。

被公诉机关指控犯巨额财产来源不明罪的，被告人应负证明自己无罪的举证责任。

67. 辩护律师申请向被害人及其近亲属提供的证人收集与本案有关的证据，法院认为确有必要的，应当准许，并签发准许调查决定书。辩护律师向证人或其他有关单位和个人收集、调取与本案有关的材料，因证人、有关单位和个人不同意，申请由法院收集、调取，法院认为有必要的，应当同意。

68. 适用普通程序审理的刑事案件的证据应当商公诉机关和当事人予以展示，证据展示及当事人举证期限可参照本规定民事诉讼证据中关于举证期限和证据交换的有关规定执行。

69. 法院在案件审理过程中，发现被告人可能有自首、立功等法定量刑情节，而起诉和移送的证据中没有这方面证据的，应当建议公诉机关补充侦查。

70. 对于公诉人在法庭上宣读、播放经法院批准未到庭证人的证言的，如果该证人提供过不同的证言，法庭应当要求公诉人将该证人的全部证言在休庭后 3 日内移交。

71. 公诉人要求出示开庭前送交法院的证据目录以外的证据，辩护方提出异议的，法庭如认为该证据有出示的必要，可准许出示；辩护方提出对新证据要做必要准备的，应宣布休庭，延期审理，并根据具体情况确定给辩护方必要的准备时间。

72. 法庭调查中，在法庭主持下，公诉人可以就起诉书中指控的犯罪事实讯问被告人。经法庭准许，被害人及其诉讼代理人，可以向被告人发问；附带民事诉讼的原告人及其法定代理人或者诉讼代理人可以就附带民事诉讼部分的事实向被告人发问；被告人的辩护人、法定代理人或诉讼代理人可以在控诉一方就某一具体问题讯问完毕后向被告人发问；控辩双方可以向被害人、附带民事诉讼原告人发问。

73. 在法庭审判过程中，遇有下列情形之一，影响审判进行的，可以延期审理：

（1）经过法庭质证，法庭认为需要通知新的证人到庭，调取新的物证，重新鉴定或勘验的；

（2）公诉人员发现提起公诉的案件需要补充侦查，提出建议的；

（3）当事人和辩护人申请通知新的证人到庭，或要求提供新的证据，申请重新鉴定、勘验有充分理由，法庭认为可能影响案件事实认定的。

74. 适用简易程序审理的公诉案件，公诉人不出庭的，被告人可以就起诉书指控的犯罪事实进行陈述和辩护，法庭可以出示、宣读主要证据，并讯问被告人的意见；公诉人出庭的，在被告人陈述后，公诉人可以出示、宣读主要证据，经法庭许可，被告人及其辩护人可以与公诉人质证和辩论。

75. 适用简易程序审理的自诉案件，被告人要求出示证据的，法庭应当准许；经法庭准许，被告人及其辩护人可以同自诉人及其诉讼代理人质证和辩论。

76. 经查证确属采用刑讯逼供或者威胁、引诱、欺骗及精神折磨等非法方法取得的证人证言、被害人陈述、被告人供述以及其他非法证据，不能作为定案的根据。

77. 只有被告人供述、没有其他证据的，不能认定被告人有罪和处以刑罚；没有被告人供述、但证据充分确实的，可以认定被告人有罪和处以刑罚。

78. 二审程序中，如果检察人员或者辩护人申请出示、宣读、播放第一审期间已经移交给法院的证据的，法庭应当指令值庭法警出示、播放有关证据；需要宣读的证据，由法警交由申请人宣读。

79. 对于死刑（含死刑缓期二年执行）复核案件，中级法院应当按照法律和司法解释的有关规定，向高级法院报送全案的诉讼卷宗、证据及有关材料；高级法院应当按照法律和司法解释的有关规定进行全面复核。

80. 当事人及其法定代理人、近亲属认为已经发生法律效力的判决、裁定有错误，向法院申诉的，应当提供能够证明下列情形之一的证据：

（1）原裁判认定的事实有错误；

（2）据以认定案件事实和对被告人定罪量刑的主要证据不确实、充分；

（3）审判程序违法；

（4）审判人员在审理案件过程中，有贪污受贿、徇私舞弊、枉法裁判行为；

（5）能够证明已经发生法律效力的判决、裁定有错误的其他重要情形。

（二）民事诉讼证据

81. 下列民事侵权诉讼中，对原告提出的侵权事实，被告否认的，由被告负举证责任：

（1）因新产品制造方法发明专利引起的专利诉讼，由被告就其未使用原告的专利方法制造产品负举证责任；

（2）高度危险作业致人损害赔偿诉讼，由被告就原告（受害人）故意造成损害的事实负举证责任；

（3）因环境污染引发损害赔偿诉讼，由被告就污染行为与损害事实不存在因果关系负举证责任；

（4）建筑物或者其他设施以及建筑物上的搁置物、悬挂物发生倒塌、脱落、坠落致人损害的诉讼，由被告就自己没有过错负举证责任；

（5）因产品存在缺陷造成他人人身、财产损害的诉讼，由被告就产品不存在缺陷负举证责任；

（6）饲养动物致人损害的诉讼，由被告就原告有过错或者第三人有过错负举证责任；

（7）因医疗行为致人损害的诉讼，由被告就医疗行为与损害结果不存在因果关系及不存在医疗过失负举证责任；

（8）有关法律、法规和司法解释规定应由被告承担的举证责任。

82. 劳动争议纠纷案件，因用人单位作出的开除、除名、辞退、解除劳动合同、减少劳动报酬、计算劳动者工作年限等决定而发生的劳动争议，用人单位对其作出上述行为的合法依据负举证责任。

83. 道路交通事故赔偿纠纷案件，如果当事人有相反证据能够证明公安机关作出的道路交通事故责任认定和伤残评定是不正确的，该责任认定和伤残评定不能作为认定案件事实的证据。

84. 在合同纠纷案件中，被告根据《中华人民共和国合同法》第 66 条的规定主张同时履行抗辩权的，原告负有证明自己已按约定履行或者已提出履行请求的举证责任。

被告根据《中华人民共和国合同法》第 67 条的规定主张后履行抗辩权的，原告负有证明自己已按约定履行的举证责任。

85. 企业法人因严重亏损，无力清偿到期债务，向法院申请宣告破产还债，或者债权人向法院申请宣告债务人破产还债的，应按有关规定分别提交相应的证据。

债权人向法院申报债权，应提供相应的债权证明。

86. 在涉及金融资产管理公司收购、管理、处置国有银行不良贷款形成的资产纠纷案件中，债务人在债权转让协议、债权转让通知或债务催收通知上的签章，以及原债权人（国有银行）在全国或者省级有影响的报纸上发布的具有催收债务内容的债权转让公告或通知，可以作为诉讼时效中断的证据。

87. 金融纠纷案件，当事人以真实的存单、进账单、对账单、存款合同等凭证为证据主张其与金融机构之间存在存款关系，金融机构否认的，应负有证明持有人未向其交付上述凭证所载款项的举证责任；金融机构仅提供底单的，不能认定持有人未向其交付上述凭证所载款项。

当事人提供的上述凭证在样式、印鉴、记载事项上有别于真实凭证，但其对凭证的取得作了合理陈述，如果金融机构予以否认，但无充分证据证明系伪造或变造的，应当认定当事人提供的凭证系真实凭证。

88. 融资租赁合同纠纷案件中，在供货人有迟延交货或者交付的租赁物质量、数量存在问题以及其他违反供货约定的行为时，如果合同出租人享有和行使对供货人的索赔权的，承租人应当提供与索赔有关的证据。

89. 在期货纠纷案件中，如果客户主张经纪公司未入市交易，经纪公司否认的，作为当事人一方的期货经纪公司负有提供入市交易纪录的举证责任。

90. 票据纠纷案件中，票据的出票、承兑、交付、背书转让涉嫌欺诈、盗窃、胁迫、恐吓、暴力等非法行为的，票据持票人对其所持票据的合法性应当负责举证。

91. 著作权人起诉提供网络内容服务的提供者侵犯其著作权时，应当提供证明下列事实的证据：

（1）其向网络服务提供者提出了确有证据表明自己是权利人并要求其停止侵权的警告，而网络服务提供者仍不采取移除侵权内容等措施以消除侵权后果的；

（2）网络服务提供者明知网络用户通过网络实施侵犯原告著作权的行为，而不采取移除侵权内容等措施以消除侵权后果的。

92. 侵犯实用新型专利权纠纷案件的原告，为证明其权利的稳定性、避免中止诉讼，应当在起诉时出具由国务院专利行政部门作出的检索报告。

93. 侵犯商业技术秘密纠纷案件中，权利人提出侵权人侵犯其商业技术秘密时，被告负有证明其使用原告商业技术秘密合法性的责任。

94. 申请法院诉前责令被申请人停止侵犯其专利行为的，应当提供下列证据：

（1）专利权人应当提供证明其专利真实有效的文件；

（2）利害关系人应当提供其享有权利的证据；

（3）提交证明被申请人正在实施或者即将实施侵犯其专利行为的证据等。

95. 法院执行诉前停止侵犯专利权行为的措施时，可以根据当事人的申请，参照《中华人民共和国民事诉讼法》第74条的规定，同时进行证据保全。

96. 适用督促程序办理的案件，债权人提供的证据应当能够证明债权债务关系明确、合法。债务人提出异议应当采用书面形式，但无需提供证据。

97. 适用公示催告程序办理的案件，利害关系人在公告期间向法院申报的，无需对其申报举证。

98. 在特定情况下，法院可以指定诉讼一方对特定的案件事实提供证据加以证明，但必须充分考虑以下因素：

（1）特定案件事实的性质和特点；

（2）当事人诉讼主张的内容和特点；

（3）是否有利于体现司法公正、提高诉讼效率。

99. 有证据证明一方当事人持有特定证据，但无正当理由拒不提供，如果对方当事人主张该特定证据的内容不利于证据持有人，可以推定其主张成立。

100. 举证期限指经当事人协商由法院确认的期限、法院指定的期限以及经当事人申请被法院批准延长的期限。

举证期限除有明确规定外，一般情况下，应当由法院商诉讼各方后由法院确认；经协商不一致的，由法院视情况合理指定，但最迟不得超过开庭审理的日期。

101. 当事人在法院指定期限内提交证据确有困难的，可以向法院申请延长举证期限，是否准许，由法院决定。

102. 迟延举证的正当理由指以下情况：

（1）原下落不明的证人重新出现；

（2）原已遗失或被认为灭失的证据等失而复得；

（3）举证期限届满后开庭前才被发现的证据；

（4）其他正当的理由。

103. 庭审中，法院认为案件事实尚未查清，确需当事人补充证据时，可以指定其在合理期间内举证，并发出限期举证通知书。

104. 当事人在法庭辩论结束前要求提交在举证期限内没有提交的证据，法庭应视情况处理：

（1）当事人有正当理由迟延举证，对方当事人同意当庭质证的，法庭应当庭对此证据进行质证；对方当事人不同意当庭质证的，法庭应决定延期审理。

（2）当事人无正当理由迟延举证，对方当事人不同意质证的，法庭可视案件具体情况决定是否延期审理。决定不延期审理迳行审判的，应当对新证据记录在卷。

由于当事人迟延举证致案件延期审理的，对方当事人可以要求迟延举证的一方当事人补偿其因此增加的误工费、差旅费等相关费用。

105. 被告经传票传唤，无正当理由拒不到庭应诉，或者中途退庭，也不提供证据的，可视为放弃举证，法院应根据现有证据依法裁判。

106. 在证据可能灭失或者以后难以取得的情况下，诉讼参加人可以向法院申请证据保全；特殊情况下，法院可依职权主动采取保全措施。

107. 适用普通程序审理的案件，法院一般应在开庭前组织当事人进行证据交换，涉及国家秘密、商业秘密和个人隐私内容的除外；必要时可在庭前由法院主持，在当事人参与下对证据进行筛选、甄别、归纳和解释、说明。

108. 对于进行证据交换的，当事人提交证据时应当按照对方当事人的人数提交相应的证据副本；法院收到当事人提交的证据后，应确定交换证据日期，并通知当事人。

109. 当事人收到对方交换的证据后，向法院提出进一步提交反驳对方的证据的，由法院商双方当事人确定或者根据案件具体情况指定进一步举证的期限以及第二次证据交换的日期。

110. 证据交换应制作交换表格，注明交换证据的名称、份数、页数和交换时间等有关事项并由证据交换经手人签名或盖章。

111. 证据交换应于开庭 3 日前完成；对于不便交换或无法交换的证据，亦应于开庭 3 日前通知对方当事人到庭查看或进行该证据的现场勘验，并制作由法院有关工作人员及参加的各方当事人签名或盖章的笔录。

一方当事人在外省市的，证据交换可不受前款规定的时间限制。

112. 证人出庭作证所产生的误工费、交通费、住宿费等必要费用，证人要求补偿的，由法院审查决定，并计入必要的其他诉讼费用，由申请证人到庭的一方当事人先予支付，法院根据双方过错程度予以判定。

113. 证人出庭作证的，应由提请证人作证的一方按照证据交换的规定，将拟提请出庭作证的证人名单及所要证明的案件事实提交法院，由法院通知对方当事人。

114. 诉讼各方对同一事实分别举出相反的证据，但均没有足够理由否定对方证据的，在法院查证不能时，应当结合其他证据及举证责任的承担综合认定。

115. 下列单一证据，不能单独作为认定案件事实的证据，对方认可的除外：

（1）未成年人所作的与其年龄和智力状况不相当的证言；

（2）与一方当事人有利害关系或亲属关系的证人出具的对该当事人有利的证言；

（3）没有其他证据印证并有疑点的视听资料；

（4）无法与原件、原物核对的复印件、复制品。

116. 适用简易程序审理的民事案件，其证据举证期限和庭审中证据的出示以及质证顺序可不受本规定中的有关规定限制，由法官根据案情决定。

117. 二审程序中，当事人向法院提交新的证据，应当说明一审未能举证的理由。

当事人提出一审没有正当理由未提交的新证据致使案件改判或者发回重审的，法院应在裁判文书中写明，并视具体情形处理：二审改判的，一般不因新证据的提供而改变一审确定的诉讼费用的负担；提供新证据的一方当事人是否负担二审诉讼费用，由法院视具体情况确定。二审发回重审的，对方当事人要求提出新证据的一方当事人承担由此而增加的诉讼费用、赔偿其由此造成的经济损失的，由法院视具体情况确定。

118. 二审程序中，当事人增加新的诉讼请求并提供相应的证据时，法院应进行调解；调解不成，应告知当事人另行起诉。

119. 当事人认为已经发生法律效力的判决、裁定有错误，向法院申请再审的，应当提供能够证明下列情形之一的证据：

（1）原裁判认定的事实有错误；

（2）原裁判认定的当事人主体资格有误；

（3）据以认定案件事实的主要证据不确实、充分；

（4）审判程序违法；

（5）审判人员在审理案件过程中，有贪污受贿、徇私舞弊、枉法裁判行为；

（6）能够证明已经发生法律效力的判决、裁定有错误的其他重要情形。

120. 法院在必要时可以根据案件的不同性质和诉讼各方的不同情况，采用多种方式，依举证责任的分担等规则分阶段明确诉讼各方的举证责任，有针对性地引导诉讼各方围绕案件的主要事实和争议焦点正确、及时举证。

法院应公布案件举证须知和要求，适用普通程序审理的，应在送达受理案件通知书和应诉通知书时，一并送达当事人。

远郊区县法院可视情况对当事人举证进行必要指导。

（三）行政诉讼证据

121. 被告对作出的具体行政行为负有举证责任，应当提供作出该具体行政行为的证据和所依据的规范性文件。

在诉讼过程中，被告不得自行向原告和证人收集证据。

122. 被告应当在收到起诉状副本之日起 10 日内提交答辩状，并提供作出具体行政行为时的证据、依据；被告不提供或者无正当理由逾期提供的，应当认定该具体行政行为没有证据、依据。

123. 有下列情形之一的，被告经法院准许，可以补充相关证据：

（1）被告在作出具体行政行为时已经收集证据，但因不可抗力等正当事由不能提供的；

（2）原告或者第三人在诉讼过程中，提出了其在被告实施具体行政行为过程中没有提出的反驳理由或者证据的。

124. 下列证据不能作为认定被诉具体行政行为合法的根据：

（1）被告及其诉讼代理人在作出具体行政行为后自行收集的证据；

（2）行政机关超越法定职权或者采取引诱、胁迫、非法扣留、关押、扣押等非法手段调查收集的证据；

（3）被告严重违反法定程序收集的其他证据。

125. 复议机关在复议过程中收集和补充的证据，不能作为法院维持原具体行政行为的根据。

126. 对原告起诉是否符合法定期限存在争议的，由被告承担举证责任，被告不能提供充分证据的，应当认定原告的起诉符合法定期限。

127. 原告对下列事项承担举证责任：

（1）证明被诉具体行政行为存在，并与其具有法律上的利害关系的事实；

（2）在起诉被告不作为的案件中，证明其提出申请的事实，但被告应当依职权作为的除外；

（3）在一并提起的行政赔偿诉讼中，证明因受被诉具体行政行为侵害而造成损失的事实；

（4）证明其所主张的应当从轻、减轻或者免除行政处罚的事实；

（5）其他应当由原告承担举证责任的事项。

128. 原告及其诉讼代理人无法自行收集但提供了证据线索，或者应当提供而无法提供原件或原物的，可以申请法院调查收集证据。

129. 原告对被诉具体行政行为的合法性不负举证责任，但有权提出反证。

原告对其行为的合法性不负举证责任，但有权进行证明。

130. 有证据证明一方当事人持有特定证据，但无正当理由拒不提供，如果对方当事人主张该特定证据的内容不利于证据持有人，可以推定其主张成立。

131. 诉讼各方对同一事实分别举出相反的证据，但均没有足够理由否定对方证据的，法院应当作出有利于原告的解释。

132. 庭审中，对于原告负举证责任的证据，法院可以根据案件具体情况，指令原告在合理期间内举证，并发出限期举证通知书；原告在举证期限内举证确有困难的，可以向法院申请延期，是否准许，由法院决定。

133. 原告在举证期限届满至庭审法庭辩论结束前没有提交证据的，法院可以认定其举证不能，并根据现有证据认定案件事实，进行裁判。

134. 庭审中，原告要求提交在举证期限内没有提交的证据，最迟应当在法庭辩论结束前提交，法庭应视情况进行处理：

（1）有正当理由迟延举证，被告同意当庭质证的，法庭应当对此证据进行质证；被告不同意当庭质证的，法庭应决定延期审理。

（2）无正当理由迟延举证，被告不同意质证的，法庭可视案件具体情况决定是否延期审理；决定不延期审理迳行审判的，应当对新证据记录在卷。

135. 行政案件的审判，法院一般应在开庭前组织当事人进行证据交换；进行证据交换的，参照本规定民事诉讼证据中证据交换的有关规定执行。

136. 证人出庭作证所产生的误工费、交通费、住宿费和生活补助费等必要费用，证人要求补偿的，参照本规定民事诉讼证据中证人费用的有关规定执行。

137. 在证据可能灭失或者以后难以取得的情况下，原告可以向法院申请保全；特殊情况下，法院可依职权主动采取保全措施。

138. 二审程序中，原审原告向法院提交新的证据，应当说明一审未能举证的理由。

原审原告提出在一审没有正当理由未能提交的新证据致使案件改判或者发回重审的，法院应在裁判文书中写明；二审改判的，不因新证据的提供而改变一审确定的诉讼费用的负担，原审原告是否负担二审诉讼费用由法院酌情确定。

139. 二审程序中，原审原告增加新的行政赔偿请求并提供相应的证据时，二审法院在确认被诉具体行政行为违法的同时，可以就行政赔偿问题进行调解，调解不成的，应当告知当事人另行起诉；当事人增加新的诉讼请求的，法院不予准许。

140. 二审程序中，原审被告向法庭提交在一审中没有提交的证据，不能作为二审撤销或变更一审裁判的根据。

141. 当事人认为已经发生法律效力的判决、裁定有错误，向法院申请再审的，应当提供能够证明下列情形之一的证据：

（1）原裁判认定的事实有错误；

（2）原裁判认定的当事人主体资格有误；

（3）证明案件事实存在的主要证据不足；

（4）审判程序违法；

（5）审判人员在审理案件过程中，有贪污受贿、徇私舞弊、枉法裁判行为；

（6）能够证明已经发生法律效力的判决、裁定有错误的其他重要情形。

142. 法院应公布案件举证须知和要求，在送达受理案件通知书和应诉通知书时一并送达。远郊区县法院可视情况对原告举证进行必要的指导。

（四）执行程序证据

143. 执行过程中，案外人对执行标的提出异议的，异议人应当同时提出支持其主张的相应证据；执行人员应当按照法定程序进行审查核实。

144. 被申请人对仲裁裁决提出异议，向法院提出申请法院不予执行的证据，法院应组成合议庭对有关证据进行审查核实。

145. 执行中，申请执行人提出作为被执行人的法人或其他组织名称变更的，或者被撤销解散后有新的权利义务继受主体的，应当向法院提供证据；经查证属实，法院既可以裁定变更后的继受主体为被执行人，也可以依职权主动进行变更。

146. 执行中，申请人提出被执行人有到期债权的，应提供相应的证据，经执行人员依法审查核实，可以裁定执行被执行人的到期债权。

法院在执行中发现上述情况的，也可以主动裁定变更执行到期债权。

147. 执行中，申请人提出有关单位对被执行人的投资资金不到位的，应当提供相应的证据。执行中，法院也可依职权调查收集证据。

三、附　　则

148. 本规定由高级法院研究室负责解释，自 2001 年 10 月 1 日起试行；本规定发布之前高级法院的有关规定或意见与本规定不一致的，按本规定执行。

149. 本规定如与今后发布的法律和司法解释有关规定相抵触的，抵触内容自行废止。

北京市高级人民法院关于加强案件审限管理的规定（试行）

（1999 年 9 月 27 日北京市高级人民法院审判委员会讨论通过）

为进一步强化对审判工作的管理，严格各类案件办理期限的规定，采取有效措施，缩短案件审理和执行周期，切实提高审判工作效率，根据我国诉讼法和有关司法解释的规定，结合我市法院审判工作的实际，特制定本规定。

一、各类案件办理的期限

（一）刑事案件

1. 适用普通程序审理的一审公诉案件、被告人被羁押的一审自诉案件和二审公诉、自诉案件的审理期限为 1 个月，至迟不得超过 1 个半月；上述案件中有符合刑事诉讼法第 126 条规定情形之一的，经高级法院批准或者决定，可以延长审理期限 1 个月。

2. 适用普通程序审理被告人未被羁押的一审自诉案件，审理期限为 6 个月；有特殊情况需要延长审理期限的，经本院院长（或主管副院长，下同）批准，可以延长 3 个月。

3. 适用简易程序审理的一审公诉案件和自诉案件，审理期限为 20 日。

4. 最高法院授权高级法院核准死刑和高级法院核准死缓的案件，被告人上诉的，执行二审审理期限的规定；被告人不上诉的，按死刑复核程序审理，参照二审审理期限的规定。

（二）民事、经济、知识产权案件

5. 适用普通程序审理的一审案件，审理期限为 6 个月；有特殊情况需要延长的，经本院院长批准可以延长 6 个月；还需延长的，报请上一级法院批准。

6. 适用简易程序审理的案件，审理期限为 3 个月。

7. 适用特别程序审理的案件，审理期限为 1 个月；有特殊情况需要延长的，经本院院长批准，可以延长 1 个月，但审理选民资格案件必须在选举日前审结。

8. 审理不服判决的上诉案件，审理期限为 3 个月；有特殊情况需要延长的，经本院院长批准，可以延长 3 个月。审理不服裁定的上诉案件，审理期限为 1 个月。

9. 审理涉外和涉港、澳、台的民事、经济、知识产权案件，不受上述案件审理期限的限制。

（三）行政案件

10. 审理第一审案件的期限为 3 个月；有特殊情况需要延长的，经高级法院批准可以延长 3 个月。高级法院审理第一审案件需要延长期限的，由最高法院批准。

11. 审理上诉案件的期限为 2 个月；有特殊情况需要延长的，经高级法院批准，可以延长 2 个月。高级法院审理的上诉案件需要延长期限的，由最高法院批准。

12. 审理专利行政案件及涉外和涉港、澳、台的行政案件，不受上述案件审理期限的限制。

（四）申诉、申请再审和再审案件

13. 刑事申诉案件应当在3个月内作出决定，按照审判监督程序重新审判的刑事案件应当在3个月内审结；需要延长期限的，经本院院长批准，可以延长3个月。

14. 按照审判监督程序抗诉的刑事案件，需要指令下级法院再审的，应当自接受抗诉之日起1个月内作出决定。

15. 申请再审的民事、经济、知识产权案件和行政申诉案件，应当在3个月内作出决定，至迟不得超过6个月。

16. 决定再审的民事、经济、知识产权和行政案件，根据再审适用的不同程序，分别执行一审或二审审理期限的规定。

（五）执行案件

17. 执行案件应当在6个月内结案，非诉执行案件应当在3个月内结案；有特殊情况需要延长的，由本庭庭长批准可以延长1个月；还需延长的，由本院院长批准，同时报高级法院主管业务庭备案。

二、立案时间及审理期限的计算

（一）立案的时间

18. 一审法院收到起诉书（状）或非诉行政执行申请书后，经审查认为符合受理条件的应当在7日内立案；收到申请执行书、移送执行书或委托执行函后，经审查认为符合受理条件的应当在3日内立案。

19. 改变管辖的民事、经济、知识产权和行政案件，应当在收到案卷材料后的 3 日内审查立案；改变管辖的刑事案件，应当在收到案卷材料的当日审查立案。

20. 二审法院应当在收到一审法院移送的上（抗）诉材料及案卷材料后的 5 日内审查立案。

21. 发回重审或指令再审的案件，应当在收到发回重审或指令再审裁定及案卷材料后的次日内立案。

22. 按照审判监督程序重新审判的案件，应当在向当事人送达提审、再审裁定（决定）后的次日内立案。

（二）开始计算审理期限的时间

23. 案件的审理期限从立案之次日起计算。

24. 由简易程序转为普通程序审理的一审刑事案件的审理期限，从决定转为普通程序之次日起计算；由简易程序转为普通程序审理的一审民事、经济和知识产权案件的审理期限，从立案之次日起连续计算。

（三）不计入审理期限的时间

25. 刑事案件对被告人作精神病鉴定的时间。

26. 刑事案件因当事人、辩护人申请通知新的证人到庭、调取新的证据、申请重新鉴定或者勘验，法院决定延期审理 1 个月之内的时间。

27. 刑事案件因另行委托、指定辩护人，法院决定延期审理的，自宣布延期审理之日起至第 10 日准备辩护的时间。

28. 刑事案件二审期间，检察院查阅案卷超过 7 日后的时间。

29. 民事、经济、知识产权和行政案件的公告、鉴定以及审理当事人提出的管辖权异议和处理法院之间的管辖争议的时间。

30. 中止诉讼（审理）或执行至恢复诉讼（审理）或执行的时间。

（四）结案的时间

31. 判决书、裁定书和调解书送达给最后一方当事人的日期为结案时间。

32. 留置送达的，以把裁判文书留在受送达人的住所日为结案时间；公告送达的，以公告届满日为结案时间。

三、延审案件的报批

33. 刑事公诉案件、被告人被羁押的自诉案件，需要延长审限的，应当在审限届满7日前经庭长和院长同意，向高级法院主管审判庭提出书面申请；被告人未被羁押的刑事自诉案件，需要延长审限的，应当在审限届满10日前经庭长同意，向本院院长提出书面申请。

34. 民事、经济和知识产权案件应当在审限届满15日前经庭长同意，向本院院长提出书面申请；还需延长的，应当在审限届满15日前报经本院院长同意，向上一级法院主管审判庭提出书面申请。

35. 行政案件应当在审限届满15日前经庭长和院长同意，向高级法院主管审判庭提出书面申请。

36. 对于下级法院延长办案期限的报告，上级法院主管审判庭一般应在5日内作出批复，重大案件应报院长批准后批复。

四、提高审判效率的措施

（一）进一步强化合议庭和独任审判员的职责

37. 要认真推行最高法院提出的改革要求，积极探索合议庭负责制，逐步做到除重大、疑难和合议庭意见不一致的案件由审判委员会讨论决定外，其他案件均由合议庭和独任审判员审判。

38. 要简化内部审批程序，缩短案件审理期限。合议庭认为案件需要提交审判委员会讨论决定的，应当在评议后 5 日内经庭长同意后向院长汇报；院长也认为案件需要提交审判委员会讨论决定的，应尽快提交审判委员会讨论决定。

（二）尽量减少请示汇报案件的数量

39. 下级法院向上级法院请示汇报的案件，是指需要上级法院正式作出书面答复的案件，不包括上下级法院各审判庭之间就案件处理中某些具体问题进行咨询、探讨和研究的案件。

40. 各法院要依法独立地审判好本院所管辖的各类案件，尽量减少向上级法院请示汇报案件的数量；对于少数重大、疑难案件，新类型案件和争议较大的案件，下级法院在案件处理和适用法律上把握不准的，可以向上级法院请示汇报。

41. 向上级法院请示汇报的案件，涉及具体案件处理问题的，原则上应逐级进行；涉及法律适用问题的，可直接向高级法院请示汇报。下列案件应当向高级法院请示汇报：

（1）在本市、全国及国际上有重大影响的案件；

（2）政治敏感性案件；

（3）群体纠纷案件；

（4）引起外事及港、澳、台方面交涉的案件；

（5）撤销国际仲裁裁决的案件和裁定仲裁裁决不予执行的案件；

（6）领导机关要求上报结果的案件；

（7）案件管辖不明或者管辖有争议，且应由高级法院指定管辖的案件；

（8）最高法院或高级法院要求汇报的案件。

42. 向上级法院请示汇报案件应符合下列程序：

（1）一审法院审理的案件，必须经本院审判委员会讨论，提出书面意见后上报二审法院；

（2）二审法院对下级法院请示的案件，认为仍需向上级法院请示或者按规定应上报上级法院的，必须经二审法院审判委员会讨论，提出处理意见书面上报上级法院；

（3）上级法院对下级法院请示汇报的问题，一般应在 5 日内给予答复，至迟不得超过 10 日，但需上级法院阅卷及需向受理请示法院的上级法院转报请示的案件除外；

（4）需报高级法院备案的涉外和涉港、澳、台案件，可直接报告高级法院主管审判庭和外事主管部门，不必经过上述请示汇报程序；涉及稳定和政治敏感性的案件可不受上述请示汇报程序的限制。

（三）加强上诉案件的移送工作

43. 当事人不服一审判决提出上诉的民事、经济、知识产权和行政案件，一审法院应当在 45 日内将案卷材料、上诉状等移送二审法院，最迟不得超过 60 日；对方当事人在 15 日内不提供答辩状或不办理相关手续的，不影响案件的移送。

44. 二审法院发现上诉案件材料不齐全的，一审法院应当在 5 日内补齐；5 日内不能补齐的应向二审法院说明理由，二审法院可暂不予立案。

（四）建立健全审限的监督管理制度

45. 各法院要按照最高法院提出的改革要求，根据实际情况，建立起科学的案件审理流程管理制度，逐步做到由专门机构对各类案件的立案、送达、开庭、结案等环节进行跟踪管理，督促案件在审限内审结。

46. 各法院要明确专人负责本院的审限管理工作；对不符合延审条件超审限的案件和延审期满后仍不能审结的案件，要及时报高级法院备案。

47. 各法院要根据实际情况建立健全执行审限制度的表彰、奖励及惩罚机制。属于下列情况超审限的，可不按惩罚机制追究责任：

（1）案件进行伤残鉴定或审计、评估的；

（2）向上级法院请示汇报或送请有关机关对法律规范进行解释的；

（3）委托送达或邮寄送达的；

（4）当事人一方申请、经对方当事人同意，法院决定暂缓审判或执行的；

（5）因特殊需要或上级法院要求暂缓审判或执行的。

48. 高级法院各审判庭每季度应对全市法院本审判系统案件超审限情况进行一次检查，并形成书面报告；根据各审判庭检查报告的汇总情况，高级法院每季度就全市法院案件超审限的情况进行通报。

49. 高级法院在对全市法院执行案件审限管理规定的情况进行季度通报的基础上，结合本市法院"双先"评选工作，进行全年总评；对认真执行审限管理规定的法院予以表彰、奖励，对执行不力或虚报、瞒报超审限情况的法院予以通报批评。

五、本规定的解释与实施

50. 本规定由高级法院研究室负责解释，自下发之日起施行。

图书在版编目（CIP）数据

民商事再审律师实务/兰台律师事务所著．—北京：中国法制出版社，2009.3

ISBN 978－7－5093－1063－2

Ⅰ．民… Ⅱ．兰… Ⅲ．民事诉讼－再审－中国 Ⅳ.
D925.118.2

中国版本图书馆 CIP 数据核字（2009）第 025706 号

民商事再审律师实务

MINSHANGSHI ZAISHEN LUSHI SHIWU

经销/新华书店

印刷/河北省三河市汇鑫印务有限公司

开本/880×1230 毫米 32　　　　　印张/ 13.5　字数/ 271 千

版次/2009 年 3 月第 1 版　　　　　2009 年 3 月第 1 次印刷

中国法制出版社出版

书号 ISBN 978－7－5093－1063－2　　　　　定价：39.00 元

北京西单横二条 2 号　邮政编码 100031　　　　　传真：66031119

网址：http://www.zgfzs.com　　　　　编辑部电话：66034242

市场营销部电话：66033393　　　　　邮购部电话：66033288